KB108272

# 핀치 오브 매직 2

## 마녀의 돌

## A SPRINKLE OF SORCERY

A Pinch of Magic
Adventure

# 핀치 오브 매직 2

## 마녀의 돌

글 | 미셸 해리슨   옮김 | 김래경

ШВ
위니더북

## 여는 글

옛날 옛적에 강력한 마법을 부리는 한 마녀가 습지 가장자리에 살았다. 홀로 지내는 마녀에게는 시중드는 한 마리 큰까마귀뿐이었다.

매일 사람들이 마녀를 찾아와 도움을 청했다. 마녀는 작은 호의나 성의 표시만으로도 부탁을 들어줬다. 마녀는 마법으로 많은 것을 고쳤다. 사마귀와 근심거리를 없앴고 부러진 손가락과 너덜너덜해진 마음을 붙였다.

어느 날, 한 손님이 마녀를 찾아왔다. 변장한 지역 영주였다. 성품이 잔인한 영주 귀에 마녀의 마법 얘기가 들어갔다. 영주는 자신보다 부유하고 강력한 사람이 있을지도 모른다는 생각을 참을 수 없었다. 영주는 마녀가 부유하지 않다는 사실에 금세 만족했지만 뜻밖에도 마녀에게 마음을 빼앗겼다. 마녀는 영주의 마음을 받아들이지 않았다. 영주가 변장을 집어던지고 진짜 신분을 드러냈는데도 달라지지 않았다.

마녀를 잊지 못한 영주가 다시 마녀를 찾았다. 마음을 받아주지 않는 마녀를 이해할 수 없었던 영주는 불같이 분노하며 마녀 눈을 멀게 하라고 명령했다.

"그대가 나를 보지도 않고 사랑하지도 않겠다면 그 누구도 보지 못하리

5

라.”

영주가 선언했다. 하지만 마녀를 불쌍히 여긴 부하들이 마녀의 한쪽 눈을 온전하게 남겨주었다.

“네가 내 눈을 뺏어가도 난 언제나 네놈을 꿰뚫어 볼 수 있다.”

마녀는 가운데가 뚫린 오래된 돌멩이에 마법을 걸어서 빼앗긴 한쪽 눈을 대신할 마법의 눈으로 삼았다.

영주가 마녀를 세 번째로 찾았다. 자신을 향한 마음이 조금도 달라지지 않은 마녀 모습에 더 화가 난 영주가 이번에는 마녀한테서 목소리를 앗아갔다.

“나를 사랑한다고 말하지 않으니 그 어떤 말도 하지 못하리라.”

영주는 부하들에게 마녀 혀를 잘라서 습지에 던져버리라고 명령했다. 하지만 영주가 돌아간 뒤, 마녀의 큰까마귀가 귀를 찢는 소리로 크게 울며 말했다.

“네가 나의 혀를 앗아갈지언정 결코 나를 침묵하게 못 하리라.”

영주가 마지막으로 다시 마녀를 찾았다. 자신이 마녀에게 저지른 짓을 한눈에 본 영주는 마녀 모습을 견디지 못하고 이렇게 외쳤다.

“저 여자가 얼마나 추하고 기괴한지 보라! 죽음의 전령사 큰까마귀를 통해 말하는구나. 저 여자를 없애버려라!”

마녀가 마법으로 습지에 안개를 일으키더니 작은 목선을 타고 탈출했다. 마녀는 큰까마귀를 데리고 가마솥 한 개와 마법의 해그스톤(*구멍 난 돌멩이로 마녀의 돌이자 마녀를 막아주는 돌이라고 알려졌다. 돌에 난 구멍으로 보면 다른 세계나 요정이 보인다고 한다.)만 챙겨서 습지 끝까지 노를 저어 갔다. 바다로 나아간 마녀가 작은 땅덩어리를 찾아냈다. 눈길 닿는 사방이 물로 둘러싸인 섬이었다. 마녀와 큰까마귀는 그 섬에서 살기로 했다.

한동안 마녀와 큰까마귀는 단순하지만 만족한 삶을 살았다. 귀찮게 하는 사람이 하나도 없었다. 이제 마녀는 늙었지만, 타인의 자질구레한 부탁에 신경 쓰지 않아도 되었다.

그러던 어느 날, 낚시꾼 한 무리가 변덕스러운 조류에 휩쓸려 마녀의 섬 근처로 떠내려와서 마녀를 봤다. 낚시꾼 무리를 불쌍히 여긴 마녀가 조개껍데기에 입김을 불어 넣어 커다랗게 부풀린 뒤, 바람을 소환해서 무리를 집까지 안전하게 데려다주었다. 집에 다다른 낚시꾼 무리는 마법처럼 일행을 도와준 신비한 여인 이야기를 여기저기에 퍼트렸다. 오래지 않아 여인 이야기가 사악한 영주 귀에 닿았다. 영주는 결혼도 했고 마녀를 잊은 지도 이미 오래였지만, 여전히 살아 있는 마녀 생각에 쉽게 잠들지 못했다.

영주는 배를 타고 바다로 나아가 마녀와 큰까마귀가 사는 험준한 바위섬을 찾아냈다. 처음에 영주는 여인을 알아보지 못했다. 나이 들고 등이 굽은 데다 머리는 세고 천 번의 바다 폭풍에 망가진 터였다. 하지만 큰까마귀가 말을 한 순간, 영주는 여인이 마녀임을 알았고 마녀도 영주를 기억해 냈다.

"그대에게 용서를 구하고자 찾아왔노라. 내가 그대에게 죄를 지었다. 용서하라."

마녀는 영주의 청을 곰곰이 생각했다. 마음속에서는 영주를 향한 분노가 들끓었지만, 여전히 선한 구석이 남은 마녀는 영주가 스스로 구원할 기회를 주기로 했다.

마녀가 가마솥을 바닷물로 채운 뒤 큰까마귀 깃털 하나와 낡은 장화 한 짝, 찢어진 그물, 단추 하나, 버터 칼, 그리고 바닷가로 쓸려온 편자 같은 물건 몇 가지를 넣었다. 마녀는 이 혼합물에 마법의 눈으로 삼은 해그스톤까지 집어넣었다.

가마솥이 바짝 마르도록 끓였더니 안에 넣었던 물건 하나하나가 다른 무언가로 변했다. 큰까마귀 깃털은 황금 달걀이 되었다. 장화 한 짝은 최고급 가죽으로 재단한 아름다운 새 구두 한 켤레로 바뀌었다. 편자는 행운을 가져 다준다는 토끼 발, 단추는 세상 비할 바 없이 부드러운 벨벳 망토, 버터 칼은 보석으로 장식한 단검, 그물은 튼튼한 실이 감긴 타래가 되었다. 해그스톤만 바뀌지 않고 그대로 남았다. 마녀가 가마솥에서 해그스톤을 꺼내어 바다 저 멀리로 던졌다.

"선택은 그대 몫이다. 그대가 무슨 결정을 내리건 그대가 받아 마땅한 것으로 이끌리라. 돌은 이제 섬이 되었다. 그대가 진정 용서받기를 원하면 섬을 찾아가라. 그리고 그곳에서 처음으로 마주하는 생물을 가지고 오라. 그렇게 하면 용서받으리라. 가마솥에서 물건을 하나 선택하라. 하지만 명심할지니, 이것 중 마법의 기운이 깃든 물건 단 하나만이 그대를 도울 것이다. 다른 물건은 막대한 불운을 불러오리라."

큰까마귀가 거칠게 깍깍 말했다.

영주 눈빛이 교활해졌다.

"섬에 다른 무엇이 또 있는가?"

"섬의 심장부에 영원히 사라지지 않는 부(富)가 있다. 하지만 그대는 이미 부유하니 마음 쓰지 말라."

큰까마귀가 답했다.

영주는 한 치 망설임 없이 가마솥에 손을 넣고 기묘한 물건들을 뒤적인 끝에 마침내 단검을 선택했다. 영주는 신비한 섬을 생각하며 길을 떠났다. 마녀가 요구한 대로 섬에서 처음으로 만나는 생물을 갖고 돌아오겠노라 맹세했다. 하지만 섬에 가까워질 즈음, 영주는 섬의 심장부에 무엇이 있을지 생각하느라 바빴다.

내가 물론 부유하지만 나보다 훨씬 부유한 사람들이 있다. 그들처럼 되고 싶다.

이내 영주 두 눈이 영주 상상 속 보물처럼 환히 빛났다.

"보물을 찾으러 가기 전에 일단 제일 먼저 눈에 띄는 생물을 잡자. 그리고 돌아가서 마녀에게 생물을 건네주면 마녀는 절대 알 수 없으리라."

배를 대던 영주가 섬 가장자리 갈라진 바위틈에서 자라난 비비 꼬인 작은 뿌리를 발견했다. 영주는 뿌리를 뽑아 주머니에 넣고 바위를 타고 올랐다. 그 순간, 천둥소리가 우르릉 하늘에 울려 퍼졌다. 영주는 미끄러지면서 난데없이 생겨난 깊은 바위틈에 발이 끼었다. 영주가 아무리 애를 써도 발은 빠지지 않았다. 단검을 써봤지만 소용없었다. 날이 바람에 갈대 휘듯이 찌그러졌다.

영주 모습은 다시 볼 수 없었다.

영주에게는 마지막이었으나 이는 대를 이어 전해질 이야기의 시작이었으니, 탐욕스러운 자는 벌하고 고귀한 자에게는 상을 내린다는 외눈 마녀 이야기였다.

이야기들이 그렇듯이 마녀 이야기도 세월이 지나면서 조금씩 바뀌었다. 새로 이야기될 때마다 가마솥 안 물건들이 달라졌지만 섬과 마녀, 큰까마귀, 기묘한 물건은 그대로 남았다. 오랜 세월이 흐르는 동안 이야기가 사라지기도 했지만 이야기는 매번 되살아나 궁핍한 자들이나 야심 찬 자들, 탐욕스러운 자들 귀에 닿았다.

이야기란, 마법이 그러하듯 이야기를 전하는 사람들보다 오래 살아남기도 한다.

그리고 마법은, 이야기가 그러하듯 반드시 흔적을 남기는 법이다.

# 1장. 밀렵꾼의 주머니

차를 다 마셔 가는데 감옥에서 종소리가 울려 퍼지기 시작했다.

뎅그렁⋯⋯. 뎅그렁⋯⋯. 단조롭고 나지막한 소리는 연이어 터져 나오는 짧은 소문 사이에서 종이 내쉬는 숨 같았다.

불붙은 소문은 '밀렵꾼의 주머니' 여관 안에서 맹렬하게 타올랐다.

비질하던 베티 위더신즈가 술집 안 웅성거리는 소리에 놀라서 움직임을 멈추고 고개를 들었다. 베티의 언니인 펄리시티(모두 플리스라고 부른다)도 카운터에 엎질러진 맥주를 닦다 말고 베티와 시선을 마주쳤다. 종소리는 문을 잠그고 거리에 나오지 말라는 경고였다. 걸레를 내려놓은 플리스가 술을 마시러 몰려든 단골들에게 술을 내가기 시작했다. 손님들은 혀를 놀려대느라 갈증이 났을 터였다.

"누가 도망쳤나 봐?"

카운터에 앉아있던 위더신즈 세 자매 중 막내 찰리가 얼굴을 찌푸리며 물었다.

"그러게."

베티가 대답하면서 기억을 더듬어 감옥 종이 울렸던 다른 때를 떠올렸다.

습지만 건너면 감옥일 만큼 감옥 가까이에 사는 것이 까마귀바위섬 최악의 단점이었다. 탈주범이 생기는 일은 드물었지만, 죄수들은 꾸준히 감옥에서 탈출했고 그때마다 섬에는 한바탕 소동이 일었다.

"정말 시끄러워!"

찰리가 투덜거리며 두 귀에 손가락을 찔러 넣었다.

"누가 아니래냐!"

세 자매의 할머니 버니 위더신즈가 신경질을 부리며 얼룩이 돼지가 든 술잔이 부서져라 탁자에 쾅 내려놨다. 맥주가 넘쳐 손님 손에 튀었다. 손에는 털이 희끗희끗했다.

"하고많은 날 놔두고 왜 하필 오늘 이 난리래냐!"

할머니가 사람 기죽이는 눈빛으로 손님을 쏘아봤다.

"그리고 핑거티, 내가 잘 좀 차려입으라고 했지! 가게 밖이 거지 같은 놈들로 우글거리는 것도 모자라서 가게 안 손님 꼬락서니도 꼭 그 모양으로 꾀죄죄해야겠남?"

"신경 썼다고요!"

핑거티가 상처받은 눈빛으로 발끈하면서도 얼른 윗주머니에서 빗을 꺼내 제멋대로 자란 머리카락을 낑낑대며 빗어 내렸다. 버니 할머니는 발을 쿵쿵 구르며 사라졌다. 십중팔구 맛 좋은 파이프 담배를 피우러 갔을 것이었다.

플리스가 싱긋 웃으며 작은 술잔에 포트와인(*달콤한 포르투갈산 적포도주)을 따라서 핑거티 술잔 옆으로 슬쩍 밀어줬다.

"그냥 드리는 거니까 할머니한테 말하지 마세요."

핑거티가 입맛을 다셨다. 심통 났던 표정이 부드러워졌다.

베티는 근처 벽난로 옆에 빗자루를 기대놓고 이곳을 처음 보는 사람 눈에는 술집이 어떻게 보일지 상상하며 주위를 둘러봤다. 쉽지 않았다. 위더신즈 가족이 밀렵꾼의 주머니에서 일만 하지 않고 살기도 해서였다. 베티가 낡디낡은 집에 익숙해질 대로 익숙해진 터라, 올이 풀려 해진 양탄자나 벽에서 벗겨지는 벽지도 거의 눈에 띄지 않았다. 그런데 유독 오늘은, 물려버린 실내 장식이 까마귀 무리에 섞인 울새처럼 도드라져 보였다.

베티가 축축해진 이마를 한 손으로 닦았다. 벽난로를 다 피우기엔 다소 따뜻한 날이었는데도 할머니는 집 안이 안락해 보이도록 난로마다 불을 때야 한다고 우겼다. 베티와 자매들은 온종일 열심히 일했다. 장작을 쌓고 바닥을 비질하고 놋그릇이 반짝이도록 윤을 냈다. 플리스는 가게를 집다운 냄새로 채우겠다며 빵까지 구웠다. 지금까지 다 그럭저럭 괜찮았는데……. 할머니 때문에 분위기가 이상해졌다.

베티가 찰리한테 다가갔다. 찰리는 김 서린 창가에서 서성이고 있었다. 십 분 만에 벌써 세 번째였다.

"할머니는 진짜, 손님한테 그렇게 말하면 못써. 가게에 손님이 남아나질 않는다니까!"

베티는 코웃음이 나왔다.

"그럴 것 같아? 도도한 여우는 여기에서 삼 킬로미터도 더 가야 하고, 맥주도 두 배나 비싼데?"

베티가 깨끗한 천으로 유리창을 닦으며 창가에 기대어 밖을 내다봤다.

"지금쯤 올 때가 됐는데."

"빨리 왔으면 좋겠어. 이놈의 드레스 진짜 벗고 싶어. 화려한 옷은 너무 가려워!"

찰리가 심통 사납게 몸을 움찔거리며 툴툴거렸다.

"그래도 서캐가 있는 것보다는 낫잖아."

베티가 말했다.

찰리가 주근깨투성이 코에 잔주름이 잡히도록 벙긋 웃었다. 지금만큼은 찰리도 봐줄 만했다. 갈색 머리를 윤이 흐르도록 깔끔하게 빗어서 양 갈래로 리본을 둘러 돼지 꼬리처럼 묶었다. 베티도 알다시피 오래가지는 않을 것이었다.

"서캐 없어진 지는 옛날이거든요! 여섯 주나 지났지롱."

찰리는 앞니가 몽땅 빠져버린 잇몸 사이로 혀를 날름 내밀며 당당하게 말했다.

"어이구, 장해라……."

베티는 여전히 창밖으로 눈길을 준 채 무심히 말했다. 햇빛이 둥지 풀밭 너머로 빠르게 사그라지고 있었지만, 산들바람이 불어와 풀숲을 흩트리자 바람에 까딱이는 밝은색 봄꽃 몇 송이가 여전히 보였다. 밀렵꾼의 주머니 벽에 달아놓은 표지판도 바람결에 끼익끼익 소리를 냈다. 베티가 표지판으로 눈길을 돌렸다. 큼지막한 글자가 쓰인 표지판이 나 좀 봐달라며 흔드는 손처럼 앞뒤로 덜렁거렸다.

**팝니다.**

"곧 올 거야."

베티가 말은 그렇게 했지만 시간이 지날수록 확신은 점점 옅어졌다. 표지판이 다시 끼이익 소리를 냈다. 심술 맞게 낄낄거리며 자매들을 비웃는 느낌이었다. 검은색 까마귀 한 마리가 표지판 위에 앉아 구슬처럼 반짝이는 눈을 데굴거리며 베티를 쏘아보았다. 어느새 두 번째, 세 번째 까마귀가 표지판에 내려앉았다. 베티 머릿속에 할머니가 믿는 까마귀 미신이 퍼뜩 떠올랐다.

> 한 마리는 습지 안개,
> 두 마리는 슬픔,
> 세 마리라, 그대는 내일 먼 길을 떠나겠구나…….

베티는 세 번째 까마귀가 날아가고 두 마리만 남는 광경을 지켜봤다. 말도 안 되는 미신을 믿지도 않는데 왜 이렇게 초조하지?

"봄이 끝나기 전에 가게가 팔릴 거다. 두고 봐."

새해 첫 주에 표지판을 붙이고 나서 아빠가 장담했다. 하지만 그렇게 되지 않았다. 몇 주가 몇 달로 늘어나더니 이젠 거의 오월이었다. 할머니는 애초 밀렵꾼의 주머니를 팔고 싶어 하지도 않았다. 그건 베티 생각이었다. 베티가 오랜 시간 공을 들여 이젠 날개를 활짝 펴고 까마귀바위섬에서 떠날 때라고 할머니를 설득했다.

"우린 어디라도 갈 수 있어요. 생각해 보세요! 바닷가에 작은 찻집이나 아이스크림 가게를 여는 거예요. 뭔가 모두가 더 기분 좋게 할 수 있는 일을 하자고요."

아이스크림이라는 말에 당연히 찰리가 제꺼덕 넘어왔다. 아이스크림 가게 생각은 찰리 머릿속에 깊이 뿌리를 내렸다.

하지만 떠나는 일은 베티 생각만큼 쉽지 않았다. 밀렵꾼의 주머니가 예전

만큼 낡지는 않았어도 그렇다고 근사하지도 않았다. 매주 한 번은 타일이 빠지고 창문에 달린 덧문이 헐거워져서 손을 봐야 했다. 이 순간조차 아빠가 위층에서 무언가를 고치고 있었다.

"손볼 데가 많을 거유."

'팝니다' 표지판을 내 건 뒤 처음이자 마지막으로 집을 보러 온 두 사람한테 할머니가 쾌활하게 말했다.

"오랜 세월 위더신즈 가문 소유였거든!"

하지만 모두가 알다시피 진짜 문제는 술집 자체가 아니라 술집 위치였다. 집은 무시무시한 감옥이 내려다보는 축축하고 음산한 습지 가에 있었다. 반드시 까마귀바위섬에 와야 하는 사람이 아니면, 사람들은 이곳을 찾지도 않았다. 까마귀바위섬은 슬픔의 섬이라고 알려진 네 개 섬 중에서 가장 큰 섬이었다. 까마귀바위섬 주민 대부분은 가족이나 친척이 감옥에 갇힌 이들로 죄수들과 가까운 곳에서 살고 싶어 하는 사람들이었다. 그리고 감옥에는 슬픔의 섬 곳곳에서 잡혀 온 죄수들이 수감되어 있었다.

위험한 자들이야.

베티가 몸을 떨며 생각했다. 사기꾼, 도둑, 심지어 살인자들까지 배 한 번 타면 가 닿는 참회의 섬에 갇혀 있었다. 참회의 섬보다 조금 더 작은 비탄의 섬이 그 너머에 있었다. 까마귀바위섬에서 죽은 자들이 묻히는 곳이었다. 마지막 섬은 고통의 섬이라고 불렸다. 슬픔의 섬에서 베티와 자매들이 유일하게 가보지 않은 곳이었다. 추방당한 이들만 그곳으로 보내지고 다른 사람은 출입을 금한 터였다.

베티가 힐끔 핑거티를 보니 여전히 카운터 앞 등받이 없는 의자에 맥없이 앉아 있었다. 주름진 이마에 툭 튀어나온 힘줄이 뎅그렁 뎅그렁 울리는 종소리에 맞춰서 움찔거렸다.

모두가 핑거티의 과거를 알았다. 원래는 감옥 간수였지만 나중에는 본인이 범죄를 저질렀다. 밀렵꾼의 주머니에서 핑거티보다 고통의 섬을 잘 아는 사람도 없었다. 섬에서 탈출하기를 간절히 원하는 이들을 핑거티가 밖으로 몰래 빼냈기 때문이었다.

"진짜 왜 하필 지금 저런대? 기껏 이만큼 예쁘고 밝게 꾸며놨는데. 이젠 저 시끄럽고 소름 끼치는 소리 때문에 다 망쳤어!"

플리스 말에 할머니가 위층으로 올라가는 계단 문에서 나오며 말했다.

"저게 딱히 뭘 더 망치지는 않아. 말이야 바른말이지 종을 왜 울리겠냐!"

불붙인 벽난로를 노려보는 할머니 눈빛은 불꽃처럼 이글거렸지만, 주위를 가리키는 손짓은 무기력했다.

"우리가 제정신이 아니었지. 여기를 어떻게 해보려고 하다니……. 그래 봤자 쓰레기 같은 놈들이나 모이는 술독인데."

"할머니! 그런 말씀은 너무 심하시잖아요."

플리스가 못마땅하게 말했다.

"내가 뭐 틀린 말했남?"

할머니가 벌컥 성을 내더니 술잔을 잡아서 위스키를 따랐다.

"원하는 만큼 얼마든지 이곳을 쓸고 닦을 수야 있지만 그런다고 달라질 것은 없어. 내가 줄곧 말했듯이 돼지 귀로 비단 지갑을 만들 수는 없는 법이거든."

찰리는 놀란 기색이었다.

"우웩! 그런 짓을 누가 왜 해요?"

"진짜 그런다는 게 아니야. 할머니 말은 아무리 이곳이 실제와 달라 보이게 노력해도 소용없다는 뜻이야."

플리스가 설명했다.

"그럼 나 이 옷 벗어도 돼?"

단박에 찰리가 물었다.

"아직 안 돼. 늦게라도 올지 몰라."

베티가 말렸다.

"벌써 십오 분이나 지났다."

할머니가 무거운 목소리로 말했다.

"저기, 그냥 여기서 계속 살면……. 그렇게 나쁠까?"

플리스가 머뭇머뭇 물었다.

"왜에? 다른 데 가서 아이스크림 가게를 열 수 있는데 왜 여기서 계속 살아?"

찰리가 분통을 터트렸다.

"이 맛 저 맛 다 생각해 봐. 산딸기 맛, 블루베리 맛, 크랜베리 맛……."

커다랗게 뜬 찰리 초록색 두 눈에 욕심이 가득했다.

"게다가 셋이 한방을 써야 해서 내가 미쳐버리겠다는 사실은 말할 필요도 없지."

베티가 끼어들었다.

"난 언니들이랑 방 같이 쓰는 거 좋단 말야!"

찰리가 섭섭해했다.

"나도 좋기는 하지만 방이 점점 좁아지잖아. 넌 온갖 생물을 다 갖다 놓지, 언니는 연애편지가 산더미고……."

"산더미는 무슨! 어쨌건 내 말은……. 그래도 여기가 우리 집이잖아."

플리스가 발개진 얼굴로 더듬더듬 말했다.

베티는 절망스러워서 속이 부글부글 끓었다.

언니는 진짜 너무 감상적이야!

"그래, 나도 안다. 하지만 우리가 못 떠난다고 생각하면 여긴 집이 아니라 뭐랄까……. 감옥 같기는 해."

할머니가 한숨을 쉬더니 조금 부드러워진 목소리로 말했다.

세 자매가 입을 다물고 눈빛을 주고받았다. 세 자매는 갇히는 느낌이 어떤 건지 누구보다 잘 알았다. 베티가 열세 번째 생일을 맞이할 때만 해도 위더 신즈 가문 여자들은 까마귀바위섬에서 떠나지 못하는 저주에 걸려 있었다. 하지만 베티와 플리스, 찰리가 힘을 합치고 가족이 지닌 마법의 도움도 조금 받아서 저주를 깨트렸다. 세 자매만 아는 비밀이었다. 위더신즈 자매들은 비밀을 지키는 데 재주가 있었다.

"플리스 언니, 이게 무슨 냄새야?"

찰리가 코를 킁킁거리며 물었다.

"까마귀 맙소사!"

플리스가 꽥 소리치더니 위층 계단으로 이어지는 문으로 쏜살같이 튀어나갔다. 잠시 뒤, 플리스가 뭔가 새카맣게 탄 것(생강 과자처럼 생겼다.)이 담긴 쟁반을 들고 돌아오더니 하나씩 나눠주기 시작했다.

"이걸 어떻게 먹어! 이 다 부러지게."

핑거티가 탄 과자를 들여다보며 버럭 외쳤다.

"가장자리만 살짝 탔어요."

플리스는 기분이 상했다. 눈을 마구 깜빡여서 눈에 붙은 까만 앞머리를 떼어냈다.

베티는 그나마 제일 덜 타 보이는 조각을 골라서 집어 들었다. 목구멍으로 탄내가 넘어가자 기침이 올라왔지만 참았다.

"음!"

베티가 맛있다는 소리를 냈지만 하나도 진심으로 들리지 않았다.

플리스가 한 마디 쏘아붙이려는데 찰리가 먼저 큼지막한 조각을 두 개나 집어 들었다.

"하나는 내 거, 하나는 깡총이 거."

"너 또 그놈의 쥐 타령이냐?"

할머니가 두 손을 엉덩이 양옆에 단호하게 붙이면서 물었다.

"하⋯⋯. 찰리, 꼭 상상 속 동물을 친구로 삼아야겠다면 좀 괜찮은 애를 고르지 그러냐?"

"쥐도 괜찮아요. 할머니, 걱정하지 마세요. 깡총이는 안전하게 제 주머니 안에 있으니까요."

찰리가 꿋꿋하게 과자를 으적으적 씹으며 말했다.

"아무렴, 밖으로 나오면 안 되지."

할머니가 중얼거렸다.

베티는 상상 속 쥐 얘기로 바쁜 찰리와 할머니를 남겨두고 나왔다. 플리스 언니 시야에서 벗어나자마자 바싹 탄 생강 과자를 제일 가까운 벽난로에 던져버렸다. 다시 창가로 다가가는 베티 눈길이 마른 마가목(*말 이빨처럼 생긴 흰색 꽃이 펴서 붙은 이름) 열매가지와 할머니가 행운을 기원하며 걸어놓은 다른 부적들을 지나 석양으로 향했다. 습지에서 저녁 안개가 밀려들자 베티가 아까 느꼈던 불안감이 짙어졌다. 베티는 할머니가 믿는 미신이 늘 터무니없다고 여겼지만, 부당할 만큼 위더신즈 가문이 불운하다는 데는 의문의 여지가 없었다. 아무래도 불운은 까마귀바위섬처럼 위더신즈 가족이 쉽게 피할 수 없는 그 무엇인 것 같았다.

뿌연 안개 속으로 다니는 한 형상이 베티 눈에 띄었다. 간수 한 명이 풀밭 너머 거리에서 집마다 문을 두드리고 있었다. 베티는 간수가 더 있다는 것을 알았다. 누군지 몰라도 감히 감옥에서 탈출한 자를 찾고 있을 터였다. 탈옥수를 잡을 때까지 간수들은 수색을 멈추지 않을 것이었다. 저들은 곧 풀밭을 넘어와 밀렵꾼의 주머니까지 와서 킁킁 냄새를 맡아대며 의심 가득한 질문을 던져댈 것이었다.

풀밭 위 커다란 참나무 아래에서 뭔가가 움직이며 베티 시선을 사로잡았다. 두 사람이 가지가 드리운 그림자 아래 서서 밀렵꾼의 주머니를 응시하고 있었다. 확실하지는 않았지만 남자들 같았다. 베티 심장 뛰는 속도가 빨라졌다. 틀림없이 저 사람들이 모두가 기다리는 방문객, 집을 살지도 모르는 사람들이리라. 할머니 말에 따르면 형제라고 했다. 두 사람 행동에서 베티는 두 사람 의견이 갈렸다는 것을 눈치챘다.

한 명이 못 참겠다는 몸짓으로 가게를 향해 발걸음을 내디뎠다. 다른 한 명이 고개를 젓더니 처음에는 가게를 손가락질했다가 이내 집마다 문을 두드리고 다니는 간수를 가리켰다. 나루터를 향해 등을 돌리는 두 사람을 지켜보는 베티는 가슴이 무너졌다. 두 사람이 내딛는 발걸음에 맞춰 감옥 종이 울렸다. 무슨 대화가 오갈지 상상이 갔다.

힘들일 가치가 없어. 뭐 저런 곳이 다 있지? 얼마든지 더 나은 곳을 찾을 수 있어.

낙담한 베티는 연기로 눈만 따가워진 채 창문에서 물러났다. 할머니가 옳았다. 가게는 조만간 팔리지 않을 터였다.

하지만 할머니가 모든 면에서 옳지는 않았다. 이 밤이 가기 전, 위더신즈 가족은 방문객을 맞을 것이었다. 모두가 기다리던 손님이 아닐 뿐.

## 2장. 까마귀 상징

"찰리! 왜 내 침대 위에 빵 부스러기가 이렇게 많지?"

플리스가 소리쳐 물었다.

"내 침대에 못 앉아서."

찰리가 소맷부리로 턱에 묻은 버터를 닦아내더니 베티와 함께 쓰는 침대를 가리켰다.

"베티 언니가 자리를 다 차지했잖아. 맨날 저래."

플리스가 수건으로 검은색 짧은 머리에서 물기를 털어내며 재빨리 방으로 들어왔다. 장미 향을 머금은 촉촉한 공기가 뒤따라 흘러들어 왔다. 플리스는 베개에서 부스러기를 털어내고 거울 앞에 서서 젖은 머리를 빗으며 만족스러운 듯 길게 숨을 내쉬었다.

베티가 침대에 잔뜩 펼쳐 놓은 지도 더미에서 고개를 들고 말했다.

"그래도 우리 중 한 명은 할머니가 새로 만든 '일주일에 두 번 목욕' 규칙이 마음에 드나 보네."

이제는 날이 저물었다. 찬 바람이 불어 들어오는 창문으로 어둠도 밀려들어 왔다. 아래층에서 하루 장사를 끝낸 할머니가 밤이 깃든 밀렵꾼의 주머니

문을 닫으며 중얼거리는 소리가 났다.

아까 간수들이 가게에 들이닥쳐서 곤봉을 휘두르며 사납게 질문을 던져댔다. 삽시간에 주위가 조용해지는 바람에 밖에서 울리는 종소리가 더 크게 들렸다.

"탈옥수는 두 명이다."

간수가 입을 열자 웅성거리는 소리가 다시 가게 안에 재빨리 퍼졌다.

"한 놈은 물에 빠져서 반쯤 죽은 상태로 물가에 밀려왔다. 밤을 넘기진 못할 거다. 다른 놈은 아직 잡히지 않았다."

간수들이 물러가고 한 시간쯤 뒤, 드디어 종소리가 그쳤다.

베티는 마음이 진정될 줄 알았다. 간수들이 찾던 죄수를 잡았다는 의미일 테니까. 그래도 베티는 여전히 불안감을 떨치지 못했다. 보기만 해도 위협적인 간수들이 등장해서라고 합리화했다. 간수들이 마지막으로 밀렵꾼의 주머니에 등장했던 건 두 달 전이었다. 흔적도 없이 사라진 간수 두 명을 찾고 있다면서 그때도 모두를 바짝 긴장시켰다.

"가게가 빨리 팔렸으면 좋겠어."

찰리 말에 베티가 퍼뜩 정신을 차리고 현재로 돌아왔다. 찰리가 토스트 조각을 하나 더 입에 욱여넣고 말을 이었다.

"그러면 목욕하고 차려입는 일을 그만두겠지? 일주일에 한 번 목욕도 괴롭단 말야."

"비누 기피자 같으니라고."

베티는 내심 찰리 말에 동의하면서도 중얼거렸다. 딱히 목욕이 싫지는 않았지만 걷잡을 수 없이 머리카락이 꼬불꼬불 말리는 몇 가지 원인 중 하나가 목욕이었다.

"언냐, 지금은 어디 지도 봐?"

찰리가 침대 끝에 걸터앉으며 물었다.

"그냥 여기저기."

잠시나마 베티를 괴롭히던 불안감이 걷히고 흥분감이 밀려들었다. 베티는 지도만 들여다보면 늘 이랬다. 탐험할 곳이 정말 많았다! 까마귀바위섬 너머에서 온 세상이 기다리고 있었다. 과연 어디로 가게 될까?

"여긴 어때? '위대하고 말쑥한 마을'이라……. 흥미진진한 곳 같지 않아? 숲도 있고 성터도 있고."

플리스가 코웃음 쳤다.

"이름만 듣고 그곳이 어떤 덴지 어떻게 알아?"

"까마귀바위섬은 이름이랑 딱 맞는데? 이름처럼 우울하잖아."

베티가 쏘아붙였다.

"거기는 어때? 뭐더라? 바닷가 근처에 거지……. 거지 뭔데?"

위험하게도 찰리는 베티가 애지중지하는 지도에 끈적끈적한 손가락이 닿을 만큼 가까이에서 지도를 가리켰다.

"'거지들의 쉼터'. 어울리는 이름이야. 할머니가 늘 말하듯이 거지들한테는 선택권이 없으니까. 우리도 마찬가지지만."

베티가 찰리 말을 대신 맺으면서 찰리 손을 지도에서 치웠다.

"너 또 라벤더 잼 퍼먹었니? 요 욕심꾸러기 새끼 돼지야?"

"엉."

찰리가 손가락을 쪽쪽 빨며 침대에서 뛰어내리더니 서랍장으로 가서 알록

달록한 목각 마트료시카 인형 한 벌을 집어 들고 능숙하게 만지작거렸다.

"하지 마!"

베티가 찰리 꿍꿍이를 눈치채고 급히 입을 뻥긋거렸는데 너무 늦었다. 찰리는 기대감 가득한 장난스러운 눈빛으로 플리스를 뚫어지게 바라보며 간단히 손을 한 번 놀려서 바깥쪽 인형 위아래 조각이 어긋나도록 시계 반대 방향으로 완전히 한 바퀴 돌렸다.

수제 향수를 손목에 찍어 바르던 플리스 눈앞에 난데없이 다리가 세 개뿐인 갈색 쥐가 나타났다. 플리스가 목이 찢어지게 비명을 질렀다.

"찰리!"

플리스가 꽥 소리쳤다. 플리스 손에서 미끄러진 향수병이 바닥에 떨어지자 안에 들었던 액체가 다 쏟아졌다.

"찰리 너 진짜! 이 망할 놈의 쥐새끼 같으니라고! 그만해!"

찰리가 우하하 웃음을 터트리며 쥐를 집어 들었다.

"헤헤, 깡총아, 우리가 또 한 건 했다. 그렇지?"

찰리가 기쁜 듯이 쥐한테 속삭였다.

플리스가 입술을 오므리며 말했다.

"그 인형은 장난감이 아니야. 알면서."

"플리스 언니 말이 맞아."

베티가 지도를 말아서 한쪽으로 치우고 찰리한테서 목각 인형을 빼앗더니 동생 땋은 머리를 가볍게 한 번 잡아당겼다.

"내킬 때면 언제든지 갖고 놀 수 있는 마법 장난감이 아니야. 아주 특별한 비밀이지. 우리 물건 중에서 가장 귀중해."

베티가 매끄러운 나무 표면을 사랑스럽게 쓰다듬으며 말했다.

그 인형은 베티가 열세 번째 생일날 받은 선물이었다. 위더신즈 가문 여자들이 대를 이어 물려받은 아주 특별한 물건이었다.

"난 이걸 마법 한 줌이라고 부른단다."

할머니는 베티에게 인형을 주면서 이렇게 말했다. 베티는 인형에 깃든 신비한 능력에 극도로 흥분했고, 눈으로 보고 배우면서도 믿기 어려워했다. 베티 물건 중 아무거나 작은 걸 두 번째 인형 안에 넣기만 하며 베티 모습이 사라졌으니 그럴 만도 했다. 게다가 다른 사람 물건을 세 번째 인형 안에 넣으면 그 사람도 사라졌다. 두 경우 모두, 위아래 조각에 나눠 그려진 인형 무늬를 일직선으로 맞춰서 차례대로 포개야 했다. 제일 바깥쪽 인형까지 위아래 조각이 완벽하게 일자로 맞춰지는 순간, 사라지게 하려고 했던 사람(또는 사람들)이 투명해졌다. 마법을 풀고 다시 모습이 드러나게 하려면 맨 바깥쪽 인형 윗부분을 시계 반대 방향으로 완전히 한 바퀴 돌리면 되었다.

베티가 고개를 저으며 인형들을 차례대로 열었다. 아니나 다를까, 세 번째 인형 안에 길고 가느다란 쥐 콧수염이 한 가닥 들어 있었다.

"마법의 인형으로 쥐를 사라지게 할 생각을 하는 사람은 세상에 너밖에 없을 거다."

이미 헝클어진 동생 머리를 흩트리는 베티는 웃음이 나서 입꼬리가 슬며시 올라갔다.

찰리가 발랑 뒤집힌 귀여운 들창코를 톡톡 치며 벙긋 웃었다.

"어떻게든지 할머니 눈에 안 띄게 해야 하거든."

"내 눈에도 안 띄게 해주면 좋겠어."

27

플리스가 투덜거렸다.

"누가 그렇게 눈에 띄면 안 되는데?"

우렁우렁 울리는 목소리에 세 자매가 펄쩍 뛰었다.

베티가 본능적으로 인형들을 포개고 바깥쪽 인형 위아래 조각 무늬를 맞추자 찰리가 품고 있던 깡총이가 사라졌다. 세 자매 아빠가 방 입구로 불쑥 얼굴을 들이미는 순간, 베티가 아슬아슬하게 인형을 등 뒤로 숨겼다.

"아니에요!"

세 자매가 합창하듯 일제히 외쳤다.

바니 위더신즈가 싱긋 웃었다. 아빠는 할머니처럼 두 볼이 빨갛고 둥그스름한 데다 머리카락은 찰리처럼 새 둥지 같았다.

"잠깐 아빠는 플리스가 또 몰래 남자친구를 사귀는 줄 알았어."

아빠가 장난쳤다.

플리스가 얼굴을 붉히며 손에 든 수건으로 아빠를 가볍게 한 대 쳤다.

"어디 가세요?"

아빠가 외투 차림이라는 걸 눈치채고 베티가 물었다.

아빠가 수염이 거칠거칠한 턱을 긁적이며 고개를 끄덕였다.

"습지 기슭으로 가는 마지막 나룻배를 타려고. 거기 술집 하나가 내일 아침에 경매로 나오거든. 잘하면 거기 누구라도 이곳에 관심이 생길 수도 있겠다 싶어서. 내일 차 마시는 시간 전에는 올 거야."

아빠가 찰리 코를 살짝 잡아당겼다.

"네가 아빠 몫까지 다 먹어 치우지만 않으면 말이야!"

아빠가 건넨 간단한 말 몇 마디에 베티는 불안감이 훨씬 가라앉았다. 말로 사람을 구워삶아서 밀렵꾼의 주머니를 팔아넘길 이가 있다면 그건 바니 위더신즈였다. 아빠한테는 사람 마음을 사로잡는 특별한 무언가가 있었다. 플리스는 아빠의 그런 면을 (얘기하지 않아야 하는 말까지 떠벌리는 성향도 더불어서) 물려받았다.

아빠는 거칠거칠한 수염을 세 딸 뺨에 문지르며 입을 맞추고 삐걱삐걱 소리를 내면서 아래층으로 내려갔다. 베티는 창문가에 서서 아빠를 바라봤다. 가족의 희망을 짊어진 아빠가 둥지 풀밭을 가로질러 점점 짙어지는 안개 속으로 사라졌다.


얼마 뒤, 덜컹거리는 창틀 사이로 불어든 눅눅한 바람 한 줄기가 머리맡까지 닿는 통에 베티가 깜짝 놀라 잠에서 깼다. 베티는 쏟아지는 잠을 이기지 못하고 이불 속으로 더 깊이 파고들었다. 하지만 무슨 일 때문인지 곧 두 눈을 번쩍 떴다.

방이 지나치게 조용했다. 베티는 몸을 돌려 누워서 눈을 게슴츠레 떴다. 찰리는 요란하게 자는 편이었다. 수시로 코를 골거나 쿵쿵대서 적막을 깨트리기 일쑤였다. 그런데 지금은 베티가 숨 쉬는 소리 말고는 아무 소리도 나지 않았다. 베티는 눈을 깜빡여서 마지막으로 남았던 졸음기를 떨쳐냈다.

침대 저쪽 편 찰리 자리에 이불이 뭉쳐 있었다. 그런데 찰리가 없었다.

베티가 일어나 앉아서 귀를 기울였다. 식품 저장고를 뒤지러 갔나? 찰리는 밤에 몇 번 그런 적이 있었다. 야금야금 꺼내 먹지 말라고 귀에 못 박히도록 잔소리를 들었지만 한계가 없는 동생 뱃속이 언제나 동생을 이겼다. 지난번에는 가족 모두의 아침거리였던 빵을 절반 가까이 먹어 치웠다. 할머니는 머리 꼭대기까지 화가 나서 다음에 또 그러면 계단참에 있는 으스스한 찬장을 청소할 줄 알라고 으름장을 놨다. 할머니가 그런 말을 할 만도 했다.

뭐, 아침에 할머니가 알아서 찰리를 혼내시겠지.

베티는 하품을 하면서도 그대로 앉은 채 귀를 곤두세우고 부엌에서 달그락 땡그랑거리는 소리가 나며 동생 위치가 드러나기를 기다렸다. 아무 소리도 들리지 않았다. 호기심만 커진 베티가 침대에서 빠져나와 장화에 발을 쑤셔 넣었다.

방 맞은편 끝에서는 플리스가 새근새근 단잠에 빠져 있었다. 베티는 언니를 보면서 달걀형 얼굴 주위로 덥수룩한 검은색 짧은 머리가 삐죽삐죽 뻗친 생김새가 픽시(*사람처럼 생기고 귀가 뾰족한 작은 도깨비나 요정)를 닮았다고 생각했다. 잠자는 모습도 어찌나 단정한지 코골이처럼 매력적이지 않은 짓은 절대 하지 않을 것 같았다.

베티가 숄을 어깨에 두르며 살금살금 문으로 가서 잠시 멈춰 섰다. 할머니 방에서 요란하게 코 고는 소리가 드르렁드르렁 났다. 베티가 부엌을 힐끔 쳐다봤다. 조용하고 어두웠다.

베티는 복도로 나와서 계단으로 향했다. 아래로 내려갈수록 할머니가 피워댄 담배 연기와 맥주 냄새가 짙어졌다. 베티는 천천히 문을 열다가 그대로 멈췄다. 할머니가 부적 삼아 문틀 위에 걸어놓은 편자가 거꾸로 매달려 있었다. 저게 왜 저렇게 걸렸지? 편자를 똑바로 걸어야 행운이 새어 나가지 않는다면서 할머니가 얼마나 깐깐하게 구는지는 모두가 알았다. 베티는 편자를 재빨리 바로잡아 놓고 스스로 나무랐다. 까마귀에 편자라니, 할머니랑 다를 게 없잖아! 하지만 왠지 신경도 거슬리고 아까처럼 불안해졌다.

베티가 텅 빈 탁자와 의자 너머를 힐끔힐끔 살폈다. 벽난로에서 채 꺼지지 않고 일렁이는 불씨 덕분에 아직 희미하게나마 공기에 온기가 남았다. 찰리는 여기에도 없었다.

맥박이 빨라졌다.

"침착해."

베티가 중얼거렸다.

여섯 살짜리 여자애가 그냥 사라질 리 없어. 특히 망아지처럼 제멋대로 날뛰는 찰리 위더신즈는.

무서운 꿈을 꿔서 할머니 침대 위로 기어 올라갔나? 한 번 확인해볼 만했다. 베티는 다시 계단 위로 올라가려고 돌아서다가 뭔가 따뜻하고 날카롭게 울어대는 것에 발이 걸렸다.

"훠이!"

베티도 똑같이 날카롭게 외쳤다. (베티가 짜증이 나기도 했지만, '훠이'가 그 뭔가의 이름이었다.) 고양이가 못돼 먹은 눈빛으로 베티를 쏘아보더니 사뿐사뿐 뒷문으로 향했다. 녀석이 발톱을 세우고 문을 긁어대며 열어달라는 듯 나지막이 야옹야옹 울었다.

"난 네 부하가 아니야!"

베티가 속삭였지만 훠이가 독기 품은 노란 두 눈을 베티에게서 거두지 않자 실제로는 그렇다는 것을 깨달았다. 고양이를 밖으로 내보내 주지 않으면 고양이는 그 대가로 더럽고 지독한 냄새가 풍기는 일을 저질렀고, 이튿날 걸레로 뒤처리를 해야 하는 사람은 주로 베티였다.

"망할 놈의 고양이."

베티가 투덜거리면서 뒷문 열쇠로 손을 뻗었다. 그런데 이상하게도 뒷문은 벌써 열려 있었다.

"아까 분명 잠갔…."

베티가 문을 밀어서 열자 차가운 돌풍이 불어 들어와 발목을 휘감았다. 마당으로 발을 내딛는 베티 옆으로 훠이가 쌩 지나갔다. 하늘에는 달빛이 뿌옇게 번졌고 공기에는 습지 짠 내가 가득했다. 할머니 담배 연기구름보다 짙은 안개가 담요처럼 베티를 뒤덮은 탓에 앞이 잘 보이지도 않았다. 맥주 공장으로 돌려보낼 맥주 통과 빈 유리병을 채운 궤짝이 자갈 깔린 마당에 잔뜩 쌓여 있었다.

베티는 어두운 마당 구석구석을 들여다보며 궤짝 더미 주변을 한 바퀴 돌았다. 작게 소곤거리는 소리가 베티 귀에 닿았다. 그 즉시 베티는 까마귀바위섬에 내려오는 어떤 이야기를 기억해냈다. 안개에 갇혀 목숨을 잃은 낚시꾼과 탈옥수의 영혼들이 이제는 이곳 습지를 떠돈다는 이야기였다. 이내 베티는 고개를 저으며 그런 이야기를 믿지 않겠던 다짐을 떠올렸다.

"찰리? 여기 밖에 있니?"

베티가 어둠 속을 향해서 나지막이 물었다.

정적. 하지만 이내 속삭이는 소리가 또 한 번 나면서 곧바로 발을 끄는 소리가 들리더니 양 갈래 땋은 머리가 다 헝클어진 작은 머리통이 맥주 통 뒤에서 쏙 나왔다. 찰리가 휘둥그렇게 뜬 두 눈으로 베티를 마주 봤다.

"까치가 못 살아, 찰리!"

베티가 앓는 소리를 냈다. 머릿속에서 유령 생각이 사그라지자 달음박질치던 심장도 가라앉았다.

32

"한밤중에 여기 밖에서 뭐 해?"

베티가 몸을 떨며 숄을 더 바짝 두르고 서둘러 마당을 가로질러 제일 먼 구석, 질척질척한 작은 풀밭과 꽃이 드문드문한 꽃밭까지 갔다.

찰리도 외출복 차림이었다. 찰리가 입은 검은색 외투가 어둠 속으로 녹아 들었다.

꽃밭 옆에 선 찰리 발치에 꽃삽과 성냥갑이 놓여 있었다. 성냥갑 안에 작고 깃털 돋은 무언가가 들었는데 움직이지 않았다. 베티는 가슴이 철렁 내려 앉았다. 보나 마나 휘이가 또 사고를 친 것이었다.

"찰리!"

연민이 일었던 베티는 이제 화가 치밀었다. 동물이라면 사족을 못 쓰는 막냇동생이 한밤중에 밖으로 몰래 기어 나온 이유를 알았다. 베티가 꽃밭을 가리켰다. 나뭇가지가 줄줄이 꽂혀 있었다. 나뭇가지 하나가 작은 무덤 하나였다.

"죽은 동물 그만 묻으라고 할머니가 경고했잖아."

베티는 찰리가 베티 말을 귓등으로도 듣지 않는다는 걸 눈치채고 잔소리를 그만두었다.

"무슨 일 있어? 왜 이렇게 이상하게 굴어?"

찰리가 자세를 바꾸며 부들부들 떠는 손가락으로 어딘가를 가리켰다.

찰리 뒤, 어둠이 짙은 두 궤짝 사이에 자그마한 어린애 하나가 끼어 있었다. 베티가 아이를 가만히 살폈다. 찰리 또래인 듯 예닐곱 살쯤으로 보였다. 깡마르고 꼬질꼬질한 얼굴에 눈물이 말라붙은 아이는 온몸에서 가난이 뚝뚝 떨어졌다. 두 눈에는 허기가 가득했고 누더기나 다름없는 옷을 걸쳤다.

"쟤, 쟤는 누구야?"

베티가 간신히 숨을 내쉬었다.

"몰라. 나도 이제 막 쩍쩍이 묻어주려고 나왔는데 쟤가 저기 숨어 있었어."

찰리가 속삭였다.

아이가 몸을 덜덜 떨며 커다랗게 뜬 눈으로 베티와 찰리를 마주 봤다. 찰리가 무릎을 꿇고 앉아서 작은 손을 내밀며 조심스럽게 말을 걸었다.

"넌 누구야? 괜찮아. 우린 너 안 해쳐."

작은 여자아이는 몸만 부르르 떨 뿐 대답이 없었다. 지저분한 머리는 떡이 져서 치렁치렁했고 축축한 옷은 몸에 철썩 들러붙었다.

"여긴 어떻게 들어왔지?"

질문하는 베티 목소리가 의도보다 날카롭게 나왔다. 여자애는 그림자 속으로 다시 들어가 버렸지만 베티는 여자애 주위에서 어른거리는 빛을 봤다. 달빛이 닿지 않는 곳에 놓인 근처 유리병이 반짝반짝 빛을 발했다. 여자애가 상자 뒤에 등불이라도 놔뒀나?

"저기."

찰리가 손가락으로 마당 문을 가리켰다. 문은 잠겼지만 삭은 나무가 부서져서 벌어진 틈이 보였다.

"저기로 비집고 들어왔나 봐."

베티가 얼굴을 찌푸렸다. 바늘 같은 무언가가 마음 한구석을 따끔따끔 찔러댔다.

"왜 숨었어?"

찰리는 포기할 생각이 없어 보였다. 겁먹은 동물에게 말을 걸듯 부드럽고 조심스럽게 다가가다가 돌연 내밀었던 손을 뒤로 확 **빼며** 헉 소리를 냈다. 여자애가 걸친 누더기 치마 뒤에서 둥근 형체가 빛을 발하며 나타난 터였다.

"도깨비불!"

베티가 나지막이 외치며 찰리를 잡아끌어 두 사람 앞에서 은은하게 빛을 발하는 구체에서 떨어뜨렸다.

"도깨비불이야. 여자애는 습지에서 왔어!"

휘청휘청 뒤로 물러나는 찰리 발에 꽃삽이 걸려서 달그락 소리를 냈다. 찰리의 작은 얼굴이 공포에 사로잡혀 일그러졌다. 찰리가 얼른 손으로 악의 기운을 물리친다면서 할머니가 가르쳐준 까마귀 상징을 만들었다.

그런 미신을 믿는 것은 현실적이고 논리적인 베티 성향에 어긋났지만, 결국 베티도 머뭇거리다가 찰리처럼 까마귀 상징을 만들었다.

후회하는 것보다 낫겠지.

베티가 우울하게 생각했다. 습지 도깨비불은 불길한 징조라고 할머니가 귀에 못 박히도록 말했다. 까마귀바위섬 주민은 안개 속에서 빛으로 일렁이는 둥근 형체를 따라갔다가 그길로 영영 자취를 감추는 여행자 이야기를 어려서부터 들으며 자랐다. 주민 대부분이 도깨비불은 습지를 건너다가 실종된 생명이 유령 같은 메아리로 남은 존재라고 믿었다. 할머니도 마찬가지였다.

도깨비불은 여자아이 앞을 맴돌 뿐 찰리와 베티 가까이에 오지 않았다. 으스스한 은색 불빛이 여자아이의 깡마른 얼굴에 기묘한 그림자를 드리우자 아이가 갑자기 나이 들어 보였다.

"찰리, 어서 안으로 들어가."

베티가 찰리한테 속삭인 뒤 여자아이를 돌아보고 말했다.

"그리고 너, 너도 어디에서 왔든 빨리 그곳으로 돌아가."

"못 가요."

여자아이가 중얼거린 속삭임이 어찌나 가냘픈지 순간 베티는 여자애가 말했다고 착각한 줄 알았다. 하지만 절박함이 고스란히 묻어나는 여자애 눈빛에는 뭔가 다른 것이 더 있었다. 바로 단호함이었다.

"못 가요. 안 갈 거예요."

이번에는 여자아이 목소리에 힘이 실렸다.

"언니, 쟨 우리 도움이 필요해 보여."

찰리는 여자아이에게서 눈을 뗄 줄 몰랐다.

"찰리 위더신즈, 안에 들어가라고 했지. 우린 저 애를 몰라. 뭘 원하는지도 모르고 옆에 저, 저, 저런 건 왜 있는지도 모르잖아!"

베티가 으르렁거렸다.

"이건 위험하지 않아요."

여자아이가 입을 열었다가 마당 담 건너편에서 잰 발걸음 소리가 들리자 이내 입을 다물었다. 또다시 바짝 움츠러드는 여자아이가 몹시 어리고 심하게 두려워하는 기색이어서 베티는 어느새 연민이 일었다. 찰리가 옳았다. 누가 봐도 여자아이는 곤경에 처했다. 도대체 왜?

걸걸한 목소리가 들렸다.

"진짜라니까. 빛을 봤어. 등불이나 뭐 그런 거였는데……."

누군가 문을 잡고 흔들어댔다. 썩은 나무가 떨어져 나간 틈으로 쏟아져 들어온 횃불 불빛이 축축한 자갈 위로 번쩍거리며 마당을 가로지르자 베티가

36

그대로 얼어붙었다. 하지만 이내 찰리를 붙잡아 커다란 빈 맥주 통 뒤로 아슬아슬하게 숨었다. 불빛이 깜빡이며 마당을 비추는 사이, 베티는 끽 소리도 내지 말라는 표시로 찰리와 여자아이를 향해 손가락으로 입술을 꾹 눌러 보였다. 이번만큼은 찰리가 베티 말을 들었다.

문을 쾅쾅 두드리는 소리에 베티는 비명이 나올 뻔했지만 간신히 참았다. 주먹이었을까? 문이 쪼개지면서 나무 파편이 튀어 자갈 위로 날아들었다. 제대로 한 방 걷어차면 문이 나가떨어질 것이었다. 안 그래도 할머니가 벌써 몇 주째 아빠한테 문 좀 고치라고 잔소리를 했다.

베티 심장이 미친 듯이 쿵쿵 뛰었다. 이렇게 어린 여자아이한테서 뭘 원하지? 혹시 얘가 탈옥한 사람 중 하나인가? 에이, 설마……. 종소리도 벌써 몇 시간 전에 그쳤는데. 게다가 모두가 알다시피 까마귀바위섬 감옥에는 남자 죄수뿐이었다. 베티는 언제 문이 박살 날지 몰라서 마음을 단단히 먹었다. 하지만 담장 너머에서 두 번째 목소리가 내뱉다시피 단호하게 명령했다.

"그만둬."

문을 쳐대는 소리가 뚝 멈추더니 이내 속삭이는 소리가 났다. 목소리가 섞인 데다 너무 작아서 베티한테 안 들렸다. 저벅저벅 묵직한 발걸음 소리가 문에서 멀어졌다. 베티는 신경을 곤두세우고 움직이는 소리에 귀를 기울였다. 마침내 아무 소리도 들리지 않았다. 베티가 몸을 부들부들 떨며 찰리를 불렀다. 그러고는 잠깐 망설이다가 수수께끼 같은 소녀한테도 뒷문을 가리키며 입을 뻐끔거렸다.

"안으로 들어가. 당장!"

## 3장. 검은 깃털

안으로 들어온 베티가 최대한 조용히 뒷문을 닫으려고 했지만 빗장이 뻣뻣해서 애를 먹었다. 빗장이 제자리에 걸리며 크게 쿵 소리가 나는 바람에 세 아이가 모두 펄쩍 뛰었다. 베티는 나지막이 욕을 내뱉으면서 눈과 귀를 전부 계단에 집중했다. 위층에서 움직이는 낌새는 없었다.

"저 안으로 들어가."

베티가 속삭이다 말고 휘이가 발목을 휘감듯 쓸고 지나가는 바람에 으아 소리를 내며 비틀거렸다.

"저 망할 놈의 고양이!"

베티는 찰리와 여자아이를 가게로 데리고 들어가서 곧장 제일 가까운 벽난로로 갔다.

"불빛은 키우지 말고 어둡게 있자. 장작도 더 넣으면 안 돼. 이 밤중에 새로 땐 나무 연기가 굴뚝에서 올라가면 수상해 보여."

베티가 주의를 줬다.

이 밤에 누가 본다고…….

베티는 괜한 걱정이라고 생각하면서도 밖에 다니는 사람한테 안이 안 보이도록 창문 커튼이 다 닫혔는지 서둘러 확인했다. 아까 밖에서는 누구였지? 확실히 간 거 맞아? 베티는 앞문이 잠겼는지도 확인했다. 바깥에 걸린 '팝니다' 표지판이 바람에 흔들려 끼익끼익 소리를 냈다.

베티는 일단 모든 문과 창문이 잠겼고 빗장도 걸려 있는 데에 만족해하며 서둘러 벽난로로 돌아갔다. 찰리가 불길을 되살리겠다고 잉걸불을 들쑤시기 직전에 때맞춰 도착한 베티가 아슬아슬하게 찰리 손에서 부지깽이를 낚아챘다. 작은 여자아이는 두 손을 앞으로 쭉 뻗고 있었다. 마지막으로 불꽃이 남은 석탄에서 온기를 남김없이 빨아들여 꽁꽁 언 손가락에 불어넣고 싶은 것 같았다. 아이는 죽은 사람처럼 새하얬고 사시나무 떨듯 떨고 있었다.

"이거 먹어. 깡총이한테 주려고 아까 점신 때 남긴 거야."

찰리가 주머니에서 샌드위치 반쪽을 꺼냈다.

"점신 아니고 점심."

베티가 중얼거렸다.

"그거나 이거나."

찰리가 어깨를 으쓱하더니 호기롭게 여자아이한테 샌드위치를 건넸다.

"근데 깡총이보다 네가 더 먹어야 할 것 같아."

베티가 여자아이와 도깨비불을 자세히 살폈다. 여자아이는 샌드위치를 입에 욱여넣고 있었다. 샌드위치는 뭉개진 데다 바짝 말랐지만, 개의치 않는 눈치였다. 수년에 걸쳐 어마어마하게 많은 말도 안 되는 미신으로 자매들 머릿속을 채운 할머니 덕분에 못된 임프(*영국 숲에 사는 요정의 일종. 어린아이 정도의 크기에 귀가 뾰족하고 꼬리도 있다. 사람을 도와주기도 하지만 주로 심술 맞은 성격이다)나 요정이 자연스럽게 떠올랐다. 문간에 나타나 사람을 꾀어 음식을 받아내는데, 한 번 음식을 받은 집에서는 절대 나가지 않는다고 했다. 죽은 듯이 고요한 밤, 불빛도 어슴푸레한 방에 있자니 난데없이 등장한 낯선 아이는 확실히 불길한 징조로 느껴졌다. 도깨비불이 아이의 축축한 치맛단 근처에서 맴돌았다. 도깨비불은 자기 말고 불빛이 일렁이는 다른 존재에 홀린 듯이 두어 번 불에 가까이 다가갔지만 이내 낯선 여자아이 곁으로 돌아갔다.

베티 피부에 오소소 소름이 돋았다. 습지에서 도깨비불을 몇 번 본 적 있지만 이렇게 가까이에서 보기는 처음이었다. 잉걸불처럼 깜빡이는 희미한 빛이 안에서 흘러나왔다. 하얀 심장이 두근거리는 것 같았다. 넋을 놓을 만큼 아름다우면서도 으스스했다. 사람들이 왜 도깨비불을 따라가는지 쉽게 이해가 갔다. 서늘한 두려움에 정신을 번쩍 차린 베티가 간신히 도깨비불에서 눈을 떼었다.

"오 분이야. 그 시간이면 다 먹겠지. 그때쯤이면 물가가 빌 테니 나가도 될 거야."

베티는 필요 이상으로 날카롭게 말했다.

베티 말을 들었는지 어쨌는지 여자아이는 아무 변화 없이 혼이 나간 눈길로 벽난로 불만 하염없이 들여다봤다.

베티는 동정심이 일어서 심장이 콕콕 찌르듯이 아팠다. 도깨비불만 없었어도 여자아이가 이렇게까지 수상쩍어 보이지는 않았을 텐데. 아무래도 저기 저렇게 둥둥 떠 있는 형체는 몹시 불안했다. 베티가 도깨비불을 집 안으로 들였다는 걸 할머니가 알기라도 하면 머리 꼭대기까지 화를 낼 게 뻔했다. 생각만 해도 베티는 목덜미가 근질거렸다. 여자아이를 돕고 싶은 마음도 들었지만 애당초 아이를 못 봤으면 좋았겠다고 생각했다.

찰리 요놈을 그냥! 그놈의 동물들!

"이름이 뭐야?"

찰리가 벽난로 옆에 쪼그리고 앉으며 묻더니 다른 쪽 주머니에서 새카맣게 탄, 그것도 먹다 만 생강 과자를 꺼내서 아이에게 권했다.

아이가 과자를 한 입 깨물어 외작와작 먹더니 도깨비불을 힐끔 보고는 머뭇거리며 입을 열었다.

"난……. 월로……. 그냥 그렇게 불러 줘."

여자아이 목소리가 이제는 거의 모기만 해서 알아듣기도 힘들었는데 베티는 차라리 안 듣겠다는 심사였다. 모르면 모를수록 나을 것 같았다.

"몇 살이야? 난 여섯 살. 근데 다음 주에 일곱 살이야."

"난 아홉 살. 사람들이 내가 나이보다 작은 편이래."

"많이 못 컸다는 거네?"

찰리가 돕겠답시고 덧붙였다.

"찰리, 질문 그만해. 이제 다시 자러 가야지."

베티는 마음이 뒤숭숭했다.

할머니가 깨기 전에 월로도 가야하고.

베티가 생각했다. 베티도 아이에게 묻고 싶은 게 몇 가지 있었지만 묻지 않을 작정이었다. 모르는 편이 안전했다. 특히 낯선 이들이 저 아이를 찾겠다고 밖을 돌아다니는 지금은.

찰리는 베티 말을 귓등으로도 듣지 않았다. 또래 손님이어서 마냥 즐거운 눈치였다.

"내 쥐 쓰다듬어 볼래? 투명 쥐야."

윌로가 생강 과자에서 눈을 떼고 고개를 들었다.

"상상 쥐를 키워?"

찰리가 씨익 웃었다.

"아니, 투명 쥐. 내가 말했잖아. 여기 있어."

"찰리!"

베티가 경고했지만 너무 늦었다. 찰리가 주머니에 손을 넣고 뒤적거렸다.

"깡총아, 이리 나와."

찰리가 손을 꺼내더니 다른 손으로 감싸서 무릎 위에 올렸다. 윌로가 찰리 손을 봤다가 다시 찰리를 봤다.

"만져 봐. 여기 있다니까!"

윌로가 찰리 손보다 더 꼬질꼬질한 손을 뻗었다. 틀림없이 장난이나 속임수를 기대했겠지만 이내 나지막이 탄식했다.

"어. 여기, 네 손에 뭐가 있어! 따뜻해. 그리고……. 복슬복슬해."

"그것 봐. 내가 말했지? 할머니한테 들키면 갖다 버리라고 하실 거라서 얘를 투명하게 해놔야 해."

찰리가 자랑스럽게 말했다.

"어떻게 했어?"

윌로가 물었다.

베티가 찰리를 매섭게 쏘아봤지만 이번에는 걱정할 필요가 없었다.

"안 돼. 말 못 해. 비밀이거든. 나랑 우리 언니들만 알아. 그런데……. 저건 뭐야?"

찰리가 대답하더니 고갯짓으로 도깨비불을 가리켰다. 도깨비불은 망설이

듯 허공에서 위아래로 조금씩 움직이며 둥실둥실 찰리에게 다가가고 있었다.

월로가 생각이 많은 눈빛으로 도깨비불을 가만히 바라보더니 결국 질문을 던졌다.

"도깨비불에 대해서 무슨 얘기 들어봤어?"

"여러 얘기를 들었지."

베티는 자기 입에서 나오는 말을 들었다. 그제야 어느새 또 도깨비불에 넋을 놓았다는 사실을 어렴풋이 깨달았다.

"습지에서 목숨을 잃은 자의 영혼이나 사악한 기운, 또는 임프라는 이야기를 들었어. 단순히 습지 가스일 뿐 별거 아니라는 사람들도 있고."

베티가 앞으로 뻗은 찰리 손에 한층 가까워져서 까딱거리는 도깨비불을 쳐다보며 생각했다.

더 용감해졌는데?

"그런데 직접 보니 단순한 습지 가스가 아니네. 너무 살아 있어. 호기심도 지나치고."

"살아 있다고요? 딱히 그렇지는 않아요. 한때는 그랬지만."

월로가 쉰 목소리로 말했다.

"누구…… 누구였는데?"

찰리가 물었다.

월로는 아무 말이 없었다. 그저 벽난로를 향해 다시 두 손을 쭉 뻗으며 손가락을 꼼지락거렸다. 팔을 앞으로 뻗자 옷소매가 위로 올라가서 손목에 잉크로 물든 검은색 작은 표시가 드러났다.

"그건 뭐야?"

찰리가 몸을 숙이며 물었다.

베티가 대번에 표시를 알아보고 도깨비불을 봤을 때만큼이나 겁에 질렸다.

"까마귀 깃털이야."

윌로가 나직이 말했다.

"그러니까, 진짜 네가 도망자라는 소리야?"

베티 심장 뛰는 속도가 빨라졌다.

"감옥이 아니라 고통의 섬에서 도망쳐 나왔구나! 유배지 주민이었어."

윌로가 눈을 커다랗게 뜬 채 고개를 끄덕였다.

"간수 부르지 말아요. 제발요. 금방 갈게요. 그냥 잠깐 숨을 곳이 필요했어요. 생각하느라고요. 내가 가버린 뒤엔 날 본 적도 없는 척하면 돼요. 난 여기 안 왔던 거예요."

윌로가 애원했다.

"이건 말이 안 돼. 너를 아직 못 찾았는데 왜 종소리가 그쳤지?"

베티가 천천히 말하면서 아까 간수들이 나누던 말을 곱씹었다.

도망자는 두 명, 한 명은 물가로 떠밀려 왔다, 반쯤 익사 상태, 밤을 넘기기 어렵다.

"너⋯⋯. 누구랑 같이 있었어?"

베티가 조심스럽게 물었다.

"엄마요⋯⋯. 우리 둘이 같이 있었다는 걸 간수들이 알았는지는 나도 잘 몰라요. 엄마랑 같이 있었는데 뭐가 잘못됐는지⋯⋯."

갈라지는 목소리로 말하는 윌로 얼굴에 혼란과 당혹감이 스쳤다.

"내가……. 엄마랑 내가 헤어졌고 그다음엔 모든 일이 너무 빨리 돌아갔고 그런데 엄, 엄마가……. 엄마를 찾을 수 없었어요. 그런데 종소리가 멈췄어요. 시간이 백 년은 흐른 것 같았는데. 그래서 이젠 알아요. 엄마가……. 간수들한테 엄마가……."

"간수들한테 엄마가 잡혔구나."

찰리가 무겁게 숨을 쉬며 윌로 말을 맺었다.

베티는 괴로워서 고개를 돌렸다. 간수들이 얘기하던 반죽음이 되어 물가로 쓸려왔다는 사람은 십중팔구 윌로 엄마일 터였다. 하지만 윌로는 아무것도 모르는 눈치였다. 어째서인지 베티는 자기가 아는 사실을 차마 드러낼 수 없었다.

윌로가 고개를 끄덕이며 꿀꺽 소리가 나도록 침을 삼켰다. 어슴푸레한 불빛 속에서 두 눈동자가 희미하게 빛났다. 한쪽 손을 주머니에 넣고는 안에 든 무언가가 잘 있는지 확인하려는 듯 더듬거렸다. 윌로 주변을 맴도는 도깨비불을 보니 베티는 플리스 언니가 생각났다. 플리스 언니도 찰리가 넘어져서 무릎이 까질 때마다 손수건을 들고 찰리 곁을 맴돌았다.

찰리가 손을 뻗어서 조심스럽게 윌로 손을 잡더니 피부에 새겨진 깃털 표시를 자세히 들여다봤다.

"아팠어?"

"응."

윌로가 입술을 떨었다. 여전히 눈길을 불에 두고 있었지만 진짜 보는 것 같지는 않았다. 그래도 이제는 조금 침착해졌다.

45

"섬에 사는 사람은 다 표시가 찍혀. 그래도 난 운이 좋았어. 내 거는 아주 작으니까."

찰리가 윌로를 빤히 쳐다봤다.

"이거보다 더 큰 표시를 찍어야 하는 사람도 있다고?"

"응. 난 진짜 죄를 지은 사람이 아니라서 깃털 그림을 받았어."

윌로가 설명했다.

"그럼 누가 죄를 지었는데?"

결국 베티가 궁금증을 참지 못하고 물었다. 고통의 섬에서 산다는 사람에 관해 이러쿵저러쿵 말은 많았지만 실제 알려진 사실은 거의 없었다. 위험한 사람들이라는 정도만 알았다. 고통의 섬은 감옥에서 풀려난 전과자와 까마귀바위섬에서 추방당한 이들처럼 달리 갈 곳이 없는 사람들, 한마디로 범법자들을 갖다 버리는 쓰레기장이었다.

윌로가 뭐라 대답하기 전에 찰리 손에서 놀란 듯 찍찍거리는 소리가 나서 아이들 대화가 끊겼다. 도깨비불이 찰리 손바닥 주위를 붕붕 날았다. 보이지 않는 쥐에 호기심이 동한 게 분명했다.

"깡총아, 진정해."

찰리가 손을 주머니에 집어넣으며 말했다. 아늑한 찰리 주머니 속으로 들어간 생명체가 꿈틀거리자 찰리 옷도 움직였다.

"도깨비불은 생명을 느낄 수 있고 생명에 끌려. 그래서 습지에서 사람들이 보이면 자꾸 사람한테 다가가. 보통 도깨비불은 위험하지 않아. 하지만 다른……."

쾅쾅쾅, 문 두드리는 요란한 소리에 세 아이가 펄쩍 뛰었다.

"문 열어! 까마귀바위섬의 명령이다!"

호통치는 목소리가 들렸다.

"간수다!"

겁에 질린 베티 입에서 바람 새는 소리가 나왔다. 아이들은 그 자리에 얼어붙은 채 서로를 바라보기만 할 뿐 감히 움직이지 못했다. 위층에서 누가 움직이는지 침대가 끼익거렸다가 다시 잠잠해졌다.

"우리가 가만있으면 다 자는 줄 알고 간수들이 떠날까?"

찰리가 속삭였지만 찰리 말이 다 끝나기도 전에 누군가가 문이 떨어져 나가도록 다시 쾅쾅 두드려댔다. 빗장이 들려서 덜그럭거렸다.

"그만둘 생각이 없어 보여."

베티가 나지막이 말했다.

"여기서 잡히면 안 돼요. 제발! 뒷문으로 나갈게요. 내가……."

윌로가 몸을 덜덜 떨며 말했다.

"안돼."

베티가 재빨리 생각을 정리하고 즉시 행동에 나섰다.

"간수들은 마당 문에 갈라진 틈을 보고 네가 여기 있다고 짐작했어. 네가 뒷문으로 도망갈 걸 대비해서 벌써 누가 지키고 있을지도 몰라."

"부탁이에요. 나를 넘기지 말아요."

윌로가 애원했다.

베티는 망설였다. 탈옥수를 숨겨주다가 걸리면 누구라도 감옥행이었다. 심지어 추방당하기도 했다. 고통의 섬에서 도망친 사람을 도와줘도 비슷한 처벌을 받는지 확실하지 않았다. 하지만 윌로를 넘기면……. 도망쳐 나온 사람이 받는 형벌은 죽음이었다.

요란하게 문 두드려대는 소리에 베티가 마음을 굳혔다.

"열어라!"

"서둘러, 이쪽이야!"

베티가 찰리 손을 잡으며 윌로를 계단 쪽으로 밀었다. 심장이 문 두드리는 소리만큼 요란하게 쿵쿵 울렸다.

"언니?"

찰리가 넘어질 듯 비틀거리면서 헉헉댔다.

"쉬잇!"

베티가 소리를 낮추고 찰리와 윌로한테 앞으로 가라고 재촉했다. 도깨비불이 어떻게든지 낯선 여자아이 가까이에 있으려는 듯 발목 사이로 요리조리 피해 가며 옆으로 둥실둥실 따라왔다. 베티가 두 아이를 침실로 몰아넣었다. 건넛방에서 또 침대가 끼익거리더니 발걸음 소리가 바닥을 가로질러 묵직하게 쿵쿵 울렸다.

"할머니 일어났다."

찰리가 속삭였다.

"침대로 올라가! 얼른!"

베티가 지시하면서 급하게 눈으로 선반을 훑었다. 플리스 언니가 직접 만든 장미 향수를 담은 병이며 책, 찰리가 최근에 이빨 요정한테 쓴 협박 편지뿐 베티가 찾는 것은 없었다.

"베티? 무슨 일이야? 밖에 누가 왔어?"

어둠 속에서 속삭이는 목소리가 들렸다.

베티가 고개를 홱 돌렸다. 심장이 두방망이질 쳤다. 플리스가 일어나 침대에 앉아 있었다. 검은색 짧은 머리가 사방으로 뻗쳤다. 플리스가 윌로를 보면서 눈을 비볐다.

"얘는 누구야?"

"설명할 시간 없어. 간수들이 왔어."

베티가 여전히 눈으로 방을 샅샅이 훑으면서 속삭였다.

"언니, 마트료시카 인형! 인형 어디 있지?"

"뭐? 마트료시카……. 왜?"

나무가 나무를 때려 쪼개지는 소리가 날카롭게 허공을 갈랐다. 플리스 눈이 접시만 해졌다. 이제는 잠이 완전히 가신 얼굴로 몸을 떨면서 비틀비틀 침대에서 내려왔다.

바로 그 순간, 할머니가 씩씩거리며 자매들 방을 지나갔다.

"알았다고! 간다고 가!"

할머니가 버럭버럭 소리쳤다.

"언니, 인형, 빨리! 찰리, 얼른 침대로 올라가!"

베티가 바람 새는 소리로 말했다.

"찰리가 하도 장난을 쳐서 내가 아까 숨겼어."

플리스가 서랍장 맨 아래 칸에서 인형을 꺼내며 말을 쏟아내다가 문득 서랍장을 움켜잡고 굳어버렸다.

"베, 베티……. 저, 저, 저거……. 혹시……."

"도깨비불이냐고? 응, 맞아."

베티가 언니한테 달려가다가 빨랫감을 무너뜨렸다. 베티는 인형을 받아

49

들고 재빨리 첫 번째 인형을 열었다. 두 번째, 세 번째 인형도 차례대로 열었다. 세 번째 인형에 든 깡총이 수염 말고는 안이 다 비었다.

"이제 내 말 똑똑히 들어. 간수한테 들키지 않게 숨겨줄게. 대신, 지금부터 일어나는 일을 그 누구한테도 말하면 안 돼. 아무한테도 안 된다고! 알아들어?"

베티가 정색하고 여자아이에게 말했다.

"베티 언니, 인형은 비밀이라고 했잖아."

찰리가 작게 말했다.

"맞아. 앞으로도 비밀로 남을 거야."

베티는 불안감이 겉으로 드러나지 않기를 바라며 여자아이를 다시 한번 매섭게 바라봤다.

"그렇게 안 되면 어쩌려고? 얘가 대체 누군데 이렇게 위험한 짓을 해?"

플리스가 도깨비불에 시선을 못 박은 채 속삭였다.

"얘가 도망자라서 그래. 고통의 섬에서 도망쳐 나왔어. 여기 있다가 잡히면 우리도 큰일 나."

베티가 숨도 안 쉬고 말하면서 윌로를 돌아봤다.

"뭔가 네 것이 필요해. 머리카락이나 입고 있는 옷 조각⋯⋯. 네 거면 아무거나 돼."

베티가 급히 윌로 옷을 살폈다. 어찌나 낡아 빠졌는지 단추를 하나 떼거나 실밥이라도 뜯어내면 당장 너덜너덜 풀어질 기세였다. 베티가 다른 걸 생각해내기 전에 윌로가 손가락을 콧구멍에 쑤셔 넣더니 뭔가를 끄집어냈다.

"우웩!"

찰리가 구역질했다.

"미안해. 이거면 돼요?"

윌로가 물었다.

"두고 보면 알겠지."

베티가 서랍장 위에 달린 거울을 향해 윌로를 돌려세웠다.

"자, 이제 잘 봐."

베티가 세 번째 인형 뚜껑을 닫아서 나머지 인형 두 개 안에 차례대로 포개 넣고 나무 겉면에 색칠된 조그마한 열쇠 위아래 조각이 일직선이 되도록 잘 맞춰서 닫았다.

그 즉시 윌로가 헉 소리를 냈다. 윌로 모습이 사라졌다.

베티가 손을 뻗어서 윌로 팔을 잡았다.

"모습은 안 보여도 소리는 들리고 닿으면 느껴져."

베티가 윌로를 데리고 한쪽 구석으로 가서 옷장 옆에 세웠다.

"여기 있어. 찍 소리도 내지 말고 꼼짝도 하지 마."

아래층에서 묵직하게 끄는 소리가 났다. 할머니가 문을 열고 있었다.

잠시 뒤, 침실 문이 끼익 열리면서 반갑지 않은 손님 같은 돌풍 한 줄기가 낯선 이들의 거친 목소리를 싣고 밀렵꾼의 주머니로 거세게 불어 들었다.

"간수들이 들어왔어."

속삭이는 베티는 겁이 나서 기절할 지경이었다.

# 4장. 큰일 났다!

"베티! 저, 저, 저거……."

플리스가 부들부들 떨리는 손가락으로 어딘가를 가리켰다.

도깨비불!

베티는 윌로를 숨기느라 정신이 없었던 나머지 도깨비불을 거의 잊고 있었다. 기묘한 빛을 발하는 둥근 형체가 아이가 숨은 방구석 근처를 맴돌고 있었다.

"저건 못 숨겨."

베티는 그제야 깨달았다. 손으로 공기를 잡으려 애쓰는 격일 터였다. 그렇다고 이대로 들킬 수는 없었다! 머릿속으로 감옥 풍경이 밀려 들어왔다. 악취와 쥐, 교수대에서 흔들리는 올가미……. 안 돼! 베티가 간신히 정신을 집중하고 도깨비불을 숨길만 한 곳을 찾아 방 안 구석구석을 살폈다. 옷장? 장신구 상자? 다 마땅찮았다. 그러다가 눈길이 선반에 놓인 낡은 기름 등잔에 가서 꽂혔다. 번쩍 떠오르는 생각이 있었다. 대범하지만 먹힐지도 몰랐다.

"윌로, 도깨비불이 저 안에 들어가게 할 수 있어?"

베티가 다급히 등잔을 가리키며 속삭였다.

"해, 해볼게요. 하지만……."

"좋아, 그럼 해. 지금 당장."

베티는 말을 끝내자마자 장화를 벗어 던지고 침대 위로 뛰어 올라가며 플리스한테도 빨리 침대에 올라가라고 손짓했다. 이불을 뒤집어쓰고 보니 찰리는 옆에서 바들바들 떨었고, 건너편 침대 위 플리스는 얼굴이 하얗게 질린 채 방 안 유일한 불빛인 도깨비불에서 여전히 눈길을 거둘 줄 몰랐다. 베티도 도깨비불로 고개를 돌렸다. 구석에 숨은 윌로가 내쉬는 숨결이 희미하게 떨리고 있었다. 위로 둥실 떠 오른 도깨비불이 천만다행으로 둥근 유리 안으로 들어가 자리를 잡더니 진짜 등불처럼 은은한 빛을 발했다.

적막이 감도는 방 안, 베티 귀에는 위더신즈 자매가 가쁘게 내쉬는 숨소리밖에 안 들렸다. 그러나 곧 아래층에서 못마땅한 듯 고래고래 외치는 할머니 소리가 울려 퍼졌다.

"아, 진짜 여기엔 아무도 없다니까! 나랑 손녀들만 위층에서 자고 있었어. 이젠 제발 좀……."

"손녀가 몇 명입니까?"

강철처럼 단호한 목소리가 할머니 말을 잘랐다.

"셋. 왜 그러남? 우린 아무것도 숨길 게 없어!"

할머니가 차갑게 대답했다.

"그럼 우리가 한 번 둘러봐도 되겠군요?"

"이름이 뭐요? 나중에 항의할 때 이름이 필요하지 않겠수?"

할머니가 이름을 요구했다. 흥분이 가라앉은 할머니 목소리는 위협적일 만큼 낮았다.

"난 와일드고 이쪽은 구스입니다. 우린 둘 다 간수고요. 할머니, 항의하실 일 따위는 없을 겁니다. 그냥 우리가 일하게 놔두시면 끝나고 알아서 가요."

대답하는 목소리에서 비웃음이 묻어났다.

"언제부터 다들 잠든 한밤중에 무고한 주민 집으로 쳐들어오는 짓이 간수들 일이 됐지?"

할머니가 따지고 들었다.

"우리 일은 질서를 지키는 겁니다."

와일드가 냉정하게 말했다.

"주민을 안전하게 지키고 말이죠."

다른 목소리가 끼어들었다.

이 목소리가 구스구나.

베티가 생각했다. 와일드보다 목소리에 자신감이 덜했다.

"좋아. 대신 서둘러. 이런 어처구니없는 짓을 당하기엔 이 몸이 너무 늙어서 말이지."

할머니가 으르렁거렸다.

베티는 이불 밑에서 바짝 긴장했지만, 두려움 없는 할머니가 은근 자랑스러웠다. 할머니 말고 까마귀바위섬에서 간수를 무서워하지 않을 사람은 없을 것이었다. 그런데 또 한편으로, 화가 머리 꼭대기까지 난 할머니라면 주민 대다수가 무서워했다. 지금 이 간수 둘을 쫓아낼 사람이 있다면, 그건 할머니였다.

"들어가서 수색해. 한 군데도 빠트리지 말고 샅샅이 보라고. 찬장이며 굴뚝까지 남김없이 들여다봐. 아, 그전에 가족부터 다 아래층으로 내려보내."

와일드가 말했다.

"엥? 그건 왜?"

할머니가 물었다.

"질문은 내가 합니다. 이 집에 사는 사람은 한 명도 빠지지 말고 다 여기로 모입니다. 당장이요! 다 불러요."

와일드가 딱 잘라 말했다.

베티가 겁을 먹고 플리스를 쳐다봤다. 두 자매는 간수들이 무슨 짓까지 할 수 있는지 잘 알았다. 세 자매 아빠도 한때 간수들한테 밉보였다가 까마귀바위섬 감옥에서 형을 살았다. 그런데 지금 간수들이 또 여기 있었다. 집 안까지 쳐들어왔다.

계단 아래에서 움직이는 소리가 들리더니 이내 할머니가 자매들을 불렀다.

"플리스? 베티! 찰……."

"내려갈게요."

플리스가 떨리는 목소리로 대답하고 침대에서 미끄러져 나와 맨발로 바닥에 섰다. 찰리도 따라 내려가서 작은 손으로 언니 손을 잡았다. 베티는 실내용 가운을 걸쳐 입고, 윌로가 숨은 어두운 방구석과 등잔이 놓인 선반을 차례대로 힐끔거렸다. 도깨비불이 둥실둥실 떠올라 유리 등잔 목에서 빠져나오는 광경에 베티는 심장이 멎는 줄 알았다.

"그 안에 있어!"

베티가 앙다문 이 사이로 바람 새는 소리를 내며 말했다. 어른어른한 불빛이 까딱거리며 다시 아래로 내려갔다.

세 자매는 말없이 아래층으로 줄지어 내려가 가게 안 카운터 근처로 갔다. 베티가 뒷문을 지나며 안개가 소용돌이치는 바깥을 곁눈질했다. 구스가 수색하는 모습은 보이지 않았지만, 자갈 깔린 땅바닥에 맥주 통이 긁히고 유리병 부딪치는 소리가 들렸다. 베티는 도끼눈으로 감시하는 와일드 시선 아래 할머니와 언니, 동생이 모여 있는 벽난로로 갔다.

키가 크고 육중한 와일드 때문에 실내가 좁아진 느낌이었다. 와일드는 오소리처럼 덥수룩한 머리카락이 어깨까지 자라고 수염도 빽빽해서 얼굴이 잘 보이지 않았다. 와일드가 눈을 가늘게 뜨고 한 사람씩 차례대로 훑어봤다. 베티는 숨을 멈춘 채 와일드 시선이 플리스에게 머물기를 기다렸다. 지금처럼 잠기운으로 얼굴을 잔뜩 찡그렸을 때도 예쁜 플리스 언니는 사람들 눈길을 끌었다. 하지만 정작 와일드의 굳은 눈빛은 찰리에게서 멈췄다. 베티는 그제야 실수를 깨달았다.

"거기 너, 너는 왜 잠옷 차림이 아니지?"

와일드가 날카롭게 물었다.

할머니가 항의하려고 입을 열었다가, 어딘가 찔리는 듯한 찰리 표정에 도로 꽉 다물었다. 할머니가 처음으로 무언가 잘못되었음을 알아차렸는지 짜증만 가득했던 표정에 불안감이 깃들었다. 긴장감이 감돌자 실내 분위기가 바뀌었다.

할머니가 입버릇처럼 하는 말이 있었다.

"간수가 코를 킁킁대고 다가오면, 냄새 풍기는 게 없는지 잘 살펴야 해."

이제 와일드는 바로 코앞에 쥐새끼가 있다는 걸 확실히 감 잡은 듯 보였다. 눈에 안 보이는 쥐가 문제가 아니었다.

56

찰리가 베티를 쳐다봤다가 이내 할머니를 거쳐 와일드를 노려봤지만, 베티는 그런 찰리를 속절없이 지켜볼 수밖에 없었다.

"침대에 오줌 쌌어요."

찰리는 창피해하는 기색이라고는 조금도 없이 거짓말했다. 오히려 와일드 탓이라는 듯 원망의 눈길로 쏘아봤다.

"문에서 쾅쾅 소리가 나서 무서웠단 말이에요. 그래서 갈아입었어요."

와일드가 한쪽 눈썹을 위로 휙 올렸다.

"그렇게 빨리?"

찰리가 팔짱을 끼며 말했다.

"암요."

와일드가 계단 쪽으로 한 발 내디뎠다. 찰리 말이 허풍이었음을 밝혀낼 작정이었다. 이를 눈치챈 찰리가 한달음에 와일드 앞을 막아섰다.

"알았어요! 오줌 안 쌌어요."

"거짓말이었군. 왜지?"

와일드 눈이 피 냄새를 맡은 상어처럼 번뜩였다.

"저, 저기⋯⋯. 밖에서 뭘 묻어주고 있었어요."

찰리가 어색하게 할머니 눈치를 봤다.

"아이고, 찰리! 또?"

할머니가 앓는 소리를 냈다.

찰리가 주머니에 손을 넣었다가 아까 베티도 봤던 작은 깃털 뭉치를 꺼냈다. 와일드가 역겹다는 듯 입술을 일그러뜨렸다.

"아주 작은 새잖아요."

찰리가 슬픈 목소리로 말했다.

"그만둬! 너희 셋은 왜 누가 부를 때까지 위층에 있었지?"

와일드가 성질을 부렸다.

"그게 무슨 소리예요?"

베티는 문득 와일드가 무슨 꿍꿍이인지 감이 와서 슬쩍 질문을 던졌지만, 한편으로는 이게 두 번째 실수는 아닐는지 불안했다.

"우리 집 애들이 한밤중에 밖에서 누가 문을 두드려대는 소리에 잠이 깼으면 대번에 침대에서 튀어나왔을 것 같거든. 무슨 일인지 궁금할 테니까. 그런데 너희들은 안 그랬단 말이지."

와일드가 눈빛을 차갑게 번뜩이면서 베티와 자매들을 쏘아봤다.

베티 배 속이 요동쳤다. 와일드 말이 옳았다. 평소였다면 세 자매는 절대 침대에 얌전히 있지 않았을 것이었다. 뭐, 플리스는 그랬을지도 모르지만 베티와 찰리는 무슨 일인지 알고 싶어서 거의 할머니와 동시에 아래층으로 뛰어 내려왔을 터였다.

"어이, 젊은 양반. 하고 싶은 말이 뭐지?"

할머니가 물었다.

난데없이 와일드가 카운터 위를 주먹으로 쾅 내리치는 바람에 모두가 화들짝 놀랐다.

"우리가 애를 하나 찾고 있거든. 아홉 살짜리 여자애인데 나이에 비해서 좀 작고 갈색 머리라던데……. 딱 쟤처럼 말이지."

와일드가 거칠게 말하며 찰리를 가리켰다.

"지금 누구를 찾는지도 모른다는 말인감?"

58

할머니는 어이가 없다는 투였다.

"어떻게 생겼는지 설명은 들었어. 저주받은 그 빌어먹을 섬에 사는 죄인들을 우리가 다 알 수는 없다고."

와일드가 대답했다.

"지금 농담해요? 앤 우리 막냇동생이라고요! 그, 그 무슨 도망사가 아니고요!"

마침내 목소리를 되찾은 플리스가 갑자기 꽥 소리쳤다.

할머니가 어리둥절한 표정을 지었다.

"설마 지금……. 우리 찰리를?"

할머니가 고개를 절레절레 저었다.

"쟤가 누구인지 한방에 보여줄 출생증명서가 있지!"

"가지고 오슈. 당장!"

와일드가 손가락을 딱딱 맞부딪쳤다.

분노가 극에 달한 할머니 얼굴이 벌겋게 달아오르기 시작했다. 할머니는 낮게 으르렁거리면서 평소보다 더 크게 발을 쿵쿵 구르며 계단을 올랐다. 이제 막 마당 수색을 끝낸 구스가 할머니 뒤에 바짝 따라붙었다. 자매들 방에 숨은 윌로와 도깨비불 생각에 베티는 배 속이 기분 나쁘게 꼬였다. 윌로를 밀렵꾼의 주머니로 들이지 말았어야 했다는 후회가 거세게 밀려들었다. 아니, 애초 눈길도 주지 말았어야 했다.

위층에서 구스가 외치는 소리에 베티는 피가 얼어붙었다.

"여기 좀 올라와 봐!"

두려움이 베티 심장을 조였다.

제발, 제발 구스가 윌로를 못 찾게 해주세요.

"움직여. 셋 다. 내 눈에서 벗어나지 마."

와일드가 승리감으로 눈을 빛내며 명령했다.

세 자매가 차례대로 계단을 비틀비틀 올랐다. 간신히 한 발 한 발 내딛는 베티는 심장이 귀에서 뛰는 기분이었다. 여기까지였다. 결국 들켰다. 다 끝났다. 플리스가 베티 손을 잡더니 힘을 꽉 줬다. 그런데 막상 계단 위에 다 올라와 보니 구스는 부엌에서 개수대 옆 찬장을 구석구석 뒤지고 있었다. 베티는 혼란스러워서 플리스를 힐끔 쳐다보다가 부엌 입구에 나타난 할머니한테로 눈길을 돌렸다. 할머니는 팔 아래 오래된 비스킷 깡통을 끼고 있었다.

"까치가 못 살아! 이게 진짜 필요하우?"

할머니는 세게 나오는 것 같았지만 뭔가 두려운 듯 목소리가 떨렸다.

베티는 심장이 철렁했다. 할머니가 왜 저렇게 돌변했지?

구스가 구두약과 걸레 두어 장을 한쪽으로 치우자 찬장에서 익숙한 냄새가 새어 나왔다.

"얼씨구, 이것 봐라. 여기 이게 다 뭐지?"

와일드가 세 자매 앞을 지나 찬장으로 갔다.

베티는 와일드 손에 들린 작은 깡통, 그리고 찬장 안쪽 깊숙한 구석에 열 개도 더 차곡차곡 쌓인 똑같은 깡통을 뚫어지게 쳐다봤다. 이제 베티는 이 독특한 냄새가 뭔지 알아차렸다.

"할머니! 저 담배가 다 어디에서 났어요? 저게 왜 다 여기 있어요?"

플리스가 숨을 멈췄다.

"어……. 그게. 저기……. 값이 싸길래, 게다가……."

이제는 할머니가 허둥대고 있었다.

"다 밀수품이라고 봐도 될 것 같은데 말이지."

와일드가 말했다.

"할머니!"

찰리가 나무라듯이 할머니를 불렀다.

밀수품?

베티는 믿기지 않아 할머니를 쳐다봤다.

그럴 리 없어!

하지만 버니 위더신즈 얼굴에 어린 죄책감이 모든 사실을 드러내고 있었다.

"저……. 이게 문제가 될까요?"

플리스가 초조하게 물었다.

와일드는 대답 없이 부엌을 계속 뒤졌다. 베티 불안감이 점점 커졌다.

밀수품이라니!

까마귀바위섬에서 밀수품을 거래한 사람은 가혹한 처벌을 받았다. 그런데 만약 간수들이 사라진 여자아이를 찾는 데 정신이 팔렸다면, 이건 못 본 척 할지도 몰랐다.

위층 방에서 쿵 하는 소리가 또렷이 들렸다. 와일드가 수색을 멈추고 사냥 개처럼 고개를 한쪽으로 기울였다.

"여기서 기다려."

와일드가 명령하더니 부엌에서 나갔다. 잠시 뒤 할머니 방문이 열리는 익숙한 소리가 들려왔다. 발걸음에 짓밟히자 마룻바닥이 끼익 신음했다. 비밀의 장소를 찾느라 벽 여기저기를 두드려대는 소리가 났다. 베티는 무릎이 후들거렸다. 다음은 자매들 방을 뒤질 것이었다. 윌로가 숨은 구석으로 와일드가 발을 들이면 어쩌지? 모습은 안 보여도 윌로가 만져지면 그걸로 끝이었다.

베티가 가족 얼굴을 차례대로 살폈다. 할머니는 충격을 받아서 얼굴이 창백했다. 플리스도 한걱정하는 표정으로 아랫입술을 잘근잘근 깨물고 있었다. 누구 하나 입을 열지 않았다. 가쁘게 내쉬는 자기 숨소리 말고 베티한테 들리는 소리는 바스락거리는 종이 소리뿐이었다. 찰리가 건포도 봉지를 뒤적이다가 가끔 손을 내려 주머니에 몰래 넣고 깡총이한테 건포도를 두어 개씩 먹이고 있었다. 찰리는 놀랄 만큼 침착해 보였다. 하지만 찰리가 엄청나게 빠른 속도로 건포도를 우물거리는 모습에서 베티는 찰리가 얼마나 긴장했는지 알 수 있었다.

와일드가 자매들 방으로 이어지는 계단참을 따라 성큼성큼 걸었다. 베티 심장이 한층 빠르게 고동쳤다. 덜컥, 옷장 문이 열리더니 한쪽으로 옷 치우는 소리가 났다. 베티는 윌로를 생각했다. 혹시라도 들키지 않으려고 기를 써서 움직이지도, 숨도 쉬지 않을 터였다. 와일드는 방에 혼자 있지 않다는 것을 감지할까? 느릿느릿 흘러가는 일분일초가 고통이었다. 베티는 뭔가 다른 일을 생각하려고 애썼다. 의심을 사지 않고 와일드를 다시 부엌으로 불러들일 방법은 없을까? 바로 그 순간 날카로운 울음소리가 허공을 찢는 동시에 와일드가 꽥 소리쳤다. 털을 곤두세운 휘이가 발톱으로 나무를 긁어대며 바람처럼 부엌문 앞을 지났다.

"저 거지 같은 고양이!"

와일드가 다시 부엌으로 들어왔다. 피가 흐르는 손을 들여다보면서 화가 잔뜩 난 듯 입술을 굳게 다물었다. 와일드가 윌로 흔적을 발견하지 못했다는 걸 깨닫자 부들부들 떨리던 베티 다리가 딱 멈췄다. 찰리도 건포도 오물거리는 속도를 늦췄다.

"가자. 시간만 낭비했네."

와일드가 구스한테 짜증스럽게 내뱉으며 나가려고 돌아섰다.

베티는 심장 박동이 가라앉는 걸 느끼며 불안정하지만 안도의 한숨을 내쉬었다.

바로 그때, 실뭉치 같은 작은 구체가 빛을 일렁이면서 와일드를 따라 부엌 안으로 둥실 들어왔다. 너무 놀라 말문을 잃은 모두의 눈길이 작은 빛의 구체에 쏠렸다. 도깨비불은 호기심이 인 듯 부엌 바닥 위 여기저기를 경쾌하게 둥둥 떠다니더니 마침내 찰리 옆에 자리를 잡고 머물렀다.

그때 베티는 알았다. 모두 정말 큰일 났다는 것을.

## 5장. 체포하라!

제일 먼저 반응한 사람은 할머니였다. 할머니 손에 들렸던 비스킷 깡통이 부엌 타일 바닥에 떨어지며 요란하게 우당탕 소리를 내는 바람에 모두가 깜짝 놀랐다. 할머니가 눈을 커다랗게 뜬 채 숨을 몰아쉬며 알아듣지 못할 말을 중얼거리더니 급하게 까마귀 상징을 만들었다. 편지와 종이 다발이 할머니 발치 여기저기로 흩어졌지만 누구 하나 주우려 들지 않았다. 베티는 모두가 도깨비불을 처음 보는 척 굴어야 한다는 걸 깨달았다. 언니와 동생과 눈을 맞추며 신호를 보내서 세 자매도 까마귀 상징을 만들었다.

와일드가 곤봉 쥔 손에 힘을 잔뜩 줬는지 관절이 다 하얬다. 흥분인지 두려움인지 모를 묘한 표정이 얼핏 와일드 얼굴을 스쳤다. 습지 주변에서 떠다니는 도깨비불을 보는 것과 집 안에서 목격하는 일은 사뭇 달랐다. 모든 것이 조금씩 불확실해지고 덜 안전해졌다.

"아하!"

와일드는 거칠게 소리치면서도 찰리나 도깨비불 쪽으로 다가가지 않았다. 이제 도깨비불은 찰리 주머니, 투명 쥐가 든 주머니 주변에서 붕붕 날고 있었다. 구스가 부엌 탁자에 몸을 딱 붙인 채 기도문 같은 것을 나직이 웅얼웅얼 읊으며 슬금슬금 뒷걸음질 쳤다.

"찰리! 그것에서 떨어져!"

할머니가 숨넘어가는 소리로 외쳤다. 할머니는 도깨비불을 쫓아 보려고 나무 숟가락을 집어 들어 휘두르면서 찰리에게 다가갔다. 도깨비불은 습지 각다귀처럼 나무 숟가락을 가볍게 피했다가 다시 찰리 주머니 옆으로 돌아와 성가시게 굴었다.

이제 베티 심장은 둥둥둥둥 북소리를 내고 있었다. 안 그래도 와일드가 의심하는 판에 도깨비불이 등장해서 모두가 그 어느 때보다 유죄로 보였다.

"우리가 맞았어."

와일드가 몹시 만족스러워했다. 두 눈이 희열로 번쩍였다.

풀밭 너머 허버드 남매 사탕 가게에 찰리를 데려갔을 때 찰리도 딱 저랬는데.

베티가 생각했다.

"정확히 뭐가 맞았다는 소리죠? 우린 저, 저, 저거랑 아무 상관 없는데? 아저씨들이 뭘 어떻게 생각하는지 몰라도 다 틀렸어요!"

플리스 말에 와일드가 눈을 가늘게 떴다.

"내 생각은 달라. 그게 말이지, 우리가 찾는 여자애가 도깨비불과 뭔가 특별한 연관이 있다고 했거든. 저게 바로 그 증거야. 저 애가 바로 우리가 찾던 애라는 증거, 고통의 섬에서 도망친 그 아이라는 증거!"

"난 고통의 섬에서 오지 않았어!"

찰리가 씩씩댔다.

"잠깐, 기다려. 저 애가 내 손녀라는 걸 증명해주지!"

할머니가 끼어들더니 무릎에서 우두둑 소리를 내가며 거의 엎드리다시피 몸을 숙이고 바닥에 흩어진 종이를 뒤지기 시작했다. 플리스도 재빨리 무릎을 꿇고 앉아 할머니를 돕기 시작했다.

베티는 지켜보기만 했다. 배 속 한복판에 불안감이 들어앉았다.

다 괜찮을 거야. 찰리가 누구인지 증명할 수 있어.

혼잣말을 중얼거렸다.

"여깄다!"

플리스가 벌떡 일어나서 종이 한 장을 와일드 코 밑에 대고 흔들어댔다.

"찰리 출생증명서예요. 찰리가 여기서 태어났다는 증거라고요. 얘는 고통의 섬에 가본 적도 없어요!"

"봤죠? 흥!"

찰리가 기세등등하게 말했다.

하지만 와일드는 하찮다는 듯 종이를 힐끔 봤을 뿐, 만족스러워하는 표정에는 변화가 없었다.

"이건 아무것도 증명하지 않아. 종이 쪼가리에 불과해."

"뭐라고? 이건 애 출생증명서야! 어떻게 이게 아무것도 증명하······."

할머니가 침을 튀기며 말했다.

"이건 그냥 한 아이의 출생을 증명할 뿐이지 그 아이가 누구인지를 증명하는 게 아니라 이거야. 그런데 저건 말이지······."

와일드가 도깨비불을 가리켰다.

"저건 훨씬 더 많은 걸 얘기해주거든. 지금 증거는 저것만으로도 충분해."

"무슨 증거!"

할머니 목소리가 천둥처럼 울렸다.

"고통의 섬으로 다시 데려가는 데 필요한 증거."

와일드가 답했다.

찰리가 고개를 홱 들었다. 베티가 잘못 보지 않았다면 질문이 가득한 찰리 두 눈에는 얼핏 흥분감 같은 게 어렸다.

"나를 고통의 섬으로 데려간다고?"

"그럴 순 없어요! 거, 거긴 범죄자들로 가득하잖아요!"

플리스는 숨이 턱 막혔다.

"그래, 맞아."

와일드가 차곡차곡 쌓인 담배 깡통을 고갯짓했다.

"할머니는 고통의 섬을 아주 잘 알겠네, 안 그래? 저 아이를 숨겨주는 대가로 밀수품을 챙겼으니까. 맞지?"

"아니야! 우린 고통의 섬에서 도망쳤다는 사람들이랑 아무 상관 없어!"

할머니 얼굴에서 핏기가 가셨다.

어쨌건 와일드가 여기 있는 유일한 간수도 아니고, 베티는 찰리를 고분고분 넘겨줄 생각이 추호도 없었다. 베티가 구스를 향해 말했다.

"저기, 간수 아저씨, 우리 말 좀 믿어주세요. 우리 동생은 아저씨들이 찾는 아이가 아니에요. 우리 말을 못 믿겠으면 까마귀바위섬 주민 아무나 붙잡고 물어봐요! 우리한테는 사진도 있어요."

베티 목소리에 점점 힘이 실렸다.

"우린 늘 돈에 쪼들린 터라 사진이 많지는 않지만, 한 장만 보면 대번에 아실 거예요."

구스가 베티를 가만히 바라봤다. 불쌍히 여기면서도 미심쩍어하는 것 같았다. 구스가 혀로 마른 입술을 축였다.

"얘기를 좀 더 들어보는 것도 좋겠어. 진짜 애가 아닐지도 모르니까……."

구스가 기어들어 가는 목소리로 말했다.

와일드가 고개를 저었다.

"우리가 잘못 알았으면 애를 돌려보내면 돼. 근데 내 생각에 그럴 일은 없을 것 같다 이거지."

"잠깐만요! 검은색 깃털! 만약 찰리가 진짜 고통의 섬에서 도망쳤다면 표식이 있겠죠?"

플리스가 외치며 몸을 날리다시피 찰리한테 달려들어서 소매를 걷어 올렸다.

"그런데 얘한테는 없잖아요!"

와일드가 눈을 껌뻑이며 찰리 손목을 내려다봤다. 하지만 표정 하나 변하지 않고 덤덤하게 말했다.

"아직 낙인이 찍히지 않았다는 의미일 뿐이야. 그만큼 돌아가는 즉시 최대한 빨리 낙인을 찍어야 하는 이유밖에 안 돼."

베티와 플리스가 겁에 질려 서로를 마주 봤다. 우리 꼬맹이 동생 찰리 손목에 검은색 깃털 낙인이 찍힌다고? 생각조차 끔찍했다.

베티는 속절없이 구스를 힐끔거렸지만, 구스에게 와일드 뜻을 거스를 힘이 없다는 것을 이미 알고 있었다.

당황하지 마. 자기들이 처음부터 단단히 착각했다는 사실을 곧 깨닫겠지.

베티가 혼잣말했다.

"저건? 우리가 뭘……. 저건 어쩌지?"

구스가 두려운 눈초리로 도깨비불을 향해 고갯짓하며 물었다.

"하던 대로 해. 귀 닫아. 따라가지 말고. 저게 무슨 흑마술을 부릴지 누가 알겠어. 저주가 깃들었을지도 모르고. 이 집은 즉각 통행금지에 처한다. 누구도 이곳에서 벗어나서는 안 되고 누가 들어와서도 안 된다. 알겠나? 이내로 아침까지 기다린다. 다른 간수들이 와서 너희를 제대로 신문할 테니까."

와일드가 말했다.

와일드가 한 손을 찰리 어깨에 올렸다. 단박에 찰리가 와일드 손을 떨쳐내려고 어깨를 꿈틀거렸다.

"난 아무 데도 안 간다고. 아저씨, 날 체포할 순 없어. 다음 주면 일곱 살인데!"

"우린 아이를 체포하지 않아. 잠시 구류할 뿐이지."

와일드가 꽉 다문 이 사이로 말했다.

그 말에 꿈틀거리기를 딱 멈춘 찰리는 왠지 기대에 차 보였다.

"두유라고요?"

와일드는 찰리가 상당히 귀찮은 아이라는 걸 느낀 눈빛이었지만 그 이유만으로 마음을 접을 것 같지는 않았다. 과연, 와일드가 아까보다 더 단단히 찰리 어깨를 움켜잡았다.

"움직여."

"아니, 이것 봐요. 우리 중 누구라도 같이 가지 않는 한 애 혼자는 절대 아무 데도 못 갑니다."

할머니가 발을 쿵쿵거리며 찰리에게 갔다.

"허가할 수 없다. 이 집을 통행금지 처분에 붙인다는 말을 다시 해드리리까?"

와일드가 말했다.

"통행금지는 개뿔! 당신들 본분은 우리를 보호하는 거야! 어째서 도깨비불이 저렇게 아무 데나 떠다니고 죄 없는 사람 집에는 어떻게 들어왔는지 내가 당신들한테 따져야 한다고!"

할머니가 버럭버럭 외쳤다.

찰리가 와일드 손을 내려다보더니 곁눈질로 베티 눈치를 살폈다.

물어버릴까?

찰리가 입을 뻐끔거렸다.

"안 돼!"

난데없이 베티가 버럭 소리를 지르는 바람에 안에 있던 사람이 다 어리둥절했다. 베티는 헛기침을 하면서 찰리에게 경고의 눈빛을 보냈다.

"뭐 그럼, 나도 가리다. 나한테 물어볼 게 있으면 내 가는 길에 다 답해드리지!"

할머니가 담뱃대를 움켜쥐며 단호하게 말했다.

"무슨 일이 있어도 못 따라옵니다."

와일드가 차갑게 말했다.

할머니가 손을 뻗어서 찰리 손을 잡았다.

"막을 수 있으면 막아보든가."

그 순간, 상황이 순식간에 악화하기 시작했다.

와일드가 할머니 손을 거칠게 쳐냈다. 할머니 입이 떡 벌어지는가 싶더니

70

차마 입에 담지 못할 끔찍한 말을 쏟아냈다. 플리스는 얼굴이 빨개졌고 찰리는 눈이 튀어나왔다.

"니가 감히 나한테 손을 대?"

겁에 질린 베티 눈앞에서 할머니가 손에 들었던 나무 숟가락을 휘둘러 와일드 코를 제대로 후려쳤다.

"좋아, 이걸로 끝이야! 당신을 체포한다!"

와일드가 할머니 얼굴에 들이대고 고래고래 외쳤다.

"안 돼! 그럴 순 없어요! 할머니, 빨리요, 사과하……."

플리스가 울부짖었다.

"그렇게는 못 하지."

할머니 두 눈이 잠깐 반짝였다. 묘하게 기뻐하는 기색이었다.

할머니는 일부러 체포당했어. 그래야 찰리랑 같이 갈 수 있으니까!

베티는 할머니 의도를 깨달았다. 사랑이 솟구쳤다.

와일드가 이상할 만큼 의기양양하게 구스에게 간단히 고갯짓했다.

"수갑 채워. 가다가 새 부리 곳에 가두면 돼."

"그럼……. 할머니는 찰리랑 같이 못 가요?"

베티가 물었다. 구스가 은색 수갑을 꺼내자 베티는 심장이 내려앉았다.

와일드가 할머니한테 수갑을 채웠다. 할머니는 주름진 손으로 주먹을 움켜쥐며 또 한 번 입에서 엄청난 저주의 말을 쏟아냈다.

와일드가 플리스를 돌아봤다.

"내일 아침에 세금 담당 간수가 할머니를 신문할 거다."

와일드가 찰리를 부엌문으로 몰고 갔다. 구스는 죄책감이 깃든 표정으로 할머니를 앞으로 살살 밀면서 와일드 뒤를 따랐다. 베티 몸 양쪽에서 손이 꿈틀거렸다. 당장 두 사람을 붙잡고 뒤로 확 잡아당겨서 꼼짝 못 하게 할 수만 있다면 세상에 바랄 게 없었다. 하지만 감히 나서지 못했다.

"이것들아! 어떻게 이런 짓을 할 수가 있냐! 이건 납치다!"

할머니 분노가 하늘을 찔렀다.

"할머니, 걱정하지 마세요. 그나마 내가 고통의 섬에 가볼 기회를 얻었잖아요. 그리고 난 납치당하는 재주가 꽤 좋아요!"

와일드가 계단을 내려가라고 두 사람을 재촉했지만, 찰리는 작은 손을 할머니 주름진 손 안으로 슬쩍 찔러 넣으며 말했다.

"그게 무슨 소리냐? 네가 납치당한 적이 어디 있다고? 찰리, 이건 너희들이 하는 그 바보 같은 놀이가 아니야!"

할머니가 중얼거렸다.

베티와 플리스가 눈빛을 교환했다. 두 사람 모두 또렷이 기억하는 일이었다. 할머니와 아빠는 모르게 세 자매만 같이했던 모험이 있었다. 그때 찰리가 실제 납치당했었다.

앞문이 쾅 소리를 내며 닫히자 밀렵꾼의 주머니가 통째로 흔들렸다. 얼마 뒤, 할머니가 문틀 위에 걸어놓은 편자가 떨어지며 땡그랑 울었다. 익숙한 소리였다. 베티는 편자 울림이 잦아들 때까지 그저 듣고만 있었다. 불안감이 발톱을 세우고 더욱더 깊이 파고들었지만 떨치지 못했다. 별거 아닌 듯했던 그 모든 경고의 징후……. 까마귀 떼와 잘못 걸린 편자. 결국 그 모두에 어떤 의미가 담겼던 것은 아니었을까?

베티는 간수들이 실수를 깨닫고 찰리를 돌려보내리라 생각했지만, 상황

전체를 따져보면 뭔가 단단히 잘못됐다는 섬뜩한 느낌을 지울 수 없었다.

"찰리, 미안해. 내가 윌로를 집 안으로 들이지만 않았으면 아무 일도 없었을 텐데."

베티가 중얼거렸다.

"할머니랑 찰리는 다 괜찮을 거야."

플리스가 베티 팔을 쓰다듬으며 달랬지만 눈빛은 다른 말을 하고 있었다. 플리스도 베티 못잖게 겁이 났다.

"찰리는 씩씩하잖아. 간수들도 자기들이 착각했다는 걸 깨달으면 찰리를 풀어줄 수밖에 없을 거야."

베티는 언니 말을 듣는 둥 마는 둥 했다. 훌쩍이지 않으려고 기를 쓰며 소매로 콧물을 쓱 닦았다.

"윌로를 내보내야겠어. 걔를 내쫓아야 해. 당장."

베티는 플리스 혼자 부엌을 정리하게 놔두고 방으로 갔다. 어둠 속으로 내쉬는 베티 숨결이 거칠었다. 어디 숨어 있었는지 도깨비불이 은은한 빛을 일렁이며 나타나서 베티 발목 주위를 맴돌았다. 방금 마지막 순간에 할머니가 체포당하고 찰리가 잡혀가는 등 끔찍한 일이 벌어지는 통에 베티는 으스스한 빛의 구체를 거의 잊고 있었다. 간수들도 잊어버렸나? 어차피 찰리를 손에 넣었으니 도깨비불에서는 그냥 간단히 손을 떼기로 한 건가? 코앞으로 나타난 도깨비불 모습에 베티는 다시 전신에 소름이 끼쳤지만, 그만큼 결심도 굳어졌다. 이건 여기 있으면 안 되었다. 이런 걸 이곳으로 가져온 기묘한 여자아이도 마찬가지였다.

"윌로, 거기 있어?"

베티가 조용히 불렀다.

아무 대답이 없어서 베티는 순간 심장이 멎는 줄 알았다. 머릿속에서 끔찍한 생각이 불쑥 떠올랐다. 눈에 안 보이는 윌로가 위더신즈 가문의 가장 귀중한 보물을 들고 말없이 떠나버렸나? 베티 눈길이 곧장 서랍장으로 향했다. 아까 너무 서두르느라 마트료시카 인형을 거기 그대로 놔뒀다. 바보같이! 베티가 부들부들 떨며 숨을 내쉬었다. 인형은 여전히 거기에 있었다. 베티는 인형을 낚아채서 주머니에 넣으며 옷장으로 가까이 다가갔다. 작은 달처럼 허공에 걸린 도깨비불이 구석에서 맴돌고 있었다.

"윌로?"

베티가 어둠 속으로 손을 뻗으며 다시 불렀다. 하지만 손에 닿는 것은 허공뿐이었다.

"이쪽이에요."

방 맞은편에서 소리가 났다. 베티 눈에 구겨진 채 꿈틀거리는 이불이 보였다. 저절로 움직이는 이불을 보니 어쩐지 기분이 으스스했다.

"간수가 벽을 두드리고 다녔어요. 간수가 움직이는 틈에 옆으로 몰래 빠져나왔는데 간수가 나간 뒤에도 몸이 계속 떨렸어요. 너무 추워서 멈춰지지가 않았어요."

윌로가 나직이 말했다.

"됐어."

베티가 무뚝뚝하게 말했다.

이불이 움직임을 멈췄고 잠시 침묵이 흘렀다.

"미안해요. 찰리가 잡혀가서……. 다 내 잘못이에요."

윌로가 기어들어 가는 목소리로 말했다.

베티는 험한 말이 튀어 나가려는 걸 간신히 삼켰다. 윌로는 그저 어린애, 그것도 오늘 밤 이후에는 세 자매처럼 엄마 없는 아이라는 사실을 애써 떠올렸다.

"어차피 벌어진 일인데 자책해서 무슨 소용이겠어. 찰리가 네가 아니라는 걸 깨달으면 돌려보낼 수밖에 없을 거야."

베티가 창문으로 눈을 돌렸다. 밖에 깔린 짙은 안개와 질문이 베티 머릿속으로 슬금슬금 기어들어 오기 시작했다. 윌로는 찰리보다 고작 몇 살 많을 뿐이었다. 진짜 얘를 이대로 쫓아 보내고 알아서 살아남으라고 모른 척할 수 있을까?

"저기, 바로 떠날 필요는 없어. 밖에 아직 안개도 많이 깔렸고……."

베티가 어색하게 말했다.

"그게 아니에요."

윌로가 침대에서 내려오는지 이불이 다시 들썩였다.

"안개는 내 편이에요. 간수들이 찰리를 잡고 있는 지금 떠나야 해요. 간수들이 찰리가 나라고 생각하는 한……. 어쩌면 그게 나한테 가장 좋은 기회일지도 모르니까요."

베티가 고개를 끄덕이며 인형을 들었다. 제일 겉에 있는 인형을 둘로 나누자 대번에 윌로 모습이 드러났다. 윌로는 베티 침대 모서리에 웅크리고 있었다. 도깨비불이 번개같이 날아가 붕붕거리며 윌로 발목을 맴돌았다. 윌로가 버려진 듯 몹시 쓸쓸하고 황량해 보여서 베티는 망설였다.

"당분간 모습이 안 보이게 해줄까?"

월로가 어깨를 으쓱하며 입을 열었다.

"글쎄요. 오히려 문제를 일으킬지도 모⋯⋯."

"으아아아아아아악!"

부엌에서 울리는 비명에 베티와 월로가 동시에 움찔했다.

"언니?"

언니를 외쳐 부르는 소리가 베티 목구멍에 턱 걸렸다. 두려움에 다리가 와들와들 떨렸다. 베티가 방에서 뛰쳐나갔다. 어떤 광경을 마주할지 몰라 겁이 났다.

부엌 개수대를 등지고 선 플리스 가슴이 가쁘게 오르내렸다. 플리스는 탁자 위에 눈길을 고정하고 있었다. 한 손에는 주전자를, 다른 손에는 반쯤 빈 커다란 병을 들었다.

"저, 저, 저, 저게 갑자기 불쑥 나타났어."

플리스가 숨을 몰아쉬었다.

"위스키가?"

베티가 미심쩍게 병을 쳐다보며 물었다.

"아니, 저기 쥐!"

플리스가 꽥 소리쳤다.

베티가 고개를 돌리니 그제야 탁자 위 깡총이가 눈에 들어왔다. 깡총이는 찰리가 몰래몰래 건포도를 꺼내 먹던 봉투에서 몸을 반만 내밀고 있었다.

"찰리가 남겨놓고 갔나 봐. 어, 잠깐, 휘이가 어슬렁거리고 있어!"

까만 꼬리를 살랑거리며 먹이를 노리는 샛노란 두 눈이 탁자 모서리에서 나타났다. 베티가 허둥지둥 손을 모아 깡총이를 집어 들었다. 베티는 미끌미

끌한 작은 발바닥과 뜨뜻한 꼬리 감촉에 몸서리를 치면서도 실내 가운 주머니에 깡총이를 집어넣었다.

"망할 놈의 쥐!"

플리스가 주전자를 집어 던지고 손으로 부채질하며 개수대에서 물러났다.

"망할 놈의 고양이, 휘이!"

플리스가 손을 내저어 휘이를 부엌 의자에서 쫓아냈다.

"아이고, 차는 무슨 차! 난 훨씬 독한 뭔가가 필요해."

플리스가 손에 든 위스키 병뚜껑을 돌려 열더니 길게 한 모금 쭉 들이켰다.

"펄리시티 위더신즈! 뭐 하는 짓이야?"

베티는 말도 못 하게 놀랐다.

플리스가 웩웩거리며 곧장 개수대에 위스키를 뱉어냈다. 눈이 툭 튀어나왔다.

"한번 해봤어. 할머니한테는 효과가 있길래."

베티가 언니 손에서 위스키 병을 낚아채 뚜껑을 닫았다.

"언니가 할머니야? 지금 나한테는 정신이 똑바로 박힌 언니가 필요하다고!"

"근데 진짜 지독하다."

플리스는 속이 메스꺼웠다.

윌로가 입구에 나타났지만 어째야 할지 모르는 듯 제자리에서 서성였다. 플리스가 윌로를 초조하게 힐끔거리더니 그대로 사라져줬으면 좋겠다는 듯 이내 눈길을 돌렸다. 고리에 걸린 빈 감자 포대를 벗겨서 찬장 옆에 무릎을 꿇고 앉아 포대 안에 담배 깡통을 담기 시작했다.

"뭐 해?"

베티가 물었다.

"할머니 물건 버리려고. 내일 아침에 세금 담당 간수들이 온다잖아. 이거 다 치워야지. 지금보다 더 잘못한 일이 드러나 봤자 우리한테 좋을 게 없어."

플리스가 포대 입구를 비틀어 묶었다.

"아까 간수들이 벌써 다 봤잖아."

"어차피 서로 말뿐이니까."

플리스가 완강하게 말했다.

"윌로가 떠나는 길에 갖고 나가서 어딘가에 버리면 되겠다."

플리스가 윌로를 매섭게 쏘아봤다. 베티가 다시 창문으로 눈길을 돌렸다. 소용돌이치는 안개는 걷힐 기미가 없었다. 베티 배 속에서 두려움이 똬리를 틀었다. 간수들은 왜 이렇게 심한 안개를 무릅쓰고 습지를 건너려고 하지? 불길한 예감이 다시 돌아와 배고픈 까마귀처럼 베티를 쪼아댔다.

"자, 다 됐다. 윌로, 이젠 우리도 헤어져야지. 네가 어디 가려는지 몰라도 부디 무사하게 도착하길 바라."

플리스가 부드럽게 말했다.

플리스를 쳐다보는 윌로의 커다란 눈이 깡마른 얼굴에서 더없이 슬퍼 보였다. 윌로가 뭔가 말하려는 듯 입을 열었지만 아무 말도 나오지 않았다.

난데없이 문을 쾅쾅 두드리는 소리가 요란하게 나서 모두가 겁을 먹고 굳어버렸다.

"이번엔 또 누구지?"

플리스가 떨면서 말했다.

베티가 마트료시카 인형을 조작하며 윌로 팔을 잡아 도로 방 안으로 밀어 넣었다. 바깥쪽 인형 위아래 조각을 이었더니 윌로가 다시 사라졌다.

"아까처럼 여기 가만히 숨어 있어. 도깨비불도 다시 등잔 안으로 들여보내고!"

베티가 서랍장 위에 인형을 올려놓으며 말하고는 서둘러 계단 아래로 내려왔다. 플리스도 베티 뒤에 바짝 붙어서 따라왔다.

"간수들이 할머니를 풀어주기로 했나 봐. 아니면 찰리가 말을 잘해서 간수들이 데리고 왔나?"

플리스가 손가락을 꼬아서 행운을 빌며 숨도 안 쉬고 말했다.

베티는 문에서 빗장을 빼며 아무 말도 하지 않았다. 머릿속 생각이 온통 뒤죽박죽이었다. 베티도 플리스 말을 믿고 싶었지만 모든 것이 단단히 잘못되었다는 불길한 생각에 가로막혔다. 문을 여는 순간에도 베티는 절대 좋은 일이 아니라는 걸 이미 알고 있었다.

안개에 휩싸인 두 사람이 계단에 서 있었다. 간수들……. 그런데 아까 왔던 사람들이 아니었다. 어슴푸레한 불빛에 두 사람 얼굴이 드러나자 베티가 짧게 숨을 내뱉었다. 상대방은 모를 테지만 간수 하나는 베티가 아는 얼굴이었다.

"한밤중에 귀찮게 해서 미안하구나. 그런데 우리가 탈주자를 찾고 있어서 지역 내 집은 전부 다 수색해야 해."

플리스가 혼란스러워하며 간수를 쳐다봤다.

"하, 하지만……. 이제 막 다녀갔잖아요."

간수가 눈을 가느다랗게 뜨며 플리스를 마주 봤다.

"아니, 그럴 리가 없는데."

"제 말은, 아저씨 동료들이요. 다른 간수가 왔었어요. 구스랑…… 또 누구였지?"

플리스가 베티를 돌아보고 물었다.

"와일드."

베티가 더 깊어지는 간수 눈썹 사이 주름을 쳐다보면서 대답했다. 하나도 마음에 들지 않았다.

두 번째 간수가 첫 번째 간수를 힐끔 쳐다봤다.

"구스랑 와일드라는 간수는 없어."

## 6장. 해그스톤 들여다보기

"조금 전까지 여기 있었어요. 이곳저곳을 다 뒤지고 질문도 하고."

플리스 목소리가 휙 높아졌다.

첫 번째 간수가 딱딱 끊어지는 목소리로 말했다.

"까마귀바위섬에서 이쪽 구역 수색에 나선 간수는 우리 둘뿐이야. 다른 조랑 갈라진 것도 한 시간 전이고. 여기 누가 왔는지 몰라도 간수는 아니었다."

간수가 아니라고?

새로운 소식이 습지 안개처럼 베티를 휘감으며 숨통을 조였다. 베티는 두려워서 정신을 놓을 지경이었다.

"하, 하지만 둘 다 간수복을 입고 있었어요!"

플리스가 아랫입술을 덜덜 떨면서 말을 이었다.

"그 사람들이 우리 막내 여동생을 데리고 갔어요! 우리 할머니도요. 다 끔찍한 착각이었어요."

플리스가 필사적인 눈빛으로 베티를 힐끔거렸다.

"뭐라고 말 좀 해!"

"그러니까. 그, 그게……."

베티 목소리가 갈라졌다. 베티는 언니 눈빛에서 윌로를 넘기라고 애원하는 마음을 읽었다. 하지만 그렇게 단순한 일이 아니었다. 간수한테 윌로를 내줘봤자 찰리가 돌아온다는 보장도 없고 오히려 위더신즈 가족을 유죄로 보이게 할 뿐이었다.

"그 사람들은 우리 동생이 도망친 아이라고 생각했어요. 그, 그래서 우리가 동생을 못 데려가게 막았더니 할머니까지 체포하면서 새 부리 곳에 가두겠다고 했는데……."

베티가 말끝을 흐렸다.

충격이 사라지고 차가운 두려움이 온몸에 퍼졌다.

할머니랑 찰리를 데리고 간 사람들은 누구지? 윌로한테서 뭘 바라는 거야? 두 사람이 누구였든 간수들보다 한걸음 빨랐다. 찰리를 데려간 사람들 정체를 모른다면 두 사람이 찰리를 실제 어디로 데려갔는지, 또 왜 데려갔는지 알 길이 없었다.

"어째서 두 아이를 헷갈렸지?"

간수는 베티와 플리스에게 묻는다기보다 혼잣말을 하고 있었다.

"아무래도 우리가 직접 여기를 한 번 둘러보는 게 낫겠어."

"당장 멈춰요."

플리스가 간수 앞을 막아서면서 말했다.

"아까 여기 왔던 사람들도 진짜 간수가 아니었는데 지금 아저씨들 말은 진짜인지 아닌지 우리가 어떻게 알겠어요?"

간수 입술이 일그러졌다. 베티가 기억하는 그 얇은 입술이었다. 베티는 이 간수를 예전에 한 번 봤다. 작은 키에 갈대처럼 마른 몸, 굶어 죽은 쥐처럼 축

처진 콧수염, 그런 외모에 어울리는 성격. 간수가 휘장을 들이밀었다. 어둑한 불빛 속에서도 황금 까마귀 발이 번쩍였다. 간수가 이름을 밝히기도 전에 베티는 알고 있었다.

"난 토비아스 파이크. 이쪽은 엘리 민친."

민친도 자기 휘장을 가리켰다.

"그건 아무 증거도 아니에요. 아까 사람들도 휘장은 차고 있었으니까요."

플리스가 말했다.

"이 아저씨는 진짜 간수야. 내, 내가 예전에 감옥에서 본 기억이 있어."

베티가 끼어들었다.

엄밀히 따지면 사실은 아니었지만, 작년에 세 자매가 가문에 내려오는 저주를 깨러 나섰을 때 파이크를 습지에서 봤다고 설명하기보다 훨씬 쉬웠다.

자매들은 파이크와 민친이 들어오도록 옆으로 비켜섰다. 두 사람이 안으로 들어오자 플리스가 문을 닫았다.

"그 사람들한테 동생 출생증명서도 보여줬다고?"

민친이 얼굴을 찌푸리며 물었다.

네 사람은 가게로 가고 있었다. 민친은 파이크보다 말하는 목소리도 부드러웠고 얼굴도 친절해 보였다. 민친이 수첩을 꺼내서 펼쳐 들고 연필로 무언가를 적기 시작했다.

"네."

플리스가 급히 위층으로 달려 올라가서 할머니의 비스킷 깡통에 들었던 종이를 한 뭉치 들고 내려왔다.

"이게 찰리 출생증명서예요. 그런데도 그 사람들은 이건 아무 증거가 안 된다면서 결국 찰리를 끌고 갔어요."

"다시 고통의 섬으로 간다고 했나?"

파이크가 물었다.

베티가 힘없이 고개를 끄덕이며 답했다.

"말은 그렇게 했지만 그 사람들이 진짜 간수가 아니라면……."

뭐 하러 찰리를 고통의 섬으로 데리고 가겠어.

두려움으로 가득한 베티 심정이 플리스 두 눈에 그대로 비쳤다.

자기들이 실수했다는 걸 알아채면 찰리한테 무슨 짓을 할까…….

파이크가 황급히 민친을 돌아봤다.

"당장 항구로 가야 해. 이런 안개 속에서는 멀리 못 갔을 테니 봉화를 피우고 수색조를 보내자고."

"아까 헤어졌다던 다른 수색조는요? 그 사람들한테도 도와달라고 하면 안 돼요?"

플리스가 물었다.

"간수로 위장한 사람들을 먼저 찾아야 해. 그런데 그 사기꾼들이 간수복을 입었다면……. 상황이 좋지 않아."

민친이 말하면서 눈에 띄게 침을 삼켰다.

"할머니는 왜 잡아갔는지 이해가 안 가요. 여자아이만 찾고 있었다면 찰리만 데려가면 됐잖아요."

플리스가 말했다. 달걀형 얼굴이 완전히 새하얬다. 평소 새빨간 장미색인 입술에서도 핏기가 가셔서 아파 보였다.

"할머니가 필요했던 게 아니야. 우리한테 겁주려고 그랬나 봐. 우리가 방

심하도록 주의를 흩트린 거야."

베티는 이제야 깨달았다. 이상할 만큼 과장해서 행동하던 와일드도 이제는 이해가 갔다. 분명히 할머니가 잡혀갈 상황이 아니었는데도 베티와 플리스는 겁을 먹고 순순히 말을 들었다. 파이크가 베티를 한참 들여다봤다.

"우리한테 더 해야 할 말은 없나? 우리가 알면 네 동생을 찾는 데 도움이 될 다른 사항은?"

베티는 위층 방 안에서 조용히 귀를 기울이고 있을 윌로를 생각하며 고개를 저었다.

"아니요."

공허한 목소리였다. 간단한 말 한마디로 엄청난 거짓말을 했다.

"그럼 우린 바로 수색에 나서지."

파이크가 말했다.

"그런데 동생은 어떻게 생겼어? 사진 같은 건 없을까?"

민친이 덧붙였다.

베티가 계산대 위 선반에 놓였던 작은 사진을 건넸다. 개구쟁이 찰리 얼굴이 사진 속에서 활짝 웃고 있었다.

"여기요. 작년 초에 찍었어요. 이 사진 찍고 나서 찰리는 앞니 두 개가 빠졌어요."

"제발……. 찰리를 찾아 주세요. 집에 오게 해주세요."

플리스가 목소리를 떨며 말했다.

민친이 무겁게 고개를 끄덕이고 사진을 주머니에 넣었다.

"넌 성년인가?"

파이크가 플리스에게 물었다.

"아, 네…… 다음 달이면 열일곱 살이에요."

플리스가 더듬더듬 답했다.

"그럼 됐네. 저 애 보호자 역할을 할 만한 나이는 됐어."

파이크가 고갯짓으로 무심히 베티를 가리켰다.

상황이 조금만 덜 심각했어도 베티는 아마 발끈했을 것이었다. 베티도 열세 살이었다. 보호자 따윈 필요 없었다! 하지만 지금은 눈알을 굴리거나 냉소적인 말을 던질 때가 아니었다. 오히려 입을 다물고 눈을 크게 뜰 때였다.

간수들이 떠났다. 베티와 플리스는 오늘 밤 벌써 두 번째로 밀렵꾼의 주머니 대문에 빗장을 걸었다. 빗장이 다 들어가자 플리스가 짙은 색 나무에 이마를 기대고 숨죽여 흐느꼈다. 벌써 계단 절반까지 올라간 베티가 돌아봤다. 조바심 나고 걱정스러워서 머리에 김이 날 것 같았다. 둘 중 하나가 눈물을 보이면 십중팔구 다른 하나도 눈물을 흘릴 텐데 지금은 그런 일을 감당할 여유가 없었다.

"그만해. 어떤 심정인지 알지만 우린 울 시간 없어. 우리한테 도움이 안 돼. 찰리한테도!"

베티가 다그치더니 한 번에 두 계단씩 밟으며 뛰어 올라가기 시작했다.

"찰리를 돕는다고?"

플리스가 뒤따라 올라오며 베티한테 따졌다.

"정확히 말해서 우리가 찰리를 어떻게 도울 건데? 밖에는 안개가 잔뜩 끼었고 우리는 여기에 발이 묶였고……."

"아니지, 언니."

계단 꼭대기까지 다 올라간 베티가 방으로 들어가 서랍장에서 두툼한 옷을 꺼냈다.

"우린 여기 발이 묶이지 않았어. 그게 핵심이야. 아까 간수들이 가짜라면 통행금지도 무효니까."

베티가 실내 가운 주머니에서 깡총이를 꺼내 플리스한테 불쑥 내밀었다.

"받아."

"으아아아악!"

쥐가 손 안에서 꿈틀거리자 플리스가 기겁하며 몸서리를 쳤다.

"으아, 난 꿈틀대는 거 싫어! 그냥 내려놓으면 안 돼?"

"깡총이가 휘이한테 먹혔다고 찰리한테 말해줄 수 있으면 마음대로 해."

그것도 일단 찰리를 다시 만나야 말해줄 텐데.

베티 머릿속에서 작지만 섬뜩한 목소리가 들렸다. 베티는 머리를 흔들어 목소리를 털어버렸다.

"그냥 좀 들어!"

플리스가 있는 대로 인상을 쓰면서 쥐가 든 손을 앞으로 쭉 뻗었다.

"근데 너 뭐 해?"

"뭐 하는 것 같아?"

베티가 잠옷을 벗어서 한쪽으로 날리며 쏘아붙였다.

"찰리 찾으러 나갈 거야."

베티는 몇 켤레나 되는 목 긴 모직 양말을 뒤져서 그나마 구멍이 제일 적게 난 짝을 찾아내어 다리 위로 잡아당겨 신었다. 베티가 침대에 걸터앉자 침대가 움직였다. 눈에는 안 보이지만 무언가 무게가 느껴졌다. 베티는 윌로가 옆에서 말없이 듣고 있다는 것을 알아챘다. 도깨비불도 등잔 속에서 사라지고 없었다. 대신 침대 밑에서 희미한 빛이 번져 나오고 있었다.

"나간…… . 나간다고? 진짜 간수들이 이미 찾으러 나섰잖아! 간수들이 찰리를 찾아올 거라 믿고 기다려야 하지 않을까?"

플리스가 더듬더듬 물었다.

"전체 이야기 반밖에 모르는 사람들이 찰리를 어떻게 찾아!"

베티가 장화를 신으면서 사납게 말했다.

원피스 위에 두툼한 카디건을 걸쳐 입고 단추를 채운 뒤 플리스한테서 깡총이를 건네받아 주머니에 넣었다.

"난 간수를 믿지 않아. 간수 절반은 다 부패했을 거야. 핑거티를 봐. 게다가 올 초에 사라진 두 간수는 어떻고? 그 사람들이 무슨 일에 엮였는지 누가 알겠어?"

"간수들이 죄다 썩어빠지지는 않았어. 게다가 간수들한테는 권위도 있고 무기도 있어. 사람을 추적하는 데 경험이 많다는 사실은 말할 필요도 없고."

플리스가 따지고 들었다.

베티가 얼굴을 찌푸렸다.

"사람 찾는 경험은 나도 있지. 내가 작년에 언니랑 찰리를 찾아냈잖아. 안 그래?"

"그게 같니?"

플리스가 웅얼거렸다.

"다른 점은 단 하나, 그때 찰리는 아주 특별한 물건을 갖고 있어서 잡혀갔어. 그런데 이번에는 찰리가 실수로 납치됐어. 가짜 간수들이 그걸 깨닫자마자 찰리는 두 사람한테 쓸모없는 존재가 되어 버려! 그러면……."

베티가 목소리를 높였다.

"그럼 찰리가 정말 위험해지겠지."

플리스가 숨을 헉헉 몰아쉬며 베티 말을 마무리했다.

이내 플리스도 옷장으로 가서 재빨리 옷을 갈아입기 시작했다. 두려움과 망설임이 얼굴에 고스란히 드러났다.

"찰리를 찾아도 어떻게 데리고 오지? 우리가 가짜 간수들을 힘으로 이길 리는 없잖아. 우리 얼굴에 대고 비웃을 거야!"

"그야 그렇지."

베티가 동의했다.

"하지만 우리한테는 진짜 간수들도 없는 특별한 두 가지가 있잖아. 우리가 한 수 위일지도 몰라."

베티가 서랍장 위에 놓인 인형을 들었다.

"첫째, 우리가 안 보이는데 어떻게 우리 얼굴에 대고 비웃겠어?"

베티가 인형을 열자마자 월로가 나타났다. 월로는 당장에라도 도망칠 듯이 베티 침대 옆에 있었다.

"둘째, 우리한테는 월로가 있고 월로한테는 답이 있어. 다는 아니어도 뭐가 있긴 있겠지."

"월로는 떠나는 줄 알았는데? 쟤랑 같이 있다가 들키면 어쩌려고!"

"지금까지 안 들키고 잘 숨겼는데 뭐. 그리고 내가 보기에 우리한테는 달리 선택의 여지가 없어. 가짜 간수들이 저 아이를 왜 찾는지도 모르고 쟤가 뭘 아는지도 모르지만, 쟤가 찰리를 찾을 열쇠야."

베티가 단호하게 장화 끈을 잡아매면서 말했다.

찰리를 되찾아 올 열쇠이기도 하고.

베티한테는 속셈이 따로 있었다.

윌로랑 찰리를 맞바꿀 수 있지 않을까?

마음에 깃든 못된 생각이었지만 베티는 완전히 지워버리지 못했다. 어떤 대가를 치르더라도 찰리 안전이 최우선이었다.

"저건 어쩌고?"

플리스가 이제는 침대 밑에서 나와 윌로 발 주변에서 원을 그리며 돌고 있는 도깨비불을 고갯짓했다.

"윌로는 숨기더라도 저건 못 숨겨."

"언니 말이 맞아. 습지 같은 데 풀어주면 되겠지."

베티가 도깨비불을 쳐다보며 말했다.

"있잖아요, 나한테도 들리거든요?"

윌로 목소리는 조용했지만 날카로웠다. 윌로가 도깨비불을 살살 달래서 다시 기름등잔 안으로 들여보냈다.

"도깨비불은 쉽게 떨어져 나가지도 않아요."

"도대체 저건 뭐야? 왜 너를 따라다녀?"

윌로는 말이 없었다.

"이젠 얘기 좀 해봐. 찰리를 찾으려면 네가 도와줘야 해. 낭비할 시간이 없다고. 시간이 흐를수록 찰리는 더 멀어져. 아까 그 사람들은 누구고 찰리는 왜 데려갔는지 뭐 아는 거 없어? 도대체 너한테서 뭘 원하냐고!"

베티가 다급하게 말을 쏟아냈다.

윌로가 다 들릴 만큼 소리 내어 침을 삼켰다.

"찰리를 왜 데려갔는지는……. 네, 알아요. 단지……. 얘기할 테니까 꼭 나를 도와줘야 해요."

드디어 윌로가 입을 열었다.

베티가 플리스를 쳐다봤다. 그 순간 두 자매는 찰리한테 갈 수만 있다면 무슨 말이라도(진심이건 아니건) 했을 것이었다.

"우리가 뭘 해줬으면 좋겠는데?"

윌로가 경탄과 불안이 뒤섞인 눈빛으로 베티 손에 들린 목각 인형을 가만히 바라보더니 마침내 입을 열었다.

"가야 할 곳이 있어요. 그런데 아무리 생각해도 혼자서는 못 갈 것 같아요. 너무 멀고 배도 필요하고, 그리고……."

"우리한테 배가 있어. 어디로 가야 하는지 말만 해."

베티는 바닥난 인내심이 목소리에 묻어나지 않게 노력했다.

"언니들 눈으로 직접 보는 게 나을 거예요."

윌로가 다 해진 원피스 주머니에 손을 넣더니 밀랍을 바른 네모난 종이를 한 장 꺼냈다. 오래 묵었는지 노랗게 삭았고, 여러 번 겹쳐 접은 탓에 접힌 곳과 가장자리가 살짝 닳았다.

베티가 종이를 받았다. 심장이 다시 빠르게 쿵쿵 뛰기 시작했다. 이번에는 두려워서가 아니라 흥분해서였다. 조심조심 종이를 펼치는 베티는 다 펼치기도 전에 종이가 지도임을 알아봤다. 검은색 잉크를 써서 손으로 그린 지도였고, 가운데를 항해의 별(*nautical star :북극성을 상징하는 별 그림으로 선원들이 즐겨 사용했다. 항로를 안내하고 집으로 돌아가는 길을 돕는다고 알려졌다.)로 장

91

식했다. 한동안 베티는 세밀하고 아름다운 그림에 숨도 멈추고 지도를 훑어보다가 이내 얼굴을 찌푸렸다.

"이건 그냥 까마귀바위섬이랑 주변 지역을 그린 지도잖아. 베티 너한테도 이런 지도 있지 않아?"

플리스가 어깨 너머로 힐끔거리며 물었다.

"아니, 그렇지 않아."

베티는 어딘가 혼란스러운 눈치로 윌로를 돌아봤다.

"내 말은, 까마귀바위섬 지도는 나도 몇 장 있지만 이거보다 크고 그림도 더 자세하거든. 근데 이 지도는 자세한 그림을 담기에 까마귀바위섬이랑 슬픔의 섬들이 너무 작다고나 할까? 오히려 물 위주로 그린 것 같아. 그런데 그것도 오래된 난파선 잔해 말고는 별거 없단 말이지. 지도치고는 좀 희한해. 네가 가려는 곳이 정확히 어디야?"

베티가 머리를 긁적이며 말을 멈췄다.

윌로가 입술을 깨물고 망설이더니 결국 손가락을 덜덜 떨며 노란 종이 위에서 한 곳을 짚었다.

"여기요."

베티가 윌로를 가만히 바라봤다. 베티는 의심이 들기 시작했다. 기묘한 이 소녀는, 할머니 표현을 빌리자면, 어디가 좀 모자란 것은 아닐까?

"윌로, 거긴 아무것도 없어."

베티가 부드럽게 말했다.

윌로는 아무 말 없이 주머니에 손을 넣더니 무언가를 꺼내서 베티 손에 올려놨다. 한복판에 구멍이 뻥 뚫린 동그란 잿빛 돌이었다.

"해그스톤?"

베티가 엄지로 돌멩이 겉을 쓰다듬었다. 자그마한 따개비들이 붙어 있어서 까칠까칠했다.

"우리 할머니도 이런 돌멩이가 하나 있어. 행운은 불러들이고 악은 쫓는다면서."

"평소 눈에 보이지 않는 걸 보게 해준다고도 했어. 기억나? 구멍으로 보면 픽시나 감추어진 다른 존재들이 보인다고 할머니가 늘 말했잖아."

플리스가 덧붙였다.

"쳇, 구멍 난 돌멩이를 들여다봐 봤자 눈에 모래만 들어가더라."

베티가 눈알을 굴리면서 말했다.

"이번에는 다를 거예요."

윌로가 속삭였다.

윌로 말에 베티는 전율이 일었다. 베티가 돌을 눈앞으로 들어 올렸다가 숨을 멈췄다. 물 말고는 아무 표시도 없던 지도에 뭔가 다른 것이 나타났다.

"이, 이게 뭐지? 이런 일이 가능하다고?"

베티가 숨을 몰아쉬며 돌을 눈앞에서 떼었다가 다시 갖다 댔다.

"왜 그래? 뭔데? 나도 보여줘!"

플리스가 돌멩이를 향해 손을 뻗으면서 물었다.

베티가 손을 떨며 플리스한테 돌멩이를 넘겼다. 윌로를 바라보는 베티 머릿속은 질문과 놀라움으로 가득했다. 물론 두려움도 조금 섞였다. 마침내 베티가 잔뜩 갈라지는 목소리로 믿기 어렵다는 듯 말했다.

"섬이 있어."

## 7장. 새 부리 곶

플리스가 돌멩이에 난 구멍을 들여다보더니 헉 소리를 냈다.

"무슨 지도가 이래? 속임수야?"

"아니에요. 진짜예요. 전부 다. 눈에 안 보인다고 해서 없는 건 아니죠."

윌로가 인형을 가리키며 대답했다.

"까마귀바위섬 지도랑 주변 지도라면 나한테 거의 다 있어. 그래도 비밀의 섬은 듣도 보도 못했어."

베티는 목소리도 갈라지고 숨도 제대로 안 쉬어지고 살짝 어지럽기까지 했다. 처음으로 마법의 인형이 존재한다는 걸 알게 되고 인형이 발휘하는 능력을 목격했을 때 받았던 느낌과 똑같았다. 베티가 늘 모험이라면 사족을 못 쓰고 미지의 영역을 탐험할 기회를 바라왔지만, 이 지도에 깃든 마법 아래에는 소용돌이치는 위험이 흐르고 있었다.

"모두가 알면 그건 비밀이 아니죠."

윌로가 대답했다.

베티가 플리스한테서 돌을 건네받아 이번에는 좀 더 세밀하게 지도를 살폈다. 섬이 다시 나타났다. 지도 위 다른 그림처럼 잉크로 그려졌다. 만과 절벽도 있고 섬 한복판에는 물로 보이는 지역이 있었다.

"섬 가운데 석호(*만이 막혀서 바다와 분리된 호수) 같은 게 있나 봐. 근데 아무 데도 이름이 없어."

베티가 지도를 가로질러 내려와 아래쪽에 그려진 까마귀바위섬과 슬픔의 섬들로 눈길을 돌렸다. 베티 지도보다 작은 글씨로 쓰였지만 '악마의 이빨', '감옥', '세 과부' 같은 명칭은 눈으로 읽을 만큼 컸다.

"어차피 아무도 모르는데 섬 이름이라고 적어 놨겠니?"

플리스가 말했다.

"하지만 누군가는 알았어. 그것도 지도에 그려놓을 만큼 아주 잘."

베티가 윌로를 쳐다보며 머뭇머뭇 물었다.

"내 말은, 이게 진짜 있는 섬이라고 넌 확실히 믿어? 이 지도가 가짜가 아니란 걸 우리가 어떻게 알지? 해적이나 밀수꾼들이 사람들을 유인하려고 만든 지도일지도 모르잖아? 똑바로 말해 봐. 이 지도는 어디에서 났어?"

"우리 아빠 지도였어요. 나도 지도밖에 없어요."

윌로가 고집스럽게 아랫입술을 삐죽 내밀자 베티는 찰리 생각이 났다. 뜨거운 덩어리가 목구멍으로 올라왔다.

찰리!

"찰리를 찾을 가능성이 조금이라도 있으면 그냥 여기 가만히 있을 수는 없어. 따라잡을 생각이면 지금 바로 나서야 해. 벌써 시간을 너무 잡아먹었어."

베티가 힘겹게 덩어리를 삼키고 지도를 윌로에게 다시 주면서 물었다.

"우리 도움을 원하면 우리한테 솔직해야 해. 너를 찾던 사람들은 누구지?"

"덫 사냥꾼, 나도 그것밖에 몰라요."

"덫 사냥꾼?"

플리스가 무서워하며 묻자 윌로가 고개를 끄덕였다.

"나 같은……. 나 같은 사람을 잡으러 다니는 사람들이에요."

"왜? 너 따라다니는 도깨비불이랑 연관이 있어? 그런데 그 사람들은 도깨비불을 직접 잡으려고 하지 않았어. 그냥 찰리만 아니, 너만 데려가려고 했지."

베티가 물었다. 윌로가 다른 사람이랑 다른 점은 그것밖에 없어 보였다.

"어차피 이 도깨비불을 원하는 게 아니거든요. 나만 원했던 이유는……. 내가 도깨비불을 잡을 수 있다는 걸 알아서예요."

윌로가 아랫입술을 잘근거렸다.

내가 도깨비불을 잡을 수 있다.

불청객 같은 윌로 말이 베티 머릿속에서 메아리쳤다. 메아리가 사라지면서 다른 질문을 남겼지만 베티는 그 질문을 한쪽으로 밀어냈다. 지금은 윌로가 어떻게 그런 일을 할 수 있는지 중요하지 않았다. 찰리는 못 한다는 사실이 문제였다.

"그럼 그 사람들이 찰리를 어디로 데려갈 것 같아? 생각해 봐!"

"나, 나도 몰라요."

윌로가 웅얼거렸다.

베티가 윌로한테서 돌아섰다. 맥이 빠졌다. 찰리 옷 서랍에서 마른 옷을 잔뜩 꺼내 윌로한테 건넸다.

"이걸로 갈아입어. 너 입은 옷이 아직도 흠뻑 젖었어."

베티가 인상을 쓰며 말했다.

"안 추워요."

월로가 가냘픈 목소리로 말했다.

"너 몸이 얼음장 같아. 아직도 머리카락에서 물이 뚝뚝 떨어진다고."

월로 손이 베티 손에 스치자 베티가 말했다.

베티는 침대 옆에 둘둘 말아놓은 지도 꾸러미에서 한 장을 골라 상자에서 꺼냈다.

"이것 좀 갖고 있어."

베티가 플리스한테 말하고는 부엌으로 들어갔다.

베티가 걸음을 멈췄다. 심장이 달음박질쳤다. 일생 대부분을 밀렵꾼의 주머니에서 살며 모험을 꿈꿨다. 이제 곧 지난번처럼 진짜 모험에 나설 참이었지만 상상과는 사뭇 다른 방향으로 펼쳐지고 있었다. 베티가 개수대 위에 주르륵 달린 고리에서 열쇠 뭉치를 벗겨 냈다. 찬장에서 빵 한 덩이를 집어 들고 물통 두 개에 물도 채웠다. 아까 플리스가 담배 깡통으로 채워놓은 감자 포대가 눈에 들어왔다. 베티는 감자 포대를 열고 빵과 물통을 안에 넣었다. 할머니가 쟁여놓은 비밀 물건은 가는 길에 버릴 작정이었다. 방으로 돌아온 베티가 옷장에서 두툼한 숄을 한 장 더 꺼냈다. 얼음장 같은 안개 속에서 누군가는 필요할 터였다.

"가자."

베티는 월로를 다시 사라지게 한 다음 인형을 주머니에 넣었다.

"넌 우리한테 설명해야 할 게 아직 남았어."

월로는 대답하지 않지만 도깨비불이 들어 있는 등잔이 흔들렸다. 베티가 월로한테서 등잔을 받아 들었다. 두 사람 손이 스친 순간 베티는 전신에 소름이 돋았다. 윌로 손가락이 얼음 같았다.

바깥은 여전히 안개가 짙었다. 세 아이는 말없이 밀렵꾼의 주머니를 떠나 코가 얼얼할 만큼 차갑고 눅눅한 공기 속을 살금살금 가로질러 둥지 풀밭에서 멀어졌다. 베티는 신경을 곤두세우고 간수나 덫 사냥꾼이 있는지 확인했다. 거리는 텅 비었고 창문도 다 캄캄했다. 감옥 종이 울리면 까마귀바위섬 사람들은 하나같이 커튼으로 창문을 꼭꼭 가렸다.

설령 누가 지켜본다 해도, 우리 옆에서 당장이라도 부서질 듯 서 있는 이 여자아이가 도망자이고, 우리 앞을 비추는 등잔에서 은은하게 나오는 불빛 역시 보이는 대로가 아니라는 걸 알아볼 사람은 거의 없어.

베티는 우울한 생각이 들었다. 날이 밝으려면 아직 몇 시간이나 남았건만 아침 햇빛이 간절했다. 할머니가 늘 말하듯이 밤에는 모든 것이 더 나빠 보였다. 두려움과 걱정거리는 어둠 속에서 어슬렁거릴 때 더 커 보였다.

"베티?"

플리스가 조심스럽게 베티를 불렀다.

"어디로 갈 건데? 계획은 뭐야?"

플리스가 머뭇거렸다가 다시 물었다.

"계획이 있긴 있어?"

"지금 생각 중이야."

베티가 마구 꼬불꼬불해지는 머리에 스카프를 뒤집어쓰면서 중얼거렸다.

"아무래도 항구에 가봐야겠어. 진짜 간수들이 제일 열심히 수색할 곳이니까 우리도 가서 확인하는 게 좋을 것 같아. 어차피 까마귀바위섬에서 나가려면 항구에서 배를 타는 편이 가장 안전하기도 하고.”

“덫 사냥꾼들이 떠날 만한 곳은 널리고 널렸어. ‘밀수꾼의 은신처’에 있는 동굴들처럼 안전하지 않은 곳에서도 배를 탈 수 있으니까.”

플리스가 초조하게 말하자 베티는 자기 생각이 맞기를 바라며 답했다.

“그건 너무 무모해. 지금 간수인 척 굴고 있는데 다른 곳에서 배를 타면 오히려 의심스럽지 않을까? 그리고 어쩌면, 찰리가 머리를 굴려서 시간을 끌었을 거야. 평소에도 그러니까. 그럼 우리가 따라잡을지도 몰라.”

베티는 이상한 지도를 들여다보는 데 시간을 너무 끌었다고 자책하며 속도를 높여 걸었다. 귀중한 시간을 허비했다. 벌써 늦었다는 기분이 들었다.

과연, 항구에 닿고 보니 베티가 걱정했던 대로 텅 비었다. 잿빛 물에 뜬 배들도 움직이지 않았다. 일행은 살금살금 안개를 헤비며 항구 이쪽 끝에서 저쪽 끝까지 길 위로 조심조심 발걸음을 내디뎠다. 최근에 밝은 초록색으로 새로 단장한 위더신즈 가족의 배도 이웃 배와 박자를 맞춰 물 위에서 까딱거리고 있었다. 당장 바다로 나가고 싶다는 듯 항구에 묶어놓은 밧줄을 가볍게 당기고 있었다.

플리스가 배 너머를 가리켰다.

“저기 좀 봐. 간수들 배야.”

소용돌이치는 안개 탓에 베티는 못 보고 지나칠 뻔했다. 항구 맨 끝에 작은 배가 있었다. 쇠로 만든 까마귀 뱃머리 장식을 빼면 그저 평범한 검은색 배였다. 좌석 세 개가 차례대로 놓였다. 양 끝자리는 간수용이고 쇠고랑이 마련된 가운데 자리는 죄수용이었다.

“그런데 나머지 한 척은 어디 있지? 파이크가 다른 조 한 쌍이 섬 반대편을 수색하고 있다고 했는데."

베티가 의아해하고 있는데 발밑에서 뭔가 바삭 부서지는 소리가 났다. 베티가 손을 내려 만지니 손끝에 부스러기가 묻었다.

"생강 과자다! 틀림없이 찰리가 떨어뜨렸을 거야. 찰리가 여기 있었어."

"그런데 지금은 없네."

플리스 목소리는 침통했다. 베티가 남아 있는 간수 배 옆 무쇠 고리에 치렁치렁 늘어진 두툼한 밧줄을 눈으로 따라갔다. 밧줄을 묶은 방식이 몹시 복잡했다. 아빠가 가진 어느 선박 책에서 저런 매듭을 봤던 기억이 어렴풋이 났다.

베티 배 속이 뒤틀렸다.

"적어도 이제 한 가지는 확실해졌네. 찰리는 이제 까마귀바위섬에 없어. 덫 사냥꾼들이 저기 묶였던 간수 배에 태우고 갔어."

베티가 밧줄 끝을 가리켰다. 밧줄이 깨끗하게 잘렸다.

"정말 지긋지긋해! 왜 우리야?"

화를 내는 플리스 눈에 눈물이 맺혔다. 짙은 갈색 눈동자로 매섭게 항구를 노려봤다.

"어쩜 이렇게 시간도 딱 맞춰서 하필 지금이 물때야? 이 망할 놈의 안개까지. 어떻게 우리한테는 운이 한 번을 안 도와준다니?"

베티가 언니 팔을 가볍게 만졌다.

"포기하지 마. 우리를 이 꼴로 만들었다고 운을 탓하지도 말고. 운 때문이 아니야. 선택 때문이지."

내 선택.

베티가 속으로 덧붙였다.

"할머니는 어떻게 됐지?"

플리스가 울먹이며 항구를 눈으로 훑었지만 숨이 막힐 듯 두껍게 낀 안개를 꿰뚫고 멀리까지 보기란 불가능했다.

"할머니도 데리고 갔을까?"

"아니."

베티는 무력감을 느꼈다. 지금까지 벌어진 일이 바윗덩어리처럼 배 속을 짓눌렀다. 보통은 플리스가 달래고 위로하는 역할을 맡았는데 오늘 밤은 모든 것이 뒤바뀌었다.

"사냥꾼들이 관심 있는 쪽은 찰리였어."

베티가 항구까지 걸어온 길로 눈길을 돌렸다. 위더신즈 가족의 배를 지나 위로 올라가는 바윗길이 있었다. 저 길로 가면 나루터를 지나 까마귀바위섬 곶이 나왔다.

"아까 덫 사냥꾼들이 사실대로 말했다면 할머니가 있을 만한 곳은 딱 한 군데야."

"새 부리 곶이요."

난데없이 바로 옆에서 윌로 목소리가 들리는 바람에 베티가 펄쩍 뛰었다.

"맞아."

베티는 온몸에 퍼지는 두려움을 무시하고 중얼거렸다. 윌로는 눈에 안 보이고 안개는 소용돌이치는 상황이다보니 정신이 쉽게 속아 넘어가는 느낌이었다. 잠깐이었지만 확실했다. 윌로가 차가운 공기 속에서 말하는데도 입에서 입김이 피어오르지 않았다.

"거기 가보자. 할머니가 괜찮은지 확인해야지. 진짜 할머니가 있다면 냄새 나는 쥐구멍 같은 유치장에 갇혔을 거야."

"찰리는 어쩌고? 시간 없어!"

플리스 말에 베티가 반대했다.

"베티, 제발. 어차피 우린 그 사람들이 어디로 갔는지 몰라. 이렇게 짙은 안개 속에서 배를 띄우는 건 미친 짓이니까. 차라리 절벽 꼭대기에 올라가면 뭐가 보일 수도 있어. 배에서 비치는 불빛 같은 거. 어쩌면 할머니가 뒷 사냥꾼들이 어디로 가자고 말하는 걸 들었을지도 모르고. 가서 확인해볼 만해."

"좋아. 실수만 아니었으면 좋겠다."

베티가 짜증을 냈다.

아이들이 길을 나섰다. 안개가 계속 앞길을 가로막았지만 아이들은 아까보다 더 속도를 냈다. 절벽을 향해 가파른 길을 오를수록 공기가 차가워졌다. 등잔에 든 도깨비불이 베티 옆에서 은은하게 길을 밝혔다. 베티는 빛이 있어서 다행이라고 생각하고 싶었다. 이러나저러나 주변을 비추는 유일한 빛이었다. 도깨비불이 없었다면 사방에 널린 돌멩이와 나무뿌리에 발이 걸려서 넘어졌을 것이었다. 하지만 도깨비불에 서린 부자연스럽고 으스스한 기운을 모른 척하기란 쉽지 않았다. 어딘가 섬뜩하고 불안해 보이는 데다 무엇보다 아이들과 있는 도깨비불이라니, 몹시 어울리지 않았다.

아이들은 계속 걸었다. 말도 하지 않고 기운을 아껴 가파른 경사를 올랐다. 베티는 경사가 오히려 반가웠다. 열심히 걷느라 팔다리가 따뜻해진 터였다. 추위에 너무 익숙해졌다! 마침내 아이들이 길 끝에 다다랐다. 근육이 타는 듯 아팠다. 아이들은 눈을 가늘게 뜨고 안개 속을 바라보며 어디로 가야 할지 가늠했다.

새 부리 곶은 널찍했지만 빈 곳이나 다름없었다. 덤불과 풀이 우거진 탁 트인 공터에도 까마귀나 갈매기 둥지뿐이었다. 수년 전에는 절벽 꼭대기에서 아래로 내려가며 밀주업자들과 밀수꾼들이 사용하던 몇몇 동굴로 이어지는 다른 길이 있었지만, 이후 동굴이 메워지고 길도 못 쓰게 되었다. 밀주업자의 소굴이었던 어두운 과거를 떠올리게 하는 흔적은 단 하나, 유치장뿐이었다.

유치장은 돌로 지은 작은 감방이었다. 하나뿐인 나무문에는 창살 달린 작은 창문이 있었다.

"여긴 참 소름 끼치는 곳이야."

플리스가 나지막이 말했다.

베티가 이끼 낀 벽을 보면서 고개를 끄덕였다. 자매들이 어렸을 때 까마귀 바위섬 아이들과 즐겨 하던 놀이가 있었다. 누가 제일 용감한지(또는 누가 제일 어리석은지) 본딱시고 유치장까지 최대한 가까이 가기를 겨뤘다. 규칙은 간단했다. 아이들은 모두 동전이나 사탕, 특이한 조약돌이나 조개껍데기처럼 작은 물건을 밀주업자의 전리품이라고 부르며 내기에 걸었다. 한 사람씩 돌아가며 나머지 아이들이 지켜보는 가운데 유치장에 조금이라도 더 가까이 가는 내기였다. 마지막 목표는 유치장까지 가서 문에 달린 창살을 만지며 밀주업자의 전리품이라고 외치기였다. 하지만 보통 가장 가까이 간 사람을 승자로 쳤다. 아무리 유치장 바로 앞까지 갔어도 실제로 창살을 만질 만큼 배짱이 두둑한 아이는 거의 없었던 터였다. 특히 베티한테 그 사건이 벌어진 다음에는……

베티가 침을 꿀꺽 삼켰다. 마침내 유치장 문 앞에 다다라 창살을 향해 손을 뻗으면서 얼마나 입이 찢어지게 웃었는지 기억이 생생했다. 한껏 숨을 들이마셨다가 막 소리를 지르려는 바로 그때, 승리감 대신 난데없이 창살 틈에서 튀어나온 지저분한 손가락들이 베티 손가락을 꽉 움켜잡았다. 안에 갇힌 죄수가 쌕쌕대며 키득거리는 메마른 웃음소리가 났다. 얼굴은 보이지 않았다. 그래서 더 소름 끼치게 무서웠다. 베티는 손을 비틀면서 목이 터지게 비명을 지르고 또 질렀다. 하지만 손가락은 도통 풀려나지 않았다. 그때 용기를 끌어모은 사람은 플리스였다. 한 주먹쯤 되는 사탕과 동전 같은 밀주업자의 전리품을 창살 안으로 집어 던지면서 귀가 떨어지도록 쩌렁쩌렁하게 외쳤다.

"내 동생 놔 줘!"

그게 효과가 있었다. 죄수가 창살 안으로 날아 들어온 전리품을 주워 모으느라 바삐 바닥을 휩쓰는 틈에 베티가 더러운 손에서 풀려났다.

베티는 끔찍했던 손가락 느낌을 떠올리며 힐끔 손을 내려다봤다.

"네가 겁먹은 모습은 그때 처음 봤어."

플리스가 나직이 말했다.

"난 언니가 그렇게 용감한지 처음 알았고."

베티가 슬쩍 웃으며 답했다. 잠시 두 자매 눈길이 마주쳤다. 다른 말은 필요 없었다. 그날 이후 두 사람은 서로의 겁먹은 모습과 용감한 면을 더 많이 봤다.

아이들이 유치장으로 조심스럽게 접근했다. 말없이 뒤로 빙 돌아 살금살금 다가갔지만 무성하게 자란 축축한 풀밭 위로 발걸음 소리가 약하게 났다.

윌로한테서는 아무 소리도 안 나는 것 같았다.

앞으로 돌아가 보니 문은 굳게 닫혔고 묵직한 자물쇠로 잠갔다. 그렇다면 안이 비었을 리 없었다! 그래도 창살 달린 창문이 너무 높아서 들키지 않고 안을 들여다보기란 불가능했다. 베티는 손가락을 입에 갖다 댄 채 가볍게 부는 바람 소리 말고 다른 소리가 들리지는 않는지 귀를 기울였다. 한동안 아무 일도 없다가 이내 안에서 뭔가 움직이는 소리가 얼핏 났다. 베티는 가슴속 심장이 목구멍으로 올라오는 기분이었다. 안에 누가 있었다!

베티가 주먹으로 나무 문을 세 번 두드렸다.

"저기요? 안에 누구 있어요?"

누가 바닥에서 일어나는지 부스럭부스럭 소리가 났다. 창살 사이로 손이 나왔다. 손 주인이 아직 말하기 전이었지만 베티는 깊게 주름 잡힌 저 손을 아주 잘 알았다.

"베티, 너냐?"

"할머니! 네, 저희 왔어요!"

마음이 놓인 플리스가 베티를 끌어안으며 외쳤다.

베티는 차가운 돌벽에 기댔다. 무릎에서 힘이 쫙 빠졌다.

"여기 계셔서 정말 다행이에요."

안개가 소용돌이치며 베티 코를 쪼아댔다. 그나저나 플리스 생각이 틀렸다. 절벽 꼭대기에서 봐도 수면 위에서 반짝이는 불빛을 볼 가능성은 없었다. 어디가 육지 끝인지 가늠조차 안 되었다. 안개가 걷히지 않는 한, 지금은 할머니가 찰리 흔적을 찾을 유일한 희망이었다.

"내가 여기 있어서 다행이라는 말은 하지도 마라. 이 나이에 체포나 당하

105

고! 두고두고 입방아에 오를 까마귀바위섬 얘깃거리야."

할머니가 버럭 성을 내자 베티가 끼어들었다.

"안 그럴 거예요."

말 못 할 진실에 입안이 바짝 말랐다.

"진짜 체포가 아니었거든요. 아, 할머니, 할머니가 속았어요. 모두가 속았다고요!"

"속아?"

할머니가 믿기 어렵다는 듯 물었다.

"그 사람들이 찰리를 잡아가려고 간수인 척 굴었어요."

플리스가 말했다.

"뭐라고? 도대체 그놈들이 누구냐? 나 좀 여기서 꺼내라. 당장 놈들한테 본때를 보여줘야지!"

할머니가 격분했다.

"우리도 아직 몰라요."

베티가 말하면서 윌로한테 조용히 있으라고 신호를 보냈다.

"그냥 그 사람들을 쫓아가야 한다는 것만 알아요. 찰리를 배에 태워 갔거든요. 습지 안개가 짙어서 아직 멀리 못 갔을지도 몰라요."

베티가 주변을 살피다가 문득 뭔가를 깨달았다.

"어쩌면 평생에 한 번쯤 안개가 우리 편을 들어줄지도 모르겠어요."

"베티 위더신즈, 범죄자들을 쫓아가면 안 된다. 내 말 듣고 있냐? 가서 진짜 간수들을 불러와서 할미를 풀어줘. 그러고 같이 이 문제를 푸는 거다."

할머니가 바늘처럼 날카로운 목소리로 말했다.

"진짜 간수들은 벌써 수색에 나섰어요. 여분 열쇠를 가져와서 할머니를 꺼내드릴 거예요. 그런데 할머니……. 우린 누가 찰리를 찾아서 데려다주기를 마냥 앉아서 기다릴 수 없어요. 간수한테 없는 걸 우, 우린 갖고 있잖아요. 우리가 찰리를 찾으러 가야 해요."

플리스가 말하면서 초조하게 침을 삼켰다.

"니들한테 뭐가 있는지는 잊어. 방금 네 입으로 그 사람들이 배를 타고 갔다고 했는데, 어떻게 따라잡으려고!"

"그야 그렇죠. 그런데 배는 우리한테도 있어요."

베티가 답했다.

"뭐? 넌 이제 열세 살이야! 배를 조종할 수 없어!"

할머니가 씩씩거렸다.

"할 수 있어요! 시간 날 때마다 아빠랑 배를 탔다고요. 아빠를 보면서 배웠어요. 나도 배 몰 수 있어요. 몰아야 해요. 찰리를 데려오려면요."

베티가 지지 않고 대꾸했다.

창살을 잡은 할머니 손에서 힘이 빠졌다.

"다 내 잘못이다. 내가 더 싸웠어야 해. 니들 아빠만 집에 있었으면 절대 벌어지지 않았을 일이야. 나이 들어 정신 나간 늙은이 말은 아무도 귀담아듣지 않아."

"그런 말씀은 하지도 마세요!"

플리스가 놀라서 외쳤다.

"아빠가 있었어도 달라지진 않았어요. 우리가 다 속았잖아요. 그리고 솔직히 말해서 할머니, 할머니가 아빠보다 훨씬 무섭거든요! 아까 그 사람들한테

맞서던 할머니는……."

"정말 끝내주게 멋있었어요!"

베티가 열정적으로 덧붙였다. 손을 위로 뻗어 할머니 손을 잡고 종이처럼 바싹 마른 손가락을 힘주어 쥐었다.

"그러니까 우리가 찰리 찾으러 간다고 화내지 마세요. 할머니도 딱 그렇게 했을 테니까."

할머니가 코를 훌쩍이며 베티 손을 힘주어 맞잡았다.

"그게 중요한 게 아니잖아."

"찰리를 어디로 데리고 갔는지 알아내야 해요. 여기까지 오면서 뭐라도 그 사람들이 흘린 말 중에 실마리 될 만한 건 없어요? 아무거나?"

베티가 물었다.

"없어. 귀에 들린 장소 이름은 고통의 섬밖에 없었어. 하지만 두 사람이 진짜 간수가 아니라면 진짜 거기로 가는 것도 아니겠지."

할머니가 맥없이 말했다.

"그러니까 끝까지 거짓말만 하면서 갔다는 소리네요. 누군지 몰라도 일 하나는 정말 잘 해냈어요."

플리스도 실망해서 목소리가 갈라졌다.

할머니가 숨을 짧게 들이마셨다.

"잠깐. 나를 여기 가두고 돌아서서 막 걷기 시작했을 때 뭐라고 한 것 같기는 해."

베티가 펄쩍 뛰었다.

"네? 진짜요? 장소 이름을 말했어요?"

"아니, 장소가 아니었다. 게다가 내가 말했듯이 벌써 뒤돌아서서 걸어가고 있었어. 잘 안 들렸는데……. 그래도 분명히 '스윈들즈'라고 했던 것 같아."

"스윈들즈. 까마귀바위섬에서 나올 법한 스윈들즈라는 이름은 딱 하나잖아요."

베티가 인상을 썼다.

"러스티 스윈들즈, 그 악명 높은 밀수업자?"

플리스가 숨을 들이마셨다.

"하지만 죽었지. 그놈이나 그놈 일당과 연관된 이상 좋은 일일 리 없어."

할머니가 끼어들었다.

"스윈들즈 얘기는 왜 했을까요?"

베티는 혼란스러웠지만 곧 머릿속에서 그럴싸한 생각이 번쩍였다.

"어쩌면 무언가를 가리키는 말이었을지 몰라요! 아니, 어떤 장소를 의미한다고 해야 하나……."

"베티! 그러면 안 돼. 미친 짓이야. 플리스, 쟤 정신 차리게 뭐라고 말 좀 해라."

할머니가 경고하듯이 말했다.

"할머니, 죄송해요. 하지만 베티 말이 맞아요. 지금 찰리를 구할 사람은 우리밖에 없어요."

플리스 말에 할머니가 믿기지 않는다는 듯 식식거렸다. 누구나 알듯이 평소에 플리스는 분별 있다고 믿을 수 있는 존재였다. 하지만 오늘 밤 평소다운 것은 하나도 없었다. 플리스 역시 베티 못지않게 찰리가 돌아오기를 간절히 바랐다.

할머니가 몸을 떠는 소리에 베티는 문득 따로 챙겨온 여분 숄이 기억났다. 얼른 감자 포대에서 숄을 꺼내 문에 달린 창살 사이로 숄 끄트머리를 밀어 넣었다.

"할머니, 이거 두르세요. 따뜻해질 거예요."

베티는 망설이다가 담배 깡통도 하나 넣었다.

"혹시⋯⋯. 위스키는 안 챙겨왔남?"

할머니가 기대에 찬 듯 물었다.

"어⋯⋯. 아니요. 하지만 금방 돌아올게요."

위스키 소리에 인상이 구겨지는 언니를 보면서 베티가 말했다.

"베티, 안 돼! 기다려!"

할머니가 불렀지만 베티는 벌써 절벽을 따라 항구로 가는 길로 성큼성큼 걸어가고 있었다. 플리스도 말없이 베티를 뒤따랐다. 한 걸음 한 걸음 내디딜 때마다 할머니 목소리가 희미해졌다. 더 절박해졌다.

"베티 위더신즈! 당장 돌아오지 않으면 할미가, 할미가⋯⋯."

아이들은 할머니 으름장을 끝까지 듣지 못했다. 길 위로 올라서자마자 바람이 할머니 말을 휩쓸어갔다. 베티는 귀에서 윙윙 울어대며 다른 소리를 모두 날려버리는 바람이 고마웠다. 화를 풀풀 내는 할머니라면 익숙했다. 얼마든지 대할 수 있었다. 하지만 겁에 질리고 절박한 할머니는 아니었다. 베티는 화가 났다. 아니, 분노가 치밀었다. 베티한테는 이런 분노가 필요했다. 분노가 두려움과 의심을 쫓아버렸다.

"베티, 기다려!"

플리스는 베티를 따라잡느라 숨이 턱에 찼다.

베티는 계속 걸었다. 성큼성큼 내딛는 발걸음에 피가 솟구치자 화가 더 났다. 용감해졌다.

"베티! 뭐라고 말 좀 해. 왜 그런 표정을 짓고 있어? 무슨 생각을 하는 거야?"

플리스가 다시 한번 애원했다.

"생각이야 많지."

베티가 머릿속에서 아우성치는 생각을 정리하려 애쓰며 단호하게 답했다.

"이거 하나만은 확실히 말할 수 있어. 그 사람들이 누구인지 몰라도, 찰리를 데려간 사람들 있잖아? 건드리면 안 될 가족을 건드렸어."

## 8장. 러스티 스윈들즈

항구에 다다랐을 즈음, 베티는 손가락이랑 코가 반쯤 얼어붙은 느낌이었다. 손을 덥히겠다고 카디건 주머니에 넣었다가 촉촉한 작은 코와 까딱거리는 수염이 손끝에 닿는 바람에 깜짝 놀랐다. 깡총이를 잊고 있었다. 베티가 깡총이 귀를 쓰다듬었다. 손에 닿는 따뜻한 털 느낌이 좋았다.

"어느 배예요?"

베티 옆에서 윌로가 물었다. 텅 빈 곳에서 들려오는 목소리에 베티는 필요 이상으로 놀랐다. 윌로는 허공에 날리는 눈처럼 소리 하나 내지 않고 움직여서 옆에 있다는 걸 자꾸 잊었다.

베티가 줄지어 늘어선 배를 차례대로 훑었다. 색칠이 벗겨지거나 다 낡은 배도 있고 선명한 색이 잘 유지되게 관리한 배도 있었다.

"저기, 초록색 배."

베티가 작은 낚싯배를 가리켰다.

"여행 가방호. 여행 가방이 뭐예요?"

배가 가까워지자 윌로가 배 옆에 장식으로 쓴 글자를 읽으며 물었다.

"원하는 곳이나 만나고 싶은 사람이 있으면 어디든지 데려다주는 마법 같은 어떤 것."

베티가 아쉬움 가득한 목소리로 말하며 정박용 밧줄을 잡아당겨 감아서 배를 부두 가까이 댔다.

"마법 같은 어떤 것……. 인형처럼요? 인형 같은 게 또 있어요?"

윌로가 물었다.

"예전에 있었어. 지금은 없지만."

베티가 윌로 눈을 피했다. 꾀죄죄하고 낡디낡은 할머니 천 가방이 있었으면 얼마나 좋을까! 하지만 가방은 이미 오래전에 사라졌고 아무리 바라도 되찾을 길은 없었다.

"그래도 배 이름치고는 좀 우스워요."

"그래도 매듭의 제왕보다는 덜 우스운데?"

베티는 말을 돌리고 싶어서 어깨를 으쓱하며 고갯짓으로 옆 배를 가리켰다. 금방이라도 가라앉을 듯 보이는 배가 물 위에 떠 있었다.

"저쪽에 있는 분홍색 괴물 같은 배보다도 낫고. 여름날의 사랑이라니."

"난 마음에 들어!"

플리스가 항의했다.

베티는 계속 줄을 잡아당기면서 코웃음을 쳤다.

"어련하시겠어요."

배가 수면에서 까딱거리며 반걸음 거리로 가까워졌다.

"언니가 먼저 타."

베티가 말했다.

배 위에 오른 플리스는 예상대로 구역질이 올라오는지 욱욱 소리를 냈다.

다음으로 월로가 고양이처럼 소리 하나 내지 않고 배에 오르자 차가운 공기가 작게 소용돌이치며 베티를 스쳤다. 베티도 곧 배에 올랐다.

플리스가 자리에 털썩 주저앉더니 심호흡하면서 결연한 표정으로 저 멀리 앞을 바라보았다.

"저 언니 왜 저래요?"

베티가 키잡이칸 문을 열고 감자 포대를 안에 던져 넣는데 월로가 물었다. 희미하게 생선비린내가 퍼졌다. 아무리 페인트를 들이부어도 이 냄새는 절대 사라지지 않았다.

"플리스 언니는 뱃멀미가 심한 편이야. 배를 쳐다보기만 해도 얼굴이 파랗게 질려."

"아직 움직이지도 않았잖아요."

"그러는 너는 물 위에서도 아주 편안한가 봐?"

플리스는 기분이 상한 것 같았다.

"우리 가족은 물고기를 낚아서 먹고살았어요. 땅보다 물 위에서 지낸 시간이 더 길 거예요."

월로가 말했다.

"잘됐네."

베티가 말하는데 손에 물방울이 똑 떨어졌다. 틀림없이 옆에 선 작은 여자아이한테서 떨어진 물방울이었다.

"아무래도 넌 키잡이칸으로 들어가서 몸 좀 덥히는 게 낫겠어. 언니는 나랑 가서 시동 걸게 연료 좀 채우자"

베티와 플리스가 갑판에 달린 뚜껑문 아래에서 석탄을 퍼 올려 보일러에 털어 넣었다. 석탄 가루가 날려서 재채기가 나고 얼굴이며 손가락이 시커메졌다. 안개가 조금씩 걷히고 있었지만 항구에는 여전히 개미 한 마리도 보이지 않았다. 이내 굴뚝에서 증기가 피어오르기 시작했다. 베티는 정박용 밧줄을 감아 놓고 배 앞 등불을 밝혔다. 그런다고 안개 너머가 더 잘 보이지는 않았다.

베티가 키잡이칸으로 들어가서 키를 잡으며 언니를 불렀다.

"언니! 들어올 거야?"

플리스가 괴로운 표정으로 고개를 끄덕이고는 뒤따라 들어와서 쿠션을 받쳐놓은 나무 좌석에 앉았다. 창문에 달린 얇은 커튼과 어울리는 체크무늬 쿠션이었다. 아빠가 작은 낚싯배를 수리하고 색칠까지 마치고 난 뒤, 세 자매가 그 배에 생기를 불어넣겠다면서 배를 꾸몄다.

모두 안으로 들어오자 베티가 인형을 열어서 월로 모습을 드러냈다. 입 밖으로 꺼내지는 않았지만, 월로가 곁에 있는 걸 다 아는데도 보이지도 않고 조용했더니 어쩐지 으스스했다. 인정하기 싫어도 베티 생각보다 무서웠다. 월로가 다시 눈에 보이자 베티 기분이 조금은 나아졌다. 월로가 어찌나 조용한지, 굳이 마법의 인형을 쓰지 않아도 월로는 투명한 존재나 다름없었다.

월로도 위더신즈 자매를 뒤따라 좁은 공간으로 비집고 들어와서 플리스 맞은편에 앉았다. 작은 배가 칙칙 소리를 내며 항구에서 벗어나 밤바다를 향해 천천히 나아가기 시작했다.

"지금쯤 누구라도 할머니를 발견했는지 모르겠네."

플리스가 중얼거렸다. 누구한테 말한다기보다 그냥 혼잣말이었다.

"그러지는 않았을 거야. 그랬으면 할머니가 곧장 우리 쫓아서 항구로 내려왔을 테니까."

베티가 안개 속을 들여다보며 말했다. 혹시 안개가 옅을까 싶어서 나무 키를 힘껏 움켜쥐고 왼쪽으로 배를 돌렸다.

플리스가 눈을 감고 머리를 뒤로 기대며 중얼거렸다.

"돌아오면 엄청나게 혼나겠다."

"그래도 언니는 긍정적으로 생각하네."

베티 말에 플리스가 완벽하게 호를 그리는 눈썹 한쪽을 위로 휙 올리며 눈하나를 번쩍 떴다.

"그게 긍정적이야?"

"언니가 '돌아오면'이라고 했잖아. 난 그렇게만 돼도 좋겠어."

"끝내준다."

플리스가 다시 눈을 감았다. 작은 파도에 배가 출렁이자 나직이 신음했다.

베티가 발로 양동이를 밀어서 플리스에게 보냈다.

"출발이라도 했으니 운이 좋았어. 물이 빠지기 시작했거든. 더 오래 끌었다가는 오도 가도 못했을 거야."

베티가 근처 부표를 눈여겨보며 말했다.

"우리야 늘 운이 좋지."

어쩐 일로 플리스가 냉소적으로 말했다.

"그나저나, 우리가 어디로 가는지 너 아직 말 안 했어."

베티가 감자 포대로 손을 뻗어 집에서 챙겨온 지도를 꺼냈다. 가장자리가 살짝 해진 두꺼운 양피지 지도였다. 베티는 앞에 난 창문 아래에서 지도를 펼친 뒤 돌돌 말린 모서리 두 군데에 돌을 올렸다. 아빠가 문진 삼아 쓰려고 배에 실어놓은 돌맹이였다. 슬픔의 섬들과 까마귀바위섬 지역은 윌로 지도와 비슷했다. 고통의 섬, 비탄의 섬, 참회의 섬은 오른쪽 아래 한구석에 작게 그려졌고 그 위는 습지 기슭에서 시작해서 편자만 너머로 쭉 이어지는 육지였다. 하지만 베티가 관심 있는 곳은 지도 왼쪽, 윌로 지도에서 광활한 바다 위로 불가사의한 비밀의 섬이 나타났던 지역이었다.

베티는 집에서 가져온 지도를 손가락으로 훑으며 내려가다가 비밀의 섬 아래쪽에서 등장하는 첫 번째 특이한 지형지물 두 개에서 손가락을 멈췄다. 베티가 윌로를 보면서 양피지 지도를 탁탁 쳤다.

"이게 뭔지 알아?"

윌로가 지도를 가만히 들여다봤다.

"난파선이요."

"그냥 평범한 난파선이 아니야. 가장 유명한 난파선이야."

플리스가 또 눈을 번쩍 떴다.

"마법사의 나침반?"

"맞았어. 악명 높았다는 말이 더 정확하겠지. 이게 누구 배였는지 알아?"

"러스트, 러스티였나? 아까 언니가 말했던 밀수꾼 아니에요?"

윌로가 얼굴을 찌푸렸다.

"맞아. 러스티 스윈들즈."

베티가 말했다.

"우린 어렸을 때 그 얘기를 정말 자주 들었어. 어느 때는 아빠가, 아니면 할머니가 해주셨거든."

플리스가 말을 멈추고 윌로한테 물었다.

"넌 안 들어봤어?"

윌로는 잘 모르는 눈치였다.

"우리 가족은 까마귀바위섬 출신이 아니에요. 아빠가 감옥에 갇힌 뒤로 줄 곧 고통의 섬에서만 살았어요. 그래도 저주받은 난파선 이야기가 있기는 했어요. 사람마다 얘기가 달라졌지만요. 좁은 지역은 그런 게 있나 봐요. 같은 이야기만……."

"자꾸 되풀이하지? 이해돼. 우리도 최근까지 까마귀바위섬에서 떠나 본 적이 없거든."

플리스가 부드럽게 말하며 베티 너머에서 점점 옅어지는 안개로 눈길을 돌렸다.

"우리 세계도 몹시 좁았어. 하지만 네가 살던 고통의 섬이 훨씬 좁았겠지."

플리스 입에서 나온 말이 허공에 걸렸다가 베티 옷으로 스며들었다. 눅눅한 옷이 더 무거워졌다. 물론 베티도 고통의 섬에서 사는 삶은 과연 어떨까 상상해 본 적은 있었다. 단지, 베티 자신이 자유로워질 계획을 세우기 바빠서 베티보다 자유롭지 못한 사람들을 생각할 여유가 없었다.

"이 지역에서 누구보다 악명을 떨쳤던 러스티 스윈들즈라는 밀수꾼 이야기야."

플리스가 이야기를 계속했다.

"스윈들즈가 훔쳤던 물건 중에서 가장 귀한 보물은 한때 위대한 마법사의 소유였던 마법의 나침반이라는 소문이 있었어."

베티가 끼어들었다.

"마술사가 주인이었다는 얘기도 있어. 어쨌건 그 나침반은 주인이 원하는

118

장소나 찾으려는 물건이 있으면, 그곳이 어디든 주인을 데려다줬대. 러스티는 나침반을 훔친 뒤에 승리를 기념하려고 배 이름까지 바꿨어.”

“크게 실수한 거지.”

플리스가 다시 입을 열었다. 새로운 주제에 몰입해서 뱃멀미를 어느 정도 잊은 눈치였다.

“우리 할머니 말로는 배 이름을 바꾸면 끔찍한 불행이 찾아온대. 러스티도 그 사실을 알게 되었지만. 러스티가 나침반을 차지하고 얼마 지나지도 않아서 나침반을 탐내던 해적들이 러스티 배를 공격했거든. 러스티는 죽었어. 하지만 러스티 시체는 물론 러스티가 훔친 보물이 절대 발견되지 않았어. 사람들은 러스티가 난파선이랑 같이 가라앉았대. 나침반도 갖고.”

“러스티가 죽었는지 어떻게 알아요?”

질문하는 윌로 눈이 단추처럼 동그랬다.

“살아남은 몇몇 부하가 그렇게 말했대. 그리고 너도 들었겠지만 러스티 스윈들즈의 유령이 난파선에 저주를 내렸대. 누구든지 난파선을 움직이거나 안에서 뭐라도 훔치려 들면 끔찍한 최후를 맞이한대.”

베티가 말했다.

“그래서 네 생각엔…….”

플리스가 생각에 잠겨 입술을 깨물었다.

“덫 사냥꾼이 러스티 스윈들즈 이름을 입에 올렸다면, 러스티 물건 중에서 뭐를 찾으려는 건 아닐까? 러스티의 보물? 혹시 나침반?”

돌연 플리스 얼굴이 구겨졌다.

“할머니가 잘못 들은 거면 어쩌지? 설령 사냥꾼들이 진짜 러스티라는 이

119

름을 말했다 쳐도 그게 진짜 실마리인지 우리가 어떻게 알겠냐고. 그냥 자기들끼리 얘기하다가 튀어나왔을 수도 있고, 할머니를 따돌리려고 일부러 흘렸을지도 몰라!"

"아니야."

베티가 키를 힘주어 잡았다. 방향을 제대로 잡았다는 확신이 점점 더 짙어졌다.

"굳이 할머니한테 거짓 정보를 흘릴 필요가 있었겠어? 생각해 봐. 할머니는 이미 가뒀어. 한마디로 처리가 끝났다고! 덫 사냥꾼들은 누가 쫓아온다는 생각조차 안 할 거야."

베티가 눈을 가느다랗게 뜨고 앞에 놓인 지도를 힐끗거렸다.

"게다가 두 사람이나 납치했으니 작전에 집중하지 않겠어? 나라면 그럴 거야. 그저 재미로 옛날 밀수꾼이며 난파선 이야기를 떠들어대지는 않아."

"그래서, 찰리 역할은 뭐야? 아니, 월로 역할이라고 해야 하나? 그 사람들이 너를 찾던 이유가……. 네가 도깨비불을 잡을 수 있어서라며?"

플리스 질문에 월로가 고개를 끄덕였다.

"그런 능력을 들키면 내가 위험해질 거라고 우리 부모님이 항상 주의를 줬어요. 우린 내 능력을 비밀로 지키려고 정말 노력했는데. 우리를 지켜보던 사람이 있었나 봐요."

월로 입술이 떨렸다.

"그리고 우리 탈출을 기회로 삼은 거죠. 나를 잡을 기회요."

월로가 속삭이다시피 말했다.

"하지만 왜?"

베티는 불꽃처럼 머릿속에서 화르르 타오르는 어떤 생각에 윌로를 돌아봤다.

"아까 밀렵꾼의 주머니에서 네가 도깨비불도 한때 살아 있었다고 했잖아. 그럼 도깨비불은 할머니가 늘 말했듯이 진짜 사람들 영혼인 게 분명해."

안개보다 더 차가운 기운이 베티 심장을 휘감았다. 베티는 도깨비불이 그저 습지에서 새어 나오는 가스라고 생각하는 쪽이었다. 베티 성격에 어울리는 현실적인 설명이었으니까. 하지만 막상 도깨비불을 이렇게 가까이에서 봤더니 절대 그런 부류가 아니었다.

"누구? 저 도깨비불이 누구였는데? 도대체 너한테서 뭘 원하는 거야?"

플리스가 얼굴이 하얗게 질린 채 속삭였다.

"아마 우리 가족 결백을 증명해 줄 사람이었을 거예요."

드디어 윌로가 털어놨다.

"왜 그렇게 생각하지?"

베티가 물었다.

다시 입을 연 윌로가 어딘가 홀린 듯한 목소리로 말했다.

"오늘 나타났거든요. 나랑 엄마는 아까 언니들이 지도에서 본 그 섬에 가려고 오늘 고통의 섬에서 도망쳤고요."

"그래서, 거기에는 뭐가 있어? 섬은 왜 그렇게 지도에서 숨겨졌지? 안전한 곳이기는 해?"

베티는 윌로 대답이 갈수록 골치 아파졌다.

"나, 나도 몰라요."

윌로 목소리가 높아지자 대번에 도깨비불이 등잔에서 빠져나오더니 쏜살

같이 베티에게 날아와 다리 주변을 맴돌았다. 윌로가 느끼는 불안에 공명하는 것 같았다.

베티가 날카롭게 숨을 내쉬었다. 겁이 나서 온몸에 소름이 돋았다. 윌로는 어떻게 지도를 손에 넣었을까? 섬에서 정확히 무엇을 찾으려고 하는 걸까.

"넌 아는 게 별로 없구나."

말을 안 하는 것이든가.

베티가 중얼거리며 도깨비불을 응시했다. 처음으로 슬픔이 찌르르 일었다. 이건 단순히 습지를 떠도는 작은 불빛이 아니었다. 한때 사람이었다. 희망을 품고 감정을 느끼고 추억을 쌓으며 살아 숨 쉬던 사람이었다. 그런데 이게 남은 전부라고?

"그 사람들이 너를 원했다면 도깨비불 잡는 능력을 원해서였겠지. 하지만 무턱대고 아무 도깨비불이나 원하지는 않았을 텐데."

플리스가 약하게 헉하고 소리를 냈다.

"그럼 그 사람들이 찰리한테 시키려는 일이 혹시……."

베티가 도깨비불을 가만히 바라봤다. 두려움이 베티를 삼켰다.

"러스티 스윈들즈의 영혼을 잡으려는 거야."

122

## 9장. 도깨비불 몰이꾼

"덫 사냥꾼들이 찰리한테 죽은 사람 영혼을 불러내게 시킬 거라는 얘기야?"

플리스가 새된 소리를 질렀다.

"지금은 확실하지 않아. 그런데 그게 앞뒤가 맞아. 그 사람들이 지금까지 무릅쓴 일만 생각해도 뭔가 대단한 이유가 있을 거야. 러스티 스윈들즈를 원한다면 틀림없이 난파선으로 갈 테지. 마법사의 나침반 말이야."

베티가 힘겹게 침을 삼켰다.

이제 배는 참회의 섬으로 다가가고 있었다. 슬픔의 섬에서 두 번째로 큰 섬이고 까마귀바위섬에 가장 가까운 이웃 섬이었다. 참회의 섬에 사람은 많이 살아도 가족이라는 것은 없었다. 오히려 가족에서 떨어져 나온 사람들뿐이었다. 돌을 쌓아 지은 거대하고 기괴한 감옥이 섬 대부분을 차지했다.

물결치는 안개 사이로 섬 가장자리를 밝히는 봉화가 얼핏 베티 눈에 띄었다. 땅이 있으니 주의하라고 근해를 지나는 배에 보내는 신호였다. 그 너머로 몇 개 안 되는 창문에서 깜빡이는 불빛들도 보였다. 야간 근무를 서는 간수들이 있는 곳이었다. 지금은 보이지 않아도 베티는 저곳에 창문이 수백 개쯤 있다는 것을 알았다. 창문마다 창살이 달렸고 그 뒤에는 죄수가 갇혔다. 얼마 전까지 위더신즈 자매들 아빠도 저곳에 갇혀 있었다. 도박으로 돈을 모두 잃고 훔친 물건을 팔다가 붙잡혔다. 다행히 이젠 모두 지난 일이었다. 베티는 악취를 풍기고 절망이 감돌던 그곳이 생생하게 기억나서 몸서리를 쳤다. 감옥에서 멀리 떨어진 섬 반대편에는 태곳적부터 있어 온 돌탑이 낮게 뜬 구름을 찌를 기세로 서 있었다.

베티와 플리스 눈길이 마주치며 말이 필요 없는 기억이 두 사람 사이를 오갔다. 감옥처럼 까마귀바위 탑도 위더신즈 가족의 과거이자 몇 대에 걸쳐 가문에 드리웠던 끔찍한 저주였다. 이제는 탑이 위더신즈 가족에게 그 어떤 위협도 되진 않지만 베티는 두 번 다시 탑을 보고 싶지도, 발을 들이고 싶지도 않았다.

베티는 참회의 섬 생각에 몰두한 나머지 윌로가 완전히 굳어서 무언가에 홀린 눈길로 감옥을 보고 있는 것을 금방 알아채지 못했다. 베티가 잘 아는 표정이었다.

"윌로, 아까 너랑 엄마가 고통의 섬에서 도망치긴 했지만, 뭔가를 잘못해서 고통의 섬에 있었던 건 아니라고 했잖아?"

베티가 부드럽게 묻고는 감옥을 힐끗 쳐다봤다. 묻지 못한 질문이 허공에 걸렸다.

윌로가 눈길을 아래로 내리며 고개를 끄덕였다.

"우리 아빠……. 아빠가 저기 있어요. 이제 일 년이 다 되어 가요. 우린 습지의 기쁨에 살았는데 아빠를 감옥에 가두면서 엄마랑 나도 고통의 섬으로 쫓아 보냈어요."

속삭이는 윌로 눈빛이 또다시 훨씬 나이 든 사람 눈빛이 되었다.

"우린 아빠 면회도 못 했어요."

"아, 저런."

단단했던 베티 한구석이 조금 부드러워졌다. 어떤 기분인지 베티도 잘 알았다. 아빠가 갇혔다는 수치스러움, 그리움이라는 고통, 면회를 금지당한 괴로움……. 베티가 손을 내밀어 윌로 손을 살짝 건드렸다. 걱정스러울 만큼 손이 여전히 찬데도 윌로는 못 느끼는 것 같았다. 베티는 윌로 아빠가 무슨 죄를 지었는지 궁금했다. 가족 전체가 유배당할 만큼 아주 심각한 죄였음이 분명했다. 베티가 뭐라고 묻기 전에 플리스가 입을 열었다.

"혹시 우리 배가 걸려서 수색당하면 어쩌지? 아직 윌로를 찾고 있을 텐데."

플리스가 두려운 눈빛으로 창밖을 내다보며 물 위에 간수들 배가 있는지 살폈다.

"윌로가 사라지게 하면 돼. 언니 나이가 제일 많으니까 언니가 말해야 해. 습지 기슭에 사는 친척이 아프다는 연락을 받고 돌봐주러 간다고 해."

베티 대답에 플리스가 고개는 끄덕였지만 딱히 좋아하는 것 같지는 않았다.

"내가 거짓말 싫어하는 거 알면서."

"언니가 생각해낸 거짓말도 아니잖아. 그건 내 거짓말이고 난 거짓말 따위는 아무렇지도 않아. 단지 언니가 직접 말하는 것뿐이야."

베티가 따졌다.

"알았어."

플리스가 다소 딱딱댔다.

"사라지게 한다는 말이 나와서 말인데, 언니랑 나도 뭐라도 하나씩 인형 안에 넣어두는 게 좋겠어. 우리가 다 숨어야 하는 상황이 올지도 모르니까."

베티가 덧붙이며 주머니에서 인형을 꺼내 언니한테 건넸다.

플리스가 인형을 열고 짧은 머리카락을 한 가닥 뽑아서 세 번째 인형에 넣었다. 베티도 머리카락을 뽑아서 두 번째 인형에 넣었다. 윤이 흐르고 보드라운 언니 머리카락에 비해 푸석푸석하고 꼬불거리는 머리카락을 보니 은근히 속상했다. 베티가 인형을 다시 차례대로 포개면서 지금 바로 모습이 사라지지 않도록 바깥쪽 인형 위아래를 일직선으로 맞추지 않았다.

플리스가 지도를 좀 더 잘 보려고 자리에 앉아서 움직이다가 감자 포대에 부딪혔다.

"이젠 이것 좀 버리자."

"한동안 갖고 있으려고."

베티가 말했다.

"왜? 이걸 갖고 있다가 잡히면 무슨 일이 벌어질지 알면서! 배 밖으로 던져버려서 없애는 게 제일 안전해."

"담배가 제법 많이 들었어. 쓸모 있을지도 몰라."

"잡히는 데 쓸모 있겠지."

"그게 아니라, 우리한테 돈이 있는 것도 아니잖아. 뭐라도 거래할 만한 건 이것뿐이라고."

베티가 고집을 세웠다.

플리스가 뻣뻣해졌다.

"너 사기꾼처럼 말하기 시작했어."

베티가 어깨를 으쓱했다.

"사기꾼이 찰리를 데리고 있으니 찰리를 되찾으려면 사기꾼처럼 생각할 필요도 있어."

배가 출렁이자 플리스가 입술을 오므리며 벤치 모서리를 꽉 잡았다.

"그러니까, 지금 러스티 스윈들즈의 난파선을 찾아야 한다 이거지? 얼마나 더 가야 해?"

윌로가 말없이 베티한테 노랗게 색이 바랜 지도와 해그스톤을 건넸다.

베티는 지도가 망가질세라 조심조심 받았다. 아직도 젖어 있는 윌로 머리카락이 윌로 몸 앞을 온통 축축하게 적셔놨기 때문이었다. 그런데 막상 지도를 받아보니 신기하게 지도는 조금도 젖지 않았다. 베티가 해그스톤을 눈에 붙이고 다시 지도를 들여다봤다. 그 독특한 긴장감에 베티는 손끝이 따끔거렸다.

베티는 윌로 지도를 보다가 집에서 가져온 지도와 비교해봤다. 윌로 지도가 크기는 작아도 베티 지도보다 비율도 정확하고 그림도 구체적인 데다 정교했다. 베티가 재빨리 남은 거리와 속도를 따져봤다.

"적어도 몇 시간은 더 가야 해."

베티가 힐끗 윌로를 보니, 윌로는 무릎을 내려다보고 있었다.

"윌로, 저 도깨비불이 누구였고 정체가 뭔지 얘기할 시간은 충분해. 고통의 섬에서 도망쳐 나온 이유도. 그리고 이 지도가 어디에서 났는지도 궁금해."

윌로가 두 발을 모아 의자 위로 올렸다. 긴 머리가 축 늘어지며 얼굴을 감

127

쌌다.

아직도 물이 뚝뚝 떨어지다니, 아무래도 이상해.

베티가 생각했다. 습기 가득한 안개는 대답해야 할 질문을 많이 품고 있었다.

"저기, 윌로. 이젠 입을 열 때도 됐어. 너를 도우려면, 네가 무엇을 하려는지 우리도 정확히 알아야 해."

베티가 강하게 나갔다. 베티 생각에도 목소리가 딱딱했다. 윌로가 움츠러드는 기색이어서 베티는 억지로라도 더 부드럽게 말하려고 노력했다. 윌로도 이미 많은 일을 겪었다.

"우리가 좋건 싫건 상관없이 이젠 우리도 이 일에 엮여버렸어. 우리 전부다."

윌로가 코를 훌쩍이며 고개를 끄덕였다.

"아까도 말했지만 여기까지 오는 내내 엄마가 거의 항상 옆에 있었어요. 엄마는 혹시라도 내가 엄마랑 헤어지면 둥지 풀밭 표지판을 쭉 따라가서 언니네 집 마당으로 가야 한다고 계속해서 말해줬어요."

"잠깐, 뭐라고?"

뜻밖의 사실에 베티가 깜짝 놀랐다.

"난 네가 우리 집 문에 갈라진 틈을 우연히 발견하고 들어온 줄 알았어. 근데 우리 집을 일부러 찾아왔다고? 왜?"

"엄마는 나랑 습지를 건너려고 사람들한테 돈을 냈어요. 옷감 상인이었고 그걸 다 주선한 사람은 어떤 간수였어요."

윌로가 털어놨다.

"까마귀 맙소사! 간수를 믿었다고? 간수 절반이 사기꾼이라는 거 몰랐어?"

플리스가 탄식했다.

윌로 눈에 눈물이 차오르면서 넋을 잃은 듯 멀게졌다.

"그때는 몰랐어요. 난 그 남자를 본 적도 없고요. 그냥 어느 날 밤에 아래층에서 엄마랑 얘기하는 소리를 들었어요. 그 사람이……. 우리는 거기 있으면 안 되는 거였대요. 그래서 우리를 돕고 싶다고 했어요. 그 사람도 내가 도깨비불을 잡을 수 있는 걸 알더라고요. 못된 사람이 내 능력을 알아내는 날엔 내가 위험해질 테니 조심하라고 했어요. 그래서 우리가 그 남자를 믿었어요. 그 사람은 사실을 알면서도 말하지 않았으니까요. 모든 준비가 끝나자 엄마가 돈을 치렀고, 그 뒤로 우린 그 남자를 다시 보지 못했어요."

"다시 못 만났다고?"

베티는 윌로 말을 따라 하면서 자취를 감춘 간수 둘을 떠올렸다.

윌로가 고개를 끄덕였다.

"처음에 엄마는 간수가 돈만 받고 우리를 속였거나 아니면 그 간수가 들킨 줄 알고 걱정했어요. 탈출하기로 한 날이 점점 다가오는데 아무도 우리를 데리러 오지 않았거든요."

윌로가 손을 마주 대고 비볐다.

"그게 우리한테 주어진 유일한 기회였기에 우린 잡아야 했어요. 엄마랑 나는 배에 실어서 까마귀바위섬으로 옮겨 갈 옷감 두루마리 사이에 숨었어요. 엄마는 고통의 섬에서 비밀의 섬으로 바로 가는 것보다 그편이 안전하다고 생각했어요. 일단 까마귀바위섬으로 숨어들었다가, 까마귀바위섬에서 떠나는 배로 몰래 갈아타는 것이 우리 계획이었어요."

"그런데 밀렵꾼의 주머니 얘기는 언제쯤 나와?"

베티가 물었다.

"뒷마당에 쌓인 맥주 통, 엄마는 나한테 빈 맥주 통을 실어 갈 맥주 공장 마차가 올 때까지 기다렸다가, 마차에 통을 싣기 시작하면 안으로 들어가라고 했어요."

"그랬다면 맥주 통 안에 숨은 채 배에 실려서 습지를 건넜겠구나."

안개가 걷히며 수면 위로 군데군데 피어오른 연무 속으로 스며들었다. 배는 이제 감옥을 거의 지나 습지 기슭으로 가고 있었다.

"그런데 왜 하필 밀렵꾼의 주머니였어? 섬 반대편에 도도한 여우가 있는데? 맥주 통에 숨어서 도망칠 생각이었다면 거기가 훨씬 나았을 거야. 고통의 섬에서 더 가까우니까."

플리스가 물었다.

윌로가 다리를 올려서 무릎을 끌어안았다.

"엄마는 밀렵꾼의 주머니가 더 낫다고 했어요. 낡아서 허물어지기 직전이라 마당으로 숨어들기 더 쉬울 거라고……."

"낡았다고? 허물어지기 직전?"

플리스가 열을 냈다. 모욕이라고 여긴 게 틀림없었다.

"아, 언니, 적당히 해. 언제 무너져도 이상하지 않은 곳이잖아! 기분 나빠 할 필요 없어."

베티가 콧방귀를 뀌자 플리스가 입을 삐죽거렸다. 심통 난 찰리랑 놀랄 만큼 닮았다.

130

"하지만 아빠가 더 나은 곳으로 만들겠다고 들인 노력이 얼만데."

플리스가 투덜거리면서 상처받은 눈길로 윌로를 쏘아봤다.

"우리가 들은 소문은 그게 다가 아니었어요."

윌로가 작은 목소리로 덧붙였다.

"그러면 또 뭐? 우리 할머니가 주정뱅이라고? 아니면 우리 집 요리가 형편 없다고?"

플리스가 딱딱거렸다.

"그야 언니가 요리할 때나 그렇지."

베티가 숨죽여 말했다.

플리스가 베티를 노려봤다.

"다 들리거든?"

베티 한쪽 눈썹이 휙 올라갔다. 플리스가 화를 내는 일은 드물었다. 뱃멀미와 가족을 향한 애정이 만나 일으킨 흥미로운 현상이었다.

"아, 아니요. 그런 얘기가 아니었어요. 엄마가 거기에 좋은 사람들이 산다는 얘기를 들었다고 했어요. 친절한 사람이라고……. 그래서 설령 우리를 발견해도 간수한테 넘기지 않을 거라고요."

윌로가 더듬더듬 말했다.

"아, 부자라고 소문나기보다는 친절하다고 알려지는 게 더 낫긴 하겠지."

대번에 플리스가 누그러졌다. 하지만 이내 몸을 부르르 떨더니 들통 위로 몸을 숙였다.

베티가 물려받은 장화 안에서 발가락을 꼬물거렸다.

"그럴 위험이 언제 있어 봤어야지."

문득 못된 생각이 스멀스멀 피어올랐지만 베티는 입 밖으로 꺼내지 않았다. 친절하다고 알려졌다니, 다 좋다 치자. 하지만 찰리가 납치당한 것도 결국 다 그놈의 친절 때문이었다. 베티는 어디가 불편한 듯 키 앞에서 자세를 바꿨다. 윌로를 쉽게 넘기지도 못했겠지만 설령 그랬다 해도 기분이 나빴을 것이었다. 하지만 넘겼다면 지금쯤 위더신즈 가족은 다 같이 침대에서 곤히 자고 있을 터였다. 그런데 지금은 바람결에 다 뿔뿔이 흩어졌다. 베티는 키를 더 힘주어 잡으면서 머릿속에서 삐죽 발톱을 내민 못된 생각을 멀리로 치워버렸다.

"하지만 난 어떻게 그런 식으로 그, 그 눈에 보이지도 않는 섬에 가겠다고 한 건지 이해가 안 가. 맥주 통 실은 배가 그 섬에 들르기는커녕 근처로도 안 갈 텐데."

"그야 그렇죠. 그냥 안전하게 까마귀바위섬에서 빠져나오기만 했을 거예요. 난 거기에서 '윙크하는 마녀'로 가야 했어요. 맥주 배가 근처로 지나가는데, 헤엄쳐서 건널 만한 거리거든요."

"윙크하는 마녀?"

베티는 무섭기도 했지만 흥분했다. 짜릿한 전율이 척추를 타고 온몸에 퍼졌다. 베티가 한 번 더 윌로 지도를 살피며 특이한 기호 두 개를 눈여겨봤다. 윌로 지도를 처음 봤을 때는 신비한 섬에 사로잡힌 나머지 다른 것들은 눈에 들어오지도 않았다. 잉크로 작게 그린 난파선이 마법사의 나침반이었다. 난파선과 비밀의 섬 사이에 작고 험준한 바위섬이 하나 있는데, 독특하게 생긴 뾰족한 모자를 쓰고 서 있는 사람처럼 보였다. 사람 어깨에는 커다란 검은 새가 앉았고 옆에는 가마솥이 있었다. 베티 지도에서도 예전에 한 번 본 기호지만 매부리코 얼굴에 마녀 모자로 보일 리 없는 바위 무더기뿐, 이것처럼 정교하고 세밀한 그림이 아니었다. 일반 지도가 제공하는 정보는 상상이나 공상과는 거리가 멀었다. 하지만 월로 지도에 있는 이 기호에는……. 뭔가 기이한 구석이 있다는 사실이 이제는 베티한테도 보였다. 얼굴 위 하얀 얼룩 같은 것이 도드러져 보였는데 아무래도 작고 하얀 눈동자 같았다.

"해그스톤으로 봐요."

월로가 말했다.

베티가 눈앞으로 돌멩이를 들어 올렸지만 특별한 것은 보이지 않았다. 그런데 순간, 눈에 보이지 않는 산들바람이 불기라도 한 듯 형체가 파라락 흔들렸다. 착각이 아니었다.

"이게 윙크했어! 이게 나한테 윙크했다고!"

베티가 놀라서 꽥꽥거리며 플리스한테 지도와 해그스톤을 집어던졌다.

"까마귀 맙소사! 이게 정말 윙크를 해!"

플리스가 손을 덜덜 떨며 지도와 돌멩이를 도로 베티한테 줬다.

"난 윙크하는 마녀와 비밀의 섬이 어떻게든 관련 있다고 생각해요. 그래서 난 거기 가야 해요."

월로가 말했다.

플리스 이마에 주름이 깊게 잡혔다.

"잠깐, 아빠가 우리한테 들려줬던 이야기 중에도 이런 게 있지 않았어? 습지에 살던 외눈 마녀와 어느 섬……."

"맞아! 부탁이나 소원을 들어주는 마녀 이야기였어."

베티가 외쳤다. 어린 시절 기억이 밀물처럼 밀려들었다. 아빠 품에 안겨 있는 베티와 플리스 옆에서는 요람에 누운 찰리가 옹알거리며 발가락을 쭉쭉 빨아대고 있었다.

찰리.

베티 눈이 따가워졌다.

울지 마. 지금은 울 때가 아니야.

베티가 의지를 다졌다.

"그 낡은 책, 이제 기억나. 까마귀바위섬에 전해오는 동화와 전설이 잔뜩 실려 있었어."

"그래. 까마귀바위섬 연대기!"

플리스가 고개를 힘껏 끄덕였다.

베티가 눈을 감았다. 노랗게 색이 바랜 종이에서 풍기던 퀴퀴한 냄새가 나는 것 같았다. 머릿속에서 아빠 목소리가 들리자 아빠가 몇 번이나 들려줬던 이야기가 되살아났다.

베티가 숨을 깊이 들이마신 뒤 눈을 뜨고 이야기를 시작했다.

"옛날, 옛날에 아들이 셋인 한 가난한 남자가 살았어……."

## 까마귀바위섬 연대기
## 노파와 큰까마귀, 그리고 미로 : 1부

옛날에 아들이 셋인 한 가난한 남자가 살았다. 네 부자는 습지로 사방이 둘러싸인 섬에 살았다. 섬에서 나가는 길은 물뿐이었다.

형제자매가 그렇듯이 세 형제는 서로 아주 달랐다. 맏형 이름은 '재산'이었다. 선량했지만 거만했다. 첫째들이 으레 그렇듯 '재산'도 가족에게서 가장 좋은 것을 물려받았고 복을 받아 잘생긴 외모와 매력을 타고났다. 둘째 아들은 '운'이었다. '운'은 용감했지만 어리석었다. '재산'이 쓰던 걸 물려받으며 살아야 하는 신세를 탐탁지 않아 했다. 막내아들 이름은 '희망'이었다. 세 형제 중 가장 착하고 지혜로웠지만 무시당하기 일쑤였다.

가족은 구두장이 아버지가 버는 돈으로 근근이 살아갔다. 한때 아버지는 구두 짓는 솜씨가 좋았지만 나이가 들자 손을 떨었고 날로 시력도 나빠졌다. 손님들은 아버지를 다시 찾지 않았다. 유독 혹독했던 겨울 뒤, 아버지는 일할 능력을 아예 잃었다. 세 아들은 가족의 생계를 걱정하며 다 같이 망하기 전에 가족이 살아남을 방법을 모색하기 시작했다.

"내가 나가서 일거리를 구하겠다."

재산이 선언했다. 하지만 기술이 거의 없었던 재산은 떼까마귀 구리 동전과 깃털 몇 푼을 간신히 벌어왔고 이는 가족 모두를 먹이기엔 턱없이 부족했다. 그러던 어느 날, 재산이 뭔가 특별하고 신기한 이야기를 얻어듣고 집에 왔다.

신비한 섬 이야기였다. 방대한 미로가 숨겨진 섬이 있는데 그 한복판에는 세상 무엇도 견주지 못할 부가 존재한다고 했다. 하지만 미로에는 수수께끼와 함정이 가득했으며, 중심으로 가는 유일한 길은 큰까마귀와 함께 습지에 사는 외눈 노파에게서 알아내야 했다.

늘 그렇듯이 재산은 거드름을 피우며 자기가 미로 중심에 가 닿을 사람이라고 자신만만해했다. 아버지는 재산 이야기를 반신반의하면서도 뭐라도 해야 할 만큼 절박한 터라 아들에게 동의했다. 그렇게 재산은 작은 배를 타고 섬을 떠나 들은 대로 습지를 가로지르며 노파를 찾았다.

한편, 노파가 홀로 사는 데는 다 이유가 있었다. 노파는 사람을 좋아하지 않았다. 미리 알리는 법 없이 들이닥쳐서 도와달라고 끊임없이 요구하는 사람들이 지긋지긋했다. 무엇보다 사람들이 바라보는 눈길에 분노했다. 노파 생김새가 다른 터였다. 노파가 마녀라는 사실도 한몫했다.

노파는 재산이 시선을 끌겠답시고 크게 소리 쳐대며 섬으로 다가오는 모습을 보고 바다를 휘저어 무시무시한 폭풍을 일으켰다. 하지만 자만할 만큼 힘이 셌던 재산은 용케 배를 몰아서 노파가 사는 험준한 바위섬에 무사히 도착했다. 그곳에서 재산은 노파 어깨에 앉아 노파를 대신해 뚝뚝 끊어지는 문장으로 말하는 커다란 검은색 큰까마귀를 만났다.

노파가 말없이 재산 손 안으로 돌멩이 하나를 밀어 넣었다. 깨알 같은 원석으로 뒤덮이고 가운데 구멍이 난 돌멩이였다.

"구멍으로 봐라, 구멍으로."

큰까마귀가 지시했다.

돌을 들어 눈앞에 갖다 댄 재산이 깜짝 놀라며 큰 소리로 감탄했다. 조금 전에 없었던 거대한 땅덩어리가 수평선에 나타났다. 재산은 바로 저곳에 숨겨진 미로가 있다는 것을 알아챘다.

노파가 한쪽 손에 들고 있던 가마솥을 재산에게 들이밀었다.

"하나 골라라. 하나만 선택해라."

큰까마귀가 재산을 향해 노란색 눈 하나를 껌뻑이며 말했다.

가마솥 안에는 영문 모를 가지각색 기묘한 물건이 뒤섞여 있었다. 재산 발에 딱 맞을 듯 보이는 질 좋은 가죽 신발 한 켤레, 최고급 벨벳 망토, 보석으로 장식한 단검, 행운을 기원하는 토끼 발, 그리고 실타래와 황금 달걀이 각각 하나씩 있었다. 그즈음 재산은 이 중 하나가 도움이 되리라 짐작하고 바삐 머리를 굴리기 시작했다. 실패할지도 모르니 빈손으로 집으로 돌아가지 않도록 뭔가 값비싼 물건을 고르는 것이 현명하다고 판단했다.

"난 이미 좋은 신발을 신었다. 단검이나 망토는 저곳에서 기다릴 부에 비할 바가 아닐 것이다. 다른 생명을 희생하는 대가로 내 운을 바라서는 안 되기에 토끼 발도 선택하지 않겠다. 실타래는 무가치하다."

재산은 물건을 하나씩 따져서 결국 커다란 황금 달걀을 골랐다.

불쾌해진 노파가 재산을 날카롭게 노려봤지만 노파 생김새가 워낙 추한 터라 재산은 이를 알아보지 못했다. 가마솥이 무겁건만 재산이 물건을 고르느라 시간을 너무 끌었다. 늙은 마녀는 팔이 아팠다. 그런데도 재산은 머리를 잘 썼다고 뿌듯해하기 바빠서 감사 인사도 잊고 배에 올라 다시 한번 노파 성질을 건드렸다. 노파가 마법으로 바람을 불러일으켜 재산이 탄 배를 항로에서 벗어나게 했고 재산은 하루를 허비했다.

재산은 구멍 난 돌이 이끄는 대로 항해를 계속했다. 마침내 녹초가 된 채 섬에 닿은 재산이 길을 찾아 섬을 한 바퀴 돌았지만 울퉁불퉁하고 새하얀 절벽뿐이었다. 오래전 뿌리를 내린 바위틈에서 기묘하게 생긴 가지가 자라나 불쑥불쑥 튀어나왔다. 그제야 재산은 노파가 폭풍을 일으킨 통에 정박용 밧줄을 잃어버렸다는 것을 깨달았다. 묶을 밧줄이 없으니 배가 그저 떠다니게 놔두는 수밖에 없었다.

재산이 힘겹게 절벽을 올랐다. 발 디딜 곳이 거의 없어서 몇 번이나 손이 미끄러졌더니 먼지구름이 피어올라 재산 목구멍에 닿았다. 절벽을 오르는 동안 황금 달걀이 용케 깨지지 않아서 놀라웠지만 재산은 이미 자신의 선택을 의심하고 있었다. 황금 달걀은 무겁고 조심히 다뤄야 하는데 갈 길은 아직 멀었다. 밤이 되어서야 절벽을 다 오른 재산이 동굴 앞에 펼쳐진 작은 땅을 발견했다. 더구나 눈에 잘 띄지 않는 푸른 나무 사이에서 돌우물을 발견하고는 기쁨에 겨운 나머지 울음이 터질 뻔했다.

재산의 기쁨은 오래가지 않았다. 우물 안을 들여다보니 한참 저 아래 물 위에 떠 있는 두레박이 보였다. 하지만 두레박을 손에 넣을 방법이 없었다. 우물 입구 안쪽 벽에 자란 축축한 이끼를 한 움큼 뜯어서 입에 넣고 물기를 쥐어짜 마시며 갈증을 달랬다. 그때쯤 재산은 허기도 심해져서 황금 달걀노른자가 얼마나 클까 상상하기 시작했다.

"먹을 수 있는 달걀을 지키겠다고 굶어 죽는 건 바보짓이다. 죽은 사람에

138

게 황금 달걀이 무슨 소용이겠는가?"

재산이 혼잣말하더니 달걀을 깼다.

아, 달걀에서 검은색 큰까마귀가 튀어나와 재산을 보며 깍깍 비웃었다. 재산이 분노해서 까마귀를 향해 달려들었지만, 균형을 잃고 우물 안으로 곤두박질쳤다. 새가 낄낄 웃있다. 새는 마녀의 새인 큰까마귀였다.

"안 됐군, 안 됐어!"

새는 다시 노파에게 날아갔다.

재산이 타고 온 작은 배가 섬에서 점점 멀어지더니 둥둥 떠내려갔다.

## 10장. 은빛 망사

플리스가 앞을 지나 문을 여는 바람에 이야기하는 데 완전히 몰입했던 베티가 정신을 차렸다. 잠시 뒤, 플리스가 배 옆으로 몸을 숙이고 게워내는 소리가 들리더니 납빛이 된 얼굴로 돌아왔다. 그동안 베티는 엉킨 실타래 푸는 심정으로 이야기를 골똘히 생각했다. 지금까지 베티는 삼 형제 이야기를 그저 밤에 아이들에게 읽어주는 교훈 동화라고 여겨왔다. 하지만 외눈 마녀 전설이 사실이라면 비밀의 섬 역시 진짜 존재할지 몰랐다. 윌로는 섬에서 무엇을 찾으려는 걸까, 그것이 문제였다.

비할 바 없는 부……

베티 마음속에서 아빠 목소리가 똑똑히 들렸다. 과연 윌로와 윌로 엄마는 탐욕 때문에 모든 것을 걸고 여기까지 왔을까? 베티는 생각만 해도 역겹고 화가 났다.

"윌로, 비밀의 섬에서 찾으려는 게 도대체 뭐야? 너랑 네 엄마가 전부를 걸고 탈출했고, 찰리가 잡혀간 이유가 정말 섬에 가면 부자가 될 수 있다는 생각 때문이야?"

베티가 차갑게 물었다.

"네? 아니에요!"

월로가 얼굴을 일그러뜨리며 강하게 맞섰다. 창백한 얼굴 위로 흘러내린 눈물이 턱에서 뚝뚝 떨어졌다.

"섬에 그런 부가 있다는 소리는 들어본 적도 없어요. 그런 게 아니라고요!"

베티는 분통이 터져서 이를 갈았다. 월로는 들어본 적 없다지만 월로 엄마가 듣고 어리석게도, 또는 탐욕스럽게도 그 부가 가족이 처한 문제를 해결해 주리라 믿었을지도 몰랐다. 어쩌면 그 돈으로 월로 아빠를 감옥에서 빼내기를 바랐을 수도 있었다.

"베티."

플리스가 함부로 말하지 말라는 눈빛으로 베티를 보며 가볍게 고개를 저었다. 베티는 일단 입을 다물기로 했다. 월로가 플리스에게 더 스스럼없이 반응할지도 몰랐다. 자주 실수하는 베티와 달리 플리스는 사람 마음을 사서 원하는 쪽으로 움직이게 하는 재주가 있었다.

"부를 원하지도 않으면서 왜 그렇게 그 섬에 가려고 해? 도망치다 잡힌 사람들이 어떻게 되는지 잘 알잖아. 오늘 밤 네가 겪은 일을 생각하면 너 정말……."

"바보탱이인 거지."

베티가 으르렁거렸다.

"'절박한가 보다'라고 말하려고 했어. 베티, 우리도 절박한 느낌이 어떤지 잘 알잖아. 아니야?"

플리스가 물었다.

"왜 우리 얘기를 꺼내고 그래!"

141

베티가 발끈했다. 이럴 때는 논리적이기 싫었다.

"난 쟤에 관해서 알고 싶어. 지금까지 쟤가 한 얘기는 구멍투성이거든. 해그스톤에만 구멍이 난 게 아니라고!"

"우린 절박해요. 도망치는 짓이 얼마나 위험한지도 잘 알았어요. 그래도 해야 했어요. 아빠를 위해서. 아빠가 결백하다는 걸 증명하려고요."

윌로가 애처롭게 말했다.

"결백? 무슨 결백?"

베티 목소리에 서렸던 찬기가 옅어졌다. 사실일까? 진짜 윌로와 윌로 엄마가 아빠를 위해서 목숨을 걸었을까? 베티는 슬쩍 시선을 돌려서 저 뒤 어둠 속으로 사라져가는 감옥을 봤다. 플리스와 베티는 사랑하는 사람이 저곳에 갇힌 기분이 어떤지 기억하고 있었다.

"살인이요."

윌로 목소리가 기어들어 갔다.

살인이라는 단어가 베티 귓속에서 메아리쳤다. 윌로와 윌로 엄마가 고통의 섬에서 산 것만 봐도 뭔가 심각한 짓을 저질렀으리라 짐작은 했다. 하지만 살인일 줄이야. 베티는 상상도 못 했다. 드러난 상황이 걱정스러워서 베티와 플리스가 받은 숨을 들이마셨다. 까마귀바위섬에서 징역형은 늘 가혹했다. 하지만 타인 생명을 빼앗은 대가는 단 하나, 가장 처참한 형벌뿐이었다.

"아빠가 처형당하겠구나. 그렇지?"

플리스가 떨리는 목소리로 물었다.

고개를 끄덕이는 윌로 입술 사이로 가냘프게 흐느낌이 새어 나왔다.

"언제?"

베티가 물었다. 이제는 목이 메말라서 쉰 소리가 나왔다. 베티가 두려움 속에서 다시 교수대를 떠올렸다. 나무로 짠 교수대와 음울한 감옥 마당. 예전에는 모두가 보게끔 네거리에서 교수형을 집행했다고 할머니가 말했다. 요즘도 여전히 형은 집행되지만 감옥 담을 벗어나지는 않았다.

"삼 일 뒤에요."

월로가 입술을 깨물었다.

"우리 말 좀 들어달라고 간절히 빌었어요. 하지만 아무도 들어주지 않았어요. 시간만 자꾸 흘렀어요."

월로가 흘러내리는 콧물을 닦았다.

"그래서 우린 탈출해야 했어요. 아빠는 그런 짓을 하지 않았다는 걸 마지막으로 증명해 보려고요. 그런데 엄마마저 잡혔으니 이젠 다 나한테 달렸어요. 아빠한텐 나, 나밖에 안 남았어요. 내가 아빠의 유일한 희망이라고요."

월로가 두 손에 얼굴을 묻고 소리 없이 흐느꼈다.

베티는 뭘 어떻게 해야 할지 몰라서 그저 손을 뻗어 월로 등에 가만히 올렸다. 아까 월로가 분명히 마른 찰리 옷으로 갈아입었는데 등이 축축했다. 습지가 월로에게 갈고리를 걸고서 놔주지 않는 것 같았다.

"근데 너랑 엄마는 왜 고통의 섬에 있었어? 감옥에서 나와서도 예전 집으로 돌아가라는 허가가 나지 않았거나 유배당한 사람만 고통의 섬에 사는 줄 알았는데."

플리스는 혼란스러웠다.

"그것도 벌이었어요."

윌로가 젖은 얼굴을 소매로 비비더니 한숨지었다.

"모든 일이 터지기 전에 우린 본토에 살았어요. 습지의 기쁨이요. 우리 아빠는 낚시꾼이었는데 고기를 아주 잘 잡았어요. 나처럼 도깨비불 몰이꾼이기도 했고요. 그래서 아빠가 항상 가장 크고 좋은 고기를 낚았어요."

윌로 얼굴이 구겨졌다.

"이해가 잘 안 가. 도깨비불 몰이꾼이어서 물고기를 잘 잡았다고?"

윌로가 고개를 저었다.

"정확히 그런 건 아니에요. 도깨비불이 떠도는 건 끝내지 못한 일이 있어서라고 아빠가 말했어요. 분노나 슬픔 같은 감정이 남거나 복수하고 싶어서, 때로는 정의를 원해서라고 했어요. 도깨비불은 하나같이 자기 얘기를 들어주기를 바란대요. 이야기를 들을 줄 모르는 사람한테 도깨비불이 위험한 이유도 그거예요. 준비가 안 된 사람은 자기가 누구인지 잊어버리고 쉽게 도깨비불을 따라가거든요. 그래서 사람들이 도깨비불을 두려워해요."

윌로가 설명을 계속했다.

"그런데 아빠는 아니었어요. 도깨비불을 두려워하지 않았어요. 아빠는 다른 사람들이 안 가는 곳에 갔어요. 어부들은 도깨비불이 우글거리는 곳을 피하려고 해요. 무서우니까요. 하지만 아빠는 도깨비불을⋯⋯. 정중히 대했어요. 나도 그래야 한다고 가르쳐 줬어요. 나한테 어떤 능력이 있는지 확실해진 다음에요. 아빠는 내가 타고난 도깨비불 몰이꾼이랬어요."

윌로가 희미하게 웃었다.

"그런데 도깨비불 몰이꾼은 무슨 일을 해?"

플리스가 물었다.

"도깨비불을 달래요."

"달랜다고?"

베티가 물었다.

"도깨비불이 사람한테 힘을 못 쓰도록 진정시켜요. 잠깐이지만요. 아빠는 도깨비불을 안전하게 달래는 법을 보여주면서 반드시 비밀을 지켜야 한다고 했어요. 우리 능력을 나쁜 일에 쓰려고 노리는 사람들이 있다면서……."

베티는 어딘가 익숙한 한기를 느꼈다. 할머니도 베티한테 인형을 주던 밤에 윌로 아빠 말과 아주 비슷한 말을 했다. 엉뚱한 손에 들어가면 몹시 위험해질 수 있다고…….

"하루는 아빠가 제일 친한 친구랑 낚시를 나갔어요. 사울 아저씨요."

윌로가 얼굴을 찡그리고 이야기를 계속했다.

"엄마는 두 분이 가지 않기를 바랐어요. 걱정스러워서요. 아빠랑 사울 아저씨가 말싸움하는 걸 내가 봤거든요. 거리가 너무 멀어서 뭐라고 하는지는 못 들었는데, 사울 아저씨가 아빠한테 뭔가를 보여주고 있었어요. 종이 같았어요. 아빠는 고개를 저었고 사울 아저씨는 막 화를 냈어요. 그랬더니 결국 아빠가 고개를 끄덕이더라고요. 그러고 두 분이……. 떠났어요. 그런데 무슨 일이 벌어졌는지 사울 아저씨가 돌아오지 않았어요. 아빠만 돌아왔는데 머리에 혹이 나 있었어요. 어쩌다가 혹이 생겼는지 아빠는 기억을 못 했어요. 그런데……."

윌로가 말을 더듬거리더니 돌연 눈물을 쏟으며 울음을 터트렸다.

"그런데 뭐?"

그때쯤 얼굴이 새파랗게 질린 플리스가 간신히 고개를 들고 부드럽게 물었다.

윌로가 코를 훌쩍였다.

"배 안에 피가 있었어요. 하지만 아빠는 다친 데가……. 아니, 아무 데도 베이지 않았어요. 이마에 난 혹 말고는 상처가 없었어요. 그러니까 그 피는 사울 아저씨가 흘렸을 수밖에 없는데 사울 아저씨를 끝까지 못 찾았어요."

윌로가 플리스를 가만히 쳐다봤다가 베티에게 눈길을 돌렸다. 두려움 가득한 두 눈에 눈물이 그렁그렁했다.

"아빠가 잡혀간 뒤 난 아빠 배를 뒤졌어요. 아빠가 나랑 같이 고기 잡으러 나갈 때 돈이랑 먹을 걸 숨기는 작은 비밀 공간이 있거든요. 배가 털릴 때를 대비해서요. 거기에서 지도랑 해그스톤을 찾았어요. 처음에는 돌이 왜 있는지 몰랐어요. 그런데 해그스톤이 마법을 부린다는 이야기들이 기억난 거예요. 그래서 구멍으로 들여다봤어요. 마침 그때 손에 지도를 들고 있었고요. 그래서 비밀의 섬이 나타나는 광경을 우연히 봤어요. 그 순간 알았어요. 사울 아저씨한테 벌어진 일을 알아낼 실마리가 이것이라는 걸요. 사울 아저씨가 사라졌는데 비밀의 섬이 그려진 지도를 발견하다니……. 분명히 두 일이 연결되었다는 확신이 들었어요."

"간수들한테는 왜 안 보여줬어? 사울 아저씨가 있을지도 모르는 곳이라면 뭐라도 증거를 보여주고 싶었을 텐데?"

베티가 물었다.

"엄마가 안 보여주려고 했어요. 너무 두려웠거든요. 간수들이 아빠 말도 듣지 않는데 우리를 쳐다보기나 하겠냐고……. 오히려 우리가 지도를 만들어냈다고 뒤집어씌워서……."

"너랑 엄마마저 까마귀바위 탑에 가뒀겠지. 마법을 부린다고 의심받는 사람은 다 거기로 보내니까."

베티가 말을 맺었다.

윌로가 훌쩍이며 고개를 끄덕였다.

"아빠는 사울 아저씨를 죽인 죄로 감옥에 갇혔어요. 하지만 아빠는 안 죽였어요! 내가 알아요. 그런데 아빠는 아무 일도 기억이 안 난대요."

"그래서 너랑 엄마를 고통의 섬으로 보냈구나. 너랑 엄마한테 벌을 내리면 네 아빠가 사울한테 무슨 짓을 했는지 인정하고 사울 시체가 있는 곳도 말할 거라고 생각해서……."

베티가 말했다.

윌로가 눈물을 흘리며 고개를 끄덕였다.

"그래서 나는 아빠를 믿어요. 아빠는 절대 엄마랑 내가 그렇게 끔찍한 섬에 살도록 내버려 둘 리 없으니까요!"

윌로가 의자에 깊숙이 앉았다. 윌로는 힘없는 목소리만큼이나 희망도 없는 모습이었다.

"아빠가 감옥에 갇힌 지 거의 일 년이라고 했지?"

베티가 조금 부드러워진 목소리로 물었다. 나는 결백한데 다른 사람이 저지른 일로 벌을 받다니, 얼마나 끔찍한가!

"네, 엄마랑 내가 고통의 섬에서 지낸 시간이기도 해요."

윌로가 대답했다.

"정말 너무 부당해!"

플리스가 탄식했다.

"그런데 저 도깨비불은? 도대체 이 모든 일 어디에 저게 들어맞지? 정확히 누구인 거야?"

배에 오른 뒤로 도깨비불은 더할 나위 없이 얌전히 굴었지만, 윌로 곁에서 은은하게 빛나는 둥근 형체에 아직도 조금 소름이 끼치는 것은 베티도 어쩔 수 없었다. 윌로가 이야기를 들려주는 사이 어느 틈엔가 도깨비불이 마치 자기도 듣는다는 듯 더 가까이 와 있었다.

"아까 저녁에 엄마랑 헤어졌을 때 나타났어요. 어딘가 낯이 익었어요. 어쩐지 나를 아는 것 같은……. 사울 아저씨 아닐까 생각했어요. 나한테 뭔가 보여주려는 것 같았거든요."

윌로가 목소리를 떨며 말했다.

베티는 대번에 속이 울렁거리면서 연민이 일었다. 사울보다 훨씬 말이 되는 도깨비불 정체는……. 사실 윌로 엄마였다. 물에 반쯤 빠져 죽은 상태로 건져진 사람이 누구건, 오늘 밤을 넘기기 힘들겠던 간수들 말도 있는 데다 윌로는 도깨비불이 어딘가 낯이 익다고 했으니 별로 좋아 보이지 않았다.

하지만 이걸 어떻게 윌로한테 말해? 그 모든 일을 겪고도 엄마가 살아남지 못했다는 말을 어떻게 하냐고!

베티가 생각하면서 중얼거렸다.

"그렇다면 그건 사울이 정말 죽었다는 뜻인데……."

"그렇다고 우리 아빠가 죽였다는 법은 없어요."

베티 말에 윌로가 단호한 표정으로 답했다. 베티가 이미 한 번 본 표정이었다.

"그건 아니지만 너한테 도움이 되지도 않아."

"무슨 일이 벌어졌는지 도깨비불이 나한테 보여주면 도움이 되죠. 그래서 내가 섬에 가야 해요. 아빠가 아무도 죽이지 않았다는 걸 증명해야 하니까요. 섬이 이 모든 일의 열쇠예요. 느낌이 와요!"

윌로가 고집스럽게 나왔다.

"오히려 아빠 죄가 확실해질 수도 있어. 섬에서 알아낸 사실이 마음에 안 들지도 모르고."

플리스가 말했다.

윌로가 이글거리는 눈빛으로 완강하게 두 사람을 봤다. 눈물이 얼굴 위로 줄줄 흘러내렸다.

"어쩌면요. 하지만 끝내 아빠가 죽어야 한다면, 난 진실이 뭔지 알 권리가 있어요. 난 알아야 한다고요."

"아빠가 유죄면? 그러면 어쩌려고?"

베티가 물었다.

"그래도 어쨌건 우리한테 증거가 생길 테고, 그러면 간수들도 더는 우리를 고통의 섬에 잡아둘 이유가 없어지죠. 우리가 떠나도록 놔둘 수밖에 없어요. 우리를 보내줘야 해요."

또 저 표정을 짓네.

베티 생각에 저것은 절박함이었다. 아무리 보잘것없어도 나를 앞으로 나아가게 하는 유일한 희망에 매달리기, 찰리를 찾아야 하는 지금 베티 심정도 똑같았다.

"아까 네가 도깨비불은 끝내지 못한 무언가가 남아서 존재한다고 했잖아. 근데 끝까지 그 일이 해결되지 않으면 어떻게 돼?"

플리스가 물었다. 검은색 두 눈이 불안해 보였다.

"더 위험해져요. 뭐랄까⋯⋯."

조용히 입을 열었던 윌로가 머뭇거렸다. 적당한 말을 찾는 것 같았다.

"한때 그 사람이 그 사람이게 했던 그 무언가가 사라져요. 그러면 기억만 남죠. 감정, 비밀⋯⋯. 도깨비불이 계속 매달렸던 그 무엇이요. 그렇게 계속 떠돌아다녀요. 습지에서 깜빡거리는 작은 불빛인 채로. 아빠는 그렇게 얘기 해줬어요. 저 불빛은 한때 영혼이었다고, 누군가 자기 얘기를 들어주기를 기다린다고."

"너무 슬프⋯⋯."

플리스가 중얼거리다가 급히 들통에 대고 구역질했다.

"미안."

플리스는 얼굴이 하얗게 질려서 웅얼거렸다.

"갑판에 나가서 바람 좀 쐴게. 이 안이⋯⋯. 우욱, 생선 비린내가 너무 심해."

플리스가 다리를 후들후들 떨면서 키잡이칸에서 나갔다. 플리스가 문을 닫기 전, 차가운 바람이 휘몰아쳐 들어왔다.

얼마 뒤, 플리스가 훨씬 안 좋아진 얼굴빛으로 헉헉거리며 들어왔다.

"왜 그래? 나가기 전보다 더 아파 보여."

베티가 물었다.

"어⋯⋯. 그게⋯⋯. 저, 저기, 바깥⋯⋯. 밖을 좀 봐."

플리스 목소리가 마구 흔들렸다. 번들거리는 두 눈을 휘둥그렇게 뜨고 창밖을 가리키며 간신히 말했다.

베티가 깜짝 놀라서 고개를 돌려 유리창을 내다봤다. 플리스가 무엇을 봤는지 알아본 베티가 얼어붙었다.

도깨비불, 습지 안개 속에서 나타난 도깨비불 수십 개가 반짝이는 은빛 망사처럼 배를 뒤덮고 있었다. 밖을 내다보는 베티 척추를 타고 차가운 전율이 물결처럼 퍼졌다. 도깨비불이 기잡이간 사방 벽에 달린 창문에 붙어서 까딱대고 있었다.

배가 포위당했다.

## 11장. 도깨비불 말을 듣지 마!

"이렇게 많은 도깨비불은 처음 봐."

베티가 웅얼거렸다. 일렁이는 불빛 구체가 배를 감싸고 우글거리는 광경을 보고 있으니 뼛속까지 불안했다. 베티 목덜미 털이 곤두섰다. 누가 쓰다듬으려고 할 때마다 휘이가 그랬다.

"이건 꼭……. 도깨비불 군대 같아!"

월로도 일어서서 창문 밖을 내다봤다. 한눈에 봐도 월로는 용감하게 보이려고 기를 쓰고 있었다. 하지만 치마 밑에서 와들와들 떨고 있는 두 무릎이 월로 본심을 고스란히 드러냈다.

"배 안에 있는 도깨비불을 느꼈나봐요. 우리가 있다는 것도요."

월로 말에 플리스가 침을 꿀꺽 삼켰다.

"베티, 배 속도를 높이면 어때? 그냥 저 속을 뚫고 앞으로 치고 나가면?"

"앞서가도 떨쳐내지는 못해요."

월로가 말했다.

"그럼 저걸 다 어떻게 없애? 우리한테서 뭘 원하지?"

플리스 목소리가 높아졌다.

"들어달라는 거예요. 봐달라고."

"그래서, 어떻게 빠져나가면 돼?"

베티는 제정신이 아니었다. 도깨비불이 배 주위로 점점 더 모여들어서 그 너머가 잘 보이지도 않았다.

키잡이칸에도 으스스한 회색 불빛이 비쳐 들어와 모두가 유령처럼 보였다. 좁은 문틈으로 가느다란 빛이 일렁이고 습기 한 줄기가 새어 들어와 아이들에게 닿을 듯 낮게 깔렸다.

그 순간, 나지막한 속삭임이 들렸다. 베티가 창문에서 급히 몸을 돌려 윌로와 플리스를 마주 봤다.

"뭐? 누가 뭐라고 했어?"

베티가 물었다. 신경이 곤두섰다.

"아니, 난 네가 말한 줄 알았어."

플리스가 대답했다.

속삭임이 다시 들려왔다. 하도 가냘파서 베티는 그게 말인 줄도 몰랐다. 이제 보니 윌로도 플리스도 입술을 움직이지 않았다.

"그럼 이건 누구야? 누가 속삭이는 거야?"

베티가 들릴 듯 말 듯 물었다.

"저들이에요."

윌로가 답했다.

이제는 도깨비불이 하도 많아져서 베티 눈에는 배를 집어삼키는 기이한 흰 불빛밖에 안 보였다.

"우리 어떡해?"

플리스 목소리가 갈라졌다.

"달래야죠. 하지만 도깨비불이 많을수록 달래기도 어려워요. 아무리 방법을 알아도요. 도깨비불은 예상하기도 어렵고 거칠어지기도 하거든요. 나도 이렇게 많은 도깨비불을 달래본 적은 없어요."

월로 눈이 두려움으로 커다랬다.

"어떻게 달래?"

베티는 빛으로 일렁이는 창문에서 여전히 눈을 떼지 못했다. 심장이 달음박질쳤다.

"노래를 불러줘요."

월로가 답했다.

"노래? 그럼 나랑 플리스 언니한테도 가르쳐 줘! 같이 노래하면 훨씬 빨리 사라질지도 몰라. 언니가 노래하면 어지간한 건 다 사라지거든."

베티 희망이 커졌다.

"베티, 지금이 농담할 때니?"

플리스 언니가 딱딱하게 말했다.

"농담 아닌데? 언니 노래야 물론 형편없지만, 이번만큼은 그게 먹힐지도 몰라!"

베티가 열띠게 말했다.

"노래한다고 도깨비불이 사라지지는 않아요. 노래를 부르면 도깨비불이 잠깐 잠들어요. 그사이에 빠져나가자는 거죠. 게다가 가르쳐줄 수 있는 노래도 아니고……. 어차피 제때 못 가르쳐요."

월로가 키잡이칸을 두리번거리며 물었다.

"다른 물건도 좀 필요한데……. 그물이랑 단지요. 여기 있어요?"

"그물이랑 단지?"

베티가 당황해서 묻는데 또 속삭임이 들렸다. 이번에는 더 가까이에서 소리가 난 터라 베티는 불안해져서 손을 내저었다. 베티가 웅크리고 앉아서 선실 좌석 아래를 뒤졌다.

"찰리랑 게 잡으러 갔을 때 쓴 작은 그물 두 개랑 찰리가 올챙이 담았던 단지도 한두 개쯤 있어. 이건 왜 필요한데?"

"보면 알아요. 근데 서둘러야 해요."

말을 끝낸 윌로가 마음을 다잡듯이 두어 번 숨을 깊이 들이마시고는 플리스 옆 키잡이칸 문으로 손을 뻗었다.

"내가 밖으로 나가서 신호할 때까지 기다려요. 신호하면 그물이랑 단지 들고 빨리 밖으로 나와야 해요. 그러면 다음에 뭘 해야 하는지 알려줄게요. 무슨 일이 있어도 귀를 닫아요. 속삭이는 소리를 절대 듣지 말아요."

"들으면 어떻게 되는데?"

질문하는 플리스는 목이 메었다.

"그러다가 사람들이 실종돼요. 처음에는 빛을 따라가죠. 다음에는 도깨비불 속삭임을 듣고 끌려가요."

"그런데 밖에 혼자 나가겠다고?"

플리스는 생각만 해도 몸서리가 치는지 몸을 웅송그렸다.

"어쩔 수 없어요. 내가 안 나가면 도깨비불은 더 몰려들 테고 우린 못 빠져나갈 거예요."

윌로가 문손잡이를 잡아당겨 문을 열고 미끄러지듯 밖으로 나가 주변을 에워싼 은은한 불빛 속으로 향했다. 문틈으로 빠져나간 월로가 빛 속으로 사라지기 직전, 베티 눈에 마지막으로 들어온 월로 얼굴은 두려움으로 일그러져 있었다. 베티와 플리스는 서로 몸을 붙이고 은색 불빛 한복판에 있을 작은 여자아이를 찾았다. 지금 베티와 플리스, 그리고 찰리에게 벌어지는 모든 일이 이제부터 월로가 하려는 일에 달렸다.

"들어 봐. 저 소리 들려?"

베티가 문에 귀를 갖다 붙이면서 중얼거렸다.

"무, 무슨 소리?"

플리스가 베티 손을 힘주어 잡았다. 플리스 손바닥이 축축했다. 이렇게 젖은 언니 손은 처음이었다.

"월로가 속삭이는 소리 듣지 말라고 했잖아!"

"아니, 그 소리 말고. 월로 소리."

베티가 문에 더 바짝 붙었다. 바람이 베티 귀를 간질였다.

처음에는 희미했다. 부드럽고 나직한, 기묘한 노랫소리는 마치 짐승이 내는 소리 같았다. 소리는 파도처럼 천천히 높아졌다가 낮아졌다. 베티가 도깨비불의 속삭임에서 월로 소리를 가려들으려고 귀를 더 곤두세워 보니, 월로가 왜 노래를 가르칠 수 없다고 했는지 이해가 갔다.

"노랫말이 고대 언어야. 고대 까마귀어, 이곳에서 수백 년 전에 사용했다는 언어."

베티가 깨달았다. 할머니도 할머니가 아는 고대어 몇 단어를 자매들한테 가르치려고 했지만 베티는 끝까지 배우지 못했다. 버스럭거리는 속삭임도 끊이지 않고 월로 노랫소리에 겹쳐서 들렸다. 세찬 바람에 흔들리는 나뭇잎 같았다. 윌로는 멈추지 않고 노래했다. 목소리에 점점 힘이 실렸다.

"저거 봐! 효과가 있어."

플리스가 베티 손을 놓고 바깥을 가리켰다.

베티가 급히 창밖으로 눈을 돌리니 바깥이 빠른 속도로 어두워지고 있었다. 플리스 말대로 도깨비불이 속삭임을 품은 채 하나씩 차례대로 미끄러지듯 사라지고 있었다.

"윌로 어딨지? 윌로가 안 보여. 분명 고물에 있을 텐데."

베티가 목을 길게 빼고 중얼거렸다.

"고물?"

"배 뒤쪽!"

베티가 확 짜증을 냈다.

"어쩌지?"

플리스가 물었다.

"윌로가 신호를 기다리라고 했어. 일단 신호가 떨어지면 양쪽 귀를 손가락으로 틀어막고 그물이랑 단지를 갖고 가야 해."

"그물이랑 단지를 들어야 하는데 어떻게 손가락으로 귀를 막아!"

플리스도 쏘아붙였다.

"무슨 뜻인지 알잖아."

베티도 쏘아붙였다. 팽팽해지는 긴장감에 어쩔 줄을 몰랐다.

베티는 키잡이칸에 같이 있는 도깨비불을 바라봤다. 도깨비불은 다시 등잔 안으로 들어가서 은은하게 빛나고 있었다. 윌로 노랫소리에 불빛이 조금 약해진 것 같았다. 윌로 노래를 듣기라도 하는지 잠잠해졌다.

베티와 플리스가 추위와 두려움에 몸을 떨며 일어섰다. 베티가 걸쇠에 손을 올렸다. 밖에서 들려오는 윌로 목소리가 작아지기 시작했다. 노래가 끝나가는 것 같았다. 아이들도 곧 도깨비불에서 벗어날 터였다. 베티가 두 눈을 질끈 감고 기대에 차서 귀를 기울였다.

"베티? 이 안이 다시 밝아진 것 같지 않아?"

플리스가 다급하게 물었다.

베티가 눈을 번쩍 떴다. 눈을 깜빡이며 창문 밖을 내다보니 도깨비불이 다시 모여들고 있었다. 갑판 위에서는 아무 소리도 나지 않았다. 윙윙 우는 바람 소리와 철썩이는 파도 소리뿐이었다.

베티가 뻣뻣하게 굳었다.

"뭔가 잘못됐어. 윌로 노랫소리가 안 들려."

"다 불렀을지도 몰라. 근데 도깨비불이 왜 다시 창문으로 몰려들었지?"

플리스가 불안하게 물었다.

"내 말이. 그러니까 밖에 나가봐야 해."

베티가 깊이 숨을 들이마셨다.

"하, 하지만 신호를······."

"윌로가 신호 보낼 상태가 아니면 어떡해? 우리가 도와줘야 해. 느낌이 온다고."

베티는 마음이 급했다.

플리스가 망설이며 고백했다.

"무서워. 난 너처럼 용감하지 않아."

"아니, 언니도 용감해. 나도 무서워. 그래도 윌로를 도와야 해. 바로 그게

158

용감한 거야."

플리스가 두려움이 덜해진 듯 고개를 끄덕였다.

"덤벼드는 자가 승리한다. 네가 항상 하는 말이잖아. 맞지?"

플리스가 중얼거렸다.

"으응."

베티는 달리 할 말이 생각나지도 않고 이가 딱딱대며 맞부딪치는 꼴을 언니한테 보이기도 싫어서 이렇게만 대답했다. 베티가 그물을 어깨에 걸쳐 메고 단지를 팔 아래 끼웠다. 그러고는 손가락으로 양쪽 귀를 막고 플리스한테 똑같이 하라고 신호를 보낸 뒤 벌컥 문을 열어젖혔다. 베티는 언니가 귀를 틀어막았다는 걸 확인한 뒤 용기를 끌어모아 밖으로 발을 내디뎠다.

안개 같은 도깨비불 무리가 두 아이 앞에서 벽처럼 솟아올랐다. 플리스는 대번에 움츠러들었지만 베티는 이를 악물고 앞으로 나아갔다.

"따라와! 이걸 지나야 해!"

도깨비불이 아이들을 감쌌다. 해파리나 촉수처럼 뭔가 찐득한 것이 천천히 꿈틀거리며 움직였다. 코앞에서 마주 보니 도깨비불이 어찌나 밝은지 베티는 눈이 부셔서 앞이 안 보일 정도였다. 이제는 속삭임도 커졌다. 쑥덕이는 말이 한데 섞인 섬뜩한 소리가 낮게 깔렸다.

"나랑 가자. 보여줄 게 있어. 네가 봐야 해. 도와줘, 제발⋯⋯."

베티는 용기가 한계에 다다랐지만 손가락을 양쪽 귓속에 쑤셔 넣고 필사적으로 갑판 위를 훑어보며 윌로를 찾았다. 하지만 눈에 보이는 것은 도깨비불뿐이었다. 공포에 질린 베티 목구멍에서 꾸르륵거리는 소리가 올라왔다. 설마 윌로가 배 밖으로 떨어졌나? 베티가 팔꿈치로 도깨비불을 옆으로 밀면서 전진했다. 하나를 밀어내기가 무섭게 다른 하나가 치고 들어왔다.

"윌로? 어디 있어?"

베티 목소리가 바짝 말라서 갈라졌다. 베티 주변으로 도깨비불이 더 두껍게 모여들었다. 쥐구멍을 지켜보는 호기심 많은 고양이 떼 같았다. 베티가 손으로 도깨비불을 쳐냈더니 잠시나마 플리스와 둘이 동시에 지나갈 길이 뚫렸다. 하지만 사방에서 둥둥 떠다니는 둥근 불빛 때문에 방향 감각을 잃은 지 이미 오래였다. 윌로는 둘째치고 키잡이칸이 어느 쪽인지도 갈피를 잡을 수 없었다.

베티 발에 뭔가가 차였다. 갑판 위 뭔가 단단한 것이 발에 걸렸는데 움직임이 없었다. 베티가 도깨비불 사이에서 눈을 가늘게 떴다. 이미 무엇인지 알 것 같았다.

찰리 신발과 크기가 거의 같은 작은 가죽 장화 한 짝. 베티가 헉 소리를 내며 무릎을 꿇었다.

"윌로!"

베티는 윌로가 했던 경고도 잊은 채 귀에서 손가락을 빼고 움직이지 않는 몸뚱이를 잡아 흔들었다. 속삭이는 소리가 대번에 베티 머릿속을 채웠다. 속삭임이 베티 생각과 뒤엉키는 바람에 베티는 집중하기가 어려웠다.

"나 좀 풀어줘. 한 번만 들어줘. 들어줘……."

"으……."

베티가 윌로 장화를 꽉 움켜쥐고 신음했다. 윌로 다리를 따라 더듬어 올라가니 얼굴이 나왔다. 베티가 손으로 윌로 얼굴을 감쌌다. 윌로 피부는 얼음장같이 찼고 퀭한 두 눈으로 앞을 멍하게 보고 있었다.

"호, 혹시 걔……?"

속삭임을 가르고 플리스 목소리가 들렸다. 겁에 질렸지만 온기가 흐르는 살아 있는 목소리였다.

"아니."

베티 심장이 쿵쿵 뛰었다. 윌로 입술이 희미하게 달싹였다. 베티가 몸을 숙여서 무슨 말을 하는지 들었다. 이상했다. 윌로 숨결이 느껴지지 않았다.

"무슨 말을 하긴 하는데……. 잠깐. 얘가 아직도 노래 부르고 있어!"

베티가 두 팔로 윌로를 끌어안았다. 이제 베티 머릿속은 속삭임으로 가득했다. 혼란스러웠다.

"베티! 듣지 마!"

이제는 플리스가 고래고래 외쳤다.

하지만 그건 불가능했다. 다른 속삭임 위로 더 또렷하게 들리는 속삭임들이 있었다. 들어 달라 애원하고 순순히 따르라 요구했다. 베티는 안간힘을 써서 정신을 부여잡고 밤공기 속으로 미끄러져 나가는 느낌과 싸웠다.

베티 머릿속에 단어들이 꽉 들어찼다. 과거 삶에서 내려온 구절, 노래, 약속, 위협, 비밀……. 베티는 희미해지는 의식 속에서 도깨비불이 되면 얼마나 환히 빛날지, 목소리는 얼마나 클지, 그리고 자기처럼 안개 속에서 길을 잃은 여행자들에게 무슨 말을 들려줄지 생각했다. 목소리들이 베티를 타 넘어 떠내려가자 윌로를 잡았던 베티 손이 스르륵 풀렸다. 베티가 도깨비불과 함께 흘러가기 시작했다. 천천히 멀리멀리.

## 12장. 바닷말

"베티!"

"으힉!"

차가운 바닷물이 얼굴을 때리자 베티가 캑캑대며 눈을 떴다. 옷깃 위로 방울져 떨어지는 차가운 물줄기에 베티가 몸을 떨며 짠 물을 뱉었다.

"까마귀 맙소사, 언니! 지금 뭐 해? 나 물에 빠뜨려서 죽일 작정이야?"

베티가 똑바로 일어나 앉아 소리쳤다가 기침을 해대며 몸을 굴려 무릎으로 앉았다. 갑판 위는 물이 흥건했고 손바닥 아래에서 모래가 거칠거칠 만져졌다. 한동안 베티는 칠흑같이 깊은 밤에 여기에서 뭐를 하고 있었는지 기억이 나지 않았다. 그런데 시야 가장자리에서 스멀스멀 다가오는 도깨비불 무리가 보였다. 웅얼거리는 속삭임이 다시 베티 머릿속을 채우기 시작했다.

"너 살려 보겠다고 이러고 있잖아!"

머릿속을 채운 속삭임을 가르고 플리스 소리가 들렸다. 베티가 들었던 언니 목소리 중에서 가장 단호했다.

베티가 고개를 돌려 언니를 마주 봤다. 이런 상황만 아니었으면 웃음을 터트렸을 것이었다. 제대로 시야에 들어온 언니 모습은 우스꽝스럽기 짝이 없었다. 평소에는 단정한 짧은 머리가 바닷바람에 날리는 대로 뻗쳐서 사방으로 삐죽삐죽했다. 게다가 바닷물이 뚝뚝 떨어지는 단지와 그물을 맹렬한 기세로 휘두르고 있었다.

베티가 좀 더 자세히 언니를 살폈다.

"언니, 귀에 그거 혹시……. 바닷말이야?"

"그래. 소리를 막아줄 만한 건 이것밖에 못 찾았어."

플리스가 이를 악물고 말하더니 베티가 뭐라고 반대하기 전에 베티 귓속에도 바닷말을 솜씨 좋게 쑤셔 넣었다.

"으……. 느낌 진짜 안 좋다."

차갑고 미끈거리는 해초가 귓속을 꽉 채우자 베티가 몸을 떨며 투덜거렸다.

"나도 알아. 냄새는 또 어떻고. 이제 가자."

플리스 목소리가 먹먹하게 들렸다. 플리스가 베티를 잡아끌어 일으켜 세우고는 커다란 유리 단지를 건넸다.

"윌로를 도와야지!"

플리스가 팔꿈치로 도깨비불을 밀어내서 주변 공간을 비웠다. 윌로는 갑판 위에 반듯하게 누운 채 움직이지 않았다. 이제는 속삭임이 불분명하게 들려서 쉽게 무시할 수 있었다. 플리스 생각이 먹히는 것 같았다.

"윌로."

플리스가 윌로를 깨웠다. 처음에는 살살 흔들었다. 윌로 고개가 한쪽으로 툭 떨어졌다. 멀건 눈에는 초점이 없었다.

"윌로!"

플리스가 이번에는 좀 더 세게 흔들었다. 당황한 심정이 목소리에서 드러났다.

"정신 차려! 눈 떠! 노래해야지! 윌로, 우리가 너랑 여기 같이 있어. 부탁이야. 포기하지 마. 네가 필요해. 찰리한테는 네가 있어야 한다고!"

플리스가 베티를 돌아봤다. 얼굴에 슬픔과 충격이 드리웠다.

"우리가 너무 늦었나 봐. 처음부터 얘 혼자 내보내지 말았어야 해."

"아니야. 안 돼!"

베티는 윌로가 나직이 속삭이듯 부르던 기이한 곡조를 애써 떠올렸다. 노랫말은 하나도 몰랐지만 짤막하게나마 곡조가 기억나서 콧소리로 따라 부르기 시작했다.

망설이던 플리스도 베티와 힘을 합쳤다. 목소리도 흔들리고 음정은 안 맞아도 나름대로 기억해낸 곡조를 베티가 부르는 곡조에 얹었다. 그런데 플리스는 또 다른 것도 기억하고 있었다. '도무스'라는 한 단어뿐이었지만 그래도 고대 까마귀어였다. 플리스가 단어를 넣어 부르는 노래를 베티도 따라 불렀다. 자매는 유일하게 아는 한 단어가 부디 제대로 쓰이기를 바라며 노래를 그치지 않고 반복했다.

물 위에서 배가 좌우로 가볍게 흔들렸다. 그래도 윌로는 움직이지 않았다.

윌로를 잃었다. 베티는 충격을 받아서 멍해졌다.

윌로가 죽었어. 다음은 나랑 플리스 언니 차례야.

베티가 이런 생각을 하자 속삭임이 더 가까워졌다. 왠지 머릿속에서 더 크게 들리는 것 같았다. 베티는 무참히 패배한 눈빛으로 언니를 보며 손을 뻗어서 언니 손이 으스러지도록 쥐었다. 플리스도 동생 손을 힘주어 맞잡았다.

자매의 콧노래는 점점 커지면서 곡조를 잃어갔다.

바로 그때 베티가 봤다. 윌로가 아주 희미하게 움직였다.

"언니, 이게 효과가 있나 봐!"

두 사람이 흥얼거리며 부르는 노랫소리가 훨씬 커졌다. 음정은 틀려도 박자를 맞춰서 유일하게 아는 한 단어를 노래했다. 그리고 서서히, 호흡은 불안정했지만 윌로가 조금씩 몸을 움직여서 위더신즈 자매와 함께 노래하며 음정을 바로잡고 빠진 노랫말을 채워 넣었다. 처음에는 윌로 목소리가 하도 가냘파서 콧노래나 다름없었다. 하지만 차차 힘이 실린 윌로 목소리가 위더신즈 자매 목소리를 덮으며 기이한 고대 언어를 쏟아냈다. 윌로가 두 손으로 양쪽 귀를 덮어서 허공에 가득 퍼지는 노랫소리에 희미해져 가는 속삭임을 막았다.

사방이 잠잠해졌다. 공기, 물, 배. 밤조차 숨을 멈춘 것 같았다. 아이들 주변 도깨비불이 스노 글로브(*유리공 안에 모형을 넣은 장난감) 안에 든 풍경처럼 허공에서 움직임을 멈췄다.

윌로가 노래를 그치고 똑바로 앉았다.

"때가 됐어요."

"무슨 때?"

베티가 쉰 목소리를 내며 힘겹게 자리에서 일어나자 플리스도 따라 일어섰다.

"도깨비불을 모을 때요."

윌로가 플리스한테서 그물을 건네받아 이쪽에서 저쪽까지 허공을 조심조심 훑었다. 도깨비불은 날렵한 물고기처럼 요리조리 빠져나가기는커녕 민들

레 솜털처럼 가만히 있다가 그물 속에 쉽게 담겼다. 그물에 담긴 도깨비불이 한데 뭉쳐 둥글게 빛을 발했다. 베티가 혼을 뺏기기 직전까지 가지 않았다면 정말 아름답다고 여길지도 몰랐다.

"이젠 어떡해?"

플리스가 속삭였다.

"옮겨야죠. 살살."

월로가 여전히 배 주변을 둘러싸고 있는 도깨비불 무리 사이로 몸을 수그리고 여행 가방호 뒤로 가서 그물을 조심조심 털었다.

"도깨비불이 아무리 무서워도 존중해야 한다고 아빠가 늘 말했어요."

베티는 머뭇거리면서도 월로처럼 주변 허공으로 나머지 그물을 던져 그물질을 시작했다. 한 팔 거리를 확실히 유지하며 그물로 모은 도깨비불을 배 뒤로 가지고 가서 털었다. 그물 안이 도깨비불로 가득 찼는데도 이상하리만큼 무게가 없어서 베티는 구름을 쓸어 담는 기분이었다.

베티는 단지를 탈탈 터는 언니를 보면서 언니도 자기만큼 초조할지 궁금했다. 언니 얼굴빛은 잿빛이었지만 눈빛만큼은 단호했다. 재빨리 머리를 굴려서 해답을 찾는 베티는 언제나 강한 쪽이었다. 다정한 성격에 쉽게 얼굴을 붉히는 플리스는 만만해 보이기 쉬웠다. 하지만 엄마가 돌아가셨을 때 요란하고 거칠어진 할머니 대신 베티와 찰리를 따뜻하게 돌본 사람은 플리스였다. 베티는 사람이 강해지는 데는 여러 방법이 있다는 것을 깨달았다.

베티는 배 앞쪽에 집중해서 작업을 서둘렀다. 곧 앞이 어두워지면서 길이 뚫렸다.

"이젠 빨리 여기에서 벗어나야 해요."

윌로가 나직하게 말했다. 작업을 멈춘 윌로는 살짝 숨이 차 보였다.

"도깨비불을 잠재우긴 했지만 오래가지는 않아요. 그래도 우리가 탈출할 시간은 될 거예요."

베티는 뭔가 현실적으로 할 일이 생겨서 반가웠다. 연료를 때자 서서히 배에 속도가 붙었다. 베티가 키잡이칸으로 들어가 배를 몰기 시작했다. 플리스와 윌로도 마지막까지 남은 도깨비불을 다 걷어내고 선실로 들어왔다. 플리스가 머리 위에 달린 작은 보관함에서 담요를 꺼냈다.

달음박질치던 베티 심장이 차차 가라앉았다. 머릿속 생각을 흐릴 도깨비불이 없었더니 정신도 또렷해졌다. 안정감을 느끼며 자신감을 되찾았다. 이제는 해야 할 일과 애초 배를 탄 이유에 집중하기도 쉬웠다. 베티가 염두에 둘 일은 단 하나였다. 찰리를 구한다! 키를 조종해서 마음을 다스릴 수 있다는 듯, 베티가 키를 잡은 손에 힘을 주었다.

베티가 작은 시계를 힐끔 봤다. 새벽 두 시가 가까웠지만 잠은 오히려 훌쩍 멀어졌다. 문득 베티가 도깨비불 습격을 받는 동안 배가 떠내려갔다는 사실을 깨닫자 걱정이 밀려왔다. 과연 운이 함께 해서 올바른 방향으로 흘러왔을까? 타고난 위더신즈 가문의 불행이 바뀌기를 바라다니, 지나친 욕심이려나? 베티는 윌로 지도 위 독특한 난파선 기호를 힐끔거렸다가 나침반을 들여다봤다. 뭔가 알아볼 만한 지형지물이 눈에 띨까 싶어서 수평선을 샅샅이 훑었다. 하지만 감옥조차 보이지 않았다.

"아까 그런 일을 오늘 밤에 하리라고는 생각도 못 했어."

플리스가 둘둘 만 담요 밖으로 고개를 내밀고 말했다.

"못 했지. 절대."

베티도 같은 생각이었다.

"지금 할머니가 우리를 볼 수 있으면⋯⋯. 이제 막 우리가 무슨 일을 해냈는지 할머니가 알면⋯⋯."

플리스가 생각에 잠긴 듯 목소리가 아득했다.

"할머니는 자랑스러워하셨을 거야."

베티가 선실 창밖을 내다보며 텅 빈 물 위를 살폈다.

"이렇게 무턱대고 감히 배를 띄우다니, 화도 나겠지만 그래도 틀림없이 자랑스러울 거야. 그리고 아빠, 아빠도 감탄하실 거야."

"찰리도."

플리스 목소리가 더 아득해졌다.

베티는 대답하지 않았다. 울고 싶은 마음에 목이 또 아팠다. 찰리도 자랑스러워할 터였다. 자기만 빠졌다고 심술도 내겠지만. 유리창에 비친 모습을 보며 베티가 생각했다. 두 언니는 왜 귀에다 바닷말을 꽂고 있는지 찰리가 궁금해하겠다고.

## 13장. 마법사의 나침반

습지 안개가 걷히면서 드러난 새까만 하늘이 어찌나 깨끗한지 방금 이곳에 안개가 자욱했다는 사실이 믿기지 않았다. 쪽잠을 자고 일어난 윌로와 함께 세 아이는 베티가 챙겨온 빵을 나눠 먹었다. 그래도 여전히 모두 배가 몹시 고팠다. 빵 한 덩이를 셋으로 나눴더니 한 사람한테 가는 양이 많지 않았다. 깡총이까지 치면 넷이 나눠 먹었다.

배가 요란하게 꾸르륵거리자 베티는 사람이 반쯤 미칠 만큼 심한 허기를 느끼게 하는 무언가가 바다 공기에 있다는 사실을 기억해냈다. 이젠 언니가 태운 죽을 떠올리기만 해도 입에 침이 고이는 지경이 되고 보니 그 얘기가 진짜였다.

"찰리가 입버릇처럼 이런 말을 했어. 배는 고픈데 다음 식사는 언제고 무엇을 먹을지 모를 때가 진짜 최악이라고. 불쌍한 찰리. 어디에 있건 잘 챙겨먹이기만 했으면 좋겠다."

플리스가 걱정스럽게 말했다.

먹이기나 하면 다행이지.

베티는 이런 생각이 들었지만 굳이 소리 내어 말하지 않기로 했다.

"찰리한테 뭐라도 먹을 걸 안 주면 찰리한테 잡아먹히지 않을까?"

베티가 애써 유쾌하게 말했다.

파리한 달빛과 반짝이는 별빛이 아이들 눈앞에 펼쳐졌다. 저 멀리 앞에서 땅일지도 모르는 그림자가 한두 번 베티 눈에 띄었지만 뭐라 말하기엔 거리가 아직 너무 멀었다. 플리스가 졸린지 눈꺼풀이 무거워 보였다. 베티는 차마 인정하지 못했지만, 배가 표류하기 시작한 뒤로는 여기가 어디쯤인지 정확히 알 수가 없었다. 그렇다고 배를 멈춘 채 방향을 확실히 가늠할 때까지 기다리기도 싫었다. 찰리가 점점 멀어진다는 생각이 베티를 하프 줄처럼 잡아 뜯었다.

"물고기라도 잡을까? 어차피 그물도 있으니까. 요리할 만한 난로도 있고."

얌전한 아가씨답지 않게 배 속이 요란하게 꾸르륵거리자 플리스가 졸음기 가득한 목소리로 말했다.

"그것도 괜찮지. 그런데 물고기 내장은 도저히 못 발라낼 것 같은데. 언니는 할 수 있어?"

플리스가 인상을 썼다.

"그럴 줄 알아. 아빠가 먹을 수 있는 바닷말도 있다고 했는데. 어떤 건 맛도 나쁘지 않다고 했어."

베티가 한숨지으며 말했다.

"고맙지만 난 됐어. 누구 귀에 박혀 있었을지 어떻게 알고."

플리스가 메스껍다는 듯 입술을 오므렸다.


해가 뜨자 하늘이 연분홍빛으로 물들었다. 베티가 창밖으로 펼쳐진 물을 내다봤다. 거울처럼 매끈했다. 사방 수 킬로미터가 보일 만큼 시야도 깨끗했다. 밤새 플리스와 윌로가 몸을 움찔거리며 꾸벅꾸벅 조는 사이에도 베티는 키 앞을 지켰지만, 새벽이 밝아오자 눈도 뻑뻑하고 피곤했다. 플리스가 끼얹은 바닷물 덕분에 머리카락이 그 어느 때보다 곱슬곱슬 부풀어 올랐고, 얼굴 피부가 갈라질 만큼 비짝 말랐다. 입술을 핥으니 짭짤했다. 새로운 걱정거리가 생겼다. 마실 물이 얼마 남지 않았는데 어디에서 물을 찾을지 알 길이 없었다.

졸음 가득한 눈으로 플리스가 부스럭거리며 키 앞에 있는 베티 곁으로 왔다. 플리스가 눈을 가느다랗게 뜨고 창문 밖을 내다보며 하품했다. 인상을 썼더니 뽀얀 이마에 주름이 잡혔다.

"여기가 어디야?"

"나도 이제 막 방향을 잡기 시작했어. 지난밤에 항로에서 조금 벗어났지만 걱정만큼 멀리 떠내려가지는 않았어. 여기가 본토야. 우린 세 과부를 지나서 올라왔으니까 이 길로 가면 난파선이 나올 거야. 계속 부지런히 가면 아침 늦게 도착해서 찰리를 따라잡을 수도 있겠어."

베티가 집에서 챙겨온 지도와 윌로의 마법 지도를 비교하며 말했다.

"그쪽이 우리보다 먼저 도착하면 어쩌지? 원하는 일을 찰리가 못 한다는 사실을 알아내면, 찰리가 쓸데없다고 생각하면……."

플리스가 물었다. 이제는 정신이 더 든 만큼 더 걱정스러워 보였다.

"찰리는 똑똑해. 간수들이 가짜라는 건 이미 알아챘을걸? 생강 과자로 흔적을 남길 만큼 영리한 아이니까 놈들을 막을 방법도 생각해낼 거야. 벌써 그놈들을 배 밖으로 확 밀어 버리고 우리를 향해 배를 저어오고 있을지도 몰라.”

베티도 플리스 못지않게 안심하고 싶었다.

플리스가 희미하게 웃었다.

“그냥 계속 북서쪽으로 가면 돼. 그럼 찰리를 찾을 수 있어.”

베티가 확신에 차서 말했다. 다른 어떤 생각도 견딜 수 없었다.

“넌 좀 쉬어야 해. 내가 할게.”

플리스가 다정하게 말했다.

“언니는 배 안 몰아봤잖아. ‘우현(*배 오른쪽)’이 ‘우연’인 줄 알았으면서!”

베티가 반대했다.

플리스가 코웃음 쳤다.

“그래봤자 얼마나 어렵겠어? 북서쪽으로 간다, 맞지?”

베티는 플리스가 걱정스럽기는 했지만 몹시 지친 터라, 플리스가 키 앞에서 밀어내자 순순히 옆으로 밀려나서 이제 막 플리스가 떨치고 일어난 담요 속으로 파고들었다. 아직 언니가 남긴 체온으로 담요 안이 따뜻했다. 장미 향수 냄새도 희미하게 나고 뱃멀미 냄새도 훅 끼쳤다. 그러거나 말거나 담요를 끌어서 덮고 보니 베티는 그제야 피곤이 밀려왔다. 베티 맞은편에서 윌로가 아직 자고 있었다.

“잊지 마. 북서쪽이야.”

베티가 언니한테 한 번 더 잔소리해대는데 졸음이 밀려왔다.

“알아, 알아. 근데, 베티, 네 생각보다 내가 능력이 좀 많아.”

플리스가 참을성을 발휘해서 베티를 받아주었다.

“응······.”

베티가 웅얼거렸다.

"언니가 없었으면……. 도깨비불이 몰려와서 내가 홀렸을 때……. 언니는 어떻게 버텼어?"

"진짜 운이 좋았지."

키를 잡은 언니의 가느다랗고 섬세한 손가락이 어쩐지 낯설어 보였다.

"내가 기억해낸 말 있잖아. 도무스(*domus: 라틴어로 집이라는 뜻). 그거 할머니가 가르쳐준 단어야. 집이라는 뜻인데 그 말이 생각났지 뭐야. 밀렵꾼의 주머니랑 거기 있던 사람들도 다 생각났고."

"언니가 생각해내서 천만다행이다. 할머니가 나한테는 '위스키'나 '정리해'라는 말밖에 안 가르쳐 줬는데. 나만 믿고 있었으면 우린 다 실종됐을 거야."

"베티, 바보 같은 소리 하지 마. 나도 할 수 있겠다는 생각이 든 건 네 덕분이기도 하니까. 네가 용기에 관해서 한 말이 진짜였어. 네가 보여주기 전까지 난, 내가 용감해질 수 있다는 걸 몰랐어."

"진짜?"

베티가 감격해서 중얼거렸다.

"진짜."

플리스가 베티 말을 따라 했다.

"나도 물론 시도 때도 없이 아프지 않으려고 정말정말 노력했고. 근데 알고 보니 딴 데 정신 파는 데는 뱃멀미가 효과 있더라고."

그래도 베티는 잠들 줄 몰랐다. 그런데 어느새 잠이 들었는지, 플리스가 놀라서 숨 들이마시는 소리에 잠이 깼더니 하늘에 낀 구름 사이로 높이 뜬 해가 보였다. 베티가 잠든 틈에 주머니에서 빠져나온 깡총이가 윌로 무릎에 있는 도깨비불을 향해 줄기차게 찍찍대고 있었다.

베티가 담요를 한쪽으로 날려버리며 자리에서 일어나 앉았다.

"왜 그래?"

베티는 파랗게 질린 얼굴로 키 앞에 선 플리스를 보며 물었다.

"배 속력을 줄여야 해."

플리스가 조용히 말했다.

베티가 물을 가로질러 살폈다. 두려움이 덮쳐왔다. 파도가 높아졌고, 머리 위 구름이 바다에 드리운 그림자가 넓어졌다. 파도와 하늘 사이에 있는 몇 가지가 한꺼번에 베티 눈에 들어왔다. 험준한 바위가 줄지어 늘어섰고 잔가지로 엮은 이상하게 생긴 작은 광주리들이 물 위에 둥둥 떠 있었으며, 광주리들 뒤쪽 그리 멀지 않은 곳에 시커먼 나무가 수면 위로 불쑥 튀어나와 있었다.

"저기야, 언니. 러스티 스윈들즈의 배, 마법사의 나침반!"

베티가 눈앞 풍경에 완전히 넋을 잃고 중얼거리며 윌로 지도를 집어 들고 키잡이칸에서 뛰쳐나갔다. 바깥 공기가 놀랄 만큼 따뜻했다. 베티는 연료통 바람구멍을 닫아 속도를 줄이고 배를 바위에서 멀찌감치 떨어뜨린 뒤, 뱃머리에서 몸을 내밀었다. 잠시 후 밖으로 나온 플리스도 베티 옆에 서서 같이 난파선 잔해를 내다봤다. 햇빛 속에서 한층 창백해 보이는 윌로는 두 사람 뒤로 조금 떨어져서 서성였다. 어젯밤 이후 한마디도 안 하는 걸 보면 도깨비불을 달래느라 진이 다 빠진 것 같았다.

"정말 어마어마하다."

플리스가 감탄했다. 경이로움, 어쩌면 두려움으로 목소리가 떨렸다.

"어떻게 물 위로 저렇게 솟아올라 있지?"

"아빠 말로는 해저가 높은 곳에 가라앉았대. 저 밑에 바위가 층층으로 쌓여 있다던데? 애초 배가 난파된 이유도 바위 때문이었지만."

베티가 배에서 눈을 떼지 못한 채 윌로 지도를 펼쳤다. 혹시라도 한 줄기 바람에 귀중한 지도가 날아갈세라 조심스럽게 들고 지도에서 일행이 있는 위치를 찾았다.

"여기가 '세이렌의 발톱', 세이렌(*그리스, 로마 신화에 나오는 반인반수 요정이자 괴물. 배를 젓는 선원을 노래로 유혹해서 죽이거나 잡아먹었다고 전해진다)의 보금자리로 알려진 곳이야. 난파선이 다 여기 가라앉았거든."

베티가 유독 뾰족뾰족하게 솟은 일련의 바위들을 가리켰다.

"가라앉은 난파선이 아주 많아요. 영혼도 많고요. 낮이라서 잘 보이지는 않지만 분명히 여기 있어요. 느껴지거든요. 영혼들이……. 기다리고 있어요. 화를 내면서."

윌로가 눈을 감으면서 희미하게 중얼거렸다.

베티는 한기를 느끼며 검은색 빙산 파편처럼 햇빛 속에서 번쩍이는 예리한 바위를 살폈다. 이처럼 치명적인 바위를 맞닥뜨리기는 이번이 두 번째였다. 이보다는 작지만, 작년에 죽을 고생을 해서 '악마의 이빨'이라고 알려진 바위를 비탄의 섬 근처에서 넘었다. 눈앞에 드러난 저 바위들과 달리 악마의 이빨은 대부분 수면 아래 모습을 감추고 있었다. 세이렌의 발톱은 먹잇감을 향해 덤벼드는 고양이처럼 수면을 꿰뚫고 드러나 있었다. 저기에 비하면 악마의 이빨은 새끼고양이 이빨밖에 안 되었다.

175

"물에 뜬 저 광주리들은 뭐지? 혹시……. 내가 생각하는 그거야?"

질문하는 플리스 눈이 점점 커졌다.

"추모함 같은 거겠지."

배 가까이 떠내려오는 한 광주리를 보면서 베티가 말했다. 갈대랑 고리버들을 엮어 만든 광주리는 작은 새장이랑 비슷하게 생겼다. 광주리 안에서 얼핏 종이가 보였다. 아마도 기도문이나 사랑의 시가 적혔으리라. 물에 젖어 망가지지 않도록 밀랍을 바른 종이를 둘둘 말아서 새빨간 리본으로 묶은 두루마리였다. 리본 사이에 검은색 깃털이 하나 꽂혀 있었다.

"누군가 사랑했고 그리워했어. 저기 봐, 또 있어."

플리스가 슬프게 말했다.

두 번째로 떠내려온 추모함은 첫 번째 함보다 작았고, 작은 굴뚝처럼 위가 뚫렸다. 그런데도 고리버들 일부가 불에 그슬렸다. 안에 넣은 작은 초 뭉치가 오래도록 탔기 때문이었다. 베티가 물속을 들여다보니 꽤 깊은 곳으로 이어지는 가느다란 밧줄이 얼핏 보였다. 추모함이 떠내려가지 않도록 무거운 돌에 묶어서 고정해 놓았음이 분명했다. 베티는 저렇게 기억에 남은 사람이 누구일지 궁금했다. 저 불쌍한 영혼이 안개로 가득했던 어둠 속에서 마주쳤던 도깨비불 중 하나는 아니었을까. 베티는 이곳에서 얼마나 많은 생명이 목숨을 잃었을지 생각하기도 싫었다.

일행은 다시 배를 몰아 치명적인 세이렌의 발톱과 유령처럼 물에 둥둥 떠있는 추모함을 신중하게 피해 갔다. 베티는 깊고 깊은 저 아래 해저에는 과연 무엇이 놓였을지 궁금했다. 목선 부서진 잔해가 얼마나 많을까? 유령선이나 쏟아진 화물도 있을까? 수면 위로 드러나지 않은 바위에 여행 가방호

176

선체가 스치는 느낌이 들면서 나무 긁히는 소리도 가볍게 한두 번 났다. 물 밖으로 튀어나온 난파선 잔해가 부쩍 가까웠지만, 아이들은 숨을 죽이고 별일 없이 조용히 앞으로 나아갔다.

하늘에 낀 먹구름이 점점 짙어지고, 난파선이 드리운 그림자 속으로 여행 가방호가 들어가자 주변 온도가 뚝 떨어졌다. 베티는 온몸에 소름이 돋았다. 세 아이가 경외감에 휩싸여 말없이 난파선을 올려다봤다.

눈으로 볼 수 있는 곳은 난파선 앞쪽이 전부였다. 수말처럼 물 위로 불쑥 솟아오른 뱃머리가 왼쪽으로 기울어져서 용골(*배 바닥에서 중앙을 받치는 길고 튼튼한 재목)이 일부 드러났다. 아름답게 조각한 인어 선수상(*배 앞에 붙이는 조각상)도 상하지 않고 잘 붙어 있었다. 오랜 시간 물에 잠겨 있어서 색이 바랬지만 바닷물 같은 초록색 꼬리와 구릿빛 피부, 반짝이는 황금색 머리카락의 인어는 여전히 아름다웠다.

"난파선이 아직 여기 있는 게 믿기지 않아. 그리고 저걸 뭐라고 하더라? 저기 저 막대기에 붙어 있는 감시하는 거?"

플리스가 주위를 둘러보며 경탄했다.

"망대라고 해. 막대기가 아니라 돛대고."

베티가 눈알을 굴리며 플리스 말을 바로잡았다. 어떻게 언니는 바닷가에 살면서 배를 하나도 모르지? 베티로서는 알다가도 모를 일이었다.

"정확히 말하면 앞돛대야. 가장 큰 돛대는 중간쯤에 있으니까…… 아마 물에 잠겨 있겠지."

베티는 탁하고 깊은 물 속이 보일까 싶어 난파선 옆에서 철썩이는 파도를 가만히 바라봤다. 파도 밑에서 현창(*배 양쪽 가장자리에 환기와 채광을 위해 낸

177

둥근 창)이 얼핏 보인 것 같았는데 물속이라 잘 보이지 않았다. 안 그래도 시커먼 나무에 바닷말이 덕지덕지 붙어서 더 깜깜했다. 물 밑에 무엇이 있든지 불가사의로 남았다.

저 아래 뭐가 있을까?

베티는 궁금했다. 어떤 비밀과 보물이 저 거대한 난파선에 숨어 있을까? 있기는 할까? 해저에 묻혔을까? 가라앉은 그 날처럼 모든 것이 배 안에 그대로 있을까? 배를 난파시킨 사람들이 약탈품을 훔쳐 갔을까? 이 많은 생각을 하면서도 베티는 아빠가 해준 이야기를 떠올렸다. 수년간 자매들이 아늑한 잠자리에 들 때마다 아빠가 자주 해줬던 얘기였다.

"마법사의 나침반은 저주받은 배라고 해. 많은 사람이 시도했지만 움직일 수도 없었고 뭘 훔칠 수도 없었다는구나."

"누가 시도했는데요?"

베티가 흥분해서 물었다. 베티는 피가 튀는 이야기에 늘 그렇게 반응했다. 옆에 누운 플리스는 반쯤 잠이 들었고 찰리는 요람에 누운 채 요란하게 쪽쪽 소리를 내며 주먹을 빨고 있었다.

"아, 도전한 사람이야 많았지. 하지만 러스티 스윈들즈는 덫을 놓는 데 대가였대. 배가 가라앉는데 탈출구가 없다는 사실을 깨달은 러스티 스윈들즈는, 누구도 자기들 약탈품을 훔쳐 가지 못하도록 선체를 통째로 봉해 버렸어. 보물이 영원히 러스티와 선원들 차지가 되게 말이지. 세월이 흐를수록 전설이 퍼졌고 그만큼 두려움도 커졌어. 저주 이야기가 나돌기 시작했지. 하지만 탐욕에 먹히는 사람들은 늘 있기 마련이니까."

"그 사람들은 어떻게 됐어요?"

베티는 생각만 해도 잔뜩 들떴다.

"온갖 끔찍한 일이 다 벌어졌지."

아빠가 잔인하게 눈빛을 빛내며 대답했다.

"떨어지는 칼날에 손가락이 잘려 나가고 죽은 선원들 유령이 보이고 보물이 감쪽같이 사라지거나 쥐 떼로 돌변했지. 대부분은 손가락이 잘려 나갔는데……."

아빠는 이야기를 끝낼 때마다 목소리를 잔뜩 낮춰 해적처럼 으르르거리며 베티가 듣고 싶어 하는 시를 읊어줬다.

> *러스티 스윈들즈, 깊이 묻혔다지.*
>
> *훔친 보물을 간직한 채.*
>
> *그대, 탐욕스러운 자여. 그대, 용감한 자여.*
>
> *어리석은 자만이 러스티의 무덤을 건드릴지니…….*

베티는 기억을 되감아서 아빠가 들려준 유혈 낭자한 러스티 스윈들즈와 악명 높았던 배 이야기를 떠올렸다. 아빠가 들려준 이야기가 다 그렇듯이 러스티 이야기에도 아빠가 슬쩍 양념을 쳤으리라 여겼다. 어쨌건 바니 위더신즈는 이야기를 부풀리기로 유명했으니까. 하지만 으스스한 난파선 잔해를 쳐다보고 있자니 저 배는 저주받았다고 믿는 것이 어렵지 않았다.

"그래서, 이젠 어째?"

플리스가 베티의 추억에 끼어들며 물었다. 당황한 플리스 목소리가 높아졌다.

"찰리도 없고 찰리를 데려간 사람들 흔적도 없잖아. 우리가 놓친 거면 어쩌지?"

"그럴 리 없어."

말은 그렇게 했지만 걱정이 베티를 갉아대기 시작했다. 도깨비불 습격으로 귀중한 시간을 낭비했어도 베티는 두 가지 사실에 희망을 걸고 있었다.

"덫 사냥꾼들이 우리보다 출발은 빨랐지만 그 사람들 배는 노를 저어야 하는 배야. 우리 배가 더 크고 더 빨라. 그리고 어차피 할머니가 해준 말이 우리가 가진 유일한 실마리야."

실마리, 베티는 이것만으로 계속 밀어붙이기에는 부족했던 건 아닐까 두려움이 일었다.

망대 옆에서 무언가 움직였다. 베티 시선이 대번에 망대로 쏠렸다. 돛대 꼭대기에 달린 망대 자체는 낡은 맥주 통이었고, 배가 옆으로 기운 탓에 망대도 옆으로 누운 채 물 위로 솟아 있었다. 지푸라기 다발인지 뭔지 모를 것이 갈라진 틈으로 삐죽 나왔고 두어 군데에서는 잡초가 자라나 있었다. 난데없이 커다란 갈매기 한 마리가 맥주 통에서 툭 튀어나와 하늘로 날아오르는 바람에 아이들이 꽥 비명을 질렀다.

"까마귀 맙소사!"

플리스가 옷깃을 움켜쥐었다. 하마터면 베티를 배 밖으로 밀어버릴 뻔했다. 갈매기도 아이들만큼이나 놀랐는지 하늘에서 기우뚱기우뚱 날다가 날개를 펄럭이며 사라졌다.

"배 반대편도 살펴보자. 어쩌면 최근에 누가 다녀간 흔적이 있을지도 몰라."

마침내 베티가 말했다.

하지만 배 반대편에서도 현창이나 갑판이 다 보이지는 않았다. 물 위로 나와 있었지만, 배가 기울어진 탓에 더 작은 배에 있는 아이들 시각에서는 보이지 않았다. 대신 선체에 못으로 박아 놓은 투박한 나무 팻말이 보였다.

플리스가 떨리는 목소리로 읽었다.

### 훔칠 생각이면 들어오지 마라.
### 도둑은 능지처참이다!

"저게 무슨 뜻이에요?"

윌로가 물었다.

"몸을 찢어 죽인다는 것 같아. 도둑을 갈기갈기 찢어발기겠대. 베티 넌 뭐라도 흔적을 찾고 싶어 했잖아. 우리가 발견한 것 같은데?"

플리스가 침을 꿀꺽 삼켰다.

"저건 그냥 사람들 겁주려고 써놓은 거야. 누가 썼는지 어떻게 알아? 저게 사실이라는 법도 없고."

베티가 웅얼거렸다.

"할머니가 늘 뭐라고 하셨지? 아니 땐 굴뚝에 연기 안 난다. 하나도 사실이 아닌데 누가 뭐 하러 저런 말을 썼겠어?"

플리스가 음울하게 말했다.

"유머 감각이 형편없는 사람이 썼을 거야."

베티가 말하면서 팻말을 노려봤다. 오래 보면 볼수록 불길해 보였다.

"아니면, 어쩌면…… 어마어마하게 값나가는 물건이 진짜 안에 있거나."

값비싼 보석과 황금 술잔이 베티 머릿속을 가득 채웠다. 값을 매길 수 없는 금화와 골동품이 든 궤짝들……. 하나만 있어도 온 가족이 몇 년은 배불리 먹고살지 몰랐다. 기묘한 기대감에 베티는 온몸이 간지러웠다.

"훔칠 만한 뭔가가 진짜 있을지도 몰라."

"베티 위더신즈, 우리 가족이 부자였던 적은 한 번도 없었고 아마 앞으로도 절대 그럴 일은 없을 거야. 그렇다고 우리 물건이 아닌 걸 가져도 괜찮은 건 아니야."

플리스가 못마땅하게 말했다.

"우리를 위해서가 아니야. 가짜 간수들이 나타나면 우리한테도 찰리랑 맞바꿀 뭔가가 있어야 해. 덫 사냥꾼들은 러스티 보물을 찾는 게 목적이잖아. 그런데 우리가 그걸 먼저 차지하면?"

"우리가? 보물을 차지한다고? 고맙지만 난 손가락을 다 간직하고 싶으니 사양할게!"

플리스가 씩씩댔다.

"우리가 가지자는 게 아니야. 러스티 영혼이 화나지 않게 뭔가 다른 걸 대신 남겨놓으면 어떨까?"

"도대체 우리한테 러스티 스윈들즈가 관심 가질 만한 물건이 뭐가 있다고 생각하는데? 응? 내 생각에 그럴 만한 물건은 딱 하나거든. 인형. 하지만 인형만큼은 절대 포기해서는 안 된다고 생각해."

플리스가 쏘아붙였다.

"그건 안 되지. 내 생각도 같아. 할머니 밀수품은 어때? 해적들이 담배 좋아하지 않아? 게다가 훔친 담배라면 더할 나위 없겠지. 어때, 러스티? 거래할 만한가?"

베티가 중얼거렸다.

순간 정적이 흘렀다. 그 짧은 침묵 속에서도 베티는 낡은 배가 대답이라도 하듯이 끼익 소리를 냈다고 상상했다. 아무 소리도 들리지 않았다. 그저 부드럽게 찰싹이며 나무에 이는 파도 소리뿐이었다. 베티가 플리스를 돌아봤다. 플리스는 일분일초가 지날수록 확신이 줄어드는 것 같았다.

"자, 그럼 누가 먼저 들어갈까? 언니? 나?"

# 14장. 침 뱉는 소년

아이들은 한참 의견을 나눈 끝에 마법사의 나침반 반대편으로 다시 돌아왔다. 배가 완전히 물에 잠긴 쪽이었다.

"저 밑에 뭔가 있어. 저거 보여? 현창 안이 은은하게 빛나잖아. 도깨비불이면 어떡해? 게다가……. 떼로 있으면 정말 최악일 거야."

플리스가 눈을 커다랗게 뜨고 말했다.

베티가 물속을 내려다봤다. 푸르스름한 빛이 으스스하게 일렁이며 새어 나오고 있었다.

"플랑크톤일지도 몰라."

베티가 플리스를 안심시키느라 말했다.

"러스티 스윈들즈일 수도 있어."

플리스가 쏘아붙였다. 확실히 불안해 보였다.

"어쩌면. 한쪽 눈에 안대 차고 있는지 확인해야겠다."

베티는 농담이라고 했지만, 냉담한 언니 시선에 웃다가 말았다.

"저게 뭔지 몰라도 일단 보기는 해야 해. 찰리를 되찾는 데 도움이 될 만한 물건이 안에 있으면 갖고 나와야지. 우리한테는 선택권이 없어."

찰리 이름이 나오자 플리스가 단호하게 입술을 오므렸다.

"내가 갈게. 내가 맏언니니까."

"그래도 수영은 내가 제일 잘하니까 내가 갈 거야."

베티가 언니 말을 맞받았다.

사실 위더신즈 세 자매는 너나없이 수영을 꽤 잘했다. 정신없이 개헤엄을 칠망정 찰리도 수영을 잘했다. 하지만 베티는 플리스가 베티 의견을 여전히 의심하는 데다 손가락은 둘째치고 손톱을 잃는다는 생각만으로도 진땀을 흘릴 사람이라는 걸 알았다.

"내가 가면 어때요? 다 나 때문이잖아요. 내가 가야 해요."

윌로가 기어들어 가는 목소리로 말했다.

플리스가 대번에 고개를 저었다.

"절대 안 돼. 저렇게 위험해 보이는 곳으로 찰리가 뛰어들게 절대 안 놔뒀을 거야. 그러니까 너도 안 돼."

"언니 말이 맞아."

베티도 거들었다. 게다가, 윌로는 물속에 들어갈 상태가 전혀 아니었다. 쓸쓸한 햇빛에 비치니까 그 어느 때보다 지쳐 보였다.

왠지⋯⋯. 희미해진 느낌이야.

베티가 생각했다. 두 발로 섰는데도 몸이 흔들리는 것 같았다. 한꺼번에 많은 도깨비불을 잠재워야 한다는 압박감에 녹초가 된 것이 분명했다.

"아, 이런 불운이 어디 있담. 너도 알지? 무덤을 털면 큰 불행이 따를 텐데 우리가 바로 그 짓을 하려는 거잖아!"

플리스가 앞뒤로 서성이기 시작했다.

"아, 까치가 못 살겠네. 언니도 진짜 할머니만큼 미신을 믿는다니까!"

"할머니만이 아니야. 뱃사람들은 다 그래."

베티가 투덜거리자 플리스가 쏘아붙였다.

"우린 뱃사람이 아니야."

베티가 콕 집어 말했다.

"우리는 구출 작전에 나선 세 사람……."

"맞아. 그래서 우리한테 최대한 행운이 따라줘야 해!"

베티는 언니 말을 못 들은 척했다. 계속 떠들어봤자 소용없었다. 움직여야 했다. 베티가 깡총이를 주머니에서 꺼내 말없이 플리스한테 건넸다. 이번만큼은 플리스도 뭐라 불평하지 않았다.

"베티……."

플리스가 무슨 말을 하려고 했지만 베티가 끊었다.

"조심할게."

베티가 카디건이며 원피스를 휙휙 벗어 던지고 양말과 장화도 벗은 뒤 배 난간에 걸터앉았다. 갑자기 확 낮아질 온도에 대비해서 발부터 천천히 물에 담갔다. 베티는 깊이 숨을 들이마신 뒤 코를 싸잡고 물속으로 뛰어내렸다.

윽, 차가워! 얼음처럼 찬물이 베티 손가락과 발가락을 마비시키고 귓속으로 흘러들었다. 으아! 베티는 소중한 산소를 내뿜지 않도록 집중하면서 차가운 물에 몸이 적응하기를 잠깐 기다렸다. 곧 베티가 눈을 뜨고 머리를 아래로 해서 수영을 시작했다.

소금물에 눈이 따가웠지만 눈을 그대로 뜨고 바닥에 쌓인 흙을 휘젓지 않으려 노력했다. 다행히 물은 베티 예상보다 훨씬 맑고 깨끗했다. 오른쪽으로 조금 떨어진 곳에 현창이 보였다. 현창에 닿은 베티가 손끝으로 현창 테두리를 조심조심 더듬었다. 예전에는 유리창이 있었을지도 모르지만, 지금은 끝이 뭉툭하게 닳은 유리 조각만 군데군데 남았다. 실눈을 뜨고 안을 들여다본 베티는 아드레날린이 솟구쳤다. 빛이 보였다! 이제는 더 환해졌다. 그 너머 위쪽에서 훨씬 밝은 빛이 번쩍번쩍 빛나고 있었다. 현창이 또 있나? 베티가 얇게 벗겨지는 나무 테두리를 손가락으로 움켜잡았다.

베티가 현창 안으로 머리와 어깨를 차례대로 밀어 넣었다. 단박에 심장이 빨리 뛰기 시작했다. 앞에서 빛이 환하게 번쩍이는데도 수십 년간 햇살이 닿지 않아서인지 안은 훨씬 어둡고 추웠다. 숨을 참은 채 계속 기운을 써서 움직여야 하는 베티는 아까부터 폐에 엄청난 압박을 느끼고 있었다. 시간이 별로 없다는 것도 이미 알았다. 베티는 물속에서 어둠침침하게 일렁이는 빛을 향해 손을 뻗고 앞으로 나아갔다.

점액질로 미끈거리는 무언가가 베티 몸 아래를 쓸고 지나가는 바람에 베티가 흠칫했다. 어둠 속에서 몸을 확 돌려보니 둥그런 현창으로 기다란 촉수가 흐느적거리며 빠져나가고 있었다.

문어구나.

베티는 몸서리를 치며 희미한 불빛을 향해 몸을 돌렸다. 이제 더 가까워진 거리에서 보니 도깨비불은 아니었다. 마음이 놓였다. 손으로 더듬어 보니 표면이 차갑고 매끄러운 유리, 베티 손만 한 거울이었다. 거울은 비딱하게 한쪽 벽에 고정되어 있었다. 뭔가 느낌이 이상했다.

하지만 더 깊이 생각할 시간이 없었다. 공기가 필요했다. 베티가 몸을 돌려 다시 현창으로 향했다. 발길질을 한 번 할 때마다 가슴이 타들어 갔다. 현창

187

으로 몸을 밀어내느라 엄지에 유리 조각이 박혔다. 계속 발차기를 하면서 수면으로 향했다. 물 밖으로 솟아오른 베티가 차갑고 짠 내 나는 공기를 잔뜩 들이마셨다. 눈이 화끈거렸다. 베티는 여행 가방호 옆에 매달린 채, 숨도 고르기 전에 마구 말을 쏟아냈다.

"저 아래 있는 건 도깨비불이 아니었어. 거울이야. 좀 이상하지 않아?"

"여긴 모든 것이 다 이상해."

플리스가 말은 그렇게 했지만 안전하게 물 밖으로 나온 베티 모습에 크게 마음을 놓은 기색이었다.

베티는 숨을 고르면서 물 위로 솟아 있는 돛대를 쳐다봤다. 가끔 잔해에서 희미하게 끼익거리는 소리가 났다. 난파선이 안식처에서 꿈틀거리는 것 같았다.

"좋아. 한 번 더 내려가서 봐야겠어. 안이 어떤지 봤으니까 이번에는 더 쉬울 거야. 그리고 물 위로 난 현창이 하나 더 있더라고. 그쪽으로 올라가서 숨을 쉴 수도 있겠어."

"베티, 위험한 짓은 이제 그만해. 찰리는 납치됐고 할머니는 갇혔고……. 너한테도 무슨 일이 생기면 어떡해."

플리스가 애원했다.

"난 괜찮을 거야."

베티가 걱정으로 가득한 언니 얼굴을 올려다보며 약속했다. 뜻밖에도 구름 사이로 해가 나와 베티 어깨를 데워 줬다. 베티는 마음을 다잡고 깊이 숨을 들이마신 뒤, 한 번 더 물속으로 미끄러져 들어갔다. 이번에는 더 쉽게 현창 너머 어두운 공간으로 들어가서 더 빠르게 헤엄쳤다. 또다시 온도가 뚝 떨어졌다. 어둠 속에서 혼자 수영하고 있다는 깨달음이 베티를 사로잡았다. 그나마 지금은 아까보다 환했다. 물속으로 비치는 햇살에 사방이 칙칙한 초록색으로 바뀌었다.

바로 그 순간, 무언가를 생각해낸 베티가 거울까지 수영해 가서 거울을 벽에서 떼어낸 뒤, 현창으로 쏟아져 들어오는 햇빛이 더 잘 비치도록 각도를 조정했다. 아까부터 꺼림칙했던 느낌이 더 강해졌다. 이런 태곳적 잔해에 거울이라니, 어울리지 않았다. 손끝에 만져지는 은색 테두리가 매끄러웠고 유리에도 흠 하나 없었다. 오래된 물건이 이렇게 장기간 물속에 있었으면 색이 바래야 하지 않나? 그나저나 해적선에 거울이 도대체 왜 있지?

이건 새것이야!

거울을 기울이던 베티는 갑작스러운 깨달음에 가슴이 철렁했다. 위에서 내리비치는 햇살이 거울에 반사되어 잔해 아래쪽으로 빛줄기가 가느다랗게 생겼다.

칙칙한 녹색 물이 환해졌다. 베티가 눈에 힘을 주니 몇몇 물건을 알아볼 만했다. 바닷물이 들어와서 안 그래도 아픈 눈이 쓰라렸지만, 옆으로 쓰러진 채 너울거리는 바닷말에 뒤덮여 반쯤 썩어가는 가구 몇 점이 보였다. 문이 활짝 열린 철제 금고는 따개비에 점령당했다. 쇠사슬이며 자물쇠로 친친 감긴 묵직해 보이는 궤짝도 있었다.

머릿속이 쿵쿵 울렸다. 정적이 감도는 물속에서 들리는 유일한 소리였다. 궤짝은 낡아 보였지만⋯⋯. 누가 손대지 않고 그냥 놔두었을 리 없었다. 최근에 갖다 둔 것이었다.

숨 쉬고 싶은 생각은 점점 간절해졌고 현창은 유혹적일 만큼 가까이에 있었다. 하지만 알아야 했다. 궤짝 위에 겹겹이 쌓인 쇠사슬에서 무언가 스르륵 풀려오는 바람에 베티는 기절초풍했다. 새하얗게 뼈만 남은 손 하나가 베티를 향해서 미끄러지듯 둥둥 떠 왔다. 베티는 입에서 부글부글 공기 방울을 뿜어대며 정신없이 뒤로 가다가 저건 그저 뼛조각이라는 데에 뒤늦게 생각이 미쳤다. 그런데 누구 손이지? 나처럼 들어와서는 안 될 곳을 기웃거리던 사람일까? 베티는 다시 궤짝으로 헤엄쳐 갔다. 틀림없이 저 안에 뭔가 있었다. 발길질로 궤짝에 더 가까워진 베티가 뚜껑 아래로 손가락을 꼬물꼬물 밀어 넣은 뒤 힘껏 들어 올렸다. 쇠사슬에 꽉 묶여 있었지만 뚜껑이 살짝 들리면서 안을 들여다볼 만큼 틈이 생겼다. 궤짝 안에는 금이며 은이 겹겹으로 쌓여 있었다. 번쩍이는 재물은 값을 따질 수 없어 보였다.

베티는 뚜껑이 닫히게 놔두고 허우적허우적 뒤로 물러났다.

이건 그냥 난파선이 아니야.

깨달음과 함께 두려움이 쌓였다. 밖에서 봤던 경고문은 단순히 러스티 스윈들즈의 약탈품을 노리는 자들만 단념시키려고 걸어놓은 것이 아니었다. 아니, 마법사의 나침반은 뭔가 더한 것이었다. 도둑들의 은신처이자 소굴이었다. 난파선 잔해는 노략질한 물건을 숨기는 장소였다. 그런데 베티가 그 한복판으로 들어오는 어리석은 실수를 범했다.

이곳 주인 아니, 이걸 다 훔친 사람이 누구인지 몰라도 그 사람이 돌아와서 우리를 발견하기 전에 당장 여기에서 떠나야 해.

혹시 이곳 주인들이 찰리를 데려간 사람들일까? 팔꿈치에 자물쇠가 닿는 바람에 베티가 몸을 홱 돌렸다. 뼈만 남은 손가락이 등을 할퀴면서 조끼에 엉키며 베티를 붙잡았다. 당황한 베티가 조끼를 확 잡아당겼다. 시야 가장자리에서 검은 반점들이 둥둥 떠다녔다. 숨을 쉬어야 한다는 절박함과 두려움이 한데 뭉쳤다. 베티는 궤짝에 발길질을 날리며 몸을 마구 비틀었다. 옷이 쫙 찢어지는 느낌이 들면서 몸이 풀려났다.

이제는 호흡이 절실했다. 가장 가까운 현창은 아까 베티가 들어왔던 곳, 여기에서 반대편이라는 데 생각이 미쳤다. 베티 머리에서 비스듬히 위쪽으로 수면 밖을 비추는 접시처럼 둥근 빛이 보였다. 베티 오른쪽으로 보이는 나머지 선체 내부는 먹물처럼 시커멨고, 통째로 기울어진 난파선 한쪽이 아래로 쏠린 탓에 베티는 균형 감각을 잃었다. 베티는 둥근 빛에 집중해서 선체를 시야에서 차단하고 빛을 등대 삼아 따라갔다.

무섭긴 했지만 베티는 이제야 거울이 이해됐다. 이곳에 물건을 쌓는 사람이 누구건, 베티처럼 위에서 비치는 빛을 반사해서 깊은 물 속을 비추는 데 거울을 이용한 것이었다. 베티는 물 위로 올라와서 숨을 쉬었다. 현창에서 조금 떨어진 아래쪽이었다. 베티는 잠시 그곳에 머물며 심호흡하고 안정을 찾았다. 반대편에서 외쳐대는 플리스 목소리가 이쪽까지 넘어왔다. 아직도 불행 운운하면서 베티가 왜 이렇게 오래 걸리냐고 걱정하고 있었다. 찰랑거리는 물결이 베티 귓속으로 흘러들었고 흠뻑 젖어 무거워진 머리카락이 등 뒤로 축 늘어졌다. 베티는 두 팔을 위로 뻗어서 어렵지 않게 물 밖으로 몸을 올린 뒤, 양 팔꿈치를 현창 테두리에 걸치고 쉬었다.

베티가 소리라도 질러서 언니를 안심시키려고 입을 열었지만 목소리가 목에 턱 걸렸다. 베티가 못 보고 지나친 것이 저 밑에 보였기 때문이었다. 모두가 놓쳤다.

현창에서 멀지 않은 곳에 물에 젖은 바지와 흰색 윗도리가 널려 있었다.

비틀어서 물을 짰는지 잔뜩 구겨진 채 햇살 아래에서 김을 폴폴 날리고 있었다. 베티 배 속이 심하게 뒤틀렸다. 저건 대체 누구 옷이지?

대답이라도 하듯 돛대가 희미하게 끼익 소리를 냈다. 베티 눈길이 단박에 물 위 허공에 걸린 망대로 쏠렸다.

설마…….

초조해진 베티는 물에서 나와 최대한 조용히 머리와 속옷에서 물기를 짜냈다. 다행히 잔해에서 부서지며 철썩이는 파도가 움직이는 소리를 덮어줬다. 하늘 위에서는 갈매기가 돌아와서 맴을 돌며 꽥꽥 울어댔다. 지금은 그 소리가 더없이 반가웠다. 베티는 눈이 빠지도록 망대를 살피며 갈라진 나무 맥주 통 틈 사이사이를 엿봤다.

과연! 안에서 뭐가 얼핏 움직였다. 알을 품은 새치고는 컸다. 통 밑바닥 주변에 있는 더 큰 틈이 대번에 베티 눈길을 사로잡았다. 베티 눈에 들어온 것은 의심의 여지 없이 발가락이었다.

저 안에 사람이 있었다!

베티가 겁을 먹고 움츠러들었다. 지금까지 소녀들은 난파선 안에서 무엇을 발견할지에만 신경 쓰기 급급했다. 그러는 내내 누군가가 저곳에서 아이들을 지켜보고 있었다. 지금까지 아이들이 무슨 짓을 했는지, 무슨 말을 했는지 전부 다 보고 들었을 터였.

베티가 천천히 현창으로 향했다. 반대편 현창으로 몰래 빠져나가서 플리스와 윌로한테 조용히 알리면 무슨 일이 일어나기 전에 이곳에서 빠져나갈지도 몰랐다.

하지만, 찰리…….

192

지금 이곳을 떠나면 기회를 놓칠 수도 있고 그러면 지금보다 상황이 더 나빠질지도 몰랐다. 문득 베티는 저 위에 숨은 사람한테 화가 치밀면서 억울해졌다. 우리 모두 하룻밤치고 너무 많은 일을 겪지 않았나? 할머니는 체포당하고 찰리는 납치당했다. 그런데 이제는 저기에서 몰래 염탐이나 하는 놈 때문에 마지막 기회마저 날릴 지경이었다.

자, 우린 셋이고 저긴 하나야.

화가 난 베티 머릿속에 떠오른 생각은 화덕에서 갓 꺼낸 빵처럼 뜨거웠다. 자기가 무슨 짓을 하는지 미처 깨닫기도 전에 베티가 살금살금 돛대로 다가가기 시작했다. 시커먼 나무는 두껍고 튼튼했다. 망대로 올라가는 발판도 촘촘했다. 베티가 돛대를 오르기 시작했다. 앞으로 내디디는 맨발에서 소리 하나 나지 않았다. 이제는 플리스와 윌로가 보였다. 둘 다 물 위로 몸을 숙인 채 정신 없이 베티를 찾느라 위를 올려다볼 생각도 하지 않았다.

이제 망대까지 팔 뻗으면 닿을 거리였지만 꼭대기에 가까워질수록 베티 몸무게에 돛대가 수면 가까이 휘었다. 베티가 망대까지 한 걸음 남겨두고 발판을 한 번 더 밟았다. 지금쯤 망대 안에 있는 사람도 틀림없이 돛대가 휜 것을 느꼈으리라.

베티가 숨을 멈추고 기다렸다. 안에 있는 사람은 누구지?

통 입구 가장자리로 손 하나가 슬그머니 나타나더니 이내 다른 쪽 손도 올라왔다. 손은 큼직하고 더러웠다. 짧은 손톱에는 때도 덕지덕지 끼었다. 마디마다 상처 나고 딱지 앉은 손가락에는 금색 털이 돋았다. 손가락을 보고 있자니 베티는 용기가 꺾이는 기분이었다. 밀렵꾼의 주머니에서 수도 없이 주먹다짐을 봐 온 베티는 골칫거리를 알아볼 수 있었다. 골칫거리는 딱 저렇게 생겼다.

얼마 뒤, 맥주 통에서 머리통이 쑥 올라왔다. 금사로 엮은 듯 헝클어진 짙은 금발의 소년이 밖을 내다봤다. 소년이 몸을 밖으로 더 내밀어서 플리스와 월로를 내려다보는 동안, 베티는 고양이처럼 꼼짝도 하지 않고 기다렸다. 소년은 아직 베티를 눈치채지 못했지만 베티한테는 소년 옆얼굴이 보였다. 날렵한 콧날이 오뚝하고 눈동자가 벌꿀 색에 가까운 호박색이었다. 맨살이 드러난 가슴과 어깨는 구릿빛으로 탔고 산들바람이 스칠 때마다 물결치듯 소름이 돋았다. 소년은 베티보다 몸집은 컸지만 나이는 많아 보이지 않았다. 잘해야 열네 살, 그렇게 생각하니 베티는 조금 용기가 돌아온 기분이었다. 게다가 베티한테는 소년을 놀라게 할 수 있는 물건도 있었다.

베티는 지금 할 수 있는 유일한 행동을 했다. 소년 팔을 노리고 고함을 치며 몸을 날려 소년 팔을 움켜잡고 뛰어내렸다. 물속으로 끌고 들어간 것이었다. 물에 빠지는 순간 소년 팔이 베티 손아귀에서 미끄러져 빠져나가자 소년이 팔다리를 버둥거렸다. 소년은 베티에게서 멀어지려고 물을 차대다가 발로 베티 가슴을 걷어찼다.

베티가 씩씩대며 물 위로 올라갔다.

"베티! 저건 누구야?"

플리스가 새된 비명을 지르며 손을 뻗어 베티 손을 잡고 여행 가방호 갑판 위로 끌어올렸다. 베티가 숨을 헉헉 몰아쉬면서 갑판 한쪽에 철퍼덕 드러누웠다. 베티는 몸에서 물을 줄줄 흘리며 덜덜 떨었다. 호흡도 어느 때보다 빨랐다. 베티가 물결이 이는 수면 위를 훑었다.

"어디 있지? 어디로 갔어?

베티가 소리쳤다.

"빠져 죽은 건 아닐까요?"

윌로가 배 옆을 내다보며 작게 말했다.

소년이 배 조금 앞에서 물 위로 불쑥 머리를 내밀고 콜록거리며 물을 뱉어냈다. 얼굴이 심하게 빨갰다. 화가 나서인지 숨이 달려서인지 확실하지 않았다가 소년이 다시 가라앉는 바람에 명확해졌다.

"쟤 지금 괜찮지가 않아. 베티, 구명부표 던져줘!"

플리스 말에 베티가 소리쳤다.

"우리한테 구명부표가 어딨어!"

문득 두려움이 베티를 사로잡았다. 지금 저 아이는 큰일이 났는데 그게 다 베티 때문이면? 베티는 소년을 놀라게 할 생각이었지 실제로 다치게 하려던 게 아니었다.

"그럼 밧줄이라도 던져! 저렇게 물에 빠지게 놔둘 수는 없잖아."

플리스가 물건을 한쪽으로 집어 던지면서 갑판 위를 뒤졌다.

"밧줄도 안 보여."

베티는 배에 아무것도 갖춰놓지 않은 아빠를 원망했다. 베티는 유일하게 생각난 물건, 도깨비불 잡는 데 썼던 커다란 그물을 집어 들었다. 그러고는 배 한 쪽에 기대고 몸을 밖으로 내밀어 소년을 향해 그물을 던졌다.

"잡아! 우리가 끌어당길게!"

소년은 거절의 뜻이 분명한 눈빛으로 간신히 베티를 노려봤지만 이내 다시 물속으로 사라졌다. 다시 물 위로 올라온 소년 목에서 꾸르륵거리는 소리가 끔찍할 만큼 크게 났다. 결국 기세가 한풀 꺾이면서 소년이 그물을 잡앉다. 베티는 경계를 늦추지 않고 그물을 잡아당겼다. 소년이 바로 코앞에서 물 위로 오르락내리락할 만큼 가까워졌다.

이젠 소년이 가까워진 데다 몸에서 때가 벗겨졌더니, 소년 피부는 생각보다 짙게 탄 금색이었고 가슴에서 갓 자라기 시작한 털이 보송보송했다. 가느다란 갈색 가죽 띠를 목에 둘렀는데 뾰족한 상아색 조개껍데기가 달랑거리고 있었다. 도대체 이런 곳에서 혼자 무엇을 하고 있었지?

"내 손 잡아. 넌 괜찮을 거야. 그냥 소금물을 좀 들이켰을 뿐이니까."

베티가 최대한 단호하게 말했다.

소년이 베티 손을 잡았다. 베티는 소년을 끌어올리려다가 충격을 받고 헉 소리를 냈다. 소년이 놀랄 만큼 강한 힘으로 베티 팔을 잡아 배 밖으로 잡아당긴 것이었다. 베티가 소년 입꼬리에 거만한 웃음이 걸리고 선명한 황금빛 두 눈이 단호해지는 것을 알아챘지만 너무 늦었다. 베티는 균형을 잃으면서 배 밖으로 떨어져 물속으로 곤두박질쳤다.

소금물이 눈을 찔러댔다. 놀라서 딱 벌어진 입속으로도 거침없이 밀려들었다. 코로 물이 들어오면 얼마나 괴로운지 잊고 있었다. 고통과 모욕감으로 목구멍이 타들어 갔다. 그러면 그렇지, 수영할 줄 알고말고. 소년이 베티를 속였다! 세상에 이렇게 야비하고 비열한 짓을 하다니.

소년이 탄탄한 두 팔로 배 한 쪽을 잡고 능숙하게 몸을 올리는 순간에 때맞춰 베티도 수면 위로 솟구쳐 올랐다. 소년 뒤쪽에 윌로와 플리스가 꽁꽁 얼어붙은 채 서 있었다. 곧바로 베티는 소년이 플리스와 윌로마저 다 물속으로 빠트린 뒤 배를 타고 가버릴 작정이라는 것을 알아챘다.

"안 돼!"

베티가 외치자 다시 기침이 터지며 목구멍으로 바닷물이 올라왔다. 베티는 배로 가려고 발로 물을 걷어차기 시작했다. 하지만 충격이 너무 컸는지 기운이 없었고 소년은 이미 플리스를 향해 성큼성큼 다가가고 있었다. 플리스가 겁에 질린 사슴 같은 눈으로 소년을 마주 봤다.

배 옆면에 닿은 베티가 손을 더듬이 잡을 곳을 찾았다. 한쪽 팔을 날리듯이 배 위로 올린 뒤 나머지 팔도 올렸다. 제시간에 언니한테 가기는 이미 틀렸다. 그런데 희한하게도 소년이 움직임을 멈춘 채 지나칠 만큼 오래도록 플리스 얼굴을 쳐다보며 가만히 있었다. 그러자 플리스 표정에서 두려움이 걷히는가 싶더니 놀랍게도 소년 앞에서 벗어나 옆으로 몸을 굴렸다. 플리스는 날렵하게 움직여서 아까 것보다 작은 그물을 낚아채는 동시에 그대로 몸을 돌려 소년 머리통에 그물을 덮어씌웠다.

플리스가 있는 힘껏 그물을 밀어버렸다. 놀란 소년이 괴성을 지르며 다시 한번 배 옆으로 굴러떨어졌다. 플리스는 그물을 걷어 올려서 베티를 향해 날렸다. 베티는 그물을 잡고 배 위로 올랐다.

플리스가 그물을 살폈다.

"밀렵꾼의 주머니 문을 닫으면 이게 꽤 쓸모 있겠어. 손톱이 하나도 안 부러졌어!"

베티가 자기 꼴은 잊은 채 활짝 웃었다.

두 자매는 물속에서 주먹을 날리고 욕을 퍼부으며 허우적거리는 소년을 경계의 눈빛으로 살폈다. 소년이 이 사이로 침을 뱉고는 선헤엄을 치면서 심통 사나운 눈빛으로 두 사람을 올려다봤다.

"넌 누구야? 왜 우리를 엿보고 있었지?"

베티가 물었다.

"그게 내 일이거든?"

소년이 다시 침을 뱉자 베티 쪽으로 물이 튀었다.

베티가 팔짱을 끼며 두어 걸음 물러나 소년을 노려봤다.

"방금 나한테 한 짓은 정말 더러운 속임수였어."

소년이 어깨를 으쓱하며 실눈을 뜨고 플리스를 쳐다봤다.

"쟤가 한 짓보다는 덜해."

"너 누구냐니까?"

베티가 다시 물었지만 대답 듣기를 반쯤 포기했다.

"스핏(*spit: 침, 또는 침을 뱉는다는 뜻)."

"난 침 같은 거 안 뱉어. 더럽고 고약한 버릇이야."

대번에 플리스가 말했다.

"아니, 스핏! 그게 내 이름이야."

소년이 고개를 돌리고 다시 침을 뱉었다. 이번에는 침을 멀리 보냈다.

"스핏? 그게 이름이라고? 진짜? 설마! 누가 사람 이름을 스핏이라고 지어? 별명이면 몰라도."

베티가 믿기지 않는다는 듯 말했다.

"별명 아니야. 평생 내가 받아본 유일한 이름이다. 알겠냐?"

이제 소년은 기분이 상해 보였다.

"어쨌건, 여기에서 뭐 하는 거야? 잘하지도 못하는 망꾼 노릇 말고."

"내가 망도 못 본다고 누가 그래?"

스핏이 발끈했다.

"윗도리를 말리겠다고 현창 옆에 널어놨잖아. 나 여기 있다고 떠드는 거나 마찬가지라고."

스핏이 어깨를 으쓱하며 말했다.

"뭐라도 찾아보겠다고 여기까지 오는 사람들이 많아. 자기 물건도 아니면서 훔치려고 하지. 그래도 대부분은 표지판을 진지하게 받아들이는 편인데."

느닷없이 스핏이 날쌔게 몸을 날려서 누가 제대로 막아보기도 전에 배 위로 다시 올라왔다. 베티가 한 발 뒤로 물러났다. 스핏은 힘도 더 세고 키도 컸다. 게다가 스핏 눈빛을 보니, 이번에는 놀라게 하는 방법도 먹히지 않을 것 같았다. 이제 스핏은 무방비 상태가 아니었다.

베티 팔에 돋은 털이 일제히 곤두섰다.

"그게 무슨 뜻이야?"

"누구든지 이 배에서 물건을 훔치려는 사람은 절대 곱게 빠져나가지 못한다는 뜻이지. 이건 우리 것이거든."

스핏이 답했다.

"누구 거라고요?"

윌로가 조심스럽게 물었다.

"동료 선원들. 러스티 스커틀러호."

스핏 목소리에서 자랑스러움이 묻어났다.

"그럼 저 아래 보물이 다 그쪽 거였어?"

베티가 불쑥 내뱉었다.

플리스와 윌로가 동시에 헉 소리를 냈다.

"저 아래 보물이 있어?"

스핏이 한숨을 푹 쉬더니 물이 뚝뚝 떨어지는 머리통을 저으며 베티 쪽으로 한 발 내디뎠다. 베티가 본능적으로 한 발 물러섰다. 무슨 실수를 저질렀는지 깨달았다. 도대체 어쩌자고 보물을 입에 올렸을까!

"아니, 내 말은, 저 아래 뭐가 있어도 있겠다, 뭐 그런 뜻이었어. 안 그래? 아니, 난 아무것도 못 봤어. 하도 어두워서……."

베티는 장황하게 말을 늘어놓으며 얼렁뚱땅 말실수를 덮으려고 했지만, 스핏 얼굴에 어린 심각한 표정에 놀라서 말끝을 흐렸다.

"니가 아무것도 못 봤기를 바랐는데. 러스티 스커틀러호 선원들은……. 사람들이 자기들 얘기하는 것도, 뭘 아는 것도 싫어해."

스핏 목소리가 어두웠다.

"아무것도 못 봤다니까! 난 아무것도 몰라!"

베티가 항의해 봤지만 베티 귀에도 거짓말로 들렸다.

"넌 다 봤어. 그래서 유감스럽지만, 이게 좀 복잡한 문제라서."

스핏이 다시 한숨을 내쉬었다.

플리스가 양손을 윌로 어깨에 올리며 앞으로 나서서 침착하게 말했다.

"불편한 일 만들 필요 없어. 우린 문제를 일으키겠다고 여기 온 게 아니야. 문제라면 우리도 이미 겪을 만큼 겪었거든. 그러니까 너만 그냥 우릴 잊어주면 여기에서 당장 떠날게."

플리스의 따뜻한 갈색 눈동자를 바라보는 스핏한테서 망설이는 기미가 보였다. 스핏이 눈길을 내리더니 마침내 입을 열었다.

"미안해. 너희가 너무 많이 알아버렸어. 그냥 보내줄 순 없어."

## 15장. 해적이다!

플리스가 눈을 깜빡였다. 긴 속눈썹이 뺨 위에서 파르르 떨렸다. 스핏은 아예 플리스를 안 보려고 작정한 것 같았다.

"저기, 내 말 좀 들어봐. 우리 숫자가 더 많아. 우리가 떠나겠다면 혼자 우리 셋을 막지는 못해. 시도하는 것 자체가 정신 나간 짓이야."

베티가 참지 못하고 나섰다. 언니 매력도 효과가 없다면 이제는 밀어붙일 수밖에 없었다.

스핏이 움찔하더니 연속해서 두 번 침을 뱉었다. 플리스가 인상을 썼다.

"난 너희를 못 막을지도 모르지."

스핏이 무뚝뚝하게 말하더니 마법사의 나침반 너머 탁 트인 바다 어딘가를 가리켰다. 저 앞 멀리에 험준한 바위가 줄지어 솟아 있었다.

"저기 있는 사람들이 막을 거야. 내 장담하는데 너희보다 숫자가 많아."

베티가 숨을 멈추고 바위를 바라보았다. 태양 아래에서 반짝이는 바다뿐, 달리 보이는 것은 없었다.

"지금 허풍 떠는 거야? 저 앞에는 아무도 없잖아!"

"나타날 거야."

어쩐지 스핏은 미안해하는 것 같았다.

바로 그때 베티한테도 보였다. 바위 뒤에서 기다란 뱃머리가 삐죽 얼굴을 내밀며 나오고 있었다. 큰 배였다. 이쪽에서 안 보이는 반대편에 숨어 있었던 게 분명했다.

"여기에서 보면 저 바위들이 얼마나 높은지 가늠하기가 어려워. 게다가 멀리 떨어진 터라 속여 넘기기도 쉽지."

스핏이 차분하게 말했다.

베티가 초조하게 침을 삼켰다. 옆에 선 플리스를 보니 언니도 배를 보고 어깨가 딱딱하게 굳었다. 맹렬하게 전진해 오는 배를 모두가 그저 지켜보고만 있었다.

"저기에서 어떻게 알았지? 네가 신호했구나! 맞지?"

베티는 목이 메었다.

"그랬을 리 없어. 분명히 우리가 알아챘을 거야."

플리스 생각은 달랐다.

"난 아무 일도 없을 때 신호를 보내. 매시 정각에."

스핏이 일행 옆으로 고갯짓했다. 난파선에 달린 돛이 다 구겨진 채 물 위에 떠 있었다.

"저 밧줄 하나가 돛대 위 망대까지 연결되어 있어. 빨리 한 번 잡아당기면 돛이 똑바로 서. 그런 식으로 이곳에 아무 문제가 없다는 걸 저쪽에 알려. 돛이 서지 않으면 뭔가 잘못되었다는 걸 저쪽에서 알게 되는 거고."

"우리…… 우린 어떻게 돼요?"

겁에 질린 윌로가 점점 다가오는 배를 보며 물었다. 윌로는 이제 반쯤 투

202

명할 만큼 하얘서 왠지 섬뜩했다. 돌연 베티는 윌로를 지켜주고 싶었다.

"뭐라 말하기 어려워. 최근에 붙잡은 사람은 널빤지 위를 걷게(*배에서 바다 쪽으로 걸린 널빤지 위를 걷게 해서 바다에 빠뜨리던 처벌 방식) 했지만……."

"널빤지 위를 걷게 한다고? 잠깐만!"

베티는 이제 한기를 느끼다 못해 공포에 사로잡혔다.

"저 위에 숨어서 우리 대화를 다 들었다면 우리가 물건 훔쳐 갈 생각이 없었다는 걸 잘 알겠지. 절대 보물을 찾으러 여기 온 게 아니었으니까. 우리가 찾는 건 하나뿐이야."

스핏이 뒷머리를 긁적이더니 손톱을 들여다봤다.

"너희들이 어리니까 어쩌면 살살 나올지도 몰라. 하지만 모든 것은 저쪽 기분에 달렸어."

"기분?"

베티는 두려움을 잊을 정도로 화가 치밀어서 스핏 말을 따라 했다.

"기분? 나한테 기분 운운하지 마! 나야말로 지금 기분이 엉망진창이니까. 동생은 납치당했고 우린 이제 해적 떼한테 포위당하게 생겼다고!"

베티가 앞으로 걸어가더니 스핏 가슴을 콱콱 찔렀다.

"우린 지금 떠날 거야."

베티가 날을 세우고 말하면서 스핏을 노려봤다.

"해적들이 여기 도착하면 우린 그냥 난파선을 구경하러 온 사람들이었다고 말해. 넌 잠깐 졸았던 거야. 그래서 돛을 세우지 못했어……."

"그렇게 말 못 해!"

갑자기 스핏이 외쳤다. 양쪽 볼이 붉으락푸르락했다. 가까워지는 배를 바라볼 때마다 색이 짙어졌다. 배는 이제 바위를 거의 다 지났다. 돛들이 바람에 경쾌하게 펄럭였다.

"난 여기 망을 보려고 와 있는 거야. 러스티 스커틀러호에서 가장 하찮은 일이라고! 그런데 내가 잠들었다면, 저들한테 내가 쓸모없다는 뜻밖에 더 되겠냐?"

"그럼 그냥 우리가 방향을 물어보느라 잠깐 배를 세웠다고, 그런데 우리 돛에 그쪽 닻이 걸려서 못 세웠다고 해. 부탁이야. 우릴 해적한테 넘기지 말아 줘."

플리스가 애원하다시피 말했다.

스핏이 플리스 눈을 뚫어지게 바라봤다. 이제는 눈에 보일 만큼 스핏 이마와 윗입술에 땀이 송골송골 맺혔다.

"내가 결정할 수 있다면, 그래, 너희를 보내줬을 거야. 하지만 결정권은 저들한테 있어. 내가 아니라."

스핏이 딱딱하게 말했다.

"돛이 올라가지 않은 그 순간부터 이곳을 지켜보고 있었을 거야. 너희가 여길 떠나자마자 곧장 뒤를 따라갈 테고."

"우린 아무 짓도 하지 않았어요."

윌로가 항의했다.

스핏이 또 뱉은 침 덩어리가 호를 그리며 배 옆으로 날아갔다. 베티는 스핏이 긴장하면 침 뱉는 버릇이 더 심해진다고 짐작했다.

"나도 알아. 그래도 이젠 너희가 저 사람들한테 그럴듯하게 둘러대야 해."

"우리가 왜? 너희 해적이나 우리나 이 난파선 잔해에 어떤 권리도 없기는

204

마찬가지잖아!"

베티가 화가 나서 말했다.

"여긴 바다야. 바다에서 통하는 규칙은 딱 하나뿐이지. 가장 힘센 놈이 이긴다."

스핏이 중얼거렸다.

"아, 그러셔? 뭐, 그 규칙이 곧 바뀔지도 몰라."

베티가 플리스를 힐끔거렸다. 말하지 않고도 생각을 전해지기를 바랐다. 플리스가 티도 거의 안 날 만큼 살짝 고개를 끄덕였다.

"왜 그런 줄 알아? 스핏, 그게 말이지, 우리한테는 아주 특별한 능력이 있거든. 우린 흔적도 없이 사라질 수 있어. 그러니까 저들이 여기 도착하기 전에 말을 잘 정리해 놓는 편이 좋을 거야. 안 그러면 대답하기 아주 난처한 질문들을 떠안게 될 테니까."

"사라진다고? 그게 무슨 말이지?"

스핏이 베티와 플리스를 번갈아 보다가 다시 베티를 봤다.

"없어진다고. (베티가 딱 소리가 나게 손가락을 맞부딪쳤다.) 펑! 사라지는 거야. 아주 희한할걸?"

"어, 어떻게?"

스핏이 말을 하려다가 고개를 저었다.

"그건 불가능해. 그냥 사라질 수 있는 사람은 없어."

스핏이 가까워지는 배를 초조하게 곁눈질했다.

"잘 들어. 너 지금 숨겨놓은 문이나 비밀 통로 같은 걸 믿고 스스로가 굉장히 똑똑하게 군다고 생각하는 것 같은데, 내 말 믿어. 저들이 너를 발견했는데 자기들을 속여 넘겼다는 사실까지 알아내면 우린 다 죽은 목숨이야."

베티는 두려움으로 속이 꼬였지만 간신히 입을 열었다.

"절대 알아내지 못해. 너만 입을 다물어주면 우린 다 무사할 거야."

"너희 배는? 그것도 사라져?"

스핏이 여전히 믿기 힘들다는 듯 인상을 썼다.

"아니, 우리만 사라져. 그냥 해적들이 배 하나 주웠다고 믿게 놔둬. 어차피 오래 갖고 있지는 못할 테니까."

베티가 이를 악물었다. 머리가 미친 듯이 돌아가면서 말도 안 되게 대담한 작전이 저절로 세워졌다. 베티는 눈앞으로 쭉쭉 다가오는 해적선을 절박하게 쳐다봤다가 플리스를 돌아봤다. 시간이 없었다.

"하나만 솔직하게 말해줘. 오늘 아침 우리가 도착하기 전에 여기 먼저 온 사람은 없었어? 간수복을 입은 남자 둘이랑 어린 여자애 하나?"

"간수? 너희 도대체 무슨 일에 엮인 거냐?"

스핏은 충격을 받은 것 같았다.

"진짜 간수들이 아니야. 사기꾼이지. 우리 여동생을 납치했어. 제발 대답해줘."

플리스가 끼어들었다.

스핏이 고개를 젓더니 마침내 대답했다.

"아니, 어제 해가 진 이후로 이곳에 온 사람은 너희뿐이야."

"맹세할 수 있어?"

베티가 진지하게 스핏을 보며 물었다.

스핏이 손가락에 침을 뱉더니 경례를 올리듯 머리 옆에 갖다 붙였다.

"맹세해. 아무도 못 봤어."

베티 목구멍에 숨이 턱 걸렸다. 실망해야 할지 안심해야 할지 갈피를 못 잡았다. 둘 다인 것 같았다. 찰리를 놓치지 않았다는 사실에 안심했지만 밀렵꾼의 주머니에서 떠난 이후 찰리 행적이 묘연하다는 뜻이어서 실망스러웠다. 형편없이 쪼그라든 감정이 배 속에서 바닷물과 뒤섞이는 기분이었다.

"그러는 너는? 넌 진실을 말하고 있어? 나도 여기에서 이것저것 이야기를 주워듣고 기이한 걸 보기도 하지만, 방금 네가 할 수 있다고 주장하는 것만큼 이상한 이야기는 없었어."

스핏은 아직도 의심하는 것 같았다.

"내가 증명해주지. 네 물건 아무거나 하나 줘 봐. 빨리. 목에 건 그 조개면 되겠다."

스핏이 경계하면서 조개껍데기를 베티한테 건넸다.

"꼭 돌려줘야 해."

"안 훔쳐 가."

"베티."

플리스가 경고하듯 베티를 불렀다.

"나도 알아. 괜찮아."

베티가 중얼거렸다. 스핏 앞에서 인형을 꺼내어 비밀을 드러낼 생각은 베티도 없었다.

꽤 궁금할 거다.

베티가 생각했다. 이런 곳에서는 별것 아닌 수수께끼도 오래 남기 마련이었다. 베티는 서둘러 옷을 주워 들고 키잡이칸으로 향했다.

"어디 가? 보이는 곳에 있어!"

"옷 좀 입으려고."

베티는 그럴듯하게 들릴 만큼 당당하게 말했기를 바랐다.

"빨리해."

스핏이 눈길을 돌렸다.

키잡이칸으로 들어간 베티가 도깨비불을 확인했다. 도깨비불은 낡은 기름등잔 안에서 깜빡이며 잘 있었다. 베티는 두려웠다. 아직 계획을 완성하지 못했는데 숨길 수도 없는 도깨비불을 보니 계획 여기저기에서 허술한 구석이 보였다. 베티는 일단 천 조각으로 등잔을 덮어놓고 옷을 입었다. 도깨비불을 걱정할 시간이 없었다.

베티는 세 번째 인형 안에 든 플리스 머리카락과 윌로 코딱지 옆에 스핏이 준 작은 조개껍데기를 조심스럽게 놓았다. 두 번째 인형 안에 자기 머리카락이 있는지 확인한 뒤 인형 위아래 조각을 잘 맞춰서 닫았다. 바깥쪽 인형도 위아래 조각을 닫았지만 열쇠 그림을 일자로 맞추지 않았다. 베티는 인형을 주머니에 넣어 감추고 엄지로 겉을 더듬어서 표면에 새겨진 열쇠 무늬를 찾은 뒤, 인형에 손을 그대로 올린 채 갑판으로 나갔다.

러스티 스커틀러 호가 부쩍 가까워져서 베티는 깜짝 놀랐다. 아직 개미만 한 크기였지만 갑판 위에서 아주 많은 사람이 보일 만큼 가까웠다. 서둘러야 했다. 이쪽에서 해적이 보인다면 해적도 이쪽이 보일 터였다.

"물에 비친 그림자 보고 있어. 물을 보라고."

베티가 스핏한테 말했다.

"또 다른 속임수야? 한 번만 더 나를 밀었다가는 내가 아주……."

208

확실히 스핏은 의심을 풀지 않았다.

"그냥 좀 봐. 아니면 키잡이칸 창문을 보던가. 어디를 보든 상관없어. 네 모습이 비치기만 하면 돼."

베티가 발끈했다.

스핏이 팔짱을 끼고 창문을 바라봤다. 딕 근육이 움찔거렸다.

"자, 그럼 어디 한 번 보여줘 봐."

베티가 숨을 들이마셨다가 내쉬며, 주문을 외우는 척 소리 없이 입술만 달싹였다. 동시에 옷 아래에서는 손가락을 움직여 바깥쪽 인형 윗부분을 돌려서 열쇠 두 조각을 맞췄다. 베티는 유리에 비치는 모두의 얼굴을 지켜보면서 소리 없는 주문을 계속 중얼거렸다. 두 조각이 일렬로 맞춰지는 순간, 일행 모습이 사라지면서 뒤로 보이는 하늘과 일렁이는 바다만 남았다.

"어, 뭐지?"

스핏이 유리창을 들여다보며 비틀비틀 뒷걸음질 치다가 당황한 눈길로 베티를 봤다. 플리스를 봤다가 윌로를 봤다가 다시 유리창으로 눈을 돌렸다.

"이, 이건…… . 말이 안 돼. 나한테는 아직 너희가 보이는데 왜 우리가 저기 없지?"

"우린 다 같이 사라졌어. 우리끼리는 서로 보이지만 다른 사람 눈에는 안 보여."

스핏이 유리창으로 다가가서 모습이 비쳤던 창을 손으로 만졌다.

"이건 분명히 속임…… ."

"속임수 아니야. 이건 진짜야. 내 말 못 믿겠으면 물 위도 봐."

스핏이 경계하는 눈빛으로 베티를 쏘아보며 배 옆으로 비틀비틀 가서 물에 비친 그림자를 찾았다. 충격을 받은 기색이 한층 짙어졌다.

"우린 없어졌어. 다 같이."

베티가 초조한 눈길로 해적선을 바라봤다. 까마귀 맙소사, 러스티 스커틀러호에는 얼마나 많은 선원이 타고 있는 거야? 매분 매초 새로운 사람이 등장하는 느낌이었다. 두려움이 물결치며 베티 배 속까지 밀려 내려갔다. 시간은 흐르고 베티는 머리를 빨리 굴려야 했다. 베티가 다급하게 말했다.

"좋아, 잘 들어. 스핏, 이제 네가 다시 눈에 보이게 해줄 거야. 그러니까 넌 이렇게 말해야 해. 우리 중에서 한 명이 잔해 속으로 들어갔다가 문제가 생겼다, 나머지 사람들이 먼저 내려간 사람을 찾겠다고 다 물속으로 들어갔다, 그런데 아무도 물 위로 올라오지 않았다."

"이런, 베티! 그런 말 하면 안 돼! 운명을 부추기는 거야."

플리스가 두려운 기색으로 급히 까마귀 상징을 만들었다.

"우리 목숨을 구할 수만 있으면 말해도 돼. 다치는 사람 없이 먹힐 만한 작전은 그것뿐이야."

베티가 우울하게 말하면서 스핏 눈을 똑바로 바라봤다.

"너도 포함해서."

스핏이 침을 삼켰다.

"그러다가 들키면 어쩌려고? 내가 거짓말한다는 걸 저들이 알아채면? 우리 누구도 끝이 좋지 않을 거야. 너는 나만큼 저들을 몰라. 전에도 본 적 있어. 해적이 저지르는 최악의 죄는 배신이야. 난 못 해. 못한다고."

스핏은 목소리를 떨면서도 의연해 보이려고 턱을 앞으로 쭉 내밀었다. 베티는 스핏이 연기하는 게 다 보였다.

"아마 해야 할 거야."

베티는 스핏이 잠시 바다를 살피는 사이, 스핏의 조개껍데기를 인형에서 꺼내 주머니에 넣었다. 그러고는 자기 모습과 플리스, 윌로가 다시 사라지게끔 서둘러 인형을 다시 잘 합쳤다. 이제 해적한테 일행 모습이 보이지 않는다고 생각하니 조금이나마 마음이 놓였다.

"왜인 줄 알아? 그렇게 안 하면 내가 너를 사라지게 할 거거든. 영원히."

스핏이 다른 아이들은 여전히 안 보이는데 자기 모습은 유리창에 비치는 걸 눈치채고 놀라서 몸을 홱 돌렸다.

"뭐라고?"

"네가 영원히 안 보이게 해주겠다고. 그렇게 되면 아무래도 동료 해적들과 잘 지내기는 어렵겠지?"

"아, 모르겠다."

스핏이 사방을 두리번거렸다. 아무도 눈에 안 보이니까 불안해진 것이 틀림없었다.

"해적들은 투명한 동료가 생겨서 상당히 쓸모 있다고 여길지도 몰라. 일단 저 망할 놈의 망대에서 찌그러져 지낼 일은 앞으로 걱정 안 해도 되겠지."

베티가 머뭇거리는 사이, 플리스가 목소리를 높였다.

"한동안은 몇몇이 좋아할지도 모르지. 그런데 해적들은 미신을 심각하게 받아들이지 않던가? 저주에 걸린 사람을 배에 두는 게 마음에 안 들 걸? 너는 쫓겨날 거야. 도깨비불이나 다름없이 바다에서 잃어버린 또 다른 외로운 목소리가 되어갈 테지."

"에……. 설마."

스핏 얼굴에 불안한 기색이 언뜻언뜻 드러나기 시작했지만 스핏은 팔짱을 끼고 목소리를 낮춰 말했다.

"어쨌건 못 해. 난 러스티 스커틀러호 선원이 되기로 맹세했어. 내가 충직해야 할 대상은 너희가 아니라 내 동료야. 내 동료들이 무슨 짓을 저질렀건, 너희 문제가 뭐건 상관없어."

"참 아깝다. 너처럼 잘생긴 애가 누구 눈에도 보이지 않는다니……."

플리스가 혀를 쯧쯧 찼다.

스핏 가슴이 비둘기처럼 부풀어 올랐다.

"잘, 잘생겼다고?"

"그러엄."

플리스 목소리는 더없이 상냥했다.

스핏 옆얼굴로 땀방울이 한 줄기 흘러내렸다. 스핏이 러스티 스커틀러호를 곁눈질하며 땀을 닦아냈다.

"좋아, 알았어. 원하는 대로 해줄게. 하지만 너희들이 발각돼도 난 책임 못져! 너희가 나도 속였다고 할 거야."

스핏이 으르렁대며 말했다.

"좋아."

베티도 으르렁댔다. 매력적인 언니가 고마웠다.

"베티, 해적들이 거의 다 왔어. 어쩌지? 우리가 배에 남아도 어차피 안 보이니까 해적들이 배를 가져갈 거야. 찰리 찾을 기회를 잃을 거라고!"

플리스가 숨을 몰아쉬었다. 러스티 스커틀러호가 가까워지자 겁에 질려서 잔뜩 굳어 버렸다.

"그럴 일은 없어."

베티가 나지막이 말했다. 두려움과 소금기로 입이 바짝 말랐다. 자기 입으로 할 말이 믿기지 않았다.

"우리가 흩어질 거거든."

"제정신이니? 이미 찰리를 잃었는데 너까지 잃을 수는 없어. 어림도 없어. 절대 반대야!"

플리스가 경악했다.

"언니, 우리 갈라져야 해. 그 방법밖에 없어. 언니랑 윌로는 투명한 상태로 배에 남아서 숨을 만한 곳을 찾아봐. 러스티 스커틀러호 해적들이 경계를 늦추면 기회가 생길 테니 곧장 도망쳐서 나 데리러 와."

베티가 고집스럽게 말했다.

"넌 어디 있으려고? 응? 설마 이게 정말 성공한다고 생각하지는 않겠지?"

플리스가 따지고 들었다.

"달리 선택의 여지가 없어. 만약 찰리가 오기라도 하면 (베티가 말을 바로 잡았다) 아니, 찰리가 왔을 때 우리 중 하나는 여기 있어야지. 기회를 놓칠 수는 없잖아. 내가 스핏이랑 마법사의 나침반에 남을게."

"베티 위더신즈, 이렇게까지 최악인 작전은 처음이야."

이제 플리스는 덜덜 떨면서 말했다.

"뭐, 우리한테는 이 방법밖에 없으니까. 찰리를 찾으려면 할 수밖에 없어."

"하지만……."

"우리한테 하지만은 없어. 시간도 없고. 해적들이 왔어."

베티가 험악하게 속삭였다.

# 16장. 생사 불문

해적선이 물살을 가르며 난파선 잔해를 향해 돌진해 왔다. 짙은 붉은색 돛이 한 번 부풀어 오를 때마다 모습이 선명해졌다.

빨간색이다. 위험을 상징하는 피의 색깔이야.

베티는 암울해졌다.

가장 큰 붉은색 돛에는 거대한 까마귀 해골 문장이 있었고, 죽은 새 부리에 열쇠가 끼워져 있었다. 열쇠가 위협하는 것 같았다.

우리가 네 보물과 비밀을 찾을 것이다. 우린 무엇이든 다 열 수 있다. 다 우리 차지다.

할머니가 처음으로 베티한테 마법의 인형을 주면서 경고했던 말이 그날처럼 생생하고 또렷하게 베티 머릿속으로 밀려들어 왔다.

"이런 물건을 사용할 때 절대 함부로 다뤄서는 안 돼. 까마귀바위섬 같은 데서는 특히 더. 이곳 사람들은 대부분 감옥에 갇힌 죄수들과 관련이 있으니까. 이런 물건을 손에 넣기 위해서라면 무슨 짓이라도 할 위험한 사람들이거든……."

세 자매는 할머니 걱정이 괜한 것이 아니었음을 힘들게 배웠다. 어떤 죄수가 찰리 능력을 이용해서 탈옥하려고 찰리를 납치했을 때였다. 그때는 까마귀바위섬 감옥 안에 갇힌 죄수들이 위험하다고 생각했다. 하지만 이제 베티는 바깥세상에 훨씬 더 무서운 것들이, 또는 두려운 사람들이 있다는 사실을 알았다. 그나마 죄수들은 철창 안에 갇혔다. 하지만 이곳 광활한 바다에는 러스티 스커틀러호에 탄 해적을 저지할 이가 아무도 없었다. 해적은 자기들끼리 규칙을 만들었고 그 누구 말도 따르지 않았다.

"얼른, 숨어."

두려움이 베티를 사로잡았지만 베티는 플리스와 윌로를 재촉했다.

"곧 해적들이 우리 배로 쏟아져 들어갈 거야! 소리도 들리고 손으로 만져진다는 점 잊지 말고. 들키면 죽어!"

잠깐이었지만 플리스가 두려움에 얼어버린 나머지 아예 움직이지 못하는 것 같아서 베티는 십년감수했다. 베티가 절박하게 플리스를 밀었다.

"움직여!"

드디어 플리스가 펄쩍 뛰며 정신을 차렸다. 플리스는 윌로를 달래서 벤치 아래로 들여보낸 뒤, 다른 벤치 아래로 가녀린 몸을 밀어 넣었다.

베티가 스핏을 지나 살금살금 움직였다. 베티 옷이 스치자 스핏이 뻣뻣하게 굳었다. 베티는 물결을 일으켜서 발각되지 않도록 조심하며 물속으로 미끄러지듯이 들어갔다. 그 즉시 치마와 긴 양말이 물을 빨아들여서 무겁게 축 늘어졌다. 베티는 깊이 숨을 들이마시고 더 아래로 내려갔다. 동료들이 가까워지자 스핏이 어쩔 줄 모르고 여행 가방호 갑판 위를 초조하게 오가는 소리가 머리 위에서 들렸다. 스핏이 세 번이나 물속으로 침을 뱉었다. 퉤, 퉤, 퉤. 중간에 쉬지도 않았다.

베티는 난파선 반대편, 물속으로 가라앉은 거대한 선체 뒤쪽을 향해 수영해 갔다. 러스티 스커틀러호의 경고판으로 접근해서, 찢어진 밧줄 사이에 갈고리처럼 손가락을 걸고 잔해 옆으로 기어오르기 시작했다. 높이 올라가면 선체를 가로질러 플리스와 윌로가 있는 맞은편이 보일 터였다. 해적들 눈에 플리스와 윌로가 보일 리 없었지만, 그래도 왠지 직접 봐야 마음이 놓일 것 같았다. 이제는 마법사의 나침반 맞은편에서 웅성거리는 목소리가 들렸다.

하지만 베티는 한 가지를 미처 생각하지 못했다. 흠뻑 젖은 옷에서 흘러내린 물이 후드득 소리를 내며 바다로 떨어지고 있었다. 베티한테는 등골이 오싹할 만큼 크게 들려서 들킬 것만 같았다. 베티는 물줄기가 가늘어지기를 숨죽이고 기다렸다. 신중하게 치마를 감아올려 남은 물기를 짜냈다. 천만다행으로 물줄기는 기울어진 나무판을 타고 소리 없이 물속으로 흘러내렸다.

베티가 좀 더 위로 올라갔다. 햇볕에 뜨겁게 달아올라 바짝 마른 흑단이 추위에 떠는 베티 몸을 덥혀줬다. 베티는 스핏의 윗도리를 지났다. 이제는 스핏 옷에서도 물이 흐르지 않았다. 베티는 돛대와 망대가 보이는 배 모서리에서 멈췄다. 이제 해적선은 아주 가까웠다. 여행 가방호와 나란히 있는 것과 다름없었지만, 마법사의 나침반을 침몰시킨 바위와는 안전한 거리를 유지하고 있었다. 난파선 못지않게 큰 러스티 스커틀러호에 비하면 위더신즈 가족의 작은 낚싯배는 땅꼬마였다.

갑판 위 붉은색 돛 아래로 모여드는 해적을 내려다보고 있자니 베티는 심장이 쿵쿵 뛰었다. 해적은 스무 명 남짓이었다. 갑판 아래 더 많이 있을 터였다. 세 사람이 탄 나룻배를 벌써 물 위로 내리고 있었다. 노를 젓는 두 해적은 어려 보이는 남자였고 팔다리가 가느다란 편이었지만 힘이 셌다. 세 번째 사람은 여자였다. 뱃머리에 서서 망원경을 들여다보고 있었다. 여자를 보자마자 베티는 온 신경이 곤두섰다.

여자는 피부색과 똑같은 황갈색 가죽조끼를 입었다. 검은색 머리는 아주 짧았지만, 머리통에 바짝 붙여 묶은 기다란 리본과 천 조각들이 무지개처럼 뒤로 휘날리고 있었다. 칼이 든 휘어진 칼집을 허리에 둘렀고, 끈으로 묶어 허벅지까지 올라가는 부츠를 신었다. 한쪽 부츠에는 단검을 찼고 손목과 목에는 보석을 주렁주렁 걸었다. 베티 생각에 저런 재물을 과시하는 여자는 용감하거나 어리석거나 천하무적임이 분명했다.

한 가지는 확실했다. 여자는 어리석어 보이지 않았다. 만만하게 여길 상대가 아니었다. 명령을 내리고 사람들이 복종하는 데 익숙해 보였다. 무엇보다 특이한 건, 여자 어깨에 세상 편안하게 서 있는 고양이였다. 먹물처럼 새까만 두 앞발과, 도둑이 두르는 가면처럼 두 눈을 가로지르는 검은 무늬를 빼면 온몸이 하얬다. 나룻배가 물살을 가르자 고양이는 난파선에 시선을 못 박은 채 바짝 긴장했다. 베티는 고양이가 정면으로 쏘아보는 느낌에 순간 심장이 멎는 줄 알았지만, 이내 고양이는 느릿느릿 눈을 껌뻑이며 물고기를 찾는 듯 물속으로 시선을 돌렸다.

베티는 스핏이 입을 열기도 전에 여자를 뭐라고 부를지 알았다. 스핏이 몸을 꼿꼿이 세우며 예를 갖춰 경례를 붙였다.

"선장님."

"스핏."

여자는 조용히 말하는데도 깊고 부드러운 목소리가 탁 트인 물을 수월하게 가로질렀다. 사람들이 자기 말에 귀 기울이는 데도 익숙한 여자였다. 여자가 도톰한 입술로 미소 지으며 여행 가방호를 향해 고개를 까딱했다.

"이게 뭐지?"

스핏이 꼿꼿이 선 자세로 목을 가다듬더니 물속에 침을 뱉었다.

"전리품이라고 할 수 있습니다. 배 주인들은 잔해를 살피러 물속으로 들어 갔다가 문제가 생겼는지 아직 올라오지 않았습니다."

스핏이 보석 같은 초록색으로 칠한 배 한 쪽 면을 손으로 탁탁 쳤다. 아빠 가 자매들한테 깜짝 선물로 보여주려고 작년에 몰래 배를 새로 칠했다.

베티는 분해서 털이 곤두섰지만 그보다는 스핏이 서로 합의한 사항을 끝 까지 잘 지켜주기를 전심으로 바랐다. 스핏이 저 여자한테 베티 일행을 넘기 면 다 죽은 목숨이나 마찬가지였다.

"흠……."

선장이 작은 배를 훑어봤다. 종이배나 다름없다는 듯 무시하는 눈길이었 다.

"미끼로나 쓸 만해. 제법 튼튼해 보이는데 실제 값어치는 없겠어."

여자가 손을 올려서 고양이 턱을 살살 간질였다.

어깨를 단단히 딛고 선 고양이처럼 가뿐히 여행 가방호에 오르는 선장 모 습에 베티는 깜짝 놀랐다. 선장은 플리스가 몸을 웅크리고 있는 벤치를 지나 윌로가 숨은 벤치 앞에 멈춰서 물속을 내려다봤다. 베티는 숨을 죽였다. 선 장이 부츠에 찬 단검과 윌로 코가 정확히 일직선에 놓였다.

"어느 쪽으로 들어갔지?"

여전히 조용하고 어떤 감정도 실리지 않은 선장 목소리는 철저하게 사업 적이었다.

"선장님, 깊은 쪽이었습니다. 러스티 영역이요."

스핏이 충직한 부하답게 대답했다.

"시체가 떠오를 낌새는?"

스핏이 고개를 저었다. 베티는 스핏이 일행을 넘기지 않아서 안도한 나머지 맥이 쫙 풀렸다. 선장도 일단 스핏을 믿는 눈치였다.

"달리 손댄 것은 없나?"

선장이 망원경을 탁탁 치면서 물었다. 스핏이 고개를 끄덕였다.

"뭐, 그럼 다 됐네. 사람이 탐욕을 부리면 이런 꼴을 당하는 거다."

선장이 무시무시한 눈빛으로 스핏을 바라봤다.

"저 위에서 본 것은?"

스핏이 움찔하며 대답했다.

"별로 못 봤습니다. 도둑놈은 셋, 몸집이 크고 건장해 보였습니다."

"거짓말은 안 하는 게 좋아."

해적 선장의 녹색 눈동자에는 목소리만큼이나 아무 감정이 없었다.

"안 합니다, 선장님. 절대로요."

스핏이 숨을 몰아쉬었다.

선장이 스핏을 한참 쳐다봤다.

"로니아."

줄곧 나룻배만 집중해서 보던 베티가 고개를 들었다. 목소리는 해적선에서 들려왔다. 살집이 통통한 남자가 양옆에 해적을 거느리고 바퀴가 달린 의자에 앉아 있었다. 베티는 남자한테 양쪽 다리가 다 없다는 걸 깨닫고 적잖게 충격을 받았다. 남자는 눈도 하나뿐이었다. 물론 베티가 잘 보이는 위치에 있기도 했지만 남자 머리에서 턱으로 이어지는 흉터도 선명히 보였다.

남자는 양팔이 고깃덩어리처럼 두툼한 데도 살찐 기미가 조금도 없었다. 한쪽 손에 작은 칼을 쥐고 있었는데 아무래도 사람 손톱을 뽑는 용도인 것 같았다. 칼날에 반사된 햇빛이 위협적으로 번쩍였다.

해적 선장, 즉 로니아가 고개를 들었다.

"아버지?"

"그 배 구석구석 뒤지고 잔해도 살펴봐라. 시체가 있으면 건져와야지. 아직 살았든 역시 죽었든."

남자가 입을 활짝 벌리며 웃자 눈이 부시게 하얀 이가 드러났다. 남자가 두툼한 팔을 들어서 칼로 해적선 앞쪽을 가리켰다. 해적선 뱃머리에는 가느다랗고 길쭉한 나무가 바늘처럼 불쑥 튀어나와 있었다.

"저 사이에 들어가면 틀림없이 잘 어울릴 거다."

해적들 사이로 웃음이 물결처럼 퍼졌다.

베티는 공포에 사로잡힌 채 눈을 깜빡이다가 하마터면 걸터앉은 자리에서 떨어질 뻔했다. 뾰족한 나무에 주렁주렁 걸어 놓은 것은 다양한 뼛조각이었다. 팔 하나, 다리 두 개, 해골도 하나……. 섬뜩하게 꾸민 크리스마스 나무에 매달린 장식 같았다.

"버클즈! 빌지!"

로니아가 해적선에 있는 선원을 부르더니 명령을 내렸다.

"너희 둘은 물속으로 들어가서 잔해를 살핀다. 도둑들이 있는지 확인해."

험상궂은 얼굴의 해적 둘이 앞으로 나섰다. 한 사람은 양쪽 귀에 큼지막한 원형 금귀고리를 찼고 다른 사람은 코걸이를 했다. 두 사람이 꺼림칙한 표정으로 서로를 힐끔거리더니 물속으로 뛰어들었다. 베티는 바짝 긴장한 채 쭈그리고 앉아서 부디 난파선에는 올라오지 않기를 빌었다. 여기에는 갈 곳이 거의 없었다. 잠시 후, 물이 솟구치는 소리가 들렸다. 해적 하나가 두 번째 현창으로 올라와서 숨을 쉬었다.

"이상 없습니다!"

해적이 외치더니 다시 잔해 속으로 사라졌다. 베티는 나머지 한 사람이 수면 위로 올라오기를 기다렸다. 당장에라도 해적이 수면 위로 드러난 난파선으로 펄쩍 뛰어 올라와서 베티를 떨어뜨리리라 반쯤 예상했지만……. 해적은 애초 물속으로 들어갔던 곳으로 다시 나타났다.

"러스티 영역을 건드린 흔적은 없습니다."

코걸이를 한 해적이 보고했다. 코걸이 해적은 해적선 옆으로 늘어뜨려 놓은 밧줄 사다리를 타고 올라갔다. 해적은 몹시 꺼림칙한 표정으로 목에 걸린 무언가를 움켜쥐고 있었는데, 행운의 부적 같았다.

"하지만 이런 것이 있었습니다."

다시 수면 위로 올라온 금귀고리 해적은 물이 뚝뚝 떨어지는 천 조각을 손에 들고 있었다. 베티는 찢어진 조끼 조각을 단박에 알아봤다.

"늙은 오징어 손가락에 걸려 있었습니다. 영원한 뱃사람이었던 영혼이 편히 쉬기를."

"늙은 오징어 손에는 늘 뭐가 잘 들러붙었지."

로니아가 한마디 했다.

오징어? 아까 그 뼈밖에 안 남은 손이 러스티 스커틀러호 선원 거였어?

베티가 생각했다.

나머지 해적들이 고개를 숙이고 모자를 벗으면서 중얼거렸다.

"영원한 뱃사람이었던 영혼이 편히 쉬기를."

금귀고리 해적이 밧줄 사다리에 몸을 의지한 채 베티 조끼에서 찢긴 젖은 천 조각을 선장한테 던졌다. 선장이 천 조각을 깔끔하게 받았다.

"한 놈이 저 아래에서 문제가 생겼나 보네."

로니아가 히죽거리며 말했다.

이 일로 언니가 얼마나 걱정할까 상상하니 베티는 애가 닳았다. 베티가 처음 잔해에 들어갔다가 나왔을 때 조끼가 이미 찢겨져 있었다는 것을 언니가 알까? 모를 것이었다. 모든 일이 너무 빨리 벌어졌으니까. 지금 플리스는 이번에도 베티가 무사히 물 밖으로 나왔는지 알고 싶어서 기절하기 직전일 것이 뻔했다.

로니아가 나룻배를 저어 여기까지 왔던 두 해적을 부르는 바람에 베티 생각이 흐트러졌다.

"반대편으로 가자."

베티 목구멍에서 숨이 턱 걸렸다. 로니아가 온다!

"선장님, 그쪽에는 아무것도 없습니다! 물 위로 올라온 쪽은 제가 다 샅샅이 뒤졌습니다."

스핏이 너무 급하게 나섰다.

꿰뚫어버릴 것 같은 로니아 눈빛에 스핏이 입을 다물었다.

"확실하게 해두고 싶군."

로니아가 민첩하게 나룻배로 뛰어내렸다.

선원들이 노를 들고 물을 가르기 시작하자 베티는 겁이 나서 속이 메슥거렸다. 방향을 바꾼 작은 배가 시야에서 사라졌다. 베티는 검은색 따뜻한 나무에 몸을 납작 붙이고 어떻게 해야 할지 머리를 굴렸다.

침착해야 해. 숨 쉬고. 로니아는 널 못 봐.

베티가 혼잣말했다. 베티는 철썩철썩 가까워지는 노질 소리를 들으며 꿈쩍도 하지 않았다.

소리가 그쳤다.

베티는 숨 쉴 엄두도 내지 못하고 물로 얼굴을 돌렸다. 곧장 로니아 머리통이 내려다보였다. 빨간색 리본이 바람결에 휘날리고 있었다.

왜 안 움직이지?

"저 위에 뭐가 있다. 무언가 물 밖으로 나왔어!"

해적 선장 목소리가 허공을 갈랐다.

베티가 몸을 떨며 아래를 내려다봤다. 아까 옷이랑 머리에서 물기를 최대한 짜냈지만 여전히 물에 젖은 상태였다. 게다가 몸을 숙이고 상황을 지켜보느라, 몸에서 빠져나간 물기가 나무가 파인 곳에 모였다가 기울어진 면을 타고 흘러내리기 시작했다는 것을 깨닫지 못했다.

베티가 물이 흐른 흔적을 눈으로 좇았다. 베티가 보이거나 말거나 해적이 저걸 따라오면 곧장 베티였다.

두려움이 베티를 사로잡았다. 이보다 더 어처구니없이 잡힐 수 있을까?

안 돼!

아직 끝나지 않았다. 해적이 얼마나 많은지 몰라도 일단 눈에 보이지도 않았고 해적한테 잡힌 것도 아니었다. 뼛조각이 주렁주렁 돛대에 걸렸고 플리스가 입맞춤한 숫자보다 많은 단검이 있을지라도, 해적에게는 위더신즈 자매가 가진 마법 한 줌 같은 능력은 없었다. 게다가 미약하게나 용기를 북돋아 주는 베티의 좌우명 같은 것도 없었다.

덤벼드는 자가 승리한다.

베티가 생각하는 순간 로니아가 처음으로 목소리를 높여 외쳤다.

"러스티 스커틀러! 파괴하고 지배한다!"

어라, 해적한테도 좌우명이 있긴 있구나.

베티는 얼어붙은 채 사방을 두리번거리며 숨을 곳을 찾았다. 들키지 않고 망대까지 올라갈 수 있을까? 심장이 쿵쿵 뛰었다. 똑바로 생각하기도 어려웠다. 후회가 밀려들었다. 로니아가 나룻배를 타고 반대편으로 가자고 했을 때라도 기회를 봐서 물속으로 들어가 헤엄쳐 잔해에서 멀리 갔어야 했다. 그랬으면 선헤엄이라도 치며 해적들이 돌아갈 때까지 안전한 거리에서 버텼을 것이었다. 하지만 이젠 너무 늦었다. 지금 베티가 물에 들어가면 물결이 이는 모습을 저들이 보고 무언가 있다는 사실을 알아챌 터였다.

그런데……. 아까 플리스가 했던 말이 문득 생각났다.

"해적들은 미신을 심각하게 받아들이지 않던가?"

설명할 길이 없는 무언가를 보여주면……. 저들을 뒤흔들 수 있을지도 몰랐다. 마법사의 나침반에는 훤한 대낮에도 사람을 오싹하게 하는 무언가가 있었다. 가볍게 유령 흉내만 내도 쉽게 속여 넘길 수 있을 테고 동생이 아직 잘 살아 있다는 것을 플리스한테 알릴 수 있었다.

느닷없이 쿵 하고 큰 소리가 났다. 베티가 손을 놓치면서 원래 있던 자리에서 나무를 타고 조금 미끄러졌다. 밑에서 갑판이 끼익거리는 소리에 베티도 곧 알아챘다. 로니아가 배에서 기울어진 쪽으로 뛰어오른 것이었다. 베티

224

는 이제 거의 마른 스핏의 윗도리를 눈여겨보며 한 가지 생각을 떠올렸다. 망설일 시간도 없이 베티가 윗도리를 잡아서 몸에 걸친 뒤, 울퉁불퉁한 갑판 위에서 균형을 잡고 조용히 일어났다.

머리카락에서 물이 뚝뚝 떨어지며 몸 위로 흘러내렸다. 베티가 선 자리에서는 물에 비친 그림자가 보이지 않았다. 스핏 윗도리도 베티와 함께 눈에 보이지 않을까? 몸에 걸친 다른 옷처럼 사라졌을까? 아니면 다른 사람 물건인 만큼 눈에 보일까? 베티는 이제 막 알아낼 참이었다.

베티를 처음 알아본 건 로니아가 아니었다. 해적 선장 어깨 위에 앉아 있던 하얀 고양이가 선체가 기울어진 쪽에서 나타났다. 고양이는 단호하게 베티 쪽으로 어슬렁어슬렁 다가왔다. 그러더니 우뚝 멈춰 서서 베티를 정면으로 쏘아보며 날카롭게 울었다.

"밴딧(*노상강도나 무장 강도라는 뜻)?"

고양이처럼 쉽게 균형을 잡는 로니아가 시야에 들어왔다.

"어이쿠!"

순간 로니아가 균형을 잃고 휘청거리며 뒤로 물러서서 베티 쪽을 바라봤다.

작전이 먹혔다. 로니아가 놀라서 눈이 휘둥그레지는 걸 보니, 스핏 윗도리가 보이는 게 틀림없었다. 베티 예상보다 훨씬 빨리 로니아가 칼집에서 커틀러스(*칼날이 휘고 넓적한 선상 무기)를 빼서 베티 쪽을 겨눴다. 베티는 어째야 할지 몰라 그저 가만히 서 있었다. 베티는 해적 선장만큼 안정적으로 서 있지 않았다. 자칫 비틀거리기라도 하면 유령 같은 환영이 무너질 것이었다. 그래서 베티는 그냥 기다렸다. 뚝뚝 떨어지는 물이 서서히 스핏 윗도리로 스며들었다.

해적 선장이 평정을 되찾았다. 몸을 비틀어서 방어 자세를 잡더니 뒤로 물러나기 시작했다. 베티는 마음이 놓였다.

"이 위에 뭐가 있다! 러스티의 안식이 방해받았다!"

로니아가 외쳤다.

선장이 떠나려나 봐.

놀란 베티가 생각했다.

하지만 밴딧은 순순히 포기하지 않았다. 하얀 고양이가 줄기차게 베티를 향해 다가오기 시작했다. 날카로운 숨소리가 나지막이 그르릉거리는 울음소리로 바뀌었다.

휘이가 깡총이를 느끼듯이 쟤는 알아. 내가 보이지 않아도 느끼는 거야. 냄새도 맡고.

베티가 생각했다.

로니아가 돌아서서 저 아래 나룻배에 타고 있는 선원들을 불렀다. 선장이 막 시야 밖으로 벗어나는 순간 고양이가 달려들었다. 고양이는 귀를 바짝 붙이고 이를 드러낸 채 곧장 베티를 향해 몸을 날렸다. 고양이가 베티 어깨에 올라타며 살 속으로 발톱을 콱 박아 넣었다. 베티는 참지 못하고 비명을 질렀다. 뼛속까지 얼려버리는 소리가 물을 가로질러 메아리쳤다. 베티가 크게 외칠수록 고양이는 더 매달렸다.

나룻배에서 외치는 소리가 나면서 부산스러운 움직임이 일었다. 로니아가 돌아오고 있었다. 베티는 팔다리를 휘저으며 고양이를 떨쳐내려고 애를 썼다. 보이지 않는 무언가에 매달려 있는 고양이를 곧 로니아가 볼 판이었다.

그러면 모든 것이 끝이었다.

문득 한 가지 생각이 났다.

고양이는 물을 싫어해.

베티가 젖은 머리카락을 잡아서 쥐어짰다. 바닷물이 튀자 고양이가 괴로운 듯 야옹거리며 베티한테서 떨어져 나갔다. 이에 용기를 얻은 베티가 개처럼 온몸을 털어서 차가운 물방울을 고양이한테 연속으로 날렸다. 고양이가 털을 곤두세우고 슬금슬금 멀어지는 순간 로니아가 돌아왔다.

선장이 고양이를 안아 올렸다.

"괜찮아, 괜찮아. 엄마 왔어."

선장이 고양이를 달랬다.

로니아가 베티 쪽을 바라보는가 싶더니 입을 딱 벌렸다. 눈길을 내려서 자기 모습을 살핀 베티도 두려움에 사로잡혔다. 헉 소리가 나오려는 것을 이를 악물고 참았다. 스핏의 흰색 윗도리가 피로 점점이 물들었다.

"후퇴!"

로니아가 목이 찢어지게 외쳤다. 로니아가 무언가를 베티 쪽으로 던지며 중얼거렸다.

"영원한 뱃사람이었던 영혼이 편히 쉬기를."

로니아는 뒤로 돌아 난파선 밑에서 기다리던 나룻배로 뛰어내렸다.

로니아가 던진 물건이 베티 가슴에 맞고 발치에 홈이 파인 나무로 떨어졌다. 로니아가 사라진 뒤 베티가 무릎을 꿇고 물건을 집어 올렸다.

은화였다. 햇빛을 받은 동전이 번쩍였다. 한 면에는 편자가, 반대편에는 토끼풀 무늬가 있었다. 새것처럼 반짝이는 동전이었지만 무게나 아름다운 모양을 보니 오래되고 값나가는 물건이었다.

예전에 아빠가, 죽은 사람을 위해 동전으로 저승까지 가는 안전한 길을 산다는 이야기를 한 적 있었다. 결국, 로니아가 속아 넘어갔다는 의미였다. 선장이 놀랐다면 다른 선원들도 공포에 몰아넣을 수 있겠다는 확신이 들었다. 베티는 동전을 주머니에 넣고 여행 가방호와 러스티 스커틀러호가 내려다보이는 쪽으로 갔다. 로니아는 러스티 스커틀러호로 접근하면서 두려운 눈길로 난파선 잔해를 힐끔힐끔 돌아보고 있었다.

울부짖는 소리가 울려 퍼졌다. 해적들이 하나둘 돌아서서 마법사의 나침반 위에 둥둥 떠 있는 베티를 아니, 물이 뚝뚝 떨어지는 스핏의 윗도리를 쳐다봤다. 몇몇이 겁에 질려 무언가를 중얼거리거나 성호를 그으며 뒷걸음질쳤다. 한편, 더 많은 해적이 여행 가방호에 올라서 수색을 시작했다. 묵직한 쇳소리를 내며 닻이 끌어올려지고, 금붙이로 치장한 근육질 선원들 무게에 갑판이 휘어지며 끼익끼익 소리 내어 울었다. 스핏이 두려움에 휩싸인 표정으로 군데군데 피로 얼룩진 윗도리를 올려다봤다. 하지만 베티가 찾는 사람은 플리스였다. 하얗게 일그러진 얼굴로 은신처에서 몰래 밖을 엿보던 플리스 표정이 더 구겨졌다. 이젠 베티가 살아 있다는 걸 알아서 마음이 놓인 것이었다.

베티는 언니한테 마지막으로 소리쳐 말하고 싶었다. 힘내라는 격려의 말이나 아니면 작별 인사라도……. 물론 안 될 일이었다. 그저 언니를 향해 두 팔을 들어 올리는 것이 전부였다. 플리스 두 눈에 눈물이 가득 고였다.

해적들은 유령이 위협한다고 여겼는지 허둥지둥 달아나기 시작했다. 베티는 닻을 올린 로니아의 배가 여행 가방호를 뒤에 매달고 멀어지는 광경을 속절없이 지켜봤다.

베티는 플리스가 끌려가리라 예상했다. 그래도 목이 메고 눈 뒤가 타는 듯 고통에 휩싸이는 것을 어쩌지 못했다. 이젠 울어도 상관없었다. 어차피 베티를 볼 사람은 아무도 없었다. 베티는 앞으로 뻗었던 두 팔을 내리고 눈물을 줄줄 흘렸다.

왜, 도대체 왜 위더신즈 자매한테는 모든 일이 늘 이렇게까지 잘못되어야 할까. 베티는 그저 곤경에 처한 누군가를 도우려던 것뿐이었다. 그런데 돕기는커녕 상황이 열 배는 나빠졌다. 베티는 아빠 목숨이 경각에 달린 윌로를 돕는 일에 실패했고, 이제는 언니랑 동생마저 다 잡혀갔다. 베티 계획은 허술했고 위험할 만큼 허점투성이였다. 이건 아빠가 침대 머리맡에서 들려주는 동화가 아니었다. 플리스와 윌로가 사람을 죽이는 진짜 해적 손에 들어갔다. 사람 뼈를 트로피처럼 장식하는 그런 놈들이었다.

베티가 주머니 안으로 손을 넣어 인형을 만졌다. 이제 베티한테 남은 것은 인형뿐이었다. 마법 한 줌만이 유일한 희망이었다. 문득 마법의 지도까지 잃어버렸다는 깨달음에 베티는 속이 울렁거렸다. 마법의 지도는 키잡이칸에 있는데……. 도깨비불도! 로니아가 지도와 도깨비불을 발견하면 무슨 일이 벌어질까.

첨벙! 물 튀는 소리에 슬픔에 빠졌던 베티가 정신을 차렸다. 위더신즈 가족 배에서 누군가 바다에 빠졌다. 베티는 당황해서 몸을 앞으로 숙이고 물결이 이는 바다를 살폈다. 스핏이 물 위로 불쑥 올라왔다. 어쩐지 화가 잔뜩 나 보였다.

"무슨 짓이에요?"

스핏이 여행 가방호 뒤쪽에서 몸을 앞으로 내밀고 있는 사람을 향해 소리 쳤다. 얼굴이 교활해 보이는 해적이었다.

"왜 밀었냐고요!"

해적이 킬킬 웃었다.

"누군가는 우리 약탈품을 지켜야지."

스핏이 주먹을 휘둘렀다.

"내가 지난밤 내내 있었잖아요!"

해적이 소리 내어 웃으며 작은 꾸러미 하나를 물속으로 던졌다. 꾸러미는 스핏에게서 멀지 않은 곳에 떨어졌지만 바로 가라앉기 시작했다. 스핏이 이를 갈며 꾸러미를 뒤따라 물속으로 내려가 간신히 붙잡았다. 배는 이미 저 멀리까지 가버렸다. 스핏은 그저 꾸러미를 꽉 움켜쥐고 온갖 지저분한 욕이란 욕은 다 외쳐대면서 자기를 남겨두고 멀어지는 동료들을 바라보는 수밖에 없었다.

스핏이 헤엄쳐서 난파선으로 돌아왔다. 침과 욕을 동시에 뱉어대면서 물 밖으로 몸을 끌어올려 망대에서 멀지 않은 거리에 베티가 몸을 떨며 앉아 있는 곳으로 올라오기 시작했다. 스핏이 베티 쪽을 쏘아보면서 배 밖으로 침을 뱉었다.

"내 윗도리 꼴 좀 봐. 못 입게 됐잖아! 재수 없어. 너 진짜 재수 없다고!"

스핏이 분을 삭이지 못하고 씩씩댔다.

"내가 교대할 차례였어. 다른 선원이 망보는 일을 맡고 난 배로 돌아갈 차례였다고. 그런데 너를 보자마자 다들 불안해져서 허둥지둥 달아나 버렸잖아."

스핏이 코를 킁킁대면서 이글거리는 눈으로 망대를 노려봤다.

"저기 있는 거 진짜 싫어. 지긋지긋해! 벌 줄 때 저기로 보내버리는 것도 당연하지. 뱃멀미가 정말 심하다고."

불현듯 베티는 더는 혼자가 아니라는 사실이 반가웠다. 절대 스핏 앞에서 인정할 일은 없겠지만.

"뭐, 근데 지금 넌 여기 있네. 나처럼. 결국 우린 꼼짝없이 둘이 남았어."

베티 목소리는 담담했다. 뺨에 말라붙은 눈물을 드러내지 않았다.

스핏이 팔짱을 꼈다. 턱 근육이 움찔움찔했다.

"아무래도 그런 것 같네."

이제는 스핏도 차분해졌다.

"절대 나를 친구라고 착각하지 마. 너를 선장님한테 넘기지 않은 이유는 딱 하나, 네가 협박해서였어. 난 절대 잊지 않는다. 그리고 네 언니가 돌아오든 말든 아침에는 사라져 줘."

베티가 침을 꿀꺽 삼켰다. 부디 스핏은 못 들었기를 바랐다. 다시 한번 눈꺼풀을 비집고 눈물이 흘렀다. 스핏이 화를 내며 젖은 머리를 터는 사이, 베티는 조용히 눈물을 흘리며 울었다. 심장이 한 번 뛸 때마다 투명해진 플리스와 윌로를 태운 여행 가방호가 물을 가로지르며 멀어졌다. 베티는 줄곧 머릿속에서 이렇게 말하는 할머니 목소리가 들리는 것만 같았다.

"베티 위더신즈! 이번에는 도대체 무슨 일을 벌인 거냐?"

## 17장. 스핏 이야기

베티는 시간이 얼마나 흘렀는지도 몰랐다. 로니아 배를 따라가는 작은 초록색 배가 엄지손톱만큼 작게 보일 때까지 그저 지켜보기만 했다. 해적선은 처음 등장했던 일련의 바위 뒤로 사라졌다.

우리 배를 저기에 두려나? 플리스와 윌로가 로니아의 노략질에 휘말리지는 않을까?

베티는 걱정하면서 난파선 위에 털썩 주저앉아 무릎을 가슴에 붙이고 두 팔로 감싸 안았다. 몸 구석구석이 아팠다. 하도 오래 서 있어서 다리는 뻣뻣하고, 수영하느라 팔도 아팠다. 배는 고프고 머리는 지끈거렸다. 그리고 심장…….

베티는 화도 났다. 고양이한테 할퀴어서 십자가 모양으로 상처가 났다. 베티가 꿈틀거리며 피로 물든 윗도리를 벗었다.

스핏이 홱 윗도리를 낚아챘다. 아까보다 더 심하게 노려봤다.

"이걸로 뭘 어쩌라고?"

스핏이 기분 나쁜 표정으로 옷을 쥐어짰다.

"그냥 입으면 되잖아. 어차피 여기에서 널 볼 사람은 나밖에 없는데 뭐. 그나마 따뜻할⋯⋯. 다 마르면."

베티가 덤덤하게 말하다가 말끝을 슬쩍 흐렸다.

"아무렴. 말랐다는 게 어떤 느낌인지 다 잊어버린 것 같네."

스핏이 생각에 잠긴 듯 가늘게 뜬 눈으로 햇빛 아래 다시 펼쳐 놓은 옷을 살폈다.

"표지판 옆에 걸면 괜찮겠네. 핏자국은 사람들을 쫓는 데 효과가 있으니까."

"으응⋯⋯."

베티는 핏자국이 생긴 윗도리에 로니아가 어떻게 반응했는지 떠올리고 맞장구치면서 밴딧이 할퀸 상처를 살살 찔러봤다.

"밴딧을 보기 전까지 난 우리 집 고양이가 사나운 줄 알았어."

수다 떨 생각이 조금도 없던 스핏은 베티 말을 못 들은 척했다. 베티와 거리를 두고 떨어져서 배 가장자리에 걸터앉아 다리를 아래로 내리고 그네처럼 흔들어댔다. 스핏이 아까 물에서 건진 꾸러미를 꺼내 들고 겉을 싼 밀랍 종이를 풀어서 버렸다. 안에는 황금색 둥근 빵 한 덩이와 사과 두 알, 치즈 한 조각이 들었다. 베티는 배 속이 요란하게 꾸르륵거렸지만 고개를 돌렸다. 스핏이 나눠주리라 기대도 안 했고 구걸할 생각도 없었다. 하지만 스핏이 아삭아삭 사과를 씹어 먹는 소리는 고문이나 다름없었다.

"있잖아, 내가 너를 볼 수 있으면 우리 둘한테 다 좋을 것 같은데 말이야."

베티가 돌아보니 놀랍게도 스핏이 한쪽 팔을 뻗어서 (엉뚱한 방향이기는 했다) 남은 사과 하나를 건네고 있었다.

"아."

베티가 탄식했다. 인형이 조금 다른 방식으로 마법을 부리면 좋았겠다고 생각했다. 작은 인형들이 든 바깥쪽 인형에 손을 대면 베티 모습만 드러나는 게 아니라 윌로와 플리스까지 눈에 보일 터였다.

"그렇게 못 해. 내 말은……. 다른 사람들 모습까지 다 드러나거든."

게다가 스핏이 베티를 속이려는 것일지도 몰랐다. 여기 남겨지는 데 베티가 한몫했으니, 그에 대한 앙갚음으로 베티를 배 밖으로 밀어버리려나? 사과가 햇빛 속에서 장밋빛으로 반짝였다. 베티가 조심스럽게 사과를 받아서 이를 깊숙이 박아 넣었다.

"그거 진짜 으스스하다. 어우, 싫다. 정말 싫어."

스핏이 몸을 부르르 떨면서 중얼거렸다.

"좋아할 필요 없어."

베티가 사과를 우적우적 씹으며 턱 아래로 흘러내리는 즙을 닦아냈다.

"근데 이건 나 왜 줬어? 방금 우린 친구 아니라고 했잖아."

"친구 아니야."

스핏이 얼굴을 찌푸리며 뒷주머니에서 칼을 꺼냈다.

베티가 칼을 보고 굳어버렸다. 일순 사과를 씹는 것도 잊었다. 하지만 스핏은 그저 치즈를 조금 잘라서 베티한테 내밀었다. 베티는 치즈를 받아들자마자 거의 다 먹어 치웠다.

"난 네가 빨리 가버렸으면 좋겠어. 내 주변에서 말이야. 나랑 같이 있다가 쓰러지거나, 더 나쁘게 말해서 죽어 버리면 지금보다 더 성가셔질 테니까."

스핏이 목소리를 낮춰서 웅얼거렸다.

"그리고, 플리스가 돌아와서 내가 널 굶겨 죽였다고 생각하는 것도 싫어.

그러니까 보다시피 내가 널 살피는 이유는 어디까지나 이기적인 거야."

"아무렴요."

베티는 눈알을 굴리면서 사과를 다 먹어 치우고는, 치즈도 마저 먹기 시작했다. 하지만 깡총이를 다시 만나리라는 믿음에 치즈는 조금 남겼다. 스핏이 빵을 뜯어줘서 베티는 빵도 우걱우걱 먹었다.

"마실 거 줘?"

스핏이 간결하게 물었다.

"뭐 좀 있어?"

베티가 간절하게 물었다. 소금물이 아닌 마실 거라는 말을 들었을 뿐인데 바짝 마른 목구멍이 더 타들어 가는 기분이었다.

스핏이 몸을 뒤로 젖히더니 배 옆면 목판 하나를 팔꿈치로 쑥 밀었다. 판자가 시소처럼 들리면서 아래에 있는 비밀 공간이 드러났다. 스핏이 팔을 넣어서 보석이 박힌 병을 꺼냈다.

"자."

반짝이는 붉은 보석에 넋을 빼앗긴 베티가 감탄하며 병을 받았다. 매우 오래되어 보이는 보석은 모르긴 몰라도 밀렵꾼의 주머니보다도 훨씬 비쌀 것이었다.

"까마귀 맙소사. 이거 진짜 불의 돌이야?"

난파선 안에서 봤던 금은보화가 베티 눈앞에서 어른거렸다. 스핏조차 이토록 값비싼 물건을 아무렇지도 않게 사용하다니, 러스티 스커틀러호에는 도대체 얼마나 막대한 보물이 있는 거야?

스핏이 고개를 끄덕였다.

"응. 그러니까 떨어뜨리지 마."

베티는 병에서 코르크 마개를 뽑고 미심쩍게 안을 킁킁거린 뒤 드디어 벌컥벌컥 들이켰다. 신선하고 차가운 샘물이었다. 베티가 입을 닦으며 스핏에게 병을 돌려줬다.

"자, 이젠 네가 언제쯤 여기에서 떠날 거라고 기대하면 되지?"

스핏이 이에 낀 치즈 찌꺼기를 칼날로 파내며 물었다.

사과 조각이 베티 목구멍에 걸렸다.

"곧. 내 동생…… 여동생이 여기로 끌려올 거야."

베티가 치밀어 오르는 울음을 간신히 삼키고 말했다.

그런데, 찰리가 오기는 올까?

베티는 파도처럼 밀려드는 공포와 싸워서 가라앉혔다. 지금쯤은 찰리가 왔어야 하지 않나? 할머니가 잘못 들었거나 도중에 사고가 생겼으면 어쩌지? 만에 하나 우리가 마주쳤던 도깨비불 무리가 찰리를 잡아갔으면?

그만!

베티는 화가 났다. 그런 생각은 도움이 안 되었다. 하지만 시간이 흐를수록 찰리가 이곳으로 오리라고 믿기가 점점 어려워졌다. 이 모든 난리를 윌로 탓으로 돌리고 싶은 못된 생각이 마음 한구석에서 슬며시 일었다. 하지만 한편에서는 이 모두가 작은 여자아이의 잘못이 아니라는 사실도 잘 알았다. 불운이 여자아이를 위더신스 가족 집에 데려다 놓았을지 몰라도 결국 아이를 안으로 들인 건 베티였다.

지독한 수치심이 베티를 덮쳤다. 이건 부당해! 이번에는 베티가 모험을 찾아 나선 것도 아니었다. 그저 옳은 일을 하려던 것뿐인데 또 엉뚱한 사건에

236

휘말려서 모든 것이 엉망진창이 되었다.

스핏이 한숨을 쉬었다. 화난 기색이 조금 옅어졌다.

"설령 동생이 여기 나타난다 해도 어떻게 도망치려고? 이런 말 해서 미안하지만, 네가 타고 온 배는 감시가 심할 거야. 플리스가 용케 배를 다시 훔친다 해도 로니아가 곧장 뒤쫓을 거라고. 로니아는 쉽게 포기하는 법이 없거든."

"나도 그렇거든?"

베티는 용맹하게 보이고 싶었지만 짜증스러울 만큼 약하게 들렸다.

스핏이 머뭇거렸다.

"내 말을 못 알아듣네. 로니아가 처음부터 해적으로 태어나지는 않았어. 로니아 아빠도 마찬가지고. 로니아 아빠는 부인과 로니아를 배에 태우고 곳곳을 다니며 포도주를 팔던 상인이었어. 그러던 어느 밤, 해적선이 로니아 아빠 배를 습격한 거야. 로니아 엄마는 그 자리에서 죽임을 당했고. 로니아 아빠가 맞붙어서 싸웠지만 해적 숫자가 너무 많았지. 로니아 아빠는 제압당했는데, 뭐……. 너도 로니아 아빠한테 무슨 일이 벌어졌는지 봤잖아."

베티는 이야기를 듣다가 충격에 휩싸였다. 남자의 뭉툭한 두 다리가 떠올랐다. 선박 사고를 당했거나 상어라도 마주쳤나 생각했지, 그런 끔찍한 사건의 결과일 거라고 상상도 못 했다.

"그 일이 벌어졌을 때 로니아는 아직 아이였어. 하도 어려서 해적들은 로니아를 위협거리로 생각도 안 했지. 부엌에서 허드렛일이나 시키자고 한 거야. 그런데 로니아는 해적들한테 필요한 기술이 자기에게 있다는 걸 조금씩 증명해 보이기 시작했어. 그러자 해적들이 로니아를 믿기 시작했지. 하지만

237

로니아의 진짜 목표는 배우고 익히는 것이었어. 복수를 계획하면서 때를 보고 기다렸지. 로니아가 자랄수록 해적 규모도 커졌어. 로니아는 새로 들어온 선원을 자기편으로 끌어들였어. 로니아처럼 억지로 해적에 들어온 사람들 말이야. 한 사람, 두 사람, 설득하고 신뢰를 쌓아서 자기 사람으로 만들었어. 마침내 자기편 사람들이 충분히 많아지자 로니아가 배를 접수했지.”

“어떻게?”

베티는 참혹한 이야기에 소름이 끼쳤지만 듣기를 멈출 수 없었다.

“독을 썼어. 독에서 살아남은 사람은 로니아가 겨누는 날카로운 커틀러스를 마주해야 했고.”

스핏 눈빛이 흔들렸다.

“자, 이제는 네가 누구를 상대하는지 알겠어? 로니아는 머리도 좋고 교활하지만 무엇보다 참을 줄 알아서 위험해.”

스핏이 고개를 저었다.

“여기 와서 기웃거리다니, 넌 크게 실수한 거야. 우리는 사람들이 이곳에 함부로 발을 들이거나 난파선에서 물건을 훔치게 놔두지 않아. 그런 일이 있을 때마다 로니아는 어떻게 해야 하는지 잘 보여줬어. 러스티가 선례를 남기기도 했지만.”

“그게 무슨 말이야?”

베티가 물었다. 아빠가 해준 무시무시한 저주 이야기가 진짜였나?

“저기 보여?”

스핏이 파도 아래 잠긴 난파선 저쪽 끝을 가리켰다.

“저긴 정말 위험한 구역이야. 난파선에서 러스티 스윈들즈가 차지하는 영역이거든. 우린 존경하는 뜻에서 저곳을 러스티 영역으로 남겨두었어. 저 안에 뭐가 있든 그건 다 러스티 소유라는 소리지. 러스티 스커틀러호도 저기만큼은 건드리지 않아. 누구라도 저기를 건드렸다가는……."

스핏이 손가락을 하나 펴서 목 긋는 시늉을 했다.

"하지만 우리는 아무것도 훔치지 않았어. 러스티 스윈들러 보물이건 너희들 보물이건 관심도 없었다고. 여기까지 온 건 어디까지나 동생 때문이었어!"

베티가 이를 악물고 말했다.

"동생이 납치됐다고 했던가? 무슨 일이 있었던 거야?"

베티가 입술을 오므렸다.

"무슨 상관이야? 아까 직접 말했잖아. 우린 여기 친구로 있는 게 아니야."

"아니지. 그런데 동무라고는 갈매기밖에 없는 여기에 있으면 꽤 심심하거든. 뭐라도 대화라는 걸 하면 시간이 그만큼 잘 가겠지."

스핏이 기다란 다리를 베티 옆으로 쭉 펴면서 말했다.

"좋아."

베티가 웅얼거리면서 젖은 옷을 바로 폈다. 팔꿈치를 대고 뒤로 길게 기대며 열심히 머리를 굴렸다. 어떻게 해야 윌로 능력을 드러내지 않으면서도 사실에 가깝게 말할까. 윌로 아빠도 나쁜 사람들이 윌로 능력을 알아내면 위험해진다고 윌로한테 경고했다. 베티 생각에 해적은 두말할 필요 없이 나쁜 사람들이었다.

"찰리를 데려간 사람들은 진짜 간수가 아니야. 우리도 누구인지 몰라. 찰리를 다른 아이로 착각하고 잡아갔다는 것 말고는 별로 아는 게 없어. 그 사람들이 진짜 잡으려고 했던 아이는 월로였고, 이 난파선에서 무언가 찾기를 원하고 있어. 그런데 그 물건을 건져 올리는 데 월로가 도움이 된다고 생각하나 봐."

"그 사람들이 뭘 찾는데?"

스핏은 이렇게 물었지만 베티는 스핏 목소리에서 다른 질문을 들었다.

난파선에서 물건을 찾는데 왜 아이가 필요하지?

베티는 당황했다. 스핏한테 안 보여서 다행이었다. 해적치고 스핏 눈동자는 상당히 정직한 편이라, 그 눈을 곧장 들여다보면서 거짓말하기가 쉽지 않았다. 베티는 자기가 무언가를 숨기고 있다는 걸 스핏이 안다고 확신했다. 결국 베티가 털어놨다.

"그 사람들이 러스티 스윈들이라는 말을 입에 올렸어. 십중팔구 러스티의 보물을 노리는 것이겠지. 아니면 실제 마법사의 나침반 물건 자체를 원할지도 모르고. 여하튼 우리가 먼저 찾으면 그거랑 찰리를 맞바꿀 수 있겠다고 생각했어."

"그냥 월로를 넘겨주는 게 아니라?"

"그래."

베티가 스핏을 노려봤다.

스핏이 천천히 고개를 끄덕였다.

"근데 어쩌다가 월로 대신 네 동생을 데리고 갔지?"

"다 뒤죽박죽 꼬여 버렸어. 어느 정도는 내 잘못이기도 해."

베티는 전날 밤 일을 생각하며 눈을 질끈 감았다. 베티가 어째 볼 새도 없이 입에서 모든 이야기가 줄줄줄 흘러나왔다. 고통의 섬에서 누군가 탈출했음을 알리는 종소리가 울렸고 찰리가 뒷마당에서 윌로를 발견했다. 베티가 윌로를 집 안으로 들였는데 간수인 줄 알았던 사기꾼들이 찰리를 잡아갔다. 베티는 도깨비불과 윌로의 신비한 지도 얘기만 하지 않았다. 지금쯤 지도는 해적 손에 들어갔을 것이었다. 생각만 해도 베티는 속이 쓰렸다.

"후아……."

베티가 이야기를 마치자 스핏이 손가락으로 금발을 빗어 넘기며 길게 숨을 내쉬었다.

"너희 자매는 진짜 운이 지지리도 없구나."

"맞아. 불운이 우리 가문 유산인가 봐."

베티도 동의했다.

스핏이 저 멀리 앞을 내다봤다. 바람이 높게 불자 파도에 하얗게 거품이 일었다.

"사람은 누구나 불운을 맞닥뜨려야 할 때가 있어."

스핏 얼굴 위로 그림자가 드리웠다.

"불운이 닥쳤을 때 어떻게 대처하는가, 중요한 건 그거야."

스핏이 진지한 표정으로 말을 멈췄다.

"너도 나름대로 불운을 겪은 것 같네."

베티가 말했다. 지금 베티는 바보짓을 한 기분이었다. 낯선 사람, 그것도 해적한테 그 모든 일을 다 얘기하다니. 무거운 짐 같았던 얘기를 털어놨더니 희한할 만큼 상쾌했지만, 그래도 이제 베티는 자기 가족 말고 뭔가 다른 얘기를 하고 싶었다.

"그런데 넌 어쩌다가 로니아 해적선에 들어왔어?"

241

스핏 얼굴에 어렸던 표정이 순식간에 사라졌다. 스핏이 인상을 쓰며 배 밖으로 침을 뱉었다.

"그게 무슨 상관이야."

베티는 스핏을 찬찬히 뜯어봤다. 호기심이 일었다. 베티는 가족이 운영하는 술집에서 오래 지낸 터라 괜찮은 이야깃감을 냄새 맡을 줄 알았다.

"나도 내 얘기 했으니까 너도 무슨 일이 있었는지 들려줘. 네 말처럼 당분간 우린 여기 둘밖에 없으니까."

"좋아. 해적들이 날 발견했다. 됐냐?"

스핏이 베티를 노려봤다.

"발견했다고? 어디서?"

"난 표류하고 있었어."

스핏이 괴로운지 호박색 눈동자가 어두워졌다. 칼을 손에 들고 날을 앞뒤로 뒤집었다.

"배 한 척이 폭풍을 만나 가라앉았어. 근처를 지나던 로니아 부녀가 물 위로 흩어진 잔해를 살펴봤어. 주로 옷가지랑 가구 몇 점뿐, 값나가는 건 별로 없었지. 로니아 부녀는 더 나은 삶을 찾아 바다를 건너던 이민선이 가라앉았을 거라고 짐작했어. 소지품들은 잔뜩 보였지만 생존자는 없었고. 그러다가 나를 찾은 거야."

스핏이 손을 내려다보며 코를 훌쩍였다.

"바다 위를 떠다니던 무슨 통 안에 물에 빠져 반쯤 죽은 내가 들어 있었대. 어떻게 보면 살아있던 게 기적이었지. 해적들 말로는 내가 바닷물을 하도 많이 들이켜서 입에서 소금 맛을 지우겠다며 침을 그렇게 뱉고, 뱉고 또 뱉어

댔대.”

이야기를 하다가 소금 맛이 기억났는지 스핏이 다시 침을 뱉었다.

“그러다가 그게 버릇이 됐어.”

“아.”

베티는 어쩐지 마음 한구석이 아렸다. 지금까지는 이 낯선 해석 소년이 몹시 상스럽다고만 여겼는데, 기이한 버릇 뒤에 숨은 비극적인 이야기를 듣고 나자 마음 한구석이 녹았다.

“그, 그럼 부모님은?”

“끝까지 못 찾았어.”

스핏이 눈을 내리깔았다.

“처음부터 나랑 같이 배를 타고 여행하던 그분들이 내 부모님이 맞는다면. 어쨌건 그분들이 누구였는지, 진짜 나는 누구인지 앞으로도 알아낼 길은 없어.”

스핏이 어깨를 으쓱했다.

“난 그냥 스핏이야. 러스티 스커틀러호의 일원이고. 저들이 날 받아줬으니 나도 저들 중 하나야.”

“그게……. 언제 일어난 일이야?”

베티가 충격을 받고 물었다.

“십이 년 전. 난 한 세 살쯤 되어 보였대. 하지만 내가 몇 살인지 확실히는 몰라.”

스핏이 코를 문지르고는 병에서 물을 한 모금 마셨다.

“난 생일도 언제인지 몰라. 생일 얘기가 나오면 로니아는 그냥 나를 발견

243

한 날이 내 생일이라고만 해. 내가 스핏이 된 날이지. 로니아 말대로라면 이게 전부야."

스핏 얼굴이 어두워졌다.

스핏 목소리에 깃든 무언가에 베티 목덜미 털이 곤두섰다.

"그럼 다른 얘기를 해준 사람은 또 없었어?"

베티가 물었다.

스핏이 망설이며 대답했다.

"내용이 좀 다른 얘기가 있기는 했어. 러스티 스커틀러호가 내가 탔던 이민선을 우연히 마주친 게 아니라대. 러스티호가 이민선을 습격했다는 거야, 배에 탔던 사람을 전부 죽였는데 나만 안 죽었다고 했어. 왜냐하면……."

스핏이 목소리를 낮췄다.

"넌 하도 어려서 위협 거리가 아니었으니까."

베티가 대신 말을 맺었다. 무서웠다. 단순히 로니아한테 벌어졌던 이야기와 비슷하기 때문만은 아니었다.

"하지만, 로니아가 자기도 같은 일을 겪었으면서 다른 아이한테 똑같은 짓을 진짜 했을까?"

"내 말이."

스핏이 간신히 공허하게 웃었다.

"어쨌건 그 이야기도 딱 한 번 들었어. 다들 럼주에 잔뜩 취해서 도박도 하고 노질도 하다가 줄줄이로 튀어나왔지. 로니아는 전부 다 거짓말이라고 했어. 다시는 그런 말이 나오지 않도록 뒤처리를 확실히 했고."

베티는 무릎이 덜덜 떨렸다. 다리가 떨리지 않게 하려고 다리를 꼬았다.

"하지만……. 그게 거짓말이 아니었으면? 사실은 로니아가 널 구한 게 아니라면? 그래도 계속 로니아한테 충성할 거야?"

스핏은 오래도록 아무 말이 없었다. 표정을 읽어내기가 힘들었다. 마침내 스핏이 입을 열었다.

"거짓말이었어. 로니아가 나를 구했다고 믿어야 해. 믿지 않으면 달리 나를 위한 곳이 없으니까. 내가 러스티 스커틀러 선원이 아니면, 난 누구지?"

두 사람은 침묵에 잠긴 채 파도가 이는 바다와 물고기를 향해 날아드는 갈매기를 바라봤다. 바다는 정말 다양한 운으로 가득하구나. 베티는 스핏이 해준 슬픈 이야기를 곱씹으며 생각했다. 때로는 아름답고 때로는 잔인한 바다였다.

얼마 뒤, 스핏이 비밀 공간으로 다시 손을 넣어 회중시계 시간을 확인했다. 그러더니 돛대를 따라 껑충껑충 뛰어가 다 구겨진 돛을 물에서 올렸다. 이쪽은 모든 것이 이상 없다고 러스티 스커틀러호한테 보내는 신호였다.

스핏이 돌아오다가 베티한테 걸려서 넘어질 뻔했다. 급변하는 조수처럼 분위기가 전혀 달라져 있었다. 슬픈 기색이 완전히 사라졌고 다분히 도전적이었다. 베티 눈에는 스핏이 돛을 올리면서 방어력도 다시 끌어올린 것 같았다.

"그 사람들 말이야, 절대 마법사의 나침반을 손에 넣지 못해."

스핏이 다시 베티 옆에 앉으면서 중얼거렸다.

"네 동생 데려갔다는 사람들. 지금까지 누구 하나 마법사의 나침반은 둘째치고 러스티의 약탈품에 손가락 하나 못 댔어. 누구든지 겁도 없이 잔해에서 러스티 영역으로 들어가면 아주 기이한 일이 생기거든. 나쁜 일. 거기 들

245

어간 사람들은 다 제정신을 잃어. 아니면 머리카락이 통째로 백발이 돼서 나와. 그것도 일단 나오고 볼 일이지만. 러스티 스커틀러호 선원들도 그런 짓은 안 해."

"그럼 진짜 있기는 있다는 뜻이네? 마법사의 나침반이라는 게?"

베티가 물었다. 이 와중에도 모험 이야기가 나오자 베티는 마음 한구석으로 그 얘기가 사실이기를 바랐다.

"있는 게 분명해. 그렇지 않고서야 러스티호가 왜 온종일 저렇게 지키고 있겠어? 그런데 또 생각해 보면, 그걸 단언할 사람이 있을까? 누가 뭘 봤어야지. 그냥 옛날부터 전해 온 또 다른 이야기일지도 몰라. 과분한 물건을 탐내는 사람들한테 무슨 일이 일어나는지 보여주려는 경고 같은 거."

"또 다른 이야기라……."

베티가 스핏 말을 따라 하다가 신비한 섬과 삼 형제 이야기가 다시 기억나서 침묵에 잠겼다. 그 이야기를 어떻게 사울이라는 사람과 윌로 아빠한테 벌어진 일에 적용할 수 있을까?

"스핏, 혹시 외눈 마녀와 비밀의 보물섬에 관한 전설 들어봤어?"

베티가 승부를 걸었다.

"그걸 말이라고. 그 얘기를 안 들어봤으면 해적도 아니게?"

스핏이 코웃음 쳤다.

"그렇겠지? 근데 그게 사실일까?"

베티는 스핏이 대번에 무시할 거라고 반쯤 예상하면서도 스핏을 힐끔거렸다.

"결국 그 질문이 나오네."

스핏이 중얼거리면서 짙은 눈썹을 잔뜩 찡그리고 먼 바다를 가만히 내다봤다.

"내가 저기에서 쪼아대는 갈매기들과 파도에 부서지는 햇살이 보이는 지금 답을 하면 말이지, 러스티의 보물 따위는 사실일 리 없다고 장담할 거야. 하지만 나 홀로 여기 나와 있는 밤에 똑같은 질문을 하면, 잔헤에서 끼익끼익 소리가 나고 달빛이 기괴한 그림자를 드리우는 그런 밤, 게다가 물 위로 도깨비불이 떠다니는 밤이라면⋯⋯."

말을 멈춘 스핏은 생각이 많아 보였다.

"그러면 아마 사실일지도 모른다고 대답할 거야."

## 까마귀바위섬 연대기
# 노파와 큰까마귀, 그리고 미로 : 2부

재산의 아버지와 두 남동생이 사방팔방으로 재산의 소식을 물었지만 그 어떤 답도 듣지 못했다. 재산이 미로에서 부를 훔쳐 혼자 차지했다고 믿는 사람들이 많았다. 해적이나 사기꾼한테 당했다고, 도박으로 다 날렸다고 말하는 이들도 있었다. 운과 희망이 맏형을 찾아오겠노라 맹세했다. 하지만 아버지가 허락하지 않았다.

가슴이 무너져 내린 가족은 두 번 다시 재산을 보지 못하리라 체념했다. 그런데 재산이 집을 나선 지 일 년 되는 날, 재산이 타고 떠났던 작은 배가 돌아왔다. 배 안에는 커다란 검은색 깃털 하나뿐 텅 비었다. 운과 희망은 아버지에게 형제를 찾으러 가게 허락해달라고 간청했지만 늙은 남자는 여전히 허락하지 않았다.

하지만 운은 단념할 생각이 없었다. 어느 날 밤, 운이 재산을 찾아 몰래 떠났다. 작은 배를 타고 습지로 노파를 찾아갔다. 험준한 바위에 닿은 운이 마녀 어깨에 앉은 큰까마귀를 발견하고 크게 분노했다.

"내 형제는 어디 있나! 내 형제에게 무슨 짓을 했는가!"

운이 검은색 깃털을 내던지며 물었다.

노파는 보기 흉한 손을 내밀어 해그스톤을 건넬 뿐 아무 말이 없었다.

"구멍으로 봐라, 구멍으로."

큰까마귀가 찢어지는 소리로 말했다.

운은 노파 손에서 해그스톤을 낚아채서 가운데를 들여다보고 즉시 섬을 알아봤다. 매우 놀란 운이 탐욕스러운 눈빛으로 가마솥을 힐끔거렸다. 까마귀가 다시 한번 말했다.

"하나 골라라. 하나만 선택해라."

노파는 어리석은 젊은이가 가마솥 안을 뒤지는 모습을 지켜봤다. 운도 맏형 재산처럼 섬 안에 더 큰 부가 쌓여 있으리라 믿고 단검과 망토를 선택하지 않았다.

"나 자신이 운이니 행운 따위는 필요 없다!"

운은 이렇게 선언하면서 토끼 발도 무시했다.

운은 황금색 껍데기에 끌려 달걀을 선택하려다가, 들고 다니기 어렵다는 생각에 달걀도 포기했다. 실뭉치에는 눈길조차 주지 않았다. 그때쯤엔 신발이 눈에 띈 터였다.

이 얼마나 근사한 신발인가! 게다가 치수도 운에게 딱 맞았다. 운이 신발을 내려다봤다. 운의 소유가 다 그러하듯 재산이 먼저 쓰고 물려준 물건이었다. 끈이 해지고 발가락 부분도 닳았다. 그 긴 세월 동안 운은 자신만의 신발을 간절히 바랐다.

"아주 긴 여정을 떠나는데 내 낡은 신발은 버텨내지 못할 것이다."

운은 이렇게 합리화하면서 낡은 신발을 벗어 바다에 던져버리고 노파에게 감사 인사 한마디 없이 바다로 떠나버렸다.

노파가 크게 분노하여 하늘을 향해 하나뿐인 눈을 깜빡여서 번개를 소환했다. 번개가 운의 배를 때리자 구멍이 뚫려서 물이 샜다. 운은 물을 퍼낼 만한 것이 근사한 새 신발뿐임을 금세 깨달았다. 운은 눈물을 머금고 신발을 벗어 배 안에 고인 물을 떠서 바다로 버렸다. 낡은 신발을 가지고 있으면 얼마나 좋았을까! 하지만 너무 늦었다. 그저 계속 물을 퍼낼 수밖에 없었다. 운은 옷을 찢은 천 조각으로 간신히 구멍을 틀어막았다.

운이 섬에 다다랐다. 일 년 전에 재산이 배를 댔던 바로 그 바위투성이 바닷가에 배를 댔다. 운이 다시 한번 자기한테 저주를 퍼부었다. 배 안에 장비가 제대로 갖추어져 있는지 확인을 안 해서 재산이 잃어버린 정박용 밧줄을 다시 마련해 놓지 않았다.

운이 슬픈 눈으로 신발을 내려다봤다. 반짝이던 광은 사라지고 바닷물 소금기로 딱딱했다. 운은 신발 끈을 풀어서 배를 묶은 뒤 바위를 오르기 시작했다. 운이 바위투성이 산등성이에 있는 우물 입구에 닿았을 무렵, 새 신발은 먼지를 뒤집어쓰고 흠집투성이가 되어 예전 신발과 다를 바가 없었다. 우물에 닿은 순간, 운은 자신의 선택이 틀렸음을 알았다.

재산이 그러했듯 운도 우물 안을 들여다봤다가 저 아래 물에 떠 있는 두레박을 발견했다. 운은 주머니를 뒤져서 떼까마귀 구리 동전을 찾아 행운을 기원하며 우물 안으로 던졌다. 처음 생각만큼 자기 운이 좋은 것 같지 않다는 의심이 들기 시작했기 때문이었다. 하지만 동전이 물에 빠지는 소리는 들리지 않고 커다란 은빛 물고기가 물 위로 고개를 내밀었다.

"누가 내 머리에 동전을 던졌는가!"

운은 대번에 실종됐던 맏형 목소리를 알아들었다. 두 형제가 기쁨의 눈물을 흘렸다. 곧 두 형제는 운이 맏형을 구할 도리가 없음을 깨닫고 더욱 흐느껴 울었다.

"집으로 가거라. 도움의 손길을 구해서 돌아와라."

재산이 말했다.

하지만 운은 포기할 생각이 아직 없었다. 운은 늘 재산 그늘 밑에서 살았다. 언제나 둘째가는 아들이었지만 이제는 스스로 증명해 보일 시간이었다. 영광을 차지할 기회였다! 운은 맏형도 구하고 섬 한복판에 있다는 부에 가닿는 사람이 되기로 작정했다.

"난 섬을 수색할 겁니다. 밧줄이 없어도 튼튼한 덩굴이라면 반드시 있을 테니 그물을 짜서 형을 건져 올리겠습니다."

운이 맹세했다.

재산은 조금도 기쁘지 않았지만, 운은 형이 반대하는 말을 하기도 전에 떠났다. 운이 어둑한 동굴로 다가갔다. 이곳이 미로의 시작이라는 느낌이 왔다. 운은 반드시 미로 중심까지 가야 했다. 동굴 입구에 다 타버린 등잔이 있었다. 근처에서 환히 빛나고 있는 습지 딱정벌레들이 운 눈에 띄었다. 운은 기뻐하며 딱정벌레를 등잔 안으로 쓸어 담았다. 이제는 앞길을 밝힐 빛이 생겼다.

"이런 뜻밖의 행운이라니!"

운이 외쳤다.

"우리에게는 행운이 아니다. 부탁이니 우리를 풀어다오!"

딱정벌레들이 슬프게 울었다.

251

하지만 딱정벌레 소리가 몹시 작은 터라 운 귀에 가닿지 않았다. 딱정벌레가 발하는 빛으로 한층 용감해진 운이 동굴로 들어갔다. 신발 때문에 발이 아팠지만 무시했다. 이렇게 나아가다 보면 곧 동굴 반대편으로 나가리라 확신하며 비비 꼬인 터널로 계속 들어갔다. 얼마 안 가 딱정벌레들이 겁에 질려 빛이 희미해졌다. 딱정벌레가 한번 두려움에 사로잡히면 다시 빛나게 할 도리가 없었다. 운이 몹시 화를 내며 등잔을 마구 흔들었다.

"빛을 내라, 딱정벌레들아! 빛을 밝혀라!"

딱정벌레는 빛을 발하기는커녕 한 마리씩 빛을 잃어갔다. 운은 어둠 속에 홀로 남아 배회했다. 용기는 너덜너덜해졌고 발에는 끔찍할 만큼 물집이 잡혔다. 물에 젖은 신발이 줄어들어 발을 꽉 조인 탓에 이제는 벗겨지지도 않았다. 운은 이곳저곳에서 희미하게 비치는 햇살과 산들바람에 속아서 여기저기를 헤매었다. 그 어디도 밖으로 나가는 길이 아니었다. 운은 도와달라고 외치고 외쳤지만 아무도 나타나지 않았다. 그래도 운은 멈추지 않고 소리쳤다. 혼자 있다는 외로움에 사무치다 보니 본인 목소리가 메아리치는 소리일망정 아무 소리도 들리지 않는 것보다는 나았기 때문이었다.

# 18장. 마법을 부리는 주문

"일어나!"

누군가 다급한 목소리로 베티 귀에 나직이 속삭였다. 베티가 헉 소리를 내며 눈을 번쩍 떴다.

여기가 어디지?

한동안 베티는 눈에 들어오는 난파선 잔해와 광활한 바다, 그리고 베티를 깨우겠다고 옆에서 쿡쿡 찌르고 있는 호박색 눈동자의 소년 모습에 갈피를 잡지 못했다. 태양이 저물어가고 시원한 바람결에 베티 머리카락이 날리며 흐트러졌다.

돌연 모든 기억이 한꺼번에 돌아왔다. 윌로, 찰리, 플리스는 다 사라졌고 스핏은 슬프고 불길한 이야기를 간직한 소년이었다.

베티가 턱에서 귀까지 흐른 침을 닦아냈다.

"왜 그래?"

베티가 잠에서 덜 깼더니 목소리가 걸걸하게 나왔다.

스핏이 망원경을 주면서 한 곳을 가리켰다.

"저기 좀 봐."

베티가 망원경을 들여다봤다. 처음에는 망망대해밖에 안 보였다. 지는 햇살이 비쳐서 황금색으로 물든 바다는 잔잔했다. 하지만 졸음기가 차차 걷히자 베티도 알아봤다. 망원경을 잡은 손에 힘이 들어갔다.

"배다. 배가 곧장 이쪽으로 오고 있어."

마침내 잠기운이 완전히 걷혔다.

배는 작았고 불도 밝히지 않았다. 해를 등진 두 사람 윤곽선만 어렴풋이 보였다. 한 사람은 노를 저었고 다른 사람은 앉아 있었다. 거리가 너무 멀어서 누구인지 알아보기도 힘들고 눈에 띄는 특징도 안 보였지만, 베티는 벌써 심장이 철렁 내려앉았다.

두 사람이었다. 세 번째 사람이 있다는 낌새가 없었다.

찰리를 데려간 사람들일 리 없어. 그게 아니라면······.

무슨 일이 벌어지지 않은 한 그럴 리 없었다. 찰리가 도망쳤거나 혹은 더 나쁜 일이······. 머릿속이 어지러울 만큼 나쁜 생각이 꼬리에 꼬리를 물었다.

찰리가 물에 빠졌는데 안개가 짙어서 못 찾은 거면 어쩌지? 결국 찰리가 진짜 윌로가 아니라는 사실을 알아내고 찰리를 없애버렸나?

"저 사람들이 네 동생을 잡아간 사람들일까?"

스핏이 물었다.

"아직은 나도 모르겠어."

스핏에게 망원경을 돌려주는 베티 손이 부들부들 떨렸다.

"너무 멀어. 어쨌건 찰리는 지금 저기 없어."

베티는 목소리가 갑자기 휙 올라가는 바람에 목소리를 가다듬느라 애를 썼다. 이제 베티는 두려웠다. 찰리가 어떻게 되었을까 봐 정말로 겁이 났다.

그런데 이래저래 겁도 나고 죄책감도 들었지만, 무엇보다 화가 나서 가마솥처럼 부글부글 끓기 시작했다. 어제부터 벌어진 이 모든 일의 시작은 탐욕스러운 저 두 사람이었다.

꼭 갚아 주겠어.

베티가 다짐했다. 무슨 수를 씨시라도 동생을 찾을 것이었다.

스팟이 실눈을 뜨고 망원경을 들여다보며 인상을 썼다.

"너 제대로 본 거야?"

스팟 목소리에서 무언가를 느낀 베티가 망원경을 홱 낚아채서 다시 들여다봤다가 숨을 멈췄다. 지금은 배가 훨씬 가까워졌다. 여전히 흐릿했지만 틀림없이 전부 세 사람이었다. 게다가 그중 하나는 어린아이였다.

베티는 너무 놀라서 하마터면 난파선 옆으로 미끄러져서 바다에 빠질 뻔했다. 손가락에서 망원경이 흘러내렸다.

"야!"

스팟이 쿵 소리를 내며 몸을 날려 망원경이 물속에 빠지기 직전에 잡았다.

"조심해서 다뤄!"

베티가 비틀비틀 뒷걸음질 쳤다. 혹시 잘못 본 것은 아닐까 걱정스러워서 귓속이 윙윙 울렸다.

"찰리가 아니면 어떡하지? 찰리가 맞는지 확인해야겠어. 망원경 좀 다시 줘 봐!"

스팟은 안 주려고 했지만 베티가 횡설수설하면서 스팟을 무시하고 망원경을 다시 붙잡았다.

분명히 어린애였다. 배가 가까워질수록 베티는 눈에 익은 흐트러진 양 갈

255

래 돼지 꼬리 머리를 알아봤다. 애정과 안도감이 용솟음쳐서 베티를 압도했다. 아찔했다. 베티는 온 힘을 다해 정신을 가다듬고 해야 할 일에 집중했다.

"찰리, 걱정 마! 언니가 구하러 갈게."

베티가 두 주먹을 불끈 쥐며 속삭이더니 망원경을 던지다시피 스핏한테 돌려줬다.

"저기에서 보면 여기가 얼만큼 보여? 널 봤을까?"

베티가 물었다.

"못 봤을걸? 해가 저 배 뒤에 있어서 이쪽이 어둡거든."

스핏이 헐거운 판자를 들어 올리고 아래쪽 캄캄한 공간에 망원경을 집어넣으면서 회중시계를 확인했다. 불현듯 베티가 무언가를 깨달았다.

"까마귀 맙소사! 시간이 얼마나 남았지?"

스핏이 어리둥절한 표정으로 베티를 봤다.

"돛을 올리기 전까지 얼마나 남았냐고! 매시 정각에 여기 아무 일 없다고 러스티 스커틀러호에게 신호 보낸다면서!"

베티가 재촉했다. 공포가 밀려왔다. 이미 베티는 스핏이 신호를 보내지 않으리라는 걸 알았다. 어쨌건 스핏이 맡은 일은 망보기였으니까. 스핏이 신호를 보내지 않으면……. 러스티 스커틀러호가 즉각 잔해로 다시 돌아올 것이었다.

"저 배에 탄 사람들이 해적들이 몰려오는 모습을 보면 도망쳐버릴 거야. 찰리도 데리고!"

"하지만 내가 러스티 스커틀러호를 못 오게 하려고 돛을 올리면 저 배에 탄 사람들이 깃발을 보겠지. 그러면 여기에 누가 있다는 걸 알아채고 결국 달아날 거야. 신호를 보내야 하는 상황에서 내가 그러지 않았다는 사실을 해적들이 알아내면 난 목이 날아갈 테고!"

스핏이 따지고 들었다.

베티는 스핏 말이 옳다는 걸 깨달았다. 이러건 저러건, 가짜 간수들은 난파선 잔해에 자기들만 있는 게 아니라는 사실을 곧 알아챌 터였다. 목이 졸린 듯한 흐느낌이 입술 사이로 새어 나갔다. 이건 찰리 목숨이 달린 문제였다. 찰리를 되찾을 유일한 기회였다.

"내 말 들어 봐. 난 여전히 네가 동생을 구할 수 있다고 생각해. 이젠 거의 어두워진 데다 저 사람들은 오로지 난파선에만 집중할 테니까. 혹시라도 러스티의 영역에 들어갈 만큼 어리석다면, 아예 스커틀러호 해적들은 만나지도 못할 거야. 그럼 넌 호커스 포커스(*마법을 부리는 주문) 마술을 부려서 찰리랑 같이 사라지면 돼. 혹시 알아? 떼로 몰려오는 해적이 가짜 간수들 주의를 흩트리는 데 도움이 될지도 몰라."

스핏이 말했다.

호커스 포커스……. 찰리를 사라지게 해라. 좋았어.

베티는 가슴이 두근거렸다. 바깥쪽 인형을 그대로 두어서 베티는 물론 윌로와 플리스가 계속 안 보이도록 유지하다가 재빨리 인형들을 열어서 찰리 물건을 세 번째 인형에 넣으면 어떨까. 그러려면 일단 베티가 찰리한테 가야 했다. 숨도 못 쉬고 물을 내다보고 있으려니 베티는 속이 뒤집혔다. 이제 배가 더 빨리 다가오고 있었다. 베티는 가짜 간수들이 마법사의 나침반을 보고 몹시 흥분했을 것이라고 짐작했다.

해지는 속도가 빨라졌다. 물에 잠긴 난파선 위로 땅거미가 내리자 으스스한 정적이 감돌았다. 눈에 보이지 않는 어떤 것이 수면 아래에서 때를 기다리며 도사리고 있을 것만 같았다.

"나 좀 도와줘. 이 일이 성공하려면 반드시 찰리를 혼자 떼어놔야 해. 그런데 저 사람들은 매처럼 찰리를 지키고 있어. 그러니까 네가 망대에 숨었다가 저 사람들 주의를 끌어줘. 아주 잠깐이면 돼."

베티 부탁에 스핏은 질렸다는 표정을 지었다.

"내가 이미 널 너무 많이 도와준 것 같은데?"

"아니, 내가 사라져주길 바라면 아직 멀었어."

베티가 사납게 쏘아붙였다.

"좋아. 그런데 호흡은 어떻게 맞추지? 넌 보이지도 않잖아!"

스핏이 투덜거렸다.

"내가 갑판을 세 번 칠게. 그럼 난 준비된 거야. 이제 서둘러. 저쪽에서 보기 전에 망대로 올라가."

스핏이 돛대를 오르기 시작하자 베티가 그 아래 쭈그리고 앉았다.

바로 이거야.

이제는 저쪽 배에서 물을 가르며 노질하는 소리와 나지막이 웅얼거리는 소리가 들렸다. 심장이 그 어느 때보다 빨리 고동쳤지만 베티는 자세를 잡고 기다렸다. 부드럽게 철썩이는 노질 소리가 가까워졌다.

베티는 어둠 속에서 뭐라도 보려고 눈에 힘을 잔뜩 줬다. 망원경을 쓰면 좋을 테지만 허공에 둥둥 떠 있는 물건이 눈에 띌 위험을 감수할 수는 없었다. 적어도 지금은 아니었다.

드디어 거리가 가까워졌고 베티는 전날 밤 밀렵꾼의 주머니에 나타났던 사람들을 알아봤다. 베티가 주먹을 불끈 쥐었다. 저 거짓말쟁이들 얼굴이라면 두 번 다시 보고 싶지 않았지만 마음 한구석으로 순수한 안도감이 밀물처럼 밀려들었다. 저들이 무심코 내뱉은 한 마디만으로 여기까지 뒤를 밟아 따라왔다.

배는 러스티 스커틀러호의 경고 표지판이 걸린 곳에서 잔해 주변을 살피며 소리 없이 다가왔다. 베티가 뛰어내리면 두 사람 머리 위로 떨어질 것이었다.

"멈춰."

자칭 와일드라던 사람이 한쪽 손을 올려 물에서 노를 꺼내더니 잔해를 살폈다. 차가운 눈에는 탐욕과 기대감뿐, 두려워하는 기색이라고는 없었다. 와일드가 잔해를 더 잘 보려고 몸을 슬쩍 움직이자 그 뒤로 구스의 감시 아래 배 밑바닥에 앉아 있는 작은 형체가 얼핏 베티 눈에 띄었다. 베티 심장이 덜컥 멈췄다.

찰리.

머리도 헝클어지고 얼굴도 창백했지만 어찌나 이글거리는 눈빛으로 쏘아보는지 앞에 우유라도 있었으면 상했을 것이었다. 베티는 당장 물속으로 뛰어들고 싶은 마음을 간신히 억눌렀다.

"저기 있다."

와일드가 말하면서 눈으로 난파선을 샅샅이 훑었다.

"러스티, 이젠 네 놈이 훔친 물건과 작별할 시간이다. 내 말 들리냐? 이 늙은 해적놈아?"

와일드가 소리 높여 외치는 말이 잔해를 가로질러 메아리쳤다.

베티는 망대 너머로 천천히 몸을 내미는 스핏을 봤다. 스핏 눈이 점점 가늘어졌다. 스핏이 했던 말이 떠오르자 베티는 두려움이 일었다.

기이한 일들이, 나쁜 일들이 벌어져……. 사람들은 저곳에서 미치기도 해. 그것도 일단 물 밖으로 나오고 볼 일이지만…….

"난 여기 마음에 안 들어."

구스가 말하면서 노가 창이라도 되는 듯 꽉 움켜잡았다. 피부는 달아올랐고 끈적끈적해 보였다.

"나침반을 손에 넣고 나면 앞으로 그런 말은 못 할 거다. 저 밑에는 다른 것도 더 있을 거고."

와일드가 구스를 몰아붙이며 손에 들었던 노를 구스한테 던졌다. 잔해에서 눈길을 거둘 줄 몰랐다.

"그놈의 얼어 죽을 러스티가 진짜 저 아래 있으면 우리가 놈을 잡아서 해치워야 해."

베티는 와일드 말이 소름 끼치도록 두려웠다. 도깨비불이 무슨 일을 할 수 있는지 직접 두 눈으로 봤다. 찰리가 저들이 생각하는 윌로도 아닌 마당에 러스티 스윈들 영혼이 정말 소환되기라도 하면, 그걸 도대체 누가 통제할 거라고 기대하는지? 윌로가 없는 한 러스티의 영혼을 달랠 사람은 없었다. 이 바보들이 무슨 도깨비불을 건드릴 참인지 몰라도 모두가 굴복당할 위험에 처했다.

"나 좀 그렇게 노려보지 말지?"

와일드가 찰리한테 말했다. 얼음처럼 차가운 목소리였다.

"내 말대로만 하면 놔준다니까."

찰리는 와일드를 향해 계속 눈빛을 이글거렸다. 얼굴을 하도 찌푸려서 눈썹이 볼에 닿을 지경이었다.

"내가 말했잖아! 난 도깨비불 몰이꾼 아니야. 언니들이 나를 찾으러 오기만 하면 아저씨들은 이제 진짜 끝장이다!"

심통 사납게 툴툴대는 찰리 말에 와일드가 찰리랑 코가 맞닿을 만큼 몸을 숙였다.

"네 언니들은 안 와. 네 할머니도 안 와. 네가 여기 있는지 아무도 모르거든."

잔인하게도 와일드가 할머니 흉내를 냈다.

"언, 언니들은 올 거야!"

찰리가 완강하게 아랫입술을 쭉 내밀었다. 하지만 베티한테도 보일 만큼 아랫입술이 덜덜 떨리고 있었다.

"우리 언니들 하나도 모르면서. 우리가 누군지도 모르면서."

찰리, 언니 여기 있어!

베티는 외치고 싶었다. 씩씩한 막냇동생의 흔들림 없는 신뢰가 포옹보다 더 따뜻하게 베티를 감쌌다.

"알 만큼은 알지."

와일드가 놀리듯이 말했다.

"이젠 그만 좀 떠들고 노래해."

찰리가 말없이 물을 노려봤다. 어깨가 힘없이 축 늘어졌다.

"노래하라고!"

와일드가 짜증스럽게 으르렁거리자 베티는 분노가 솟구쳤다.

감히 우리 찰리를 저따위로 대해?

"그렇게 소리를 지르면 저기, 도움이 안 될 것 같아. 얘는 어린애잖아."

구스가 소심하게 말했다.

와일드가 동료를 잡아먹을 듯한 눈으로 돌아봤다.

"저 꼬맹이는 아주 지긋지긋한 골칫거리야! 이 일은 벌써 어젯밤에 끝났어야 한다고. 그런데 문제가 하나씩 차례대로 터졌지."

와일드가 찰리를 내려다보면서 신경질적으로 침을 뱉었다.

"첫째, 네가 흔적을 남기는 바람에 우린 원래 가려던 길을 포기하고 돌아가야 했어. 둘째, 넌 수영 못 한다고 우리를 믿게 해놓고 곧장 물에 뛰어들었지. 그것도 근래 들어 최악으로 짙게 낀 안개 한복판에서. 너를 건져 배에 올리느라 난 거의 빠져 죽을 뻔했고 말이지, 이 조무래기 악당 같은 꼬맹아."

와일드 목소리에 분노가 가득했다.

"저런저런."

찰리가 중얼거렸다.

"셋째, 도대체가 먹어대는 걸 멈춰야 말이지!"

이제는 와일드 눈이 튀어나오려고 했다.

"피곤해요. 그리고 밤새 배를 타고 왔더니 얼어 죽을 것 같고요. 그리고 난 피곤하면 배가 고파진다고요!"

찰리가 다시 와일드를 노려보면서 돼지 꼬리 머리끝을 입에 물었다.

"노래하라고!"

와일드가 으르렁거렸다.

"그러죠 뭐. 형씨, 이건 댁이 원한 거유."

찰리가 목을 가다듬더니 몸을 펴고 앉았다.

와일드가 구스한테 고갯짓했다.

"단지 준비해."

찰리가 노래하기 시작했다.


"우 우 우 우 우. 말라깽이 나무들의 숲에서 온 남자가 하나 있었다지.

까마귀바위섬에서 제일 털이 북슬거리는 무릎이라네.

아무리 깎아도 다시 자란다지.

그래서 다리털을 땋았다네.

그래도 벼룩은 어쩔 수가 없구나!"


하도 어이가 없어서 모두가 말문을 잃었다. 와일드가 악문 이 사이로 바람 새는 소리를 냈다.

"넌 네가 되게 재미있다고 생각하나?"

찰리가 고개를 숙였다.

"그게 못 부른 노래라고 생각하다니, 우리 언니가 부르는 노래를 들어봤어야 하는데."

"노래 자체를 말하는 거잖아! 네가 고양이 목 졸리는 소리로 노래를 하건 말건 난 신경 안 써. 중요한 건 노랫말이라고! 도깨비불을 잠재우는 건 어차피 노랫말이니까!"

와일드가 폭발했다.

"그런데 어차피 달랠 도깨비불이 없어."

구스가 한마디하고 나섰다. 구스는 초조하게 이리저리 눈알을 굴리면서 물 위를 살피고 있었다.

와일드가 구스를 돌아봤다.

"나도 알아. 그래도 내가 물속으로 들어가서 도깨비불을 건드리기 전에 좀 달래 놓으려고 했는데, 이놈의 꼬맹이가 도무지 협조를 안 하네."

와일드가 배 중간쯤에서 잠수용 구리 헬멧을 들어 올렸다.

"지금 노래 안 부른 걸 후회할 거다. 그러면 노래하게 돼 있어. 내 말 믿어."

"지, 집에 가고 싶어요. 아저씨가 무슨 노래를 말하는 건지 모른다고요!"

장난기가 사라진 찰리가 울음을 터트렸다.

베티가 몸을 앞으로 더 숙였다. 동생이 눈물을 흘리자 가슴이 찢어졌다. 찰리한테 가야 했다. 하지만 어떻게 간단 말인가!

"어쩌면……. 얘가 사실대로 말하고 있을지도 몰라."

구스가 윗입술에서 땀을 닦으며 떨리는 목소리로 말했다.

"맞아요. 난 그냥 찰리 위더신즈라고요!"

찰리가 흐느꼈다.

"그게 사실이면 넌 우리한테 쓸모없어."

와일드가 나직이 말했다.

찰리가 눈물이 그렁그렁한 눈으로 올려다봤다.

"그럼……. 난 집에 가도 돼요?"

"미안하지만 그건 아니야."

와일드가 구스한테 짧게 고갯짓했다.

"쟤 처리해. 사고처럼 보이게 하고."

# 19장. 흩어진 진주알

처리하라고? 사고?

와일드 말이 암시하는 바가 베티 머릿속에서 메아리쳤다. 피가 차갑게 식었다. 당연히 와일드가 허풍떠는 거겠지? 찰리가 자기 말을 듣게 하려고?

"잠깐, 기다려. 다치는 사람은 없을 거라고 했잖아!"

구스는 여전히 목소리를 떨고 있었다.

와일드가 눈에서 불을 뿜으며 구스를 쏘아봤다.

"집까지 데려다주고 싶으셔? 그러시든가! 틀림없이 까마귀바위섬 관리들이 따뜻하게 맞이해주려고 기다리고 있을 거다."

구스가 혀로 입술을 핥으며 머뭇거렸다.

"그냥 쟤를 버리면 어때? 지나가던 배가 태울지도 모르잖아. 그리고……."

"알았어요!"

찰리가 빽 소리쳤다.

"노, 노래 부를게요. 하지만 도, 도깨비불이 여기 없으면 효과가 없어요."

찰리가 잔해 여기저기로 눈길을 던지며 두 팔로 몸을 감싸 안았다. 걷잡을 수 없이 몸을 떨고 있었다.

베티는 찰리가 시간을 끌고 있음을 알아챘다. 유일하게 생각해낸 방법을 시도하는 찰리를 누가 탓하겠는가! 협조하건 말건 와일드는 찰리를 집으로 돌려보낼 생각이 조금도 없다는 건 찰리도 베티만큼 잘 아는 것 같았다.

이제 베티는 윌로가 바로 이런 꼴이 났을 것이라는 사실을 깨달았다. 저 두 사람은 윌로를 최대한 써먹으려고 오래 살려두었겠지만, 쓸모없어지자마자 곧바로 처리했을 것이었다. 윌로에게는 지켜줄 사람이 없지만, 찰리한테는 그런 사람이 있다는 게 차이점이었다.

와일드가 씩 웃었다.

"그래야지. 결국에는 우리가 통할 줄 알았어."

"그, 그런데 어떻게 해야 도깨비불이 우리한테 오지? 잔해를 털기 전에 도깨비불을 먼저 상대할 거라고 했잖아."

구스가 더듬더듬 물었다.

"그럴 거야. 그런데 아무래도 성질을 좀 건드려줘야겠어. 밖으로 끌어내야지. 아마 러스티가 제일 위험할 거야."

와일드가 답했다.

"네가 물속에 들어간 사이에 우리를 습격하면 어쩌지?"

구스가 물었다.

"난 금방 나와. 저 배 설계도를 몇 달이나 공부했어. 눈 감고도 난파선 구석 구석을 다 안다고. 일단 내가 도깨비불을 다 끌고 나오면 저 여자애가 도깨비불을 상대할 테니 그동안 우리가 같이 안을 털면 돼."

와일드가 입술을 일그러뜨리며 거만하게 웃었다.

베티는 와일드가 잠수 헬멧을 뒤집어쓰고 작은 배 밖으로 뛰어내리는 광

266

경을 숨도 못 쉬고 지켜봤다.

진짜 할 작정이야. 저주받은 영역에 정말로 들어갈 참이야. 거긴 러스티 스커틀러호 선원들도 함부로 안 들어가는데.

와일드는 진짜 그렇게 생각했나? 도깨비불을 잡는다는 소녀 한 명으로 괜찮을 거라고? 여태까지 누구 하나 성공하지 못했건만, 러스티 스윈들러건 러스티의 저주받은 잔해건 자기는 다 이길 수 있다고?

손톱으로 나무 긁는 소리가 나더니 이내 끙하고 힘주는 소리가 들렸다. 로니아가 난파선에 올랐을 때처럼 발밑에서 나무가 삐걱거렸다. 이제 와일드가 로니아가 했던 일을 그대로 하고 있었다. 베티가 천천히 뒤로 물러나서 뱃머리 끄트머리에 닿았다.

와일드가 휘두르는 팔 하나가 눈에 들어왔다. 베티 발목을 아슬아슬하게 비껴갔다. 베티는 물 밖으로 몸을 끌어올리는 와일드를 보고 헉 소리가 나려는 것을 간신히 참았다. 와일드가 무거운 헬멧 속에서 요란하게 숨을 쉬고 있었다. 베티는 물 위로 드러난 현창을 발견한 와일드가 안으로 미끄러져 들어가는 모습을 지켜봤다. 구리 헬멧이 나무를 긁어대는 소리가 희미하게 나는가 싶더니 이내 와일드가 가볍게 첨벙거리며 배 안 시커먼 물속으로 들어가는 소리가 들렸다.

구스가 거칠게 숨을 쉬며 작은 나룻배 속도를 적당하게 유지했다.

"꼬마야, 네가 말한 대로 하는 게 좋아. 일단 도깨비불이 나타나면 빠져나갈 길은 없어."

한쪽 손으로 얼굴을 쓸어내리면서 중얼거리는 구스 말에도 찰리는 가만히 앉아 와들와들 떨 뿐, 아무 말이 없었다.

베티가 배 끝에서 앞으로 조금씩 걸어가 현창 안을 들여다봤다. 수면 바로 아래에서 물이 희미하게 잠깐 반짝였지만 그뿐이었다. 와일드를 한입에 삼켜버린 둥근 현창이 입을 딱 벌린 아가리처럼 으스스한 분위기를 뿜어내고 있었다.

베티는 움직여야 했다. 와일드가 없는 지금이 가장 좋은 기회였다. 일단 도깨비불이 몰려들면 위험이 빠르게 고조될 터였다. 여기 있는 사람만 따져보면, 베티와 스핏이 구스를 제압하는 동안 최소한 찰리가 달아날 수 있을 것 같았다. 베티가 망대를 올려다보며 스핏을 찾았다. 스핏은 찰리와 구스를 내려다보고 있었지만, 베티 눈에는 무언가 묻는 눈빛으로 베티 쪽을 힐끔거리는 것처럼 보였다. 베티가 신호하기를 기다리고 있음이 틀림없었다.

베티가 나무를 세 번 두드리자 물을 가로질러 소리가 울려 퍼졌다. 대번에 찰리가 뻣뻣하게 얼어붙고 구스가 움직임을 멈췄다.

기분 나쁜 소리가 밤을 갈랐다. 누군가 고통 속에 있는 듯, 길고 가느다랗게 흐느꼈다. 베티가 획 돌아보니 스핏이 두 손을 입 앞에 모으고 불쾌한 소리를 꾸준히 내고 있었다. 누가 듣더라도 피가 차갑게 식을 절박하고 섬뜩한 소리였다. 구스가 몸을 떨며 소리 나는 곳을 찾아 두리번거렸다. 구스는 나약해지고 있었다.

"난 여기까지야! 저주받은 이곳에서 빠져나가겠어!"

구스가 외치며 노를 향해 몸을 날렸다.

안 그래도 베티가 뛰어내리려는 참인데 찰리가 더 빨랐다.

찰리가 다른 노를 집어 들며 벌떡 일어나더니 냅다 휘둘러서 구스 한쪽 뺨을 제대로 올려붙였다. 구스는 몹시 놀라서 휘청거렸다. 하지만 찰리는 번개처럼 빨랐다. 노 끝에 온 힘을 실어서 구스 가슴 한복판을 찔렀다. 완벽하게 허를 찔린 구스가 충격을 받은 채 배 밖으로 고꾸라지며 물속으로 꾸르륵꾸르륵 가라앉았다.

찰리가 나머지 노마저 잡더니 배 안에 자리를 잡고 다시 앉았다. 단단히 마음을 먹었는지 인상을 잔뜩 쓰고 물속에서 노를 저으려고 기를 썼다. 하지만 노는 찰리한테 너무 무거웠고 벌써 정신을 차린 구스가 배를 향해 있는 힘을 다해 헤엄쳐오고 있었다.

"찰리!"

베티가 마법사의 나침반 옆으로 뛰어내렸다. 물에 빠지는 순간, 목소리가 난 쪽을 향해 동시에 고개를 홱 돌리는 찰리와 구스가 보였다. 이제는 침묵을 지키는 게 의미 없었다. 와일드가 러스티 영혼을 깨우기 전에 무슨 일이 있어도 찰리한테 가야 했다. 물속에 들어오니 지독히도 춥고 어두워서 베티는 깜짝 놀랐다. 하지만 수면 아래에서 몸을 돌리자 서서히 밝아오는 어둠이 보였다. 해저까지 길게 이어지는 일련의 창문들이 빛나기 시작했다. 공포가 밀려들었다. 도깨비불이 오고 있었다.

베티는 스핏이 물속으로 뛰어들어서 바로 옆에 빠지는 소리를 들었다. 둘은 동시에 물 위로 솟아올랐다. 구스가 스핏한테 시선을 못 박은 채 뒤로 물러났다. 구스는 스핏이 난파선에서 튀어나온 저주받은 무언가가 아니라 살아 숨 쉬는 사람이라는 것을 즉시 알아봤다.

"넌 누구냐!"

구스가 물었다.

스핏은 대답하지 않고 베티 움직임에 물결이 이는 쪽을 힐끔거렸다. 찰리는 아직 못 봤다. 찰리도 스핏을 살피느라 바빴다. 저 사람이 내 이름을 불렀을까 궁금해하고 있을 것이었다. 찰리가 곧바로 자리에서 일어나 노를 휘둘렀다.

"너 누구야! 꺼져!"

찰리가 고래고래 외쳤다.

"찰리, 나야! 나 좀 올려줘!"

베티가 작은 배를 향해 수영해 가면서 외쳤다.

찰리가 돌아봤다. 완전히 놀란 표정이었다.

"베티 언니? 진짜 베티 언니야?"

믿기지 않는다는 듯 나직이 중얼거렸다.

베티는 배 모서리를 잡고 몸을 끌어올려 흠뻑 젖은 채 배 안으로 떨어지며 몸을 굴렸다. 물을 잔뜩 머금어 덩어리진 옷에 휩싸여 떨어졌는데도 주머니에 든 인형이 딱 소리를 내며 갑판을 때렸다. 베티가 안 보이는 찰리는 배 바닥에 물이 고이는 광경만 쏘아보고 있었다. 간신히 자리에서 몸을 일으킨 베티가 찰리한테 덤벼들어 있는 힘껏 찰리를 끌어안았다. 이내 찰리도 힘주어서 베티를 끌어안았다. 베티는 온몸이 젖어서 추웠는데도 세상에서 가장 따뜻한 포옹에 몸이 녹는 기분이었다. 드디어 막냇동생을 찾았다.

"진짜 베티 언니다! 언니 나를 어떻게……."

찰리가 흐느끼며 입을 열었지만, 물에서 들려오는 큰 소리에 베티가 다시 벌떡 일어섰다. 구스가 스핏을 배에서 잡아떼려고 몸싸움을 벌이고 있었다.

베티가 안고 있던 찰리를 놓아주고 배 밖으로 몸을 내밀었다.

"이봐!"

베티가 소리치며 손을 아래로 뻗고 물을 휩쓸어 구스 눈을 겨냥하고 뿌렸다. 얼굴에 물을 잔뜩 뒤집어쓴 구스가 허우적거리다가 스핏과 떨어졌다. 그 순간 두 사람이 처음으로 파도 아래에서 일렁이는 빛을 봤다. 빛은 넓게 퍼지면서 올라오고 있었다.

스핏 눈이 휘둥그레졌다.

"물에서 나가야 해!"

스핏이 헐떡였다.

베티가 재빨리 배 밖으로 몸을 내밀어서 스핏 팔을 잡았다.

"올라와!"

베티가 스핏을 배 안으로 끌어 올리고 노 하나를 건넸다.

"도대체 누가 저러는 거지?"

구스가 울부짖다시피 외치며 번득이는 눈으로 배 안에 탄 눈에 보이지 않는 존재를 찾았다. 그러다가 빛으로 일렁이는 물을 보고 크게 당황해서 배를 향해 팔을 뻗었다.

스핏이 머리를 흔들어 물을 털면서 구스 손을 쳐냈다.

"저어. 움직여야 해."

스핏이 심각하게 말했다.

"어느 쪽으로?"

공포에 휩싸인 베티가 빛으로 일렁이는 물을 보며 물었다.

"잔해에서 멀어져야 해. 여긴 위험해. 저것들이 오고 있어."

스핏은 숨도 안 쉬고 노 하나를 집어 들었다.

"언니, 뭐가 오는데? 이 사람은 누구야?"

베티와 스팟이 노를 젓기 시작하자 찰리도 질문을 시작했다.

"설명할 시간 없어."

베티도 헉헉대기 바빴다. 베티는 배 바닥에서 발에 뭐가 걸리자 걷어차서 굴려버렸다.

"그냥 우리 편이란 것만 알아둬."

어둠 속에서 불빛이 깜빡거렸다. 와일드가 들어갔던 현창에서 은빛 한줄기가 희미하게 새어 나왔다. 베티는 노를 움켜쥐고 지켜봤다. 심장이 두방망이질 쳤다. 와일드가 들어가고 얼마나 지났지? 아직 살아 있나? 도깨비불이 벌써 잡아갔나?"

바로 그때 사람 하나가 물 위로 솟구쳐서 난파선 옆으로 기어올랐다. 이내 와일드가 잠수 헬멧을 벗어 던졌다. 와일드는 타고 온 배가 멀어지는 광경에 혼란과 두려움이 뒤섞인 표정을 짓다가 물속에서 허우적대는 구스를 발견했다.

난파선 끝에 얼어붙은 채 서 있던 와일드 눈이 찰리에게 가서 꽂혔다.

"노래해!"

와일드가 소리쳤다.

하지만 찰리는 와일드를 아예 못 본 눈치였다.

"베티 언니! 저기 봐!"

가냘팠던 목소리가 커지면서 찰리가 무턱대고 팔을 내밀어 베티를 찾았다.

일렁이는 물속에서 도깨비불이 떼를 지어 잔물결 하나 없이 올라오고 있었다. 도깨비불이 배 앞을 맴돌았다. 커다랗고 맹렬하게 빛나는 빛은 이 세상 것이 아닌 느낌이었다. 어쩐지 이 도깨비불 무리는 윌로와 다니는 장난기 가득한 도깨비불과 사뭇 달라 보였다. 무리에서 개흙처럼 배어 나오는 악의를 뚜렷이 감지할 수 있었다. 도깨비불이 일행을 탐색하듯 둥실둥실 떠서 가까이 왔다.

베티는 침만 삼키고 최대한 움직이지 않았다. 스핏과 베티 둘 다 두려움에 몸이 굳어서 노질을 멈췄다. 예전에 플리스, 윌로와 함께 도깨비불 무리에 둘러싸였을 때처럼 다시 베티 머릿속에서 희미한 속삭임이 들렸다. 단지지금 웅얼거리는 목소리는 지난번처럼 절박한 기색은 없고 위협적이었다. 게다가 이번에는 저 무리를 오지 못하게 막을 윌로도 없었다. 베티는 노래를 불러보려고 입을 열었지만 머릿속이 새하얘졌다. 이번에는 탈출구가 없었다. 속삭이는 소리가 더욱더 커졌다.

"네 것 아니다……. 네 것 아니다……. 네 것 아니다……."

도깨비불은 허공에 잠시 더 머물렀다가 이내 다시 물로 내려가더니 흐느끼는 구스를 둘러싸고 협박하듯 맴돌았다.

"헤엄쳐! 배, 배로 가!"

와일드가 구스에게 외쳤다. 와일드 뒤에서 일렁이던 도깨비불들이 둥둥 떠올라 와일드 얼굴 위로 유령 같은 그림자를 드리웠다.

베티가 물속을 내려다봤다. 이제는 마법사의 나침반 안이 오히려 더 환히 빛나고 있었다. 반짝이는 불빛이 잔해 주변으로 넓게 퍼지며 깜빡였다. 물속에서 더 많은 도깨비불이 허공으로 올라가더니 울타리처럼 구스를 안에 가두고 에워쌌다. 구스한테는 빠져나갈 길이 없었다.

도깨비불 몇 개가 와일드가 매달린 잔해 옆을 따라 느릿느릿 올라갔다. 힘주어 움켜쥔 와일드 주먹에서 뭔가 대롱거리고 있었다. 진주목걸이가 이빨처럼 어슴푸레 빛났다.

"네 것 아니다……. 네 것 아니다……."

속삭이는 소리가 다시 들려왔다.

"이걸 원해? 가져, 다 가지라고!"

와일드가 도깨비불 무리를 향해 어설프게 목걸이를 던지며 횡설수설했다.

진주목걸이가 와일드 손가락에 걸려 끊어졌다. 진주 한 알 한 알이 빛을 발하면서 허공으로 둥실 떠올라 점점 커지더니 도깨비불이 되어서 시체에 꼬이는 파리처럼 떼를 지어 와일드에게 몰려들었다. 와일드는 공포에 사로잡혀 몸을 뒤로 뺐지만, 외따로 떨어져 있던 도깨비불 하나가 맹렬히 빛을 발하면서 와일드에게 다가갔다. 도깨비불이 뿜어내는 분노의 기운을 베티도 느낄 정도였다. 눈이 멀고 두려움이 일 만큼 거세게 타오르는 기운은 새하얗게 달궈진 부지깽이 같았다. 베티는 저것이야말로 러스티 스윈들이라고 확신했다. 와일드가 손을 들어 눈을 가리며 몸을 아래로 숙였다. 공포가 얼굴을 완전히 뒤덮었다.

베티는 창백한 구체에 겁을 먹고 얼어붙어서 지켜보기만 했다. 조각난 속삭임이 물을 가로질러 배까지 흘러들었다. 그중에 다른 모든 속삭임을 누르고 들리는 어두운 목소리가 있었다.

"대가를 치르리라……. 대가를 치르리라……."

소리가 파도처럼 높아졌다. 일렁이는 불빛은 얼음을 깎은 해 같았다.

"찰리, 귀 막아."

베티의 경고에도 스핏이 눈을 가느다랗게 뜨고 찬란한 빛을 바라보더니 천천히 고개를 저었다.

"저것들, 우리 때문에 여기 온 게 아니야."

"저 두 아저씨한테 무슨 일이 벌어지는데?"

찰리가 두 납치범을 바라보며 물었다. 무릎에 올린 두 손을 맞잡아 쥐어짜고 있었다. 도깨비불에 둘러싸인 두 가짜 간수는 이제 보이지도 않았다. 각자가 빛을 거스르는 지저분한 그림자에 지나지 않았다.

"절대 좋은 일은 아니겠지. 자, 이젠 움직여."

스핏이 심각하게 말했다.

노를 잡은 베티 손가락에 힘이 들어갔다. 베티는 한시라도 빨리 이곳에서 벗어나고 싶은 마음에 더 열심히 노질했다. 깜빡거리는 도깨비불이 한데 뭉치며 와일드와 구스 주위로 촘촘히 몰려들었다. 일렁이는 빛이 더 환해지며 캄캄해진 하늘 아래 있는 잔해 전체를 밝혔다. 갑자기 눈을 뜨지 못할 만큼 빛이 번쩍 빛나는 바람에 베티는 고개를 돌려야 했다.

문이 닫히듯 속삭임이 일시에 뚝 그쳤다. 베티가 뒤를 돌아보니 밤하늘에 흩어진 진주알처럼 점점이 반짝이는 창백한 파편이 군데군데 보일 뿐, 빛이 말끔히 사라졌다. 더는 눈에 보이지 않았지만 베티는 마법사의 나침반이 아직 저 어딘가에 있다는 것을 알았다.

어둠 속에서 기다리면서.

## 20장. 거래

찰리가 옆으로 바짝 다가오더니 베티한테서 공기를 쥐어짜 내겠다는 듯 베티 허리를 두 팔로 냅다 휘어 감았다.

"캑!"

숨이 막힌 베티가 짧게 내뱉었다.

베티는 노를 내려놓고 언니 무릎에 엎어져 흐느끼는 동생 등을 쓰다듬으며 달랬다.

"이젠 괜찮아. 언니가 있잖아."

"저 아저씨가 '처리해' 하고 말했을 때 난 진짜…… 진짜……."

찰리가 코를 훌쩍였다. 목이 콱 메어서 목소리가 잘 안 나왔다.

"언니가 안 왔으면 그 아저씨들이 진짜 날……."

"근데 결국 언니가 왔잖아? 근데 너도 절대 호락호락하지 않던데? 구스도 제대로 한 방 먹여주고."

베티는 안심한 나머지 현기증이 일었다.

"내가 진짜 한 방 먹여줬어. 그렇지?"

찰리가 조금은 밝아진 얼굴로 허리를 폈다. 동생이 몸을 펴자 동생 무릎

위에 놓인 물건이 베티 눈에 들어왔다. 완만하게 휘어진 나무 표면을 보고서야 베티는 아까 발끝에 차여 뭔가 굴러갔던 일이 기억났다. 인형이었다. 베티가 배 위로 기어오를 때 주머니에서 빠진 것이 틀림없었다. 그리고 그걸 찰리가 주웠을 터였다.

찰리가 미심쩍은 눈빛으로 스핏을 살폈다.

"저건 누구야? 플리스 언니는 어딨어? 언니는 나를 어떻게 찾았어? 지금 어디로 가는⋯⋯."

"우와! 찰리, 한 번에 하나씩만."

베티가 다정하게 말했다.

"난 스핏이야."

몸을 옆으로 돌려 배 밖으로 침을 뱉던 스핏이 때맞춰 동작을 멈췄다.

"스핏은⋯⋯. 해적 비슷해. 저 난파선 있잖아, 마법사의 나침반, 거기가 스핏 동료들이 약탈품을 숨기는 곳이야."

베티가 덧붙였다.

"우리 비밀은 떠벌리지 말지? 거기가 제일 좋은 은신처란 말이야!"

스핏이 화를 냈다.

"까마귀 맙소사! 살아 있는 진짜 해적이다!"

찰리가 숨을 들이마시더니 몸을 앞으로 기울여서 스핏 다리를 쿡쿡 찔렀다.

"둘 중에 나무다리는 없어?"

"없어. 미안."

스핏이 대답했다.

“안대도 안 했는데? 앵무새는?”

찰리가 실망한 듯이 물었다.

스핏이 고개를 저었다. 어리둥절한 것 같았다.

찰리는 심드렁해진 눈치였다.

“플리스 언니는 어디 있어?”

베티가 머뭇거리며 스핏을 힐끔 쳐다봤다.

“플리스 언니는, 그게……. 납치당했어. 스핏 동료들한테. 월로도 같이.”

“납치?”

찰리가 헷갈린다는 눈빛으로 스핏을 봤다.

“언니가 이 사람 우리 편이라며?”

“맞아. 그런데 이게 좀 복잡해.”

베티가 호기심 어린 눈빛으로 해적 소년을 쳐다봤다. 스핏이 베티한테 협조한 이유는 단 하나, 안 그러면 사라지게 해버리겠다고 베티가 위협해서였다. 두 사람은 친구가 아니었다. 스핏이 직접 말했다. 그런데 스핏은 단순히 가짜 간수들 주의를 흩트리는 일보다 더 많은 걸 해줬다. 아까 잔해에서 베티와 찰리를 도와줬다.

스핏은 입술을 삐죽거렸지만 아무 말이 없었다.

“월로랑 플리스 언니 불쌍해서 어떡해.”

찰리가 한숨을 쉬더니 물었다.

“그러니까……. 언니들이랑 월로가 다 여기까지 온 거야? 나 때문에?”

“그럼 당연하지.”

“해적들이 월로랑 플리스 언니는 왜 데려갔는데?”

"해적들은 여행 가방호를 끌고 간 거야. 단지 월로랑 플리스 언니가 타고 있는지 모를 뿐이지. 두 사람은 지금 눈에 안 보이⋯⋯."

베티가 설명하다가 말끝을 흐렸다. 점점 딱딱하게 변하는 찰리 표정에 섬뜩한 생각이 스멀스멀 머릿속으로 기어들어 온 터였다. 베티가 찰리 무릎 위 인형을 봤다가 스핏을 봤다가 다시 찰리를 봤다. 공포가 파도처럼 휩쓸고 지나갔다. 찰리와 스핏 두 사람 모두 베티 눈을 똑바로 보고 있었다. 베티 모습이 다 드러났다!

"아, 안 돼!"

베티가 갈라지는 목소리로 중얼거리며 찰리 무릎에서 인형을 집어 들었다. 주위가 어두운 터라 보이지도 않았고 인형을 확인할 생각도 못 했다.

"안⋯⋯. 안 돼, 안 돼!"

"베티 언니. 미, 미, 미안해⋯⋯. 진짜 미안해. 나 몰랐어⋯⋯."

찰리가 웅얼거렸다.

베티가 인형을 불빛에 비췄다가 숨을 멈췄다. 지금은 스핏이 보건 말건 중요하지 않았다. 이미 모든 일이 틀어지고 말았다. 아니, 훨씬 나빠졌다.

일직선이어야 할 바깥쪽 인형 위아래 열쇠가 어긋나 있었다.

"찰리, 이거 네가 열었구나. 맞아?"

베티가 물었다. 찰리가 무릎 위에서 손을 맞잡고 쥐어짜던 장면이 눈앞에 번쩍 떠올랐다. 어쨌건 베티가 손을 비튼 적은 없었으니까.

시계 반대 방향으로 한 바퀴⋯⋯.

"해적이 플리스 언니랑 월로를 데려간 줄 몰랐어. 난 그냥 너무 무서워서⋯⋯. 그냥 베티 언니가 너무 보고 싶어서, 그래서⋯⋯."

찰리가 몹시 당황했는지 두 눈을 크게 뜬 채 말을 더듬거렸다.

베티가 떨리는 목소리로 물었다.

"연 지 얼마나 지났어? 일 분? 십 분?"

베티 머릿속이 벌집처럼 붕붕 울렸다. 베티가 인형을 움켜쥐고 바깥쪽 인형을 도로 맞추려다가 덜컥 멈췄다.

"분명히 한참 지나지는 않았을 거야. 하지만 만약……. 그새 플리스 언니랑 월로가 발각되었으면 어쩌지?"

베티가 웅얼거렸다. 대부분 혼잣말이었다.

"분명히 해적들이 너희 배에 타서 감시하고 있었을 거야. 게다가 배가 작기도 하고. 벌써 잡히고도 남았어."

스핏이 심각하게 말했다.

"미안해. 나 때문에 플리스 언니랑 월로가 잡혔어!"

찰리가 다시 울음을 터트렸다.

"아니야."

베티가 동생 손을 꼭 잡았다. 그런다고 두 사람 기분이 조금이라도 나아지거나 플리스와 월로한테 도움이 되지도 않겠지만, 그래도 잡았다. 지금까지 찰리가 겪은 일을 생각하면 한시라도 빨리 베티를 눈으로 보고 안심하고 싶었던 것이 당연했다.

"넌 몰랐잖아."

베티가 놀라기도 하고 겁에 질려서 손을 떨었더니 손에 들린 인형이 달그락거렸다. 애초 왜 플리스 언니랑 월로가 마법사의 나침반에서 떠나게 놔뒀을까! 배를 빼앗기고 이곳에 발이 묶였다 해도 서로 헤어진 채 월로와 언니가 해적 소굴에 들어간 것보다는 나았으리라. 베티가 지금 윌로와 플리스를 다시 사라지게 하면 무슨 일이 벌어질까?

해적들은 미신을 심각하게 받아들인다.

과연 두 사람한테 유리할까?

베티가 필사적으로 머리를 굴렸다.

윌로랑 언니가 유령처럼 굴 수 있을까? 아니면 벌써 잡혀서 갇혔나?

그랬다면 눈에 안 보이거나 말거나 빠져나오지 못할 터였다. 알 길이 있어야지!

"우리가 가야 해. 지금 당장."

베티가 스핏 팔을 잡아 흔들며 말했다.

"나 좀 도와줘."

스핏이 안 됐다는 눈빛으로 베티를 마주 봤다.

"무슨 일이 일어나기를 기대하는 거야? 우리가 나타나면 뭐, 로니아가 두 사람을 그냥 넘겨줄 것 같아?"

스핏이 잔해를 가리키며 손을 내저었다.

"차라리 러스티가 너한테 보물을 넘겨주기를 기대하는 게 낫겠다!"

"뭔가 우리가 할 수 있는 일이 있을 거야. 넌 해적을 알잖아. 해적이 어떻게 돌아가는지 알잖아! 어떻게든지 속여 넘길 방법이 있을 거야."

베티가 고집을 세웠다.

"맙소사! 너 지금 무슨 말을 하는지 알고나 있는 거야? 로니아를 속이고도 무사할 사람은 없어. 알아들어? 아무도 없다고! 적어도 로니아 부하는 무사하지 못해. 내가 널 도왔다는 걸 로니아가 알면, 다음엔 내 뼛조각이 저 돛대에 걸릴 거다."

스핏은 얼굴이 벌게져서 베티를 떨쳐냈다.

베티는 울음이 나오려는 걸 간신히 참았다. 스핏 없이는 로니아와 해적단을 속이려는 그 어떤 계획도 실패할 터였다. 스핏을 설득할 수만 있다면. 처음도 아니지만, 베티는 플리스 언니처럼 매력적인 구석이 한 군데라도 있기를 바랐다. 언니는 적당한 각도로 고개를 살짝 기울이고 눈썹을 깜빡거리는 특별한 기술이 있었다. 베티가 당장 언니 흉내를 내봤다.

"안 돼?"

베티가 속삭였다.

스핏이 영문을 모르겠다는 눈길로 베티를 가만히 봤다.

"목이 어디 아파?"

"우이구, 관두자."

베티가 발끈했다.

"네가 같이 가건 말건 우린 가야 해. 널 놓고 여기 앉아만 있으면 안 된다고. 우린 시간이 없어. 윌로 아빠는 시간이 없다고!"

"어디 가? 해적선에?"

찰리가 눈물을 훔치며 물었다.

"그러게, 어딜 가려고? 밤새 노를 저어도 절대 시간 안에 못 가."

스핏이 찰리 질문을 반복한 뒤 덧붙인 말이 경종을 울리며 베티 머릿속에서 소용돌이쳤다.

"그게 무슨 뜻이야?"

"해적들은 새벽에 노략질하러 떠나. 그런데 윌로와 플리스를 발견했다면 두 사람도 끌고 갈 거라고."

스핏이 외쳤다.

"아, 안 돼."

생각만 해도 충격이었다. 윌로와 플리스가 해적들 노략질에 휘말릴지도 모른다는 생각은 했지만, 이렇게 빨리 일어날 줄은 미처 예상 못 했다. 러스티 스커틀러호가 윌로와 플리스를 태운 채 미지의 장소로 떠나버리면, 일행 앞에 어떤 운명이 닥칠지도 모르고 베티가 따라잡을 방법도 없었다.

"무슨 일이 있어도 가야 해. 다른 자매를 또 잃을 수는 없어."

베티가 손가락으로 바위를 가리켰다.

"우린 지금 떠날 거야. 그러니까 우릴 도울 생각 아니면 당장 배에서 내려. 망대까지는 헤엄쳐서 돌아가."

"아직 못 돌아가! 도깨비불이 사라졌을지는 몰라도 아직 화가 안 풀린 채 물밑에서 떠다닐 거야. 그렇게까지 화가 난 건 처음 봤어."

스핏이 씩씩대면서 두려운 듯 마법사의 나침반을 힐끔거렸다.

"러스티처럼 뒤끝이 심한 유령도 없어. 로니아는 비슷할지도 모르겠다."

"오빠 겁먹었어? 난 해적은 두려운 게 없는 줄 알았는데. 무슨 해적이 이래?"

찰리는 실망감을 감추지 않았다.

스핏이 찰리를 노려봤다.

"살 만큼 살다가 늙어 죽고 싶은 해적이다, 왜!"

"로니아는 누구야?"

찰리가 또 물었다.

"해적 선장이야. 굉장히 두려운 상대고."

"로니아한테는 앵무새 있어?"

"아니. 앵무새가 있었어도 그 못돼먹은 고양이한테 벌써 잡아먹혔을 거야."

"우와! 고양이?"

찰리 얼굴이 환해지는가 싶더니 순식간에 구겨졌다.

"언니, 깡총이는……?"

베티가 침을 삼켰다.

"찰리, 미안하지만 깡총이는 플리스 언니랑 있어. 플리스 언니가 분명히 안전하게 데리고 있을 거야."

플리스 언니가 무사하다면 말이지.

베티는 참담했다.

베티가 노 두 개를 다 집어 들면서 마지막으로 물었다.

"스핏, 결정해. 바위까지 너무 멀어서 난 네가 도와주면 좋겠어. 같이 갈 거야, 말 거야? 로니아가 못 보게 숨겨줄 수 있어. 로니아는 모를……."

스핏이 코웃음 쳤다.

"플리스랑 윌로를 숨긴 것처럼? 고맙지만 난 됐어. 일단 이 배가 다가가면 해적들이 다 볼 거라고."

"그럼 가."

베티가 왈칵 성을 냈다. 안 그래도 당장 정신을 놓을 만큼 녹초가 되었다.

"러스티랑 도깨비불 떼랑 어디 한번 잘해봐."

스핏이 이글거리는 눈빛으로 베티를 노려봤다. 화가 나서 씩씩거렸더니 콧구멍이 벌름거렸다.

"해적선이 어디 있는데?"

찰리가 물었다.

"저기 바위 뒤에."

베티가 여전히 스핏을 쏘아보며 대답했다.

"저쪽에 있는 바위? 지금 배가 나오고 있는 저거?"

찰리가 손가락으로 가리키며 물었다.

"배?"

베티가 즉시 노를 내려놓고 일어나서 어둠 속을 뚫어지게 내다봤다. 어렴풋하지만 확실히 바위 뒤에서 무언가가 나오고 있었다. 앞쪽에서 작은 등불이 까딱거려다. 틀림없이 배이긴 한데……. 해적들 배는 아니었다.

"저거 혹시……. 우리 배 아니야?"

찰리가 몸을 배 밖으로 쭉 내밀고 눈을 빛내며 내다봤다.

"언니, 맞는 것 같아! 저거 우리 여행 가방호야!"

베티는 차마 대놓고 기대하지는 못하고 그저 동생만 꽉 붙잡았다. 하지만 더 가까워지는 배를 보면 볼수록, 의심의 여지 없이 위더신즈 가족의 작은 낚싯배였다.

"믿을 수 없어. 곧장 이쪽으로 오는데? 플리스 언니랑 윌로가 정말 배를 훔쳐 나오는 데 성공했나 봐!"

중얼거리는 베티 심장이 마구 두근거렸다.

뜻밖에도 스핏이 노 두 개를 다 잡고 노질을 시작했다.

"그래? 저게 진짜 네 언니라면 지금이야말로 너희가 달아날 기회야. 너희들이 빨리 사라질수록 나도 이런 일이 벌어졌다는 걸 빨리 모른 척 할 수 있어."

스핏이 물속으로 침을 뱉었다.

"도깨비불 몰이꾼에 납치, 사라지게 하는 인형……. 너흰 진짜 운이 없어도 더럽게 없다!"

스핏이 심술 사납게 말했다.

운.

어쩌면 다가오는 저 배는 마침내 우리 운이 달라졌다는 뜻일지도 몰랐다. 그런데 그 순간, 작은 의심이 바늘처럼 베티를 콕콕 찔렀다. 혹시 그게 아니면?

"너 돛 안 올렸잖아. 로니아가 망대에 무슨 일이 있는지 알아보라고 다른 해적을 우리 배에 태워 보냈으면 어쩌지? 로니아는 도둑이 셋이라고 알고 있어."

"그렇다고 그런 일에 너희 배를 보냈을까? 로니아라면 또 모르지."

스핏이 어둡게 말했다.

배가 더 가까워지면서 앞쪽 불빛이 꺼지더니 곧 다시 들어왔다.

"저쪽에서 우리를 봤어."

스핏이 작은 나룻배에도 불을 밝히면서 말했다.

"이쪽으로 온다."

스핏은 말없이 노를 저었다. 물을 가르는 노질 소리밖에 안 들렸다. 베티가 두 팔로 찰리를 감싸서 더 바짝 끌어안았다. 저게 로니아라면 이제 눈에 띄었으니 숨을 곳이 없었다.

"갑판에 누가 있어."

스핏이 더 잘 보려고 어깨 위로 고개를 쭉 뺐다.

베티가 스핏한테서 노 하나를 뺏다시피 가져와서 있는 힘을 다해 노를 젓기 시작했다. 베티도 서 있는 사람이 보였다. 픽시처럼 짧은 머리, 늘씬하게 쭉 빠진 팔다리…… 플리스 언니였다!

"진짜 언니야! 정말 두 사람이 해냈어! 어떻게 했는지 몰라도 도망쳐 나왔어."

베티가 놀라서 마구 외쳤다. 로니아가 배를 타고 노략질하러 떠나는 장면이 머릿속에서 그려졌다. 곧이어 몰래 여행 가방호를 가로질러가서, 방심하고 있던 해적을 배 밖으로 밀어버리는 플리스도 보였다. 베티는 어떻게 된 일인지 듣고 싶어서 견딜 수가 없었다.

플리스 바로 뒤쪽에는 희미한 불빛 속에서 간신히 윤곽선만 보이는 부스스한 머리의 작은 형상이 서 있었다. 윌로였다.

잠깐이었지만 베티는 기쁘고 신이 나서 모두를, 스핏마저 안아주고 싶은 심정이었다. 아직 플리스 얼굴은 보이지 않았지만, 보나 마나 언니도 베티만큼이나 입이 귀에 걸리도록 환히 웃고 있으리라. 베티는 동생과 언니를 되찾았다. 윌로도 아빠를 구할 시간이 생겼다. 에라, 플리스가 스핏을 홀려서 스핏이 윌로를 윙크하는 마녀한테 데려다줄지도 몰랐다! 다른 건 몰라도 베티는 세 자매가 할머니와 아빠가 기다리는 집으로 돌아가리라는 것만은 믿어 의심치 않았다. 모든 일이 다 잘 될 것이었다.

그런데…….

배가 가까워지고 한 줄기 달빛이 플리스 얼굴을 비추건만, 플리스가 웃고 있지 않았다.

"베티 언니? 플리스 언니 왜 저래?"

찰리가 속삭였다.

"플리스 언니랑 월로 둘만 있는 게 아니야."

베티는 지금 보이는 장면이 문득 이해가 갔다. 목소리가 흔들렸다.

"무슨 말이야? 다른 사람은 안 보이는데? 갑판에 플리스 언니랑 월로만 있잖아."

찰리가 저 앞을 내다보며 말했다.

고드름처럼 뾰족하게 얼어붙은 두려움이 조금 전 즐거운 상상으로 부풀었던 베티의 작은 희망을 펑펑 터트렸다.

"내 말이. 저 두 사람이 갑판에 다 나와 있는데 누가 배를 몰지?"

무언가 하얀 형체가 플리스 다리 옆에서 움직였다. 이번에는 달빛이 아니었다. 은밀하고 민첩하게 움직이는 저것은 진짜 고양이였다. 그렇다면 배를 모는 사람은……

"로니아? 이게 어떻게 된 일이지?"

베티가 중얼거리며 스핏을 돌아봤다. 조금 전에 화가 나서 벌겠던 스핏 얼굴에서 핏기가 완전히 가셨다.

"로니아가 저 둘을 풀어주는 거야? 아니면 포로인가? 이해가 안 가!"

"나라고 알겠냐?"

스핏이 쏘아붙였다.

"로니아는 네 선장이잖아!"

베티는 안절부절못했다.

"그런데 난 그 선장한테 거짓말을 했고 말이지."

스핏이 벌컥 화를 내며 손으로 머리를 쓸어 넘겼다. 두 눈이 두려움으로 희번덕거렸다.

"제발 잠깐이라도 입 좀 다물어. 어떻게 해야 여기에서 빠져나갈지 생각해야 해. 그게 가능할지도 모르겠지만."

펄쩍 뛰면 건너갈 만큼 여행 가방호가 가까워졌다. 플리스가 아까부터 한쪽으로 달려와서 몸을 밖으로 내밀고 있었지만, 이번만큼은 뱃멀미 탓이 아니었다. 플리스 시선은 찰리한테 꽂혀 있었다. 안도감이 온 얼굴에 퍼졌다.

"찰리! 정말 너야? 믿을 수가 없어!"

"언니, 나야! 베티 언니가 구해줬어!"

찰리가 함박웃음을 지으며 소리쳤다.

"말하는 건 나한테 맡겨. 무슨 일이 어떻게 돌아가는지 확실히 알기 전까지 조용히 좀 해."

스핏이 바람 새는 소리로 말했다

찰리가 혀를 찼다.

"진짜 해적도 아니면서."

찰리는 투덜거리면서도 팔짱을 낀 채 입을 다물었다.

로니아가 키잡이칸에서 나오자 스핏이 바짝 긴장했다. 로니아는 한 치 망설임도 없이 나룻배를 향해 성큼성큼 다가오더니 배 한쪽에 서서 나지막이 휘파람을 불었다. 밴딧이 냉큼 갑판 위를 달려와서 로니아 다리를 타고 올라 어깨 위에 앉더니 가르릉가르릉 울었다.

"이야……. 이거, 이거……."

해적 선장이 차가운 눈길로 나룻배를 내려다보며 느릿느릿 입을 열었다. 어깨에 앉은 고양이처럼 눈빛이 매섭게 번뜩였다. 베티는 순식간에 고양이 놀잇감이 된 생쥐 기분이었다. 로니아 눈길이 베티에게 머물렀다.

"그다지 죽은 사람으로는 안 보이는군."

"제가 잡았습니다."

스핏이 베티를 가리키며 가슴을 한껏 부풀렸다.

"저를 제대로 속여 먹이려고 했지만 결국 제가 한 수 위였습니다."

로니아가 어찌나 오랫동안 스핏을 뚫어지게 바라보는지 스핏이 당황해서 몸을 꿈틀거렸다.

"몸집이 크고 건장해 보이는 도둑놈? 스핏, 우리가 같이 따져봐야 할 일이 생긴 것 같군."

로니아가 차갑게 말했다.

"따, 따져본다고요?"

"네 충성심이 어디 있는지 말이야."

로니아 목소리가 확 낮아졌다. 얼음장 같았다.

"다행히 시간은 아주 넉넉해."

"그, 그게 무슨 말씀인지……."

이제 스핏은 한눈에 봐도 긴장한 티가 역력했다.

"우리가 잠깐 어디로 여행을 가야 하거든. 러스티 스커틀러호한테 아주 아주 도움이 될 만한 곳이지. 그곳이 진짜 존재하면."

로니아가 대답하면서 눈길을 옆으로 돌려 플리스를 봤다.

베티 입이 떡 벌어졌다. 설마, 아니야, 언니가 로니아한테 비밀의 섬을 말

290

했을 리 없잖아? 아니면 로니아가 우연히 불가사의한 지도를 발견했고 스스로 알아냈나? 언니가 고개를 떨구고 있는 모습을 보니 언니 짓이 분명했다. 여하튼, 로니아가 알았다. 한눈에 봐도 로니아는 그런 섬이 존재한다는 사실에 무척 흥분했다. 하지만 로니아와 함께 '잠깐 어디로 여행을 가는 일'이야말로 지금 베티가 가장 원하지 않는 것이었다. 넋을 잃은 어린 여자아이의 가련한 표정에서 베티는 윌로도 같은 생각이라는 느낌을 받았다.

"이제 모두 배에 타지?"

로니아가 옅게 미소 지으며 말하더니 손을 뻗어 찰리 손을 잡고 끌어올려서 여행 가방호에 태웠다.

찰리가 경이로운 눈빛으로 홀린 듯이 로니아를 올려다봤다.

"까치가 못 살아! 이래야 진짜 해적이지!"

밴딧이 로니아 어깨 위에서 꼬리를 살랑거리며 찰리한테 하악질했다. 하지만 찰리는 꿋꿋하게 밴딧에게 손뽀뽀를 날리더니 플리스 품으로 뛰어들었다. 로니아가 온갖 보석으로 치장한 손을 베티한테 뻗었지만 베티 손이 아니라 팔목을 쇠고리처럼 단단히 휘감으며 나직이 말했다.

"지켜보겠어."

어찌나 작게 말했는지 입술이 거의 달싹하지도 않았다.

베티가 해적 손아귀에서 손을 빼내려고 했지만 로니아 손은 쇠고랑처럼 꿈쩍도 하지 않았다. 로니아는 베티를 여행 가방호로 끌어 올리더니 베티가 그물에 걸린 몹쓸 것인 양 털어버렸다. 베티는 욱신거리는 손목을 문지르면서도 궁금했다. 로니아가 또 무엇을 알아냈을까. 도깨비불도 봤나?

베티는 플리스한테 달려가서 옷소매를 잡았다. 언니를 끌어안아야 할지 밀어버려야 할지 판단이 안 섰다.

"언니, 무슨 일이야? 섬 이야기를 했어? 만에 하나라도 섬이 진짜면, 정말 존재하면, 로니아같은 사람은 월로 일을 다 망쳐버릴 거야!"

베티 목소리가 갈라졌다.

플리스가 베티를 와락 끌어안았다. 언니의 따뜻한 숨결이 베티 귀를 스쳤다.

"난 해야 할 일을 했어. 로니아랑 거래했어."

## 21장. 윙크하는 마녀

"언니가 로니아랑 거래를 했다니 믿기지 않는다."

베티가 목소리를 쫙 깔았다. 베티 숨결처럼 베티가 하는 말에서도 쓴맛이 났다.

"게다가 지도까지 보여줬다니! 저 여자는 해적이야. 언니가 당한 거라고."

베티가 키잡이칸을 노려봤다. 로니아는 안에서 키를 잡고 있었지만 문을 활짝 열어두었다. 십중팔구 귀도 저렇게 활짝 열고 있을 터였다.

플리스가 찰리를 깨우지 않으려고 베티 옆에서 조심스럽게 움직였다. 찰리는 깡총이를 옷깃에 고이 감싼 채 코를 골며 자고 있었다. 스핏의 감시 아래 추운 갑판으로 내쫓긴 위더신즈 세 자매와 윌로는 온기를 유지하느라 서로 꼭 붙어 있었다. 베티는 녹초가 되었는데도 로니아가 배를 출발시킨 이후 지난 몇 시간 동안 쪽잠만 겨우 몇 번 잤을 뿐이었다. 수평선 위로 새벽 첫 햇살이 비쳤다.

"이런, 여태까지 해적 한 번 못 만나본 내 잘못이네. 근데 내가 언제 해적을 만나봤어야지. 난 그래도 해적한테 일종의 명예 같은 게 있을 줄 알았어. 근데 알고 보니 그런 게 없네? 잔소리 좀 그만해! 어차피 벌어진 일이야."

플리스가 다소 분한 듯이 말했다.

"하, 명예? 진심이야?"

베티는 절로 코웃음이 나왔다.

"나한테 가치 있는 거라곤 지도밖에 없었어. 해적들이 숨기도 하고 약탈품을 감출 곳이 필요하다고 로니아가 말하는 걸 들었거든. 해적선에서 벗어날 수만 있다면 그 정도 대가는 치를 만하다고 생각했어!"

플리스가 소리를 낮춰서 따졌다.

"그게 아니라 인질 둘 대신 넷을 갖다 바친 꼴이 됐잖아."

베티도 맞받아쳤다. 플리스와 윌로가 탈출한 게 아니라고 생각하니 뒤숭숭했다. 베티 일행은 로니아가 조종하는 배에 탄 채 로니아 손아귀 안에 있었다. 게다가 해적 선장이 정말 일행을 풀어줄 계획인지, 더 사악한 짓을 할지 알 길이 없었다.

플리스는 잔뜩 화가 나서 콧바람을 씩씩 불어 댔다.

"네가 인형을 그따위로 다루지만 않았어도 내가 해적과 거래할 일은 없었어! 해적들이 챙길 만한 것을 찾느라 우리 배를 뒤지기 바빠서 우리가 허공에서 갑자기 튀어나왔다는 사실을 눈치 못 챈 게 천만다행이지. 나중에는 서로 배를 제대로 수색하지 않았다면서 비난해댔지만."

"인형 일은 벌써 설명했잖아. 실수였어. 그리고 목소리 좀 낮춰. 벌써 나불댈 만큼 나불댔잖아? 로니아한테 인형 이야기까지 들려줄 필요는 없어."

베티가 짜증을 내면서 팔짱을 꼈다.

플리스 무릎을 베고 자던 찰리가 웅얼웅얼 잠꼬대하며 몸을 뒤척이자 둘이 동시에 입을 다물었다. 다시 입을 연 플리스는 목소리가 확 낮아졌지만 감정이 한껏 배어 있었다.

"베티, 넌 그 자리에 없었어. 난 무서웠고 윌로는 금방이라도 무너질 듯이 아주 이상해지기 시작했어."

플리스가 몹시 억울했는지 눈에서 눈물이 반짝였다.

"내가 생각해낸 유일한 탈출 방법이었어."

"정작 우리는 도망치지 못했고."

베티는 화가 다소 누그러졌으면서도 투덜거렸다. 베티는 여태까지 비밀의 섬이 실제 존재한다고 완전히 믿지는 않았다. 하지만 적극적으로 섬을 찾아 나서는 로니아의 무언가에 상황이 달라졌다. 두말할 필요 없이 베티는 까마귀바위섬을 벗어나서 지금까지 목격한 것만으로도, 불가능하다고 믿던 것이 사실은 가능하다는 걸 알게 되었다. 솔직히 인정하자니 미안한 마음이 들었지만, 베티의 유일한 목표는 찰리를 찾는 일이었다. 베티는 윌로를 섬까지 데려다주는 일이 정말 가능하다고 생각하지 않았다. 그런데 이제는 베티 일행이 원하건 아니건, 사람도 죽이는 교활한 해적과 함께 비밀의 섬을 찾겠다며 출발했다. 베티는 절대 가기 싫었다. 할머니와 아빠가 있는 집, 허물어져 가는 밀렵꾼의 주머니로 돌아가기만을 바랐다. 휘이마저 그리웠다.

말없이 처량하게 앉아 있는 베티 일행은 모두 꼴이 말이 아니었다. 윌로는 위더신즈 자매에게서 조금 떨어져 앉았다. 무릎만 내려다보고 있어서 머리가 흘러내려 얼굴을 가렸다. 베티는 윌로가 열도 있어 보이고 반쯤 조는 것 같아서 어디 아프기라도 한 건 아닌지 슬슬 걱정스러워졌다. 결국 베티가 침묵을 깨고 플리스를 쿡쿡 찔렀다.

"윌로가 아픈가 봐. 피부가 너무 창백해."

찰리가 플리스 무릎 위에서 몸을 돌리더니 윌로를 노려봤다. 잠이 깬 직후 찰리는 늘 심통이 사나웠다.

"내 눈엔 별로 안 달라지는데 뭐."

찰리가 하품하며 기지개를 켰다. 깡총이도 찰리 옷깃에서 코를 내밀고 하품하며 몸을 쭉 폈다.

"'내 눈엔 별로 안 달라졌는데' 겠지."

베티가 찰리 말을 고쳐줬다.

"윌로한테 괜찮으냐고 조금 전에 물었거든. 그런데 자기 아빠 일이랑 섬에 가야 한다는 얘기만 자꾸자꾸 반복해서 말하더라고."

"우리 아빠가 교수형 당할 판이라면 나도 정신을 놓을 것 같아. 아니면 그냥 뱃멀미일지도 모르고. 잠깐 실례."

플리스가 웅얼거리며 찰리 머릿밑에서 무릎을 빼더니 배 너머로 고개를 숙이고 공기를 들이마셨다. 그러자마자 스핏이 나타났다. 걱정스러운지 이마에 주름이 잡혔다. 스핏이 플리스한테 물통을 건넸지만 플리스가 손을 내두르자 심술 난 표정으로 키잡이칸 입구로 돌아갔다.

키잡이칸 안에서는 로니아가 키 앞에 서서 해그스톤 구멍으로 윌로 지도를 흥미롭다는 듯 들여다보며 연구하고 있었다. 선실 지붕 위에서는 밴딧이 한쪽 눈을 감은 채 찰리(또는 깡총이) 쪽을 살피며 꾸벅꾸벅 졸고 있었다.

베티는 눈을 가늘게 뜨고 해적 선장을 지켜봤다. 윌로의 소중한 마법 지도에 손을 올려놓은 로니아를 보고 있자니 속이 뒤집혔다. 지도와 섬은 로니아에게 그저 주머니를 채우는 수단에 불과하다고 베티는 확신했다. 윌로에게 그 지도는 사랑하는 사람 목숨을 구할 실마리였다. 윌로가 기회를 얻을까?

아니면 로니아가 그마저 빼앗아 버릴까?

"언니는 저 여자 안 믿지?"

찰리가 물었다. 이제 찰리는 바로 앉아서 로니아에게 눈길을 고정한 채 돼지 꼬리 머리 한쪽 끝을 쭉쭉 빨고 있었다.

"응, 안 믿어. 너는 믿어?"

베티가 인정했다. 스핏이 선장에 대해서 털어놓은 이야기가 생각났다. 독, 노략질, 아이를 납치하기 전에 배를 공격했을 가능성, 게다가 앞돛대에 주렁주렁 걸어놓은 뼈들이라니……. 하지만 베티는 이런 이야기 그 어느 것도 찰리한테 말해주지 않을 작정이었다.

찰리가 어깨를 으쓱했다.

"우리가 배에 탔을 때 선장이 우리를 놔주겠다고 했잖아."

"해적 말을 어디까지 믿을 수 있을지 모르겠네."

베티가 중얼거리면서 여행 가방호에 오르고 난 뒤 어땠는지를 떠올려봤다.

"지도가 진짜면 너희를 풀어준다."

스핏이 보일러에 불을 지피는 사이 로니아가 초록색 눈동자를 번뜩이며 이렇게 말했었다. 로니아가 해그스톤으로 윌로 지도를 들여다봤다.

"게다가 이 마녀가 나한테 윙크하는 분위기를 보니 예감이 꽤 좋아. 잠깐 여기 들렀다 가지."

베티는 지도가 진짜가 아니면 어떻게 할 것이냐고 대놓고 묻지 못했다. 찰리 때문이었다.

"근데 선장은 우리한테 먹을 걸 줬어. 깡총이 먹을 것도."

297

찰리가 이번에는 월로 옆에 바짝 붙으면서 덧붙였다.

"그것도 대단한 거잖아. 맞지?"

"으응……."

베티가 눈을 굴렸다. 찰리는 배 속만 든든하게 해주면 대부분 설득당했다. 베티는 은밀히 다른 생각을 하고 있었다. 로니아는 그런 섬에 가면서 왜 스핏만 배에 태우고 다른 선원은 하나도 데리고 가지 않지? 러스티 스커틀러 호를 버리고 혼자 보물을 차지하려는 계략일까?

"찰리 말이 맞아."

플리스가 자리로 돌아와서 털썩 주저앉더니 입가를 닦았다.

"로니아가 우리를 살려둘 생각이 아니면 그렇게 좋은 음식을 우리한테 주지 않았어."

"그야 우리가 죽으면 쓸모없어지니까 그렇지. 그나저나 두 사람이 이렇게 긍정적이라서 다행이네. 찰리야 여섯 살이니까 그렇다 치고, 언니는 좀 더 똑똑할 줄 알았어."

베티가 신경질적으로 속삭였다.

플리스가 발끈하며 물었다.

"뭐보다 더 똑똑해야 하는데?"

"생각 좀 해봐! 그래봤자 로니아는 섬이 정말 존재한다는 증거가 나올 때까지만 우리를 살려둘 거야. 그런데 로니아를 포함해서 직접 보기 전까지 섬이 있는지 없는지는 아무도 몰라. 그래서 로니아는 만일의 경우 우리를 팔거나 거래하거나 무슨 일에 어떻게 써먹을지 몰라서 붙잡아두는 거라고. 그리고 넷이나 되는 포로는 일단 배가 안 고파야 더 고분고분하게 말을 들을 테니까.”

“그럼 우리가 고분고분 말을 듣지 말아야겠네. 우린 넷이고 로니아는 혼자니까.”

플리스가 목소리를 낮췄다. 검은 눈동자가 진지해졌다.

“그게 무슨 뜻이야? 로니아를 제압해 보자고?”

베티가 물었다.

플리스가 떨면서 숨을 쉬었다.

“할 수 있을까?”

베티가 키잡이칸에 있는 로니아를 힐끔 쳐다봤다. 심장 뛰는 속도가 빨라졌다. 그게 가능할까? 생각은 제법 그럴듯한데, 그래도…….

그래도.

“성공 못 할 거야. 언니 평생 언제 싸움이라는 걸 해 봤어야지. 그리고 윌로와 찰리는 그냥 애들이고.”

베티가 나지막이 말하며 고개를 저었다.

“찰리는 싸움꾼일지도 모르지만 윌로는 벼룩도 털어내지 못할 판이야. 로니아는 다리만큼 긴 커틀러스를 차고 있는 데다 말할 필요도 없이 아주 잘 다루겠지. 우리가 사람 수는 많아도 숫자는 아무 의미 없어. 게다가 저기 저 스핏도 있고.”

베티가 한숨지었다.

두 사람이 동시에 스핏을 돌아봤다. 스핏은 지도에 코를 박고 엎어져 있는 로니아를 대신해서 키를 잡고 있었다.

“스핏이 우리를 한 번 도와주긴 했지만, 또 도와줄지는 확실하지 않아.”

스핏이 해준 이야기를 떠올렸더니 베티는 희한하게 배 속이 살짝 뒤틀렸다.

"스핏은 충성심이 대단해. 결국 스핏한테는 러스티 스커틀러호가 무엇보다 중요하다고. 우린 그 사실을 잊으면 안 돼."

"그러게. 내가 바보 같은 생각을 했네. 나 때문에 우리가 이 꼴이 된 것 같아서 되돌릴 방법을 찾고 싶었어."

플리스가 힘없이 한숨 쉬면서 고개를 저었다.

"있잖아, 방법이 있기는 있어. 언니, 스핏을 우리 편으로 끌어들여 줘. 조금만 더 다정하게 대해봐. 스핏은 언니한테 마음이 있다고."

베티 속삭임에 플리스가 몸서리를 쳤다.

"으아, 난 스핏이건 그 구역질 나는 버릇이건 하나도 마음 없어."

"나도 알아. 하지만 로니아한테 맞설 생각이면, 받을 수 있는 도움은 다 받아야 해."

베티는 로니아가 차고 있는 커틀러스와 끈으로 장화에 묶은 단검을 험악한 눈길로 힐끔거렸다.

베티가 키 옆에 놔둔 유리 등잔으로 눈길을 돌렸다. 덮어두었던 천은 벌써 한쪽으로 치워져 있었다. 두말할 필요 없이 해적들이 배를 수색하느라 저렇게 해놨으리라. 놀랍게도 도깨비불은 얌전히 등잔 안에 있었다. 밝아오는 아침 햇살에 희미한 깜빡임만 얼핏 보일 뿐, 거의 보이지도 않았다. 로니아와 스핏이 등잔에 저렇게 가까이 있는 걸 보면 둘 다 도깨비불을 못 알아본 눈치였다. 베티는 로니아가 등잔 안에 무엇이 들었는지 알면 어떻게 반응할지 궁금했다. 그 문제라면 스핏 반응도 궁금했다. 아까 베티가 난파선에서 직접

300

봤지만, 스핏은 분명히 도깨비불이 익숙했다. 그렇다고 스핏이 도깨비불을 덜 무서워하지는 않았다. 그렇다면……. 로니아도 자기가 믿는 미신 때문에라도 여행 가방호를 포기하지 않을까?

베티가 도깨비불에서 윌로한테로 다시 눈길을 돌리며 인상을 썼다. 윌로가 약해지니까 도깨비불도 희미해졌다. 우연일까? 불안한 생각이 발톱을 세우고 베티 머릿속에 박혔다. 만약 도깨비불이 윌로 엄마라면, 윌로 엄마가 떠나려고 한다는 뜻인가? 어쩌면 습지에서 도깨비불 무리에게 습격당한 사건과 연관 있을지도 몰랐다. 그 일 이후 윌로와 도깨비불 둘 다 확실히 예전 같지 않았다. 처음 밀렵꾼의 주머니에 나타나서 여기저기 떠다니던 장난기 많은 모습과는 확연히 다른 구석이 있었다. 이제는 차라리 죽어가는 나방에 가까웠다.

"여! 육지가 보인다!"

스핏이 뱃머리에서 외쳤다.

베티와 플리스가 벌떡 일어나서 스핏이 있는 곳으로 갔다. 바다를 가로질러 저 앞을 내다보며 뻣뻣해진 팔다리를 문질러 덥혔다. 한복판에 커다란 바윗덩어리가 있는 아담하고 험준한 바위투성이 섬이 이른 아침 햇살 속에서 보였다. 섬이 가까워지자 해초가 돋고 바닷게가 다니는 조수웅덩이 몇몇과, 간신히 여행 가방호를 댈 만한 넓이에 모래로 덮인 작은 만이 바위 사이로 드러났다.

"설마 여기가 윙크하는 마녀야?"

모두가 배에서 모래밭으로 내리자 베티가 미심쩍게 물었다.

"맞아. 지도대로라면 정확히 여기야. 선장님, 그렇지 않습니까?"

"음."

로니아가 눈을 가느다랗게 뜨고 섬을 살피며 말했다. 배에서 내릴 때 선장 어깨로 뛰어올랐던 밴딧도 이제는 다시 땅으로 내려와서 섬을 탐색하기 시작했다.

"마녀는 어디 있어? 저건 그냥 오래된 바윗덩어리 같은데."

찰리가 물었다.

"내 생각엔⋯⋯. 틀림없이 저거일 거야. 윙크하는 마녀처럼 보였어."

플리스가 섬 한복판에 솟아 있는 커다란 바위를 머뭇머뭇 가리키며 깊이 숨을 들이마셨다.

"와⋯⋯. 드디어 다시 땅이⋯⋯. 앗!"

모래밭으로 밀려온 파도에 플리스 발이 빠졌다.

"이런 맙소사."

플리스가 투덜거렸다.

"나한테는 마녀로 안 보여."

찰리가 실망해서 아랫입술을 삐죽 내밀었다.

"바위 반대편으로 돌아가면 뭔가 있을지도 몰라."

베티는 말하면서도 위태롭게 사라지는 희망을 느꼈다. 어떻게 저 바위 무더기가 윌로 지도에 잉크로 그려진 마녀 형상과 상관있겠는가! 윙크하는 마녀가 존재하지 않으면 일행은 어떻게 될까. 따라갈 실마리라고는 동화밖에 없는데? 베티는 지도를 몰래 엿보고 싶었지만 로니아가 가슴에 꼭 품고 있었다.

"저쪽이다."

로니아가 명령하면서 양 떼 몰 듯 무리를 앞으로 몰았다.

일행은 명령에 따를 수밖에 없어서 모래 위를 걸었다. 맨 앞에 플리스와 베티가 서고, 서로 손을 꼭 잡은 월로와 찰리가 그 뒤를 따랐다. 로니아가 여자아이들 뒤에서 어찌나 소리 하나 없이 사뿐사뿐 걷는지, 베티는 로니아 존재가 더 불안해져서 어깨 너머를 돌아보는 일도 그만뒀다. 일행은 얕은 조수 웅덩이를 서둘러 넘어 작은 섬 맞은편으로 갔다. 이제 바라보는 각도가 달라져서인지 베티 눈에는 거대한 바위가 벌써 새로운 형상으로 보이기 시작했다.

"히야! 와서 이것 좀 봐."

조금 앞서가던 스핏이 감탄했다. 스핏이 팔을 뻗어서 고르지 않은 바윗길을 넘도록 찰리를 잡아준 뒤, 플리스를 향해 손을 내밀었다. 플리스는 잠깐 망설였지만, 쿡쿡 찌르는 베티 성화에 한 손을 스핏한테 올리고 도움을 받았다. 스핏 두 볼이 새빨개졌다. 베티는 스핏이 필요 이상으로 플리스 손을 오래 잡고 있다는 걸 눈치챘다.

"다 왔다."

일행 모두가 높이 솟은 바위 그림자 속으로 들어와 서자 스핏이 말했다.

베티는 눈길을 위로 들었다가 헉하고 감탄했다. 알아봤다는 흥분감에 몸이 간지러웠다. 이제는 베티한테도 보였다. 월로 지도에서 윙크하는 마녀는 검은색 긴 망토를 걸친 구부정한 늙은 여인으로 정교하게 그려졌지만, 실물은 느낌이 아주 달랐다. 만에서 바라봤을 때는 딱히 눈여겨볼 특징 하나 없는 그저 평범한 바위였다. 그런데 이쪽에서 보니…….

"마녀다."

찰리가 숨을 쉬며 잔뜩 움츠러들었다.

온전한 마녀 전신상이 아니라 머리와 어깨뿐이었다. 세월에 닳고 닳은 돌이 앞뒤로 교묘하게 튀어나오고 들어가서 사람 옆얼굴처럼 보이는 독특한 형체를 만들었다. 아래로 처진 작은 바위 조각은 입속에 하나밖에 안 남은 이처럼 생겼고 그 틈새 위로 매부리코가 휘어져 있었다. 그 밑에는 턱처럼 보이는 반반한 암반 하나가 앞으로 툭 튀어나왔다. 암반 위에 잔잔하게 돋은 풀은 흉하게 털이 난 사마귀 같았다. 얼굴 위쪽에는 선반처럼 생긴 바위 한 판이 놓였고, 그 위에 끝으로 갈수록 뾰족해지는 바위가 하나 더 얹혔다. 합쳐놓고 보니 두 바위는 챙이 넓은 마녀 모자 같았다.

베티는 마녀 눈에서 시선을 떼지 못했다. 코 바로 위에 뻥 뚫린 구멍이 하나 있었고 그 구멍으로 햇살이 내리비쳤다.

"자, 이젠 어쩌지?"

로니아가 안달하며 윌로 지도를 펼쳤다.

"지도에 따르면 섬은 여기에서 북서쪽에 있어야 해."

로니아가 해그스톤을 통해 바다를 내다봤다. 냉담한 목소리였다.

"아직은 아무것도 안 보인다 이거야. 그런데……."

로니아가 이를 악물며 지도를 다시 곁눈질했다.

"그런데 이 여자는 나한테 윙크를 한단 말이지. 이 노파가!"

베티는 로니아의 인내심이 바닥나는 것을 감지하고 윌로를 돌아봤다. 윙크하는 마녀와 보이지 않는 섬이 무슨 관련이 있는지 어떻게든 알아내야 했다.

"윌로?"

베티가 최대한 부드러운 목소리로 윌로를 불렀다. 윌로가 이렇게까지 아파 보이는지 미처 몰랐다. 피부가 밀랍 같았고 이마와 윗입술이 땀으로 번들거렸다. 윙크하는 마녀에 와서인지 그나마 조금은 기운을 차린 모습이었다.

"뭐 생각나는 거 없니? 그날 아빠랑 사울 아저씨가 배 타고 떠나기 전에 말한 건 없어?"

"모, 모르겠어요. 나 지금 느낌이⋯⋯. 아무것도 기억 안 나요."

윌로 몸이 조금 휘청거렸다.

"얘 좀 앉히자. 불쌍해라. 너무 지쳤어."

플리스가 윌로와 찰리를 데리고 바위 웅덩이 옆에 가서 앉혔다. 나직한 목소리로 윌로를 달래며 등을 쓰다듬어 주었다. 옆으로 조금 떨어진 바위에서는 밴딧이 웅덩이에 고인 물에서 노니는 작은 물고기들을 들여다보고 있었다. 밴딧은 꼬리를 양옆으로 살랑거리며 가끔 한 번씩 물속으로 앞발을 냅다 내리꽂았지만, 아무것도 잡히지 않아서 실망스러웠는지 날카롭게 야옹야옹 울었다.

문득 베티는 바로 옆에 서 있는 로니아를 인식하고 더 불안해졌다. 일이 계획대로 풀리지 않아서 해적 선장이 긴장한 데다 쌓여가는 좌절감이 눈에 보였다. 긴장과 좌절, 위험한 조합이었다.

"시간 낭비는 여기까지다. 섬에는 어떻게 가지?"

로니아가 버럭 화를 내며 물었다.

"지금 그걸 알아내려고 하잖아요."

베티가 대뜸 쏘아붙였다. 해적을 싫어하는 감정이 목소리에 고스란히 묻어났다. 두려움 탓에 조심성이 없어졌다. 알아내지 못하면 아니, 최악의 경우 모든 것이 헛수고였고 섬 따위는 없을뿐더러 모두를 바위투성이 섬으로 이끈 것이 한낱 전설에 지나지 않는다면, 그게 일행에게 무엇을 뜻하겠는가! 월로 아빠에게 무슨 의미일지는 확실했다. 로니아가 사나운 눈빛으로 베티를 쏘아봤다.

"그, 그러니까 제 말은……. 저도 모르겠어요. 유일한 실마리는 지도라고요."

베티가 더듬더듬 말했다.

"우리가 여기 있는데도 확실해지지 않았어. 아무것도 없다고."

로니아가 해그스톤을 눈에 붙이고 사방을 둘러봤다.

"어떤 식으로든 이곳은 분명히 섬이랑 관련 있어요."

베티는 말을 하면서도 내심 로니아가 옳을지도 모른다고 생각하기 시작했다. 로니아한테서 벗어나야 하고 월로를 위해 해답을 구해야 한다는 생각만이 베티를 계속 나아가게 했다.

"그렇지 않고서야 지도에 있는 마녀가 왜 윙크를 하겠어요?"

베티는 로니아를 지나쳐서 돌덩이며 떠내려온 나무토막, 파도에 둥글어진 유리 조각이 흩어진 곳으로 갔다. 베티는 마녀 바위를 한 바퀴 돌아볼 작정이었다. 두어 걸음 떼자마자 마녀 바위가 달라졌다. 얼굴을 찡그리는 것 같았다. 한 걸음 더 내디디자 마녀 눈으로 쏟아져 들어오던 햇살이 돌출된 바위에 가로막혔다.

"마녀가 저렇게 윙크하는구나."

베티가 중얼거리며 뒤로 물러갔다가 다시 앞으로 다가와서 으스스한 형상을 관찰했다. 그렇다고 대답을 구한 것은 아니었다. 절망만 깊어졌다. 신비한 섬은 줄곧 장난 같은 거짓말이었을까? 지도는 그저 영리한 속임수에 불과할까? 아무것도 진짜가 아니라면 윌로의 희망은 허사로 돌아갈 터였다. 게다가 윌로 엄마도 허무하게 목숨을 잃었을 가능성이 있었다. 위더신즈 자매는 어떻게 될까? 로니아를 화나게 한 사람들한테 로니아가 무슨 짓을 할 수 있는지 스핏이 말해줬다. 위더신즈 자매들이 로니아의 분노를 직접 경험하려나?

베티는 마녀 바위 옆 커다랗고 둥근 바위 가장자리에 앉아서 마음을 진정하고 생각을 가다듬었다. 바위 꼭대기가 오랜 세월 비바람에 침식되어 그릇처럼 안쪽으로 움푹 파였다. 안에 잔뜩 쌓인 온갖 쓰레기가 보였다. 십중팔구 심한 폭풍과 맹렬한 바람에 날려 오고 떠내려왔을 터였다.

스핏이 버적버적 모래를 밟으며 베티한테 다가왔다.

"누군지 몰라도 유머 감각 한번 끝내주네."

"응?"

베티가 돌아보며 물었다. 스핏이 마녀 바위를 고갯짓으로 가리켰다. 턱 옆에 낡은 빗자루가 꽂혀 있었다.

"아."

베티 목소리는 무덤덤했다.

"가마솥 안에 뭐 쓸 만한 건 없어?"

스핏이 바위 옆에 멈춰서 잡동사니를 뒤적였다.

"없을 것 같아."

베티는 바위 안에 쌓인 쓰레기 더미를 두 번 보지도 않고 말했다. 지금은 바다에서 떠내려온 허섭스레기를 뒤지거나 빗자루에 대해 이러쿵저러쿵 떠

들어댈 기분이 아니었다. 지금 이 상황에 달린 모든 것이 몹시 두려웠다. 찰리를 되찾았어도 집으로 돌아갈 수 있을지는 여전히 미지수였다. 로니아는 자매를 풀어줄 생각이 없어 보였다. 로니아는 일행을 다 어쩔 계획일까. 무엇보다 이제 베티는 찰리 걱정을 그만두었다. 오히려 윌로가 문제였다. 아이가 너무 아파 보였고 윌로 아빠를 구할 가능성도 점점 희박해졌다.

바로 그때, 스핏이 무심코 뱉은 말 한마디가 낚싯바늘처럼 베티를 단번에 낚아챘다.

"잠깐, 방금 뭐, 뭐라고 했어?"

"뭐 쓸 만한 거 없느……."

"가마솥 안에!"

베티가 외치며 바위에서 펄쩍 뛰어내리더니 그릇처럼 파인 바위 안을 쿡쿡 쑤셔보는 스핏 뒤에 가서 섰다. 가마솥! 베티는 흥분해서 배 속이 팔딱거렸다. 하지만 들뜬 기분도 잠시, 등골이 오싹하도록 기괴한 소리가 허공을 가르며 위에서 들려왔다. 모두가 소스라치게 놀랐다.

## 까마귀바위섬 연대기
## 노파와 큰까마귀, 그리고 미로 : 3부

미로와 맏형을 찾겠다며 떠난 운이 사라진 뒤 하루이틀이 지나 몇 주가 되고 이내 몇 달이 흘렀다. 세 형제의 부친은 근심 걱정으로 나날이 여위어갔지만 희망이 아버지를 앞으로 나아가게 했다. 또한, 희망은 아버지 거래를 물려받아 실력 있는 견습생임을 증명해 보였다. 서서히 손님들이 돌아오기 시작했다. 아버지와 아들은 부유하지 않았지만 더는 가난하지도 않았다.

희망은 두 형을 잊지 못했다. 뭔가 일이 벌어졌음을 확신한 희망은 두 형을 찾아 집으로 데려오기를 간절히 바랐다. 하지만 아버지에게 남은 아들은 이제 희망 하나인 터라, 희망이 떠나도록 아버지가 허락할 리 없었다. 그러던 어느 날, 운이 배를 타고 떠난 지 일 년 만에 배가 다시 항구로 떠내려왔다. 배 안에는 검은색 깃털 두 개뿐이었다. 희망은 아버지에게 잃어버린 두 형을 찾으러 떠나게 해달라 간청했고 노인은 결국 허락했다.

깃털 두 개를 챙겨서 배에 오른 희망은 노를 저어 습지를 가로질러 노파를 찾아 나아갔다. 앞선 두 형제를 기억하는 노파는 희망도 두 형처럼 무례하고 경솔하리라 예상하고 희망이 다가오는 광경에 다시 분노했다. 노파는 구름을 머금은 숨을 불어서 무시무시한 습지 안개를 보내 희망이 방향 감각을 완전히 잃게 했다. 희망이 탄 배가 암초를 들이받고 가라앉았다. 희망은 물로 뛰어들어 남은 거리를 헤엄쳐 갔다. 습지 물을 반쯤 들이켠 뒤에야 마침내 땅에 닿았지만, 희망은 자신이 허락도 없이 왔음을 알았기에 마녀를 공손하게 대했다.

"왜 노력하는가! 왜 애쓰는가!"

마녀 옆에서 큰까마귀가 물었다.

"제가 희망이기 때문입니다. 그리고 형들을 찾아야만 합니다. 아버지한테 저밖에 남지 않았습니다."

노파가 고개를 끄덕이며 희망에게 해그스톤을 건넸다.

"구멍으로 봐라, 구멍으로."

희망은 큰까마귀 말에 따라 해그스톤을 눈에 갖다 대고 처음으로 섬을 보았다.

늙은 여인이 희망에게 말없이 가마솥을 내밀었다.

"하나 골라라. 하나만 선택해라."

큰까마귀가 말했다.

희망은 무거운 가마솥 밑에서 부들부들 떨고 있는 노파 두 팔을 눈여겨봤다.

"당신은 몹시 피곤해 보이니 내가 가마솥을 들고 고르겠습니다."

노파가 기꺼이 희망에게 무거운 가마솥을 건넸다.

희망이 물건을 하나씩 넘기면서 말했다.

"신발은 필요 없다. 내 신발이 낡았어도 내 아버지가 지었고 나에 앞서 형제들이 신었기에 소중하다. 달걀은 아름답지만 어딘가에서 이 달걀을 찾아 다니는 생명체가 있으리라. 함께 나눌 형제가 없는데 단검과 망토가 무슨 소용인가. 형제를 찾는 순간 내가 필요한 행운은 다 받는 셈이니 행운의 토끼발도 필요 없다. 하지만……."

희망이 잠깐 멈추고 자기 옷 주머니를 확인했다.

"실타래는 늘 유용하다!"

노파는 희망의 지혜로움과 친절함에 기뻐하며 고개를 끄덕였다. 희망이 실타래를 허리띠에 묶고 노파에게 말했다.

"실타래를 주신 보답으로 저도 무언가를 드리고 싶습니다. 가진 건 없지만 당신의 하루를 밝게 해줄 곡조 한 가락을 기꺼이 들려드리겠습니다."

마녀가 다시 고개를 끄덕였다. 희망은 오랜 시간 신발을 지으며 떠올린 짧은 선율을 휘파람으로 불었다. 그 음률을 부르면 기분도 유쾌해지고 시간도 빨리 흘렀다. 희망의 속 깊은 마음씨에 감명한 노파는 희망이 타고 온 배를 가라앉힌 일이 미안해졌다.

마녀가 바닷가에서 커다란 조개껍데기를 주워 벅벅 문질렀다. 놀란 희망의 두 눈앞에서 조개껍데기가 작은 배만 한 크기로 커졌다. 더 놀랍게도, 희망이 챙겨온 검은색 깃털 두 개도 쭉쭉 늘어나더니 희망만큼 길고 튼튼해져서 배를 저어도 될 만큼 견고한 노가 되었다. 그렇게 해서 희망은 커다란 조개껍데기를 타고 깃털 노 두 개로 노질을 시작해 미로를 찾아 나섰다. 노파는 희망의 여정에 속도를 더하려고 바람도 보냈다. 섬에 다다른 희망은 절벽 가장자리에 난 거친 길을 발견하고 길에 닿기 가장 좋은 장소를 물색했다.

"이 실타래가 쓸모 있을 줄 알았지."

희망이 혼잣말했다. 희망은 조개껍데기의 날카로운 모서리에 대고 실을 넉넉한 길이로 끊어서 한쪽 끝은 나뭇가지에, 다른 한쪽은 조개껍데기 배 위에 붙은 따개비에 단단히 묶었다. 그러고도 실타래는 아직 한참 남았다. 희망이 절벽을 오르기 시작했지만 한 걸음 올라가면 두 걸음 미끄러졌다. 절벽을 사 분의 일 정도 올랐을 즈음, 희망은 실로 수고를 덜 방법은 없을까 고민했다.

"참 이상하구나."

희망이 감탄했다. 실타래를 푸니 신통하게도 끝에 고리가 만들어져 있는 것이었다. 희망이 실을 던지자 튀어나온 나무뿌리에 고리가 걸렸다. 실은 희망 몸무게를 거뜬히 버텨낼 만했다. 희망은 올가미를 여기저기로 던져 바위에도 걸고 나뭇가지에도 걸어가며 어느새 절벽 꼭대기까지 다 올랐다.

그곳에서 희망도 저 아래 물 위에 두레박이 떠 있는 돌우물을 마주쳤다.

안타깝구나. 저 두레박을 건질 수만 있으면 손잡이에 실을 묶어서 다시는 누구도 목마른 채 이곳을 떠나지 않게 할 수 있을 텐데.

희망이 생각했다.

그런데 놀랍게도 우물 안쪽 벽에 박힌 오래된 낚싯바늘이 눈에 띄었다. 희망은 실 한쪽 끝에 낚싯바늘을 묶고, 다른 쪽 끝은 우물 위를 가로지르는 축에 묶어서 우물 안으로 낚싯바늘을 내렸다. 즉시 저 아래에서 어떤 목소리가 올라왔다.

"오, 부탁입니다. 낚싯바늘로 나를 낚지 마세요! 난 사람이지 진짜 물고기가 아닙니다."

"재산 형!"

희망이 외쳤다. 희망은 어디에서도 형 목소리를 알아들을 수 있었다.

"두레박 안으로 헤엄쳐 들어가세요. 내가 끌어올리겠습니다."

재산이 두레박 안으로 헤엄쳐 들어가자 희망이 두레박 손잡이에 낚싯바늘을 걸고 축을 돌려 실을 감았다. 드디어 재산이 든 두레박이 위로 올라왔다. 이제 재산은 은빛 비늘이 번쩍이는 커다란 물고기였다. 두 형제는 울고 웃으며 기이한 노파와 노파의 큰까마귀 이야기를 나누었다. 그리고 재산은 운이 동굴에 들어갔다가 사라진 뒤로 다시는 보지 못했다는 이야기를 전했다.

"우리는 운 형도 찾고, 이 저주를 깨트려서 형을 다시 사람으로 되돌릴 방법도 알아낼 겁니다."

희망이 재산에게 약속했다. 희망은 두레박에서 낚싯바늘을 거둔 뒤 물고기 형이 든 두레박을 들고 동굴을 향해 떠났다.

동굴 입구 밖에서 잠시 멈춘 희망은 허리띠에 묶인 실타래가 아직도 한참 남았을뿐더러 다 써가는 기미가 조금도 없다는 것을 눈치챘다. 그제야 희망은 원하는 대로 다시 채워지고 이례적일 만큼 튼튼한 이 실타래가 평범하지 않다는 것을 깨달았다.

희망은 동굴 안이 광활하고 위험하리라 짐작하고 흔적을 남기기로 했다. 실타래 한쪽 끝을 해그스톤에 묶어서 동굴 입구에 남겨두고 들어가, 안에서 움직이는 대로 나머지 실타래가 풀리도록 했다. 그렇게 하면 안에서 길을 잃어도 언제든지 실을 따라 안전하게 밖으로 나올 수 있을 터였다. 희망이 동굴 안으로 막 발을 들이려는 순간, 희미한 목소리가 희망을 불렀다.

"부디 나도 데려가 주오."

희망이 가냘픈 목소리 주인을 찾아 주위를 두리번거렸지만 바위에 매달린 작은 딱정벌레만 보였다.

"내 형제자매들은 모두 다 동굴 안으로 들어갔고 나 홀로 뒤에 남았습니다. 내 다리는 몹시 짧은 터라 내 걸음으로는 평생을 가도 따라잡지 못합니다."

딱정벌레가 말했다.

재산은 딱정벌레를 그냥 두고 가자고 강력히 주장했다.

"형제여, 넌 이미 나를 들고 가야 하는데 어째서 짐을 더 만드는가."

"형제를 잃는다는 것이 어떠한지 우리는 아니까요."

희망이 답하며 딱정벌레를 집어서 어깨 위로 올린 뒤 동굴 안으로 들어섰다. 동굴 안으로 들어오자마자 희망의 친절함에 보답하고 싶었던 딱정벌레가 작은 몸으로 빛을 발했다. 즉시 동굴 안이 환해졌고 희망이 갈 길이 드러났다.

희망은 어둡고 축축한 동굴을 터벅터벅 걸으며 기운을 북돋으려고 노래를 불렀다. 그런데 메아리쳐 돌아오는 목소리는 희망 목소리가 아니었다.

"저건 운의 목소리다!"

재산이 외쳤다. 하지만 아무리 두 형제가 이름을 부르며 사방을 찾아봐도 운 모습은 보이지 않았다. 그제야 희망은 재산이 우물 안에서 물고기로 변해 살아남았듯이, 운이 동굴 안에서 살아남고자 메아리로 바뀌었다는 것을 깨달았다. 재산은 형 목소리가 계속 따라오도록 노래를 불렀다. 동굴 안에서 숱하게 잘못된 길로 들어섰지만, 튼튼한 실이 길게 이어지고 있는 만큼 길을 잃을 염려는 없었다.

삼일이나 축축한 냉기 속에서 줄기차게 노래를 부르느라 두 형제 목이 다

쉬어버린 참에 동굴 저 앞에서 환히 빛나는 불빛이 보였다. 동굴 한복판에 딱정벌레로 가득한 낡은 등잔과 흠집 나고 바다 소금에 찌든 신발 한 짝이 나타났다. 희망은 두 물건 모두 어리석었던 형의 것임을 알아봤다. 희망이 딱정벌레를 형제자매들에게 돌려보내자 딱정벌레들이 다 같이 빛을 발해서 동굴 안이 이전보다 훨씬 환해졌다.

"동굴을 거꾸로 통과해서 되돌아갈 길은 없습니다. 유일한 방법은 이대로 앞으로 계속 나아가 섬의 심장에 닿는 것입니다. 우리가 가실 길을 밝히겠습니다."

딱정벌레들이 말했다. 그래서 희망은 등잔과 신발 한 짝을 챙겨서 길을 계속 갔다. 마침내 희망이 동굴에서 나와 섬의 심장에 이르자 환한 태양 빛에 딱정벌레들 빛이 희미해졌다. 희망이 바로 그 자리에서 딱정벌레들을 풀어주었다. 딱정벌레들은 감사한 마음으로 충만했다.

희망도 딱정벌레한테 감사를 표했다. 그런데 어찌 된 일인지 동굴 안에서 밖으로 이어져 있어야 할 마법의 실은 깔끔하게 타래로 되감겨 허리띠에 매달려 있었고, 마녀에게서 받은 해그스톤도 동굴 밖으로 데굴데굴 굴러 나오더니 희망 발치에서 멈췄다. 희망이 해그스톤을 주머니에 넣고 여정을 계속하려 했지만 트인 바깥으로 나오는 순간 메아리로 울리던 운의 목소리가 더는 따라오지 못한다는 점을 깨달았다.

희망은 재빨리 머리를 굴려서 입구 안쪽을 향해 운의 이름을 외쳐 불렀다가 메아리로 되돌아오는 운의 목소리를 낚아채서 신발 안에 담았다. 길을 갈수록 섬이 더욱더 기묘해졌다. 세 형제는 반짝이는 동전이 뚝뚝 떨어지는 나무와 보석이 비처럼 쏟아지는 폭포를 지났다. 그럴 때마다 운과 재산은 동생

315

한테 잠깐 멈춰서 금은보화를 줍자고 애원했다. 하지만 두 형보다 지혜로운 희망은 자기 것이 아닌 물건에 손대지 않았다.

희망이 섬 한복판에 이르고 보니 큰까마귀 한 마리가 막대한 보물로 지은 거대한 둥지 안에 앉아 있었다.

"들고 갈 수 있는 것은 무엇이든 갖고 떠나라. 하지만 한 번 보물을 갖고 떠나면 이 섬은 사라질 것이고 너는 이곳으로 두 번 다시 돌아올 수 없다."

큰까마귀가 희망한테 말했다.

"내 손은 이미 다 찼고 내가 찾으려던 보물도 다 찾았습니다. 바라는 단 한 가지는 내 형제들이 원래 모습을 되찾는 것뿐입니다."

희망이 답했다.

큰까마귀는 깃털을 한 번 터는 것으로 희망의 소원을 이뤄주었다.

이는 가족을 파멸에서 구하려고 길을 떠났던 삼 형제 이야기였다. 하지만 오직 한 사람만이 운과 재산은 물론 세상에 비할 바 없는 보물을 찾아 집으로 돌아갔다.

## 22장. 큰까마귀

다시 한번 울려 퍼지는 귀를 찢는 소리에 베티 신경이 곤두섰다. 로니아가 즉시 커틀러스를 꺼내 들었다.

베티는 끔찍한 소리에 얼어붙었다. 이 세상 것이 아닌 듯한 소리에 한기가 끼쳤지만, 문득 베티는 저게 무슨 소리인지 알아챘다. 베티가 손으로 햇빛을 가리고 마녀 모자챙에 해당하는 넓적한 암반을 올려다봤다. 암반 위에서 무언가 슥 움직이더니 이내 기다란 바닷말 한 줄기가 바위를 넘어 획 날아왔다. 바닷말은 로니아의 칼날에 떨어져서 깨끗하게 둘로 나뉘었다. 그러자 곧 커다란 검은 새 한 마리가 모자챙 바위 끝에 나타나 호기심이 돋은 듯 일행을 내려다봤다.

"큰까마귀다! 우와, 진짜 근사하다!"

찰리가 베티 옆으로 다가오며 외쳤다.

"그런데 이런 곳에 한 마리밖에 없는 게 이상해. 보통은 쌍으로 다니거든."

베티가 말했다.

"한 마리건 두 마리건 저 새는 불길해. 할머니도 항상 그렇게 말했어."

윌로 곁에 앉은 플리스가 새를 보며 걱정스럽게 말했다.

"불길한 새는 까치인 줄 알았는데."

스핏 말에 플리스가 어깨를 으쓱했다.

"우리 할머니가 까마귀, 큰까마귀, 까치는 다 그놈이 그놈이라고 했어. 할머니는 그 새들에 관한 재밌는 짤막한 시 같은 것도 아셨어."

"한 마리는 습지 안개, 두 마리는 슬픔."

베티는 할머니가 자주 반복하던 미신을 나지막한 목소리로 읊조렸다.

새가 고개를 한쪽으로 기울인 채 베티를 뚫어지게 내려다보며 귀를 기울였다.

"세 마리라, 그대는 내일 먼 길을 떠나겠구나."

베티는 왠지 이상한 기분이 들어서 몸을 부르르 떨었다. 윌로가 나타난 밤, 밀렵꾼의 주머니 바깥 표지판에 앉아 있던 까마귀 세 마리가 기억난 것이었다. 습지 안개와 슬픔, 그리고 먼 길. 세 가지가 다 맞아떨어졌다.

"할머니가 취해서 지어냈던 노래가 따로 있지 않나?"

이제는 플리스도 와서 베티와 함께했다.

"할머니가 뭐라고 했더라? 아, 맞다! '한 마리는 위스키요, 두 마리는 럼주, 세 마리는 술이 술술 넘어가는 목구멍'……."

"입 닥쳐."

가차 없는 로니아 눈빛에 플리스가 입을 다물었다.

"목구멍 얘기가 나와서 말인데 너희 말이 아주 많……."

귀를 긁어대는 새된 소리가 로니아 말을 잘랐다. 시끄러운 소리에 로니아가 번개처럼 휘두른 커틀러스가 스핏 코를 아슬아슬하게 비껴갔다. 그러더니 사람 목소리가 들렸다. 갈라지는 태곳적 소리는 사람 목소리가 아닌 것 같았다.

"그래서, 그대들도 섬을 찾고 있는가?"

"으악! 지금 저 새가 말을 한 거야?"

스핏이 소리치며 바위 가마솥 뒤로 몸을 날렸다.

"맞아."

대답하는 베티는 입안이 바싹 말랐다. 겨울잠에서 깨어나는 고슴도치처럼 머릿속에서 온갖 생각이 들고 일어섰다. 새가 나타나는 순간부터 베티는 이런 일이 일어날 것을 알았을뿐더러 반쯤은 기대했다.

"이리 와."

스핏이 가마솥 바위 뒤로 몸을 숨기며 베티를 불렀다.

"말하는 까마귀라니……. 이건 아니야! 여긴 저주받았어. 바다 영혼이 분명해."

"저주 아니야! 저 새는 까마귀가 아니라 큰까마귀야. 내가 말해줬잖아. 큰까마귀는 말할 수 있어. 사람 흉내를 낸다고."

찰리가 경멸하는 눈빛으로 스핏을 쏘아보더니 이번에는 경이로운 눈빛으로 새를 올려다보며 말을 이었다.

"밀렵꾼의 주머니 마당으로 날아들던 큰까마귀가 있었어. 할머니가 냄비 두 개를 깡깡 부딪치고 욕을 퍼부어대면서 새를 쫓아버렸거든? 근데 하루는 새가 할머니한테 똑같은 욕을 퍼부어댔는데 할머니가 안 놀라더라고!"

찰리가 낄낄 웃었다.

"저 애 말이 옳다."

로니아가 칼을 도로 칼집에 꽂으면서 신경질적으로 말했다.

"말하는 큰까마귀라면 나도 본 적 있으니까. 우리가 배를 훔친 어느 늙은 뱃사람이 키우던 새였지."

로니아가 불쾌한 듯 말하더니 자갈을 발로 걷어찼다.

"누군가 장난삼아 큰까마귀가 섬에 관해 지껄이도록 훈련했을 테지."

"그런 게 아닐지도 몰라요."

베티는 로니아를 도울 생각이 없었다. 그렇지만 로니아에게 베티 일행의 쓸모를 증명하지 않는 것이 훨씬 위험하게 느껴졌다. 게다가 바위에 늘어지다시피 주저앉은 윌로를 보며, 로니아와 상관없이 섬에 가는 일이 저 작은 여자아이와 그 아빠한테 무엇보다 중요하다는 사실을 되새겼다.

"윙크하는 마녀가 지도에 표시된 데는 다 이유가 있을 거예요. 그래서 난…….큰까마귀도 다 이유가 있어서 여기 있다고 생각해요."

베티가 말을 이으면서 마녀 바위 쪽으로 한 발 더 다가서서 새를 올려다봤다.

"맞아요. 우린 섬을 찾고 있습니다."

베티가 대답했다.

새는 소리 없이 눈을 껌뻑이면서 베티를 아주 오랫동안 마주 봤다. 베티는 바보가 된 기분에 몸을 꿈틀거렸다. 내 생각이 틀렸나? 확실하다고 믿었는데…….

"이건 시간 낭비다."

로니아가 입을 열기 무섭게 큰까마귀가 돌연 날개를 퍼덕여서 하늘로 날아올랐다. 귀가 찢어질 듯 크게 우는 소리는 섬뜩하게도 사람이 비웃는 소리 같았다.

큰까마귀가 가마솥 바위를 덮치듯 훅 내려와서 가장자리에 앉았다. 아직도 끼룩끼룩 웃고 있었다.

찰리가 얼굴을 찌푸렸다.

"큰까마귀는 저런 소리 잘 안 내는데."

"그러니까, 그냥 까마귀일지도 몰라."

스핏이 말했다.

"아니……. 큰까마귀야. 부리가 더 길고 더 구부러졌어. 목 깃털도 더 울툭불툭하고……."

"울툭불툭? 울툭불툭?"

찢어지는 목소리가 다시 들렸다.

"까마귀 맙소사! 이렇게 말을 빨리 따라 할 줄 몰랐어."

찰리가 감탄했다.

새가 다시 끼룩끼룩 웃었다. 새 웃음소리에서 확실히 묻어나는 비웃음이 베티 마음속에 남았던 의심의 마지막 조각마저 깨끗하게 치워 버렸다.

"찰리 네 말을 따라 하는 게 아니야. 너한테 대답하는 거야."

베티가 조용히 말했다.

일행 각자가 지금 이게 무슨 상황인지 생각하느라 침묵이 길게 이어졌다.

"내 말이 맞지요? 그렇지 않습니까?"

베티가 새 쪽으로 한 발 더 다가섰다.

"당신은 평범한 큰까마귀가 아니에요. 그렇죠? 여기 아주 오래 살았어요."

큰까마귀가 베티를 가만히 바라봤다.

"아주 아주 오래."

새가 갈라지는 목소리로 대답했다.

"무슨 헛소리야! 당연히 저 새가 너를 따라 하는 거잖아! 대답 같은 걸 할 리……."

적의로 가득한 로니아 목소리가 새 말을 잘랐다.

"조용히 하라!"

큰까마귀가 샛노랗게 번뜩이는 두 눈을 로니아에게로 돌리며 일갈했다.

입을 열었던 로니아가 끽소리도 못 내고 다시 다물었다. 누구한테서 따귀를 얻어맞았어도 저렇게까지 큰 충격을 받지는 않았을 것이었다.

큰까마귀가 가마솥 테두리를 따라 경중경중 뛰었다.

"그리고 너. 울툭불툭, 그렇다! 하지만 '주름 장식'이 더 좋은 말이다."

목 깃털을 단장하는 큰까마귀가 이번에는 근엄한 목소리로 찰리를 혼냈다.

"어……. 네, 네……. 죄송해요."

찰리가 말을 더듬으며 잠깐 머뭇거리는가 싶더니 이내 본모습을 회복했다.

"그런데, 잠깐만요. 아시겠지만 내가 분명히 큰까마귀님이 진짜 아름답다고 했거든요?"

깡총이가 찰리 주머니에서 코를 삐쭉 내밀고 새를 한 번 힐끔 보더니 한 번 찍 울고는 다시 주머니 속으로 파고들어 갔다.

"그렇다. 맞다."

큰까마귀가 대답했다. 화난 기색이 다소 누그러졌다.

"자, 우리는 어디까지 말했는가?"

322

"섬이요. 우리는 섬을 찾고 있습니다."

흥분한 베티는 깨물면 터지는 사탕처럼 배 속에서 폭죽이 터지는 기분이었다. 아빠가 위더신즈 자매에게 삼 형제에 얽힌 전설을 들려주는 내내 누구 하나 그 전설이 진실에 뿌리를 두었으리라고는 상상도 하지 않았다. 큰까마귀가 말을 한다면 섬으로 가는 길을 알려줄 수도 있었다. 어쩌면 윌로 아빠를 진짜 구할 수 있을지도 몰랐다.

"물론 그렇겠지. 이곳을 찾아온 다른 모든 사람처럼. 하지만 여기 온 사람 전부가 어떻게 들어야 하는지 아는 것은 아니었다."

새가 다시 날개를 펄럭이며 날아올라 로니아 얼굴에 대고 큰 소리로 '까아아아아아악!' 하고 울더니 도로 가마솥 입구에 내려앉았다.

"내가 듣고 있습니다."

베티가 말했다.

"나도요."

찰리가 대번에 덧붙였다.

"좋다."

큰까마귀가 가마솥 안으로 고개를 숙이고 안에 쌓인 물건을 부리로 뒤적이며 말했다.

"그러면 무엇을 해야 하는지도 알겠지."

베티가 안에 뒤섞인 잡동사니를 들여다보며 중얼거렸다.

"하나 골라라. 하나만 선택해라."

"하나 골라라. 하나만 선택해라? 왜 어디서 들어본 것 같지?"

인상을 쓰며 묻는 플리스에게 베티가 다시 속삭였다.

"이야기에 나오잖아. '까마귀바위섬 연대기', 기억나? 외눈 마녀, 큰까마귀, 그리고 삼 형제. 찰리를 찾으러 떠날 때 우리가 그 전설 얘기를 했어. 윙크하는 마녀라는 말에 그 동화가 생각났거든."

베티는 망설여졌다. 이야기 속에 실마리(희망이 성공하기 전에 두 형은 실패했으니 경고하는 바가 있을 것이었다)가 있을 테고, 어쩌면 그런 것들이 지금 베티 일행에게 도움이 될지 몰랐다. 그런데 로니아 앞에서 그 사실을 드러내도 괜찮을까? 스핏도 그 이야기를 들어본 마당에 로니아가 못 들어봤을 리 없었다.

"그러니까 네 말은……. 외눈 마녀랑 윙크하는 마녀가 결국 같은 거라고? 하지만 그건 그냥 전설이야. 아빠가 우리한테 해준 이야기는 전부 동화였어! 아이들을 재미있게 해주려고 지어낸 이야기가 대를 이어 전해진 거라고."

플리스가 믿을 수 없다는 듯 고개를 저으며 버럭 소리를 질렀다.

"과연 그럴까? 우리가 그렇게 믿으면서 자란 거야. 물론 그중에는 꾸며낸 이야기도 있겠지. 그런데 언니, 생각해 봐! 진짜 있었던 일이라서 이 이야기가 지금까지 남아 있다면? 이야기랑 정확히 맞아떨어지지 않을 수도 있지만, 지어낸 이야기랑 실제 있었던 일이 섞였을지도 몰라."

"아니면 이야기와 거의 똑같은 일이 실제로도 벌어졌을지도 모르죠."

윙크하는 마녀에 도착한 이후 윌로가 처음으로 입을 열었다. 여전히 아파 보였지만 몹시 흥분한 듯 눈빛이 형형했다. 험준한 마녀 바위와 말하는 큰까마귀가 워낙 기이해서일 수도 있지만, 베티는 윌로가 함께 있다는 사실을 점점 더 쉽게 잊어버린다는 자각에 문득 불안해졌다.

"그렇다면 실제 외눈 마녀가 한때 여기 살았다는 뜻이야. 비밀의 섬까지

가는 길을 알면서도 마법을 부려서 탐욕스러운 여행자들을 속여 넘겼던 바로 그 마녀. 이야기가 사라지지 않은 걸 보면 마녀도 죽지 않았을 텐데……."

베티가 말했다.

"마녀는 그저 형태를 바꾼 거야."

플리스가 말하면서 천천히 마녀 바위를 올려다봤다.

"우리 아빠가 마법은 마법이 있는 곳으로 간다고 했어요. 다른 것으로 모습을 바꾸거나 숨을 수는 있어도 마법은 영원히 있을 거예요. 흔적에 지나지 않을지도 모르고 우리가 늘 이해할 필요도 없어요. 그저 믿으면 돼요."

윌로가 조용히 말했다.

"그럼 우리가 이제 이 가마솥 안에서 하나를 골라야 해?"

찰리가 바위 그릇 안을 들여다보며 물었다. 베티와 플리스가 처음으로 외눈 마녀 이야기를 들었을 때 아직 아기였던 찰리는 두 언니만큼 이야기를 잘 알지 못했다.

"맞아. 삼 형제가 그랬던 것처럼."

베티가 큰까마귀를 힐끔거리며 말했다.

"하나 골라라. 하나만 선택해라."

큰까마귀가 맞장구치며 고개를 까딱였다.

"그럼 우리한테 섬으로 가는 길을 알려주나요?"

윌로가 물었다.

큰까마귀가 킬킬 웃었다.

"섬은 바로 저 앞에 있다. 봐라. 봐라."

"우리가 이미 봤다. 하지만 시야에 들어오는 섬은 없었어."

로니아가 허리에 찬 칼에 한 손을 올린 채 새를 노려보며 말했다.

"이제는 마녀의 눈으로 봐야만 보이기 때문이다."

큰까마귀가 깍깍 울었다.

"마녀의 눈?"

베티가 획 고개를 돌려 우뚝 솟은 바위를 정면에서 마주 봤다.

"그렇구나! 마녀의 눈이 바로 해그스톤이었어! 아주 아주 큰 해그스톤."

베티가 바위를 기어올라 마녀의 눈에 해당하는 커다란 구멍과 눈높이를 맞췄다. 깊이 숨을 들이마신 다음, 방향이라도 제대로 잡았기를 바라며 몸을 앞으로 내밀어 구멍을 통해 밖을 내다봤다.

"까치가 못 살아!"

헉 소리가 절로 나왔다. 어찌나 놀랐는지 미끄러질 뻔했다. 촘촘히 돋은 풀을 힘껏 움켜쥐고 몸을 일으켜서 다시 내다봤다.

"왜 그래? 진짜 있어? 응? 진짜 있냐고! 나도 볼래! 나도 올라간다!"

찰리가 팔딱팔딱 뛰면서 꽥꽥 소리쳤다.

베티는 눈앞에서 반짝이는 바다를 바라봤다. 눈이 따가워지고 나서야 눈을 깜빡이는 것조차 잊었다는 걸 깨달았다.

"응, 있어."

베티가 속삭였다.

눈앞 광경이 믿기면서도 동시에 믿기지 않았다.

바로 눈앞에 섬이 있었다. 흰색 거품을 일으키며 밀려간 파도가 섬 기슭에서 부서졌다.

# 23장. 마녀의 가마솥

"까마귀 맙소사!"

찰리가 베티 귀에 대고 숨을 쉬었다. 찰리는 마녀 눈을 내다보겠다며 아예 베티 등을 타고 올라왔다.

"있다, 있어! 진짜 있어!"

"그리고 넌 진짜 내 목을 조르고 있어."

베티가 캑캑거리며 한쪽 손으로 목을 조른 동생 손을 풀었다. 이제 보니 다른 쪽 손으로 움켜잡고 있는 머리 위 두툼한 풀은 아무래도 눈썹 같았다.

"미안."

찰리가 웅얼거리며 얼른 베티 목을 놨다.

베티와 찰리는 다른 사람들도 보도록 바위에서 내려왔다. 나머지 사람들도 차례대로 베티와 찰리가 본 광경을 직접 목격했다.

"진짜 있다."

윌로가 중얼거렸다. 줄곧 앉아만 있던 윌로가 섬이 있다는 말에 바위에서 몸을 일으켰다. 기운이 다시 밀려들어 왔다. 윌로는 거대한 해그스톤을 가만히 들여다보며 로니아 못지않게 오직 한 가지 목표로 마음을 새롭게 다잡고 혼잣말을 중얼거렸다.

"난 저기 가야 해. 가야만 해……."

"이해가 안 돼. 아까 진짜 해그스톤으로 봤을 때는 섬이 왜 안 보였지?"

플리스가 물었다.

"큰까마귀 말대로야. 우린 마녀의 눈으로 보지 않았어."

베티는 로니아가 뺏어간 해그스톤을 아쉬운 듯 바라보다가 다시 섬이 있는 쪽으로 눈을 돌렸다. 아무것도 안 보일 거라 예상했다. 그런데 이번에는 섬이 보였다. 베티는 혼란스러워서 큰까마귀를 돌아봤다.

"어! 이제는 그냥 봐도 섬이 보이는데요?"

큰까마귀가 킬킬 웃었다.

"한 번이라도 마녀의 눈으로 보면 모든 것이 달라진다."

베티는 고개를 끄덕이다가 얼어붙었다.

큰까마귀가 베티를 정면에서 노려보고 있었다. 베티는 그렇게 느꼈다. 지금은 새가 어디를 본다고 정확히 말하기 어려웠다. 무엇보다 새 눈이 없었다. 텅 빈 눈구멍만 하얗게 바랜 머리뼈 안쪽에 있을 뿐이었다. 검은색 깃털이 다 빠진 자리엔 뼈밖에 없었다. 베티는 뼈만 남은 새를 보고 있었다.

가짜 간수, 난파선 잔해, 러스티 스윈들, 그리고 해적들까지……. 이 모두를 맞닥뜨렸지만 왠지 베티는 눈알도 없이 해골만 남아 움직이고 말하는 새가 지금까지 봤던 그 무엇보다 찜찜하고 불안했다. 도깨비불 떼가 기억났다. 베티는 불과 몇 시간 안에 죽음이 자기 얼굴을 빤히 들여다보는 것이 벌써 두 번째라는 생각이 문득 들었다. 깨닫고 나자 온몸에 소름이 끼쳤다. 빈방에서 울리는 속삭임 같았다. 할머니가 여기 있었다면 불길한 징조라고 했을 것이었다. 훨씬 더 큰 어떤 것으로 이어지는 경고 같은…….

"베티!"

플리스 목소리에 베티가 암울한 생각에서 깨어났다. 플리스가 의아하다는 눈빛으로 베티를 바라보며 서둘러 다가오고 있었다.

"왜 그래? 케이크는 잃어버리고 부스러기만 건진 표정이야."

베티가 눈을 깜빡이자 환상이 깨졌다. 다시 시선을 돌렸을 때 큰까마귀는 깃털을 다듬고 있었다. 해골이나 뼈 같은 것은 보이지 않았다.

"아……."

베티는 말문이 막혔다. 방금 무슨 일이 있었지? 다른 사람들은 아무도 못 본 것 같았다. 다들 섬을 내다보기 바빴다. 베티가 섬뜩한 환영을 상상했을까? 마녀의 눈으로 본 경험 때문에 보통은 숨겨져 있는 무언가를 얼핏 봤던 것일까?

"아, 아무것도 아니야."

베티가 거짓말했다.

베티는 플리스를 따라서 가마솥으로 갔다. 큰까마귀한테서 멀어지고 싶었다. 새가 이글거리는 시선으로 쏘아보는 것이 느껴졌다. 베티가 슬쩍 어깨 너머로 새를 돌아봤다. 검은 깃털이 바람결에 나부낄 뿐, 이제 새는 묘비처럼 움직임 없이 앉아 있었다.

플리스가 가마솥 바위에 다다라서 안에 든 물건을 뒤지기 시작했다.

"그냥 다 오래된 잡동사니야."

플리스 얼굴에 다시 의심의 먹구름이 드리웠다.

"이것 좀 보라고!"

플리스가 이 빠진 컵과 깨진 달걀 껍데기를 들어 보였다.

"도대체 이런 게 어떻게 도움이 되겠어? 베티, 이야기에서 가마솥에 든 물건은 삼 형제를 유혹하려고 그 안에 들어 있었어. 하지만 여기 이 물건 절반은 폭풍에 쓸려온 것 같아."

베티가 달걀 껍데기를 집었다.

"황금 달걀일까?"

베티는 중얼거리면서도 달걀이 황금색이기는커녕 점점이 얼룩진 회녹색이라는 걸 이미 알아봤다. 달걀 껍데기가 베티 손가락 사이에서 바스러졌다. 베티가 바닷말에 뒤덮인 구멍 난 양말 한 짝과 물에 흠뻑 젖고 다 해진 스카프를 한쪽으로 치웠다. 플리스 말이 맞았다. 도대체 유혹을 느낄 만한 물건은 어디 있지? 재산과 운이 도저히 떨쳐버리지 못했던 큼지막한 황금 달걀과 근사한 가죽 구두는 어디 있냐고!

"있잖아……."

베티가 뒤에서 귀를 곤두세우고 일행을 지켜보는 로니아를 의식하며 조심스럽게 입을 열었다. 해적 선장은 오래된 이 전설을 얼마나 잘 알고 있을까? 위더신즈 자매가 대신 선택하기를 기다리나?

"틀림없이 뭔가 있어. 그렇지 않고서야 큰까마귀가 왜 여기 있겠어?"

베티가 바위를 올려다봤다. 내가 잘못 봤나? 왜 마녀 눈이 좀 가느다래진 것 같지?

플리스가 입술을 오므리고 안에 든 내용물을 하나씩 세심하게 살폈다.

"어쩜 이렇게 하나같이 다 쓸모없어 보이니? 게다가 많아도 너무 많아. 몇 개는 틀림없이 날씨가 나쁠 때 여기까지 쓸려왔을 거야."

"그래도 그중 하나는 분명히 우리한테 도움이 돼. 아니, 윌로한테."

베티가 얼핏 윌로를 보니, 윌로는 마녀 바위 옆에 붙어서서 잠시라도 눈을 떼면 섬이 사라지기라도 할 것처럼 줄기차게 섬만 빤히 내다보고 있었다. 다시 한번 베티는 윌로를 보호하고 싶다는 익숙한 충동을 느꼈다. 베티는 이곳에서도 자매들이 있지만 윌로한데는 아무도 없있다. 위더신즈 자매가 섬에 가야만 한다면, 로니아가 아니라 반드시 윌로에게 좋은 일이 돌아가게 할 것이라고 베티는 마음먹었다. 하지만 이 일을 생각하면 생각할수록 베티는 거미줄에 걸린 파리가 된 기분이 들었다. 어째서 로니아는 이곳에 베티 일행을 억지로 끌고 왔을까? 부하들은 하나도 데리고 오지 않았으면서? 좋은 의도일 리 없었다.

"삼 형제 전설에 나오는 원래 물건이 뭐였지? 신발이랑 황금 달걀은 기억나는데 마지막 하나가 뭐였어?"

플리스가 물었다.

"이야기마다 달랐어. 기억 안 나? 누가 이야기하느냐에 따라 달라졌어. 아빠 얘기에는 달걀이 나왔는데, 할머니 얘기에서는 깃털이 나와. 그리고 할머니는 늘 행운의 토끼 발이 있었다고 했는데, 아빠는 편자라고 했어."

베티가 대답했다.

플리스가 다시 가마솥을 뒤졌다.

"그런데 분명히 이 안에는 그 두 가지 물건이 다 없어. 이건 말이 안 되는데……. 잠깐. 이건 뭐지?"

플리스가 바닷말에 반쯤 감긴 뭔가 작은 물건을 가마솥에서 꺼냈다. 플리스가 바닷말을 벗겨내서 엄지와 검지로 들어 올렸다.

"소원 뼈(위시본: wishbone, 닭이나 오리 목과 가슴 사이에 있는 V자형 뼈. 양 끝을 두 사람이 잡고 각자 잡아당겨서 긴 쪽을 가진 사람이 소원을 빌면 이루어진다고 해서 붙은 이름)다. 할머니는 소원 뼈가 행운을 가져다준다고 했어! 혹시 네 생각에도?"

베티가 소원 뼈를 바라봤다. 심장이 두근거렸다.

"응, 나도 딱 그렇게 생각해. 토끼 발이나 편자처럼 이것도 행운을 가져다 준다는 물건이야. 만약에 말이야, 만약에……. 여기 물건이 원래 전설에 나오는 물건이랑 생김새는 달라도 어떻게든지 이어진다면?"

"누가 고르느냐에 따라서 물건도 달라질 거야."

플리스가 들떠서 속삭였다.

"바로 그거야. 특히 원래 이야기를 아는 사람이라면. 알다시피 마녀는 속임수에 능했고 마지막 순간에 형제를 도운 건 가장 값어치 없어 보이는 물건인 실타래였어."

베티가 마녀 바위를 올려다본 순간, 아까 베티 눈에 눈썹으로 보였던 풀 더미가 바람결에 휘날리면서 찡그린 표정을 지었다.

"마녀는 우리 일을 쉽게 만들어줄 생각이 절대 없어."

베티가 가마솥으로 돌아서서 안에 든 물건을 하나씩 살폈다. 바위 안에 고인 진흙탕 물웅덩이를 헤집자 더 많은 물건이 올라왔다. 베티는 가마솥 안을 들여다볼 때마다 내용물이 계속 바뀌는 느낌이어서 기분이 이상했다. 아까는 없던 물건이 튀어나왔다. 물이 차가워서 손끝 감각이 사라졌다. 아무 느낌이 없더니 뭔가 뾰족한 것에 검지가 찔렸는데도 한동안 몰랐다.

"아야! 이게 뭐야!"

베티가 깜짝 놀라 가마솥에서 손을 재빨리 꺼냈다. 새빨간 핏방울이 손가락 끝에 맺혀 있었다.

플리스가 양말짝을 옆으로 치웠다.

"조심해. 유리나 바늘일지도 몰라."

베티가 손가락을 쪽쪽 빨면서 말했다.

"아니야. 봐봐. 낡았지만 이건 모자에 꽂는 핀이야. 할머니한테도 있어. 이렇게 화려하지는 않지만."

플리스가 엄지와 검지로 뭔가를 건져 올린 뒤 숄로 닦았더니 은빛으로 반짝이는 핀이 나왔다. 핀은 견고해 보였고 플리스 손만큼 길었다. 무엇보다 한쪽 끝에 달린 장식품에서 진가가 드러났다. 플리스가 개흙을 닦아내자 진주로 만든 반짝이는 해마가 손가락 끝에서 모습을 드러냈다.

"예쁘다……."

플리스가 중얼거리며 동경하듯 모자 핀을 쓰다듬었다.

"뾰족해."

베티가 속삭였다. 베티 시선이 로니아의 커틀러스에 쏠렸다. 위더신즈 자매도 무기를 가져서 손해 볼 일은 없었다. 적당한 때를 기다리며 옷소매 안에 숨기거나 치마에 꽂아 놓기도 쉬웠다. 단검은 아닐지라도 이 정도면 훌륭했다.

"이건 또 뭐야?"

플리스가 숨을 쉬자 혼자 생각에 빠졌던 베티가 정신을 차렸다. 플리스가 꽁꽁 뭉쳐 있는 무언가를 꺼냈다.

"너무 이상하다. 이건 젖지도 않았어. 베티, 이것 봐! 벨벳 장갑이야. 정말 예쁘다."

플리스가 값비싼 천에 잡힌 주름을 펴자 베티가 잔뜩 인상을 썼다. 테두리를 금색으로 장식한 짙은 보라색 장갑은 위더신즈 가족이 지금까지 가져봤던 그 어떤 물건보다 사치스러워 보였다. 플리스는 장갑을 갖고 싶은 마음에 검은 두 눈을 커다랗게 뜨고 있었다.

"저걸 낀다고 상상해 봐. 내 손에 딱 맞을 것 같은데……."

플리스가 중얼거렸다.

"안 돼!"

베티가 눈을 깜빡이며 플리스 손에서 장갑을 쳐 냈다. 장갑은 가마솥에 얇게 고인 바닷물 속으로 다시 떨어졌다.

"야! 내가 이제 막……."

플리스가 짜증을 냈다.

"이제 막 틀린 선택을 할 뻔했지."

베티가 모자 핀을 내려다보며 말하고는 떨리는 손가락으로 모자 핀을 장갑 위에 올려놨다.

"나처럼. 언니, 모르겠어? 장갑이라고? 화려한 데다 크기도 꼭 맞아. 운이 선택했던 구두도 딱 그랬어. 그리고 이 모자 핀? 이건 보석이 박혔던 단검 같은 무기야. 언니, 우리가 하마터면 유혹에 넘어갈 뻔했어! 우리 더 조심해야 해. 무슨 물건으로 바뀌었는지 몰라도 우린 실타래를 찾아야 해."

"하지만 그렇게 보이는 건 이 안에 없어."

플리스 목소리에서 당황한 기색이 묻어났다.

"그런데 이게 어떻게 돌아가는 거지? 한 사람이 하나씩 고르면 되나?"

"하나만 골라라, 하나. 하나, 하나다!"

큰까마귀가 깍깍댔다.

"아무래도 다 같이 하나만 고르는 것 같아. 이야기 속에서는 삼 형제가 각자 물건을 하나 골라서 따로따로 섬을 향해 떠났는데 우리가 단체라서 물건은 하나밖에 못 고르는 것 같아."

"두 개다."

갑자기 로니아가 뒤에서 말하는 바람에 베티와 플리스가 펄쩍 뛰었다. 로니아가 플리스를 옆으로 밀쳐버리고 가마솥 안을 뒤졌다. 밴딧이 근처 바위 웅덩이에서 로니아 어깨로 뛰어올랐다.

플리스가 넘어지지 않게 베티가 팔꿈치를 잡아줬다. 베티는 확 열이 났다.

"아니거든요! 하나만 골라야 해요. 그러니까 머리를 잘 굴려서 올바른 선택을 해야 한다고요."

로니아가 킬킬 웃었지만 의미 없는 웃음이었다.

"따로 갈 거라는 말이다. 우린 단체로 가지 않아."

로니아는 베티를 돌아보지도 않고 가마솥 더 깊은 곳을 살폈다. 밴딧이 길고 하얀 송곳니를 드러내며 날카롭게 울었다.

"그러니까 너희들은 내가 먼저 고른 뒤에 맘대로 골라. 하!"

로니아가 무언가를 확 건져 올렸다.

"내 선택은 끝났다."

개흙을 잔뜩 뒤집어쓴 낡은 열쇠가 로니아 손에 들려 있었다.

"아까 저건 분명히 없었어."

플리스가 속삭였다.

로니아 눈이 탐욕스럽게 번뜩였다. 그 즉시 베티는 로니아가 굳게 잠긴 미지의 보물 상자를 생각하고 있었음을 알아챘다. 과연 저 열쇠도 마녀의 물건 중 하나였을까? 그냥 바다에서 떠내려온 쓰레기는 아닐까?

"도로 내려놔요. 섬은 그렇게 돌아가지 않아요. 틀린 물건을 선택하면 모든 일이 꼬인다고요. 그쪽 마음에 들건 말건 어쨌건 우린 한배를 탔……."

베티는 소중한 시간이 흘러간다는 생각에 화가 치밀었지만, 돌연 로니아가 나지막이 탄식하는 바람에 말끝을 흐렸다.

로니아 손에 들린 열쇠가 깃털 터는 새처럼 가볍게 파닥였다. 수년에 걸쳐 쌓인 더께와 녹이 떨어져 나가면서 황금으로 반짝이는 몸체와 표면에 박힌 눈물방울 형태의 작은 돌멩이가 나타났다.

금이다.

베티가 생각했다. 그런데 베티가 오래 바라볼수록 열쇠에 박힌 돌멩이는 눈물방울이 아니라 점점…… 달걀처럼 보였다.

베티 얼굴 앞에서 문이 닫히듯 로니아가 번쩍이는 황금 조각을 손으로 완전히 감싸 쥐었다. 베티가 헉하고 숨을 들이마셨다. 선택이 끝났다.

"스핏! 배를 대라. 우리는 여기에서 떠난다."

로니아가 스핏을 부르더니 열쇠를 주머니에 넣고 돌아섰다. 베티가 로니아 팔을 잡고 휙 돌려세웠다.

로니아가 베티 팔을 떨쳐냈지만 베티는 해적 선장 못지않게 눈을 부릅뜨고 선장의 매서운 눈빛을 그대로 받아냈다.

"당신 멋대로 하겠다 이거죠? 좋아요. 그럼 우리도 우리 식대로 하죠. 하지만 우린 서두르지 않을 거예요!"

놀랍게도 로니아가 싱긋 웃었다.

"네가 원하는 만큼 얼마든지 시간을 들이렴. 성게처럼 가시 돋은 요 꼬맹이 아. 네가 섬에 왔을 즈음에는 스핏과 난 이미 사라지고 없을 테니까. 네가 섬에 발을 들이기나 할지 모르겠다만."

"선장님?"

스핏은 망설이는 눈치였다. 스핏이 여자아이들을 돌아봤다. 플리스를 한참 보다가 찰리를 본 뒤 베티를 마주 봤다.

베티는 스핏 눈빛에서 무엇을 걱정하는지 알아채고 얼어붙었다.

"당신, 설마……."

불현듯 로니아 말뜻을 알아차린 베티가 나직이 웅얼거렸다가 이내 버럭 소리쳤다.

"우리 배를 가져갈 순 없어!"

베티는 문득 주변이 고요해진 것을 느꼈다. 베티 말고는 모두가 하던 일을 멈추고 듣고 있었다. 파도마저 잠잠했다.

"배를 가져가면 우린 여기에 갇히잖아요! 먹을 것도 없고 몸을 누일 곳도 없이……."

플리스가 말했다.

"먹을 게 없어?"

겁을 먹은 찰리가 플리스 말을 따라 했다.

"넌 틀림없이 그 예쁜 얼굴로 지나가는 낚싯배를 멈춰 세울 수 있을 거야."

로니아가 비웃듯이 말했다.

"누가 알아? 우리가 돌아올 때까지 너희가 아직 여기 있으면 우리가 직접 구해줄지? 너희도 나름 써먹을 데가 분명히 있을 거야. 동전이라도 몇 닢 구걸해올지 모르지."

로니아가 고개를 돌려서 겁에 질린 플리스 얼굴에 대고 깔깔 웃었다.

"스핏! 뭘 꾸물거리나!"

"스핏, 그러기만 해 봐!"

베티가 외쳤다.

스핏은 모래에 발을 박은 채 이러지도 저러지도 못했다. 베티는 스핏이 양심과 싸우는 게 보였다. 스핏이 베티 일행과 딱히 친구는 아니었지만, 한눈에 봐도 여자아이들이 이렇게 남겨지는 것은 원치 않았다. 로니아에게 맹목적으로 충직하면서도 여자아이들에게 벌어진 일을 신경 쓰고 있었다. 그것만으로 충분할까?

"스핏, 내 말을 거역한 이들이 어떻게 되었는지 잘 알 텐데?"

로니아 목소리가 위험할 만큼 낮아졌다.

나도 봤어.

비틀비틀 여행 가방호로 향하는 스핏을 보며 베티가 생각했다. 햇볕에 그을린 스핏 얼굴이 하얗게 질렸다.

"다음번에는 내 뼈가 돛대에 걸리겠구나."

스핏이 중얼거렸다.

스핏이 로니아한테 복종하는 건 두려움 때문일까, 충성심 때문일까?

베티가 우울하게 생각했다. 어느 쪽이건 로니아가 이겼고 우리가 졌다.

"스핏, 부탁이야! 이러면 안 된다는 거 너도 알잖아."

플리스가 애원했다.

"미안해. 로니아는 내 선장이야."

스핏이 플리스와 눈도 제대로 마주치지 못하고 중얼거렸다.

"그럼 발랄해. 저 여자를 배 밖으로 던져버려!"

찰리가 외쳤다.

베티가 로니아와 스핏을 맹렬하게 쏘아봤다.

"찰리 말은 반란을 일으키라는 거야."

"난 그렇게 말했어! 반란해!"

찰리가 힘차게 외쳤지만, 두 사람을 쫓아 폭풍처럼 모래밭을 가로지르는 베티조차 그런 일은 절대 일어나지 않으리라는 것을 알았다. 로니아가 날렵하게 여행 가방호에 올랐다. 스핏이 밧줄을 풀고 로니아를 뒤따라 배에 올랐다. 베티가 몸을 날려 막무가내로 밧줄을 낚아챘다. 하지만 로니아가 커틀러스를 꺼내어 베티 코 앞에 들이댔다.

"네 손가락이 물고기 밥이 되는 꼴을 보고 싶지 않으면 꿈도 꾸지 마."

"제발요!"

울부짖는 윌로 목소리가 마구 갈라졌다. 배가 앞으로 나아가기 시작하자 윌로가 배를 쫓아서 물속으로 첨벙첨벙 걸어 들어갔다.

"나도 데려가 주세요! 난 꼭 섬에 가야 해요. 우리 아빠 목숨이 달렸어요! 제발……. 기다려줘요! 잠깐만요!"

찰리와 플리스도 윌로를 따라 무릎이 잠기도록 물살을 헤치고 나아가며 스핏과 로니아를 목 놓아 불렀다. 자매들의 외침은 희망을 잃고 가슴이 무너지는 윌로의 흐느낌과 뒤섞인 채 베티 귀에서 먹먹해졌다. 그런데 그 순간, 배 뒤쪽에서 은은하게 일렁이는 은색 빛이 나타나더니 물을 가로질러 건너와 윌로 곁에 머무르며 희미하게 깜빡였다. 얼핏 봐서는 파도에 어른거리는 햇빛으로 착각하기 쉬웠다.

"윌로의 도깨비불이다. 윌로한테 돌아왔어!"

찰리가 도깨비불을 손짓하며 말했다.

베티가 창백해진 구체를 살폈다. 햇빛 속에서 몹시 희미해진 터라 못 보고 놓치기 쉬웠다. 러스티의 난파선에서 봤던 위협적인 불빛과는 전혀 달랐다. 이 도깨비불은 어딘가……. 달랐다. 윌로만큼 섬세하고 약했다.

"돌아와 줘요!"

윌로가 목 놓아 부르짖었다.

"그래봤자 너만 힘 빠져. 저 사람들은 절대 돌아오지 않아."

더 멀어지는 배를 보면서 베티가 두 주먹을 불끈 쥐고 말했다.

"이제 우린 어쩌지?"

플리스가 아직도 스핏한테 팔을 휘젓고 로니아를 향해 할머니한테서나 배웠을 법한 민망한 손짓을 날리며 새된 비명을 질렀다.

"따라가야지. 안 그러면 윌로 아빠가 죽잖아. 우린 윌로를 섬에 데려다 줘야 해."

베티가 이를 갈며 말했다.

"어, 어떻게요?"

윌로 목소리는 흐느낌에 묻혀서 잘 들리지 않았다.

"너무 멀어! 거기까지 헤엄쳐서 못 가."

찰리가 어림없다는 듯 덧붙였다.

"우린 헤엄쳐서 가지 않아."

340

베티가 물에서 돌아서며 말했다. 하도 배를 노려봤더니 눈이 다 시렸다.

"물을 건널 다른 방법이 반드시 있을 거야. 이야기에서도 그랬잖아."

삼 형제 이야기가 일행을 이끌어 주리라. 베티는 뼛속에서 느낄 수 있었다. 이야기에서 또 무엇을 배울 수 있을까. 달리 놓치는 것은 없을까? 답은 섬광처럼 베티를 찾아왔다.

베티가 찰리를 다급하게 돌아봤다.

"찰리, 언니가 방법을 생각해 볼게. 넌 그동안 가마솥에서 물건을 골라. 이건 정말 중요한 일이라서 언니가 믿는 너한테 맡기는 거야. 너도 이야기 기억하지? 제일 안 멋진 물건이 삼 형제를 구했잖아? 지금 네가 그 일을 해줘야 해. 언니랑 플리스 언니는 실패할 뻔했어. 그래서 네가 골라야 해. 찰리, 이야기랑 똑같아. 삼 형제 중 올바른 물건을 고른 사람은 막내였어."

찰리가 미심쩍은 표정으로 윌로를 힐끔거렸다.

"그런데, 언니, 뭘 골라야 하는지 내가 어떻게 알아? 잘못 고르면 어떡해?"

플리스도 불안한 표정이었다.

"저 안에 줄은 없었어. 우리가 봤잖아."

"나도 알아."

베티가 걱정 가득한 동생 얼굴과 엉망이 된 돼지 꼬리 갈래머리를 눈에 담으며 말했다. 모든 것이 이 선택에, 찰리에게 달렸다.

"언니는 우리 동생이 잘 고르리라는 것도 알지. 찰리, 넌 영리해. 그래서 언니는 너를 믿어."

"언니는 어쩌려고? 설마 또 언니 혼자 물을 건너려는 건 아니지?"

찰리가 입술을 부들부들 떨며 물었다.

"찰리, 아니야. 이번에는 우리가 다 같이 움직일 거야."

베티가 고개를 저었다.

"그럼 넌 뭐 하려고?"

플리스가 물었다.

"수색 좀 해보려고. 언니는 나 도와줘."

베티가 가마솥에서 멀찌감치 떨어진 곳으로 플리스를 불렀다. 찰리가 무엇을 고르는지 어깨 너머로 보고 싶은 마음이 너무 컸다.

"뭘 찾는데?"

"쓸 만한 건 아무거나. 이야기 속에서 희망은 조개껍데기를 타고 물을 건넜……."

"그런 일이 퍽 일어나겠다."

플리스가 대번에 말을 잘랐다.

"아니겠지. 그래도 떠내려온 나무가 있으면 우리가 뗏목이라도 만들면 되니까. 뭐라도 있겠지!"

베티가 절박하게 말했다.

"있어요."

어떻게 된 일인지 베티도 모르게 윌로가 옆에 와 있었다. 이제 윌로는 훌쩍이기를 멈추고 바위 웅덩이 너머를 가리키고 있었다. 윌로가 차가운 손으로 베티 손을 잡고 모래밭을 가로질러 도깨비불이 이끄는 쪽으로 고집스럽게 잡아당겼다.

"이쪽에 있는 걸 우리가 봤어요. 아까 찰리가 발견했어요."

윌로가 바닷말을 한 아름 옆으로 걷어내자 은빛으로 번쩍이는 무언가가 수면 위로 드러났다.

베티도 바닷말을 잔뜩 잡아서 옆으로 던져버렸다. 베티는 어딘가 낯익은 물체를 알아보고 움직임을 멈췄다. 이곳에서 발견하리라고는 꿈에도 생각 못 한 물건이었다. 어쩌면 일이 잘 풀릴지도 모른다는 엉뚱한 기대감으로 온몸이 간질거렸다.

오래된 욕조였다. 밀렵꾼의 주머니에 있는 욕조와 거의 흡사했다. 물에 반쯤 잠겼고 쓰레기며 모래로 가득했지만 큼직했다. 움푹 들어간 곳이 몇 군데 있기는 해도 멀쩡해 보인다는 것이 무엇보다 중요했다.

"언니, 이것 좀 파내게 도와줘. 윌로, 넌 찰리를 도와주고."

베티가 외쳤다.

플리스가 비틀거리며 베티 옆으로 갔다. 두 자매는 같이 욕조 안에서 잔가지며 돌멩이를 비워내기 시작했다. 베티는 힘을 쓰느라 끙끙거리면서도 이 모든 것을 지켜보고 있는 큰까마귀를 어렴풋이 인식했다.

"서둘러."

베티가 섬 쪽을 힐끔힐끔 보면서 중얼거렸다. 여행 가방호가 놀랄 만큼 빠른 속도로 사라지고 있었다. 곧 아예 보이지도 않을 것이었다. 그러면 윌로 아빠가 살아남을 기회도 끝이었다.

한편, 끝도 없이 손으로 모래를 퍼내는 베티는 섬에 가 닿는 일이 시작에 불과하다는 사실을 알고 있었다. 섬에서 무엇을 발견할는지는 전혀 다른 문제였다. 게다가 윌로가 답을 얻는다 해도, 진실을 마주할 준비가 안 되었을지도 몰랐다.

# 24장. 목욕 시간

"언니가 미쳤구나."

찰리가 모래밭에 앉아 욕조를 노려보며 고개를 절레절레 저었다. 찰리가 손을 뻗어 낡은 놋쇠 수도꼭지를 하나 돌려봤다. 수도꼭지는 찰리 손 안에서 헛돌았다.

"이걸로는 안 돼."

"돼."

말은 단호했지만 베티도 완전히 자신하지는 못했다.

"그런데 우리가 여기 다 탈 수 있어요?"

윌로가 물었다.

윌로는 몹시 쓸쓸하고 아파 보였다. 베티는 윌로가 얼마나 어린지, 어깨에 얼마나 무거운 짐을 짊어졌는지 다시금 되새겼다.

"어렵겠지."

플리스가 투덜거렸다.

베티는 언니 말을 못 들은 척했다.

"이걸 바다에 띄우려면 손을 봐야 해. 좀 도와줘."

베티와 플리스가 무거운 욕조 양쪽 끝을 잡고 자갈이 깔린 모래밭 위로 끌어올렸다.

"설령 이게 물에 뜬다 쳐도 우리한테는 노도 없는데 어떻게 조종해?"

플리스가 퉁퉁거렸다.

베티가 큰까마귀를 올려다봤다.

"뭐 좋은 생각 없어요?"

큰까마귀는 대답하지 않았다. 그저 한쪽 날개에 머리를 박고 깃털을 가다듬기 시작했다. 잠시 뒤, 윤이 흐르는 검은색 깃털 두 개가 베티 발 앞 모래밭에 펄럭펄럭 내려앉았다.

"지금 장난하세요?"

베티가 숨을 가다듬으며 말했다.

"뭐, 이야기대로이긴 해. 안 그래? 깃털이었잖아?"

플리스가 말했다.

"나도 알아. 하지만……."

첫 번째로 떨어진 깃털 옆 모래밭 속에서 반짝이는 뭔가가 베티 눈에 띄었다. 베티가 손가락을 모래 속으로 찔러 넣어 파내 보니 할머니가 수프를 저을 때 쓰는 것 같은 큼직한 은국자였다.

"있잖아, 이거라면 어떻게 해볼 수도 있을 것 같아."

베티가 수상쩍은 눈빛으로 큰까마귀를 마주 보고 물었다.

"이걸 찾게 하려고 깃털을 떨어뜨렸죠?"

새가 끼루룩끼루룩 울며 말했다.

"찾게 하려고 했다."

베티가 두 번째 깃털 옆에 다시 무릎을 꿇고 앉아서 모래 속에 손을 넣고 더듬어 보니, 휘어진 나무가 손가락에 닿았다. 어떤 물건의 손잡이 같은 느낌이었다. 베티가 마저 다 파서 꺼냈더니, 낡은 흠집투성이 프라이팬이 나왔다.

"이로써 노가 두 개 다 생겼네."

"이건 꿈이야."

플리스가 중얼거렸다.

베티가 욕조 안으로 국자와 프라이팬을 던져 넣자 땡그랑 소리가 났다.

"안에 타."

베티는 플리스와 함께 욕조를 바다로 밀기 시작하면서 윌로와 찰리한테 말했다.

"아, 깜빡할 뻔했다."

베티 말에 무릎까지 물에 담근 플리스가 와들와들 떨면서 앓는 소리를 냈다.

"또 뭐? 뜨거운 물에 장미 꽃잎도 없이 목욕이라니, 정말 최악이야!"

베티가 큰까마귀를 돌아봤다.

"우리를 이렇게 도와줬는데 우리도 보답으로 뭔가 드려야 마땅해요."

희망도 그랬으니까.

베티가 생각했다.

찰리가 코웃음을 쳤다.

"도와줬다고? 우리 손으로 온갖 쓰레기를 파냈는데?"

베티가 입조심 하라는 눈빛으로 찰리를 쏘아봤다.

"우리가 가진 게 별로 없기는 한데 뭔가 드릴 게 없을까요?"

인형 말고요. 제발, 인형은 빼고요.

베티가 주머니 속에서 둥글둥글하고 매끄러운 나무 표면을 손으로 감싸며 소리 없이 생각했다.

큰까마귀가 곰곰이 생각하며 오래도록 베티를 바라보더니 마침내 입을 열었다.

"여기 춥다. 북슬북슬한 그 멋진 머리카락이 있으면 둥지가 따뜻해지겠어."

"내 머, 머리카락이요?"

베티는 반신반의하면서도 곱슬곱슬한 머리카락을 한 움큼 잡으며 말했다.

"누가 내 머리가 멋지다고 해주기는 처음이네요. 좋아요."

베티는 주변에 나뒹구는 잡동사니를 뒤져서 날이 다 상한 면도칼을 찾아냈다. 베티는 면도칼을 비틀어 열고 머리카락을 한주먹 잘라냈다. 머리카락은 우수수 부서져 내리는 녹과 함께 잘렸다. 큰까마귀가 훅 내려와 부리로 냉큼 머리카락을 잡아채서 마녀 바위 꼭대기로 다시 올라갔다.

"자, 이제 가자."

베티가 욕조로 돌아가며 말했다.

베티와 플리스가 함께 욕조를 앞으로 더 밀어서 물가에 띄웠다.

"너 그거 바보짓이야. 맨날 우리한테 빗에서 머리카락을 깨끗하게 떼어놔야 한다던 할머니 잔소리 잊었어? 까마귀가 머리카락을 훔쳐 가서 둥지에 쌓으면 때 이른 죽음을 맞이할 수도 있다고 했잖아!"

플리스가 말했다.

"훔쳐 가지 않았어. 내가 줬지."

베티가 합리화했다. 베티도 언니만큼 안심하고 싶었다. 베티가 욕조 옆을 탁탁 두드렸다.

"자, 이제 언니 타. 얼른, 서둘러."

"한 번쯤은 아무도 머리카락이 숭덩 잘리지 않은 모습으로 모험을 끝내고 집에 돌아갔으면 좋겠다. 그러게, 얼른 서두르자."

플리스가 말했다.

"아직 집에 안 갔잖아."

밀렵꾼의 주머니를 떠올리자 베티는 그리움에 가슴이 찌르듯이 아팠다. 하지만 집으로 돌아가기를 간절히 바라는 만큼, 최대한 윌로를 돕지 않고 이대로 가버리면 기분이 몹시 씁쓸하리라는 것도 잘 알았다. 이젠 돌이킬 수 없었다.

찰리가 돼지 꼬리 갈래머리를 꽉 붙잡았다. 플리스가 끙끙대며 안으로 들어가자 찰리가 꽥 소리 치더니 거세게 한마디 했다.

"잘 보고 디뎌! 그리고 왜 나만 만날 수도꼭지 쪽에 끼어 앉아야 해?"

찰리가 따지고 들었다.

"그야 네가 가장 작으니까 그렇지. 자, 좀 붙어 앉아. 베티 언니도 들어와야지. 욕조 마개 안 뽑히게 조심해! 우리가 통째로 가라앉으니까."

플리스가 몸 아래로 무릎을 접으면서 말했다.

"어차피 가라앉을 텐데 뭐."

찰리가 투덜거렸다.

베티까지 욕조에 다 들어오자 욕조가 코르크처럼 수면 위아래로 깐닥거렸다. 베티 일행이 꺅꺅 비명을 질러댔지만 욕조가 가라앉지는 않았다. 플리스와 윌로 사이로 비집고 들어온 베티가 플리스에게 프라이팬을 건넨 뒤 국자를 물속으로 넣으며 말했다.

"저어."

"진짜 말도 안 돼. 이 속도로 가다가는 해가 질쯤에야 섬에 닿겠다! 찰리, 귀염둥이, 수도꼭지를 튼다고 도움이 되지는 않아."

플리스가 프라이팬으로 물속을 휘저으면서 한숨을 푹푹 내쉬었다.

"도움 되거든? 내가 배를 조종하는 거야!"

찰리가 분한 듯 외쳤다.

"그래도 섬에 가기는 가겠지."

베티가 말했다. 느려 터졌지만 욕조는 확실히 앞으로 나아가고 있었다. 해저에 쌓인 모래가 더는 보이지 않았다. 더 짙푸른 바다로 미끄러지듯 나아갔다. 베티는 국자질을 멈추고 고개를 들었다. 뜨거운 날 길에서 피어오르는 아지랑이처럼 저 멀리 앞에서 섬이 아른거렸다.

"아직 한참 멀었지만."

돌연 바람이 일었다. 베티 목덜미에서 머리카락이 날리고 멀리서 치는 파도에 포말이 맺혔다.

"혹시 이거……. 바람 부는 거 아니니?"

플리스가 걱정스럽게 물었다.

"응, 약간."

베티가 맞장구치며 하늘에 먹구름이 없는지 살폈다. 욕조 모서리를 힘주어 잡은 윌로 손이 눈에 들어왔다. 파도가 치자 욕조가 흔들리며 옆으로 물이 들이치는 모습에 베티가 침을 삼켰다. 베티는 고개를 돌려 윙크하는 마녀를 보면서 조용히 기도문을 읊었다. 우리가 뭘 잘못했나? 베티는 의심이 들었다. 로니아가 열쇠를 골랐는데 괜히 다른 물건을 또 골라서 마녀 화를 돋운 것은 아닐까?

제발 제발 제발, 우리를 가라앉히지 마세요.

먹구름이 하늘에 넓게 퍼지고 바람도 거세졌지만, 폭풍이 시작할 기미는 보이지 않았다.

"왜 이러지? 이렇게 해서는 속도가 안 나!"

플리스가 소리쳤다.

베티가 마녀 바위를 돌아봤다. 바람 부는 바위에 앉아 이쪽을 바라보며 날개를 퍼덕이는 커다란 검은색 윤곽선을 알아볼 수 있었다. 그런데 큰까마귀 밑에 있는 바위가 난데없이 움직이더니 하품하는 아가리처럼 동굴이 쩍 벌어졌다. 베티는 국자를 떨어뜨릴 뻔했다.

"꽉 잡아!"

베티는 무슨 일이 벌어질지 감을 잡고 크게 외쳤다.

마녀 입에서 불어나온 어마어마한 돌풍이 물을 뿜어 올리자 배가 바람을 타고 물을 가로질러 나선을 그리며 쏜살같이 날아갔다. 네 여자아이는 목숨을 걸고 욕조를 부여잡은 채 목이 터지게 비명을 질러댔다. 마침내 속도가 줄어들면서 욕조가 천천히 빙글빙글 돌았다.

찰리가 제일 먼저 정신을 차리고 와 함성을 질렀다.

"까마귀 맙소사! 한 번 더 탈 수 있어?"

"안 돼. 으……. 누가 이것 좀 멈춰 봐."

플리스가 배를 움켜잡으며 앓는 소리를 냈다.

베티가 마녀 바위를 돌아보니 이제는 저 멀리로 아주 조그맣게 보였다. 큰 까마귀는 보이지 않았지만, 순간 베티는 마녀가 입을 다물 듯이 원래대로 돌아가는 바위를 본 것 같았다. 바람은 처음에 갑자기 일었을 때처럼 순식간에 사라졌다. 부드러운 산들바람이 되어 누군가 조용히 내쉬는 한숨처럼 서서히 잦아들었다.

베티는 두 팔 가득 돋은 소름을 눈치채고 나서야 간신히 마녀 바위에서 눈을 뗐다. 욕조 위로 그림자가 드리웠다. 베티는 고개를 올렸다가 숨이 멎을 뻔했다.

욕조 바로 앞에 섬이 있었다.

## 25장. 나무 실패

베티 일행은 섬 맞은편에 묶여 있는 여행 가방호를 발견했다. 베티와 플리스가 소리 나지 않게 조심 또 조심하면서 국자와 프라이팬을 저어 욕조를 여행 가방호 옆에 나란히 댔다. 로니아와 스핏은 어디에서도 보이지 않았다.

"이제야 프라이팬을 어떻게 다뤄야 할지 거의 감을 잡았는데."

플리스는 얼굴이 예전보다 덜 파랬다.

"그래도 프라이팬을 완전 헛준 건 아니었나 봐. 그럭저럭 쓸 만했어."

베티도 맞장구쳤다.

"얘!"

플리스가 프라이팬으로 물을 퍼서 베티한테 끼얹었지만 베티가 피했다.

"바다 바닥이 다 보여. 어차피 바위지만. 이제 이 욕조는 어떻게 해?"

찰리가 물속을 들여다보며 말했다.

"여기 어디 얕은 물에 가라앉혀야지. 로니아가 섬에 오르는 데 가장 안전한 장소를 골라서 배를 댄 것 같아. 여행 가방호를 가로지르면 물속으로 들어가거나 바위 위로 올라가지 않아도 되겠어."

베티가 말했다.

베티 일행이 재빨리 여행 가방호에 차례대로 올랐다. 찰리와 윌로가 먼저 가고 곧 플리스도 뒤를 따랐다. 베티는 욕조 마개를 뺀 뒤 욕조에 물이 차오르기 시작하자 바로 배로 뛰어올랐다. 욕조는 꾸르륵거리면서 가라앉아 둔탁한 소리를 내며 해저 바위 위로 내려앉았다.

"혹시라도 나시 필요해지면 욕조는 저기 있어."

베티는 절대 그럴 일이 없기를 간절히 바랐다.

"우리가 해냈어요."

윌로가 경이로운 눈빛으로 섬을 쳐다봤다.

"진짜 여기 왔어요."

윌로가 거대한 절벽을 올려다봤다. 그림자에 가린 윌로는 그 어느 때보다 어리고 작아 보였다. 이곳에서는 도깨비불도 조금은 더 환하게 빛을 발하며 창백한 윌로 얼굴을 은빛으로 물들였다. 찰리가 말없이 윌로 곁으로 다가갔다. 양 갈래 돼지 꼬리 머리가 삐뚜름했다. 거대한 섬에 있는 두 아이가 한없이 작아 보여서 베티는 가슴이 미어졌다.

저 아이들은 아무 걱정 없이 놀고 있어야 마땅했다. 그런데 늘 예상을 뛰어넘어 갈수록 커지고 위험해지는 모험에 엮였다.

이제껏 섬은 늘 이야기였다. 주의를 환기하는 경고성 이야기일 뿐, 실제로 벌어진 적은 없었다. 그런데 이야기는 실제였고 윙크하는 마녀는 시작에 불과했다. 앞으로 또 어떤 일이 벌어지려나. 일행 모두가 위더신즈 가족의 배에 오른 지금, 베티는 위더신즈 자매들에게 선택권이 있음을 알았다. 집으로 돌아갈 기회였다. 잘 알지도 못하는 아이를 위해서 자매는 얼마나 더 많은 위험을 무릅쓸 수 있을까.

'그래도 윌로를 여기까지 데리고 왔잖아? 모두를 구하지는 못해도 너희 자신은 구할 수 있어.'

베티 머릿속에서 작은 목소리가 속삭였다.

"집에 가고 싶겠어요. 그렇죠?"

조용히 묻는 윌로는 미소 짓고 있었다. 슬퍼 보이는 희미한 미소에 베티는 눈앞이 흐려졌다.

"이해해요."

순간 베티는 정말 무너질 뻔했다. 가족과 밀렵꾼의 주머니를 떠올렸다. 가장 좋아하는 등받이 없는 의자 위에 몸을 말고 엎드린 휘이까지 생각났다. 베티는 집에 가고 싶었다. 간절했다. 하지만 와자지껄한 소리가 마룻바닥을 뚫고 이층까지 올라오는 시간에 따뜻한 침대 위에 누워 있는 광경을 그려보자마자 알았다. 조용한 순간마다 이 시간 이곳으로 되돌아와서 그 여자애는 누구였을까, 어떻게 되었을까 궁금해하리라는 걸.

"그건 우리답지 않아. 이건 너 혼자 못 해. 아니, 사실 이유는 따로 있어. 이 날을 돌아보면서 올바른 길 대신 이기적인 길을 선택했다고 후회하고 싶지 않아. 우리가 못난 짓을 했다는 생각을 품고 살아가기 싫어."

베티가 조용히 말하며 자매들에게 눈길을 돌렸다.

"언니랑 찰리 너는?"

플리스는 한참 침묵했지만, 결국 찰리와 함께 고개를 끄덕였다.

베티가 섬을 둘러봤다. 슬쩍 봤을 때는 여느 섬과 같았다. 하지만 어딘가 묘한 느낌을 주는 구석이 있었다. 지나치다 싶을 만큼 섬을 오래 보고 있으면, 안에서 마법이 부글부글 끓어오르는 듯 섬 가장자리가 흐릿해졌다. 섬

354

중간쯤 바위와 초원 사이로 오솔길 같은 것이 얼핏 보였다.

"저게 동굴로 가는 길일 거야."

베티가 말하면서 여행 가방호 갑판 위를 훑어봤다.

"쓸 만한 게 없는지 여기를 확인하고 싶지만, 아무래도 그런 게 있었으면 로니아가 벌써 다 가져갔겠지?"

베티는 선실 문 옆에 버려진 낡은 감자 포대를 발견하고 포대를 주워 들었다.

"안은 비었어. 로니아가 배를 뺏어갔을 때 벌써 담배 깡통을 해적들한테 다 나눠줬어."

플리스가 확인해주듯 말했다.

베티가 감자 포대를 버렸다. 윙크하는 마녀를 떠나온 뒤 처음으로 베티가 용기를 내서 찰리한테 질문을 던졌다.

"찰리, 마녀의 가마솥에서 뭐 골랐어?"

베티가 바짝 긴장했다.

"아, 이걸 찾아냈어."

찰리가 주머니에서 나무를 깎아 만든 실패를 꺼냈다. 반짇고리에 있을 법한 물건이었지만 찰리 손 두 배로 컸고 아무것도 감겨 있지 않았다.

베티가 숨을 멈췄다. 심장이 철렁 내려앉았다.

"그게……. 그거 골랐어?"

찰리 얼굴이 일그러졌다.

"언니가 단순한 거 고르라고 했잖아. 내가 잘못……. 잘못 골랐어?"

베티가 침을 삼키고 힘겹게 고개를 저었다.

"아니야. 그냥 내가 잠깐……. 잘 가지고 있어. 쓸 데가 있을 거야."

베티가 걱정스러운 표정으로 플리스를 급히 돌아보니 플리스도 똑같은 표정으로 베티를 보고 있었다. 섬을 탐색해야 하는데 이 물건 하나에 모든 기대와 희망을 걸어야 하는 것이었다. 지금 베티는 위더신즈 자매의 운이 마음에 들지 않았다.

"바람에 날려서 가마솥에 들어간 물건이었을지도 몰라. 아까 거기에는 바다에서 떠내려온 쓰레기며 잡동사니가 정말 많았으니까. 있어야 할 것과 없어도 될 것을 구분하기도 어려웠어."

플리스가 말했다.

"없어도 되는 걸 마녀가 가마솥 안에 넣어뒀을 리 없어."

찰리가 뻣뻣하게 말했다. 분명히 상처받았다.

"다른 사람이 고르지 그랬어."

찰리가 실패를 다시 주머니에 넣었다. 하지만 접힌 천에 걸려서 갑판 위로 떨어졌다.

"찰리, 화내지 마."

플리스가 입을 열었다.

찰리는 플리스 말을 들은 척도 하지 않고 실패를 주우려고 했다. 그런데 희한하게도 손에 닿지 않을 거리까지 실패가 앞으로 또르르 굴러갔다. 찰리가 실패를 쫓아갔지만, 또 놓쳤다.

아이들이 모두 얼어붙었다. 배가 흔들리는 방향을 생각하면 도저히 굴러갈 수 없는 각도로 실패가 계속 굴러다녔다.

"까마귀 맙소사……."

찰리가 눈을 동그랗게 뜨고 중얼거렸다.

"어떻게……. 어떻게 저 방향으로 굴러가지?"

플리스가 숨을 내쉬었다.

실패가 감자 포대 옆에 멈추더니 풀려나온 끈 위로 올라갔다. 이번에는 포대가 저절로 풀리기 시작했다. 크게 놀란 아이들 눈앞에서 실패가 제자리에서 돌며 풀려나오는 끈을 감았다. 속도가 점점 높아지더니 결국 포대는 완전히 사라졌고 나무 실패는 몸통이 꽉 차도록 노끈이 감겨서 뚱뚱해졌다.

실패를 집어 드는 베티는 가슴 속에서 파닥이는 무언가를 느꼈다. 희망이었다.

"결국 우리한테도 실타래가 생겼네."


로니아와 스핏의 첫 번째 흔적은 동굴로 올라가는 오솔길에 있었다.

"저거 봐."

베티가 숨 쉬는 것도 멈추고 흙이 밀린 곳을 가리켰다. 땅에서 한 움큼 뽑히다시피 뜯긴 풀도 보였다.

"둘 중 하나가 미끄러지다가 저걸 잡고 버텼나 봐."

"로니아였으면 좋겠다."

플리스가 매섭게 말했다.

"그래도 고양이는 안 미끄러졌으면 좋겠어."

찰리가 눈썹이 한데 모일 만큼 걱정스러운 표정으로 덧붙였다.

플리스가 어깨 너머를 뒤돌아보더니 얼굴을 찡그렸다.

"저 아래까지 너무 멀다. 밑에 보지 마."

플리스가 찰리와 맞잡은 손에 힘을 주면서 앞길을 재촉했다.

"그냥 꼭대기로 계속 올라가."

베티가 전설을 떠올리며 말했다. 정상에 오르면 윌로 아빠 친구한테 벌어진 수수께끼 같은 일에 대한 답을 알아낼 수 있을까? 설령 알아내지 못한다 해도 이렇게 위태로운 길에 있는 것보다는 틀림없이 안전할 터였다.

아이들은 숨을 아끼고 길을 살피느라 말도 하지 않고 꾸준히 올라갔다. 마침내 땅이 평평해지고 넓어지면서, 다 무너져가는 동굴 앞으로 펼쳐진 풀밭이 나왔다. 그제야 베티가 멈춰 서서 아픈 다리를 쉬었다. 마음속에 걱정이 가득했다. 베티 말은 진심이었다. 윌로를 도와야 하지만 한편으로는 몹시 두려웠다. 마녀와 마법의 물건 전설이 사실이라면, 이 거대한 섬은 정말로 그 자체가 함정이었다. 무엇을 찾아야 하는지도 모르는데 필요한 증거를 찾을 가능성이 있을까? 게다가 로니아도 있었다.

베티가 억지로 의심을 밀어냈다. 지도와 윙크하는 마녀 덕분에 이만큼 멀리 왔고 찰리도 가마솥에서 물건을 제대로 골랐다. 베티는 섬의 마법과 자신을 계속 믿어야 했다.

단지, 윌로에 대해서라면 마음이 놓이지 않았다. 지금까지도 몹시 아파 보였지만 이제는 거의 죽은 사람 얼굴빛이었다. 산들바람에도 뚝 부러질 만큼 하얗게 삭은 나뭇가지처럼 약해 보였다.

"윌로? 진짜 갈 수 있겠어? 너 아주 아파 보여. 도깨비불 무리랑 싸운 다음에는 계속 힘을 쓰기만 했잖아."

베티가 부드럽게 말했다.

윌로가 정신을 차리려는 듯 눈을 천천히 깜빡였다.

"머릿속이 조금⋯⋯. 흐릿해요."

윌로가 털어놨다.

"생각이 뒤죽박죽 섞였어요. 그래도 이제 거의, 거의 다 왔잖아요. 난 진실을 알아야 해요. 우리 아빠를 구할 수 있다면, 난 계속 가야 해요. 여기까지 와서 포기할 수 없어요."

윌로가 뜨거운 눈빛으로 베티를 봤다.

"여기 뭐가 있어! 내가 찾았어!"

찰리가 동굴 입구 근처 우거진 덤불 뒤에서 소리쳤다.

"뭔데?"

베티가 소리치며 찰리 쪽으로 뛰어갔다. 플리스가 뒤에 바짝 따라붙었다.

"조심해! 아무거나 막 만지지 마!"

베티는 섬이 하나의 거대한 함정이라는 생각이 들었다.

"저기! 오래된 우물이야."

찰리가 어딘가를 가리켰다.

땅속으로 깊이 판 구덩이 주변으로 회색 돌멩이를 둥그렇게 쌓아 올린 우물이었다. 그 위에 두레박을 감아올리는 나무 축이 있었지만 밧줄이 없었다. 두레박도 없었다.

"여기 뭐라고 쓰여 있어."

플리스가 돌우물 테두리에 새겨진 글자를 따라서 손가락으로 하나씩 더듬었다.

"오래됐나 봐. 글자 몇 개는 아예 지워졌어. 잘 알아볼 수가 없네⋯⋯."

플리스가 눈을 가늘게 뜨고 소리 없이 입술을 달싹였다.

"…아진 …안의 우물?, …라진 …산의 우물? 이게 무슨 말이야?"

"사라진 재산의 우물!"

베티 머릿속에서 답이 번쩍 떠올랐다.

"이야기에 나오는 맏형 이름이 재산이었어. 그런데 우물에 빠져서 물고기로 변했는……."

"살려주세요! 거기 누구 있어요?"

어디선가 들려오는 희미한 목소리에 베티가 말을 멈췄다.

"이게 무슨……. 저 아래 누가 있나 봐! 여보세요?"

찰리가 깊은 우물 속을 들여다보며 외쳤다.

"찰리 안 돼! 위험할지도 몰라!"

플리스가 얼른 찰리를 붙잡았다.

아래에서 다시 힘없는 목소리가 올라왔다.

"누구 있으면 저 좀 도와주세요!"

"잠깐, 어쩐지 저 목소리……. 누군지 알겠어!"

불현듯 베티가 목소리를 알아들었다. 베티가 우물 안으로 몸을 숙이고 두 손을 입 앞에 모아 외쳤다.

"스핏! 너 맞아?"

"응! 나 좀 꺼내줘. 여기서 꼼짝도 못 하겠어! 소름 끼치게 생긴 물고기도 한 마리 있는데 도대체 옆에서 떠나질 않아!"

스핏 목소리가 메아리치며 올라왔다.

"물고기?"

베티가 삼 형제 전설을 떠올리며 중얼거렸다.

"전설 속 이야기야! 스핏, 너 물고기로 변했어?"

잠시 침묵이 흐르더니 스핏이 다시 말했다. 여전히 목소리가 희미했지만 무슨 소리냐는 투였다.

"뭐? 아니야!"

"아, 신경 쓰지 마!"

베티는 살짝 바보가 된 기분이었다.

"거기 두레박 있어?"

"있어! 근데 줄이 끊어졌어!"

스핏이 소리쳤다.

"우리가 꺼내줄게!"

베티가 소리치다가 삼 형제 전설을 떠올리고는 혹시 물고기도 중요한 존재가 아닐까 생각했다.

"두레박에 물고기 담아서 갖고 올라와!"

잠시 스핏이 어리둥절했는지 말이 없다가 다시 대답했다.

"여하튼 꺼내주기만 해!"

"찰리, 빨리. 줄!"

베티가 찰리를 불렀다.

"흥, 안 돼!"

찰리가 팔짱을 끼고 단호하게 고개를 저었다.

플리스가 입을 딱 벌리고 베티를 돌아봤다.

"설마 쟤를 도와주려는 건 아니지? 우릴 마녀 바위에 버리고 떠났잖아. 벌써 잊었어?"

"맞아! 우리 배도 훔쳐 갔어!"

찰리가 거들었다.

"배를 뺏어간 건 로니아였지."

베티도 스핏한테 화가 나 있었다. 두말하면 잔소리였다. 하지만 베티는 마법사의 나침반에서 스핏의 다른 면도 보았다. 스핏은 로니아에게 베티 일행을 넘길 수도 있었지만 그러지 않았다. 로니아를 두려워했는데도 베티를 도왔다. 베티는 세상에 하나밖에 없는 가족을 두려워하는 삶을 상상하며 침을 삼켰다.

"스핏이 해적들과 장단을 맞췄다는 건 나도 알아. 하지만 스핏이 원하지는 않았어."

"그게 더 나빠."

찰리가 말했다.

"그것도 맞아. 스핏이 나빴어. 하지만 그전엔 우리를 도와줬잖아. 저 꼴로 남겨놓고 떠날 수는 없어. 스핏은 죽을 거야."

찰리는 잔뜩 심통 난 얼굴로 실패를 넘겼다.

"이걸 두레박에 묶어!"

베티가 우물 안으로 줄을 던져 넣으면서 외쳤다. 스핏이 베티 말대로 하는지 줄 끝이 움직였다. 베티가 잡고 있는 줄이 어찌나 얇은지 금방이라도 끊어질 것 같았다.

사람 하나를 끌어올리려면 아주 강력한 마법이 필요하겠다.

베티가 절박하게 생각했다.

"이것도 함정일지 몰라."

플리스는 당장 어디에서 로니아가 튀어나오기라도 할 듯 어깨 너머를 기웃거렸다.

"나도 알아. 하지만 로니아건 스팟이건 우리가 여기 나타나리라고는 상상도 못 했을 거야."

베티가 말했다.

"다 묶었어!"

스팟이 외쳤다.

줄 끝이 묵직해졌다. 베티가 끈을 잡아당기자 심하게 상한 나무 두레박이 서서히 보이기 시작했다. 두레박 안에서는 희한하게 생긴 자그마한 지느러미가 촘촘하고 은녹색에 큼지막한 물고기가 위를 빤히 올려다보고 있었다. 눈이 기분 나쁠 만큼 사람 같았다.

"스팟 말이 맞았어. 물고기가 너무 소름 끼치게 생겼어!"

플리스가 말했다.

"그거 말도 해! 계속 자기가 가자미래. 저렇게 생긴 가자미가 어디 있어. 가자미는커녕 저렇게 생긴 물고기는 본 적도 없다!"

스팟이 외쳤다.

"가자미?"

베티가 윌로를 곁눈질하면서 얼굴을 찡그렸다.

"잠깐. 가자미라고? 사울(*가자미는 영어로 sole, 사람 이름인 Saul과 발음이 같다)? 맙소사! 그럼 이 물고기가 혹시?"

두레박 가장자리를 손가락으로 힘껏 움켜쥐고 안을 들여다보는 윌로 입술 사이에서 나지막이 탄식하는 소리가 새어 나왔다.

"사울 아저씨?"

속삭이는 윌로 목소리가 걷잡을 수 없이 흔들렸다.

물고기가 물속에서 지느러미를 펄럭여서 수면 위로 펄쩍 튀어 올랐다.

"사울."

물고기가 입을 뻐끔거려 소리를 내자 거품이 방울져 올라왔다.

"사울."

윌로가 헉 소리를 냈다.

"사울 아저씨! 우리 아빠요, 그날 밤에 무슨 일이 있었는지 얘기해주세요!"

"사울."

물고기는 같은 말만 반복했다. 눈도 깜빡이지 않고 윌로를 빤히 봤다.

윌로 얼굴이 일그러졌다.

"말을 못 하나 봐요."

"어쩌면 진짜 사울이 아닐지도 몰라. 알다시피 그냥 섬의 속임수 중 하나일 수도 있어."

플리스가 부드럽게 말했다.

"아까는 말하는 큰까마귀였는데."

스팟이 우물 속에서 웅얼거렸다.

"그런데 이번에는 말하는 물고기라니!"

스팟이 꽥 소리를 질렀다.

"진짜 사울 아저씨면 시계 방향으로 돌아봐요."

윌로가 다그쳤다.

말이 떨어지기 무섭게 물고기가 오른쪽으로 방향을 바꿔서 헤엄쳤다.

"아저씨다! 어쩐지 눈이 아저씨 눈이었어요. 아저씨가 살아 있었어요!"

윌로가 자신 있게 말했다.

"그리고 아직 물고기지. 물고기를 가져가도 아무 증거가 되지 않아. 더구나 우리한테 어떤 말도 못 해주니까."

베티가 우울하게 말했다.

"그럼 우리가 계속 나아가야죠."

윌로가 말했다.

"만약 이 물고기가 진짜 사울 아저씨면 그래, 우린 앞으로 계속 나아가야해. 여기까지 왔는데 돌아갈 수야 없지."

베티가 삼 형제 이야기를 떠올렸다. 희망이 섬을 통과하고 나서야 재산과 운이 원래 모습을 되찾았다. 삼 형제들이 그랬듯이 베티 일행도 실제 답은 찾지 못한 채 섬의 세력 안으로 더욱 깊이 들어가고 있었다. 플리스 말이 맞으면 어쩌지? 물고기가 사울이 아니면? 이거든 저거든, 베티 일행은 계속 나아갈 수밖에 없었다.

"어쨌건 스핏부터 꺼내주자."

"이 줄로는 스핏을 올릴 수 없어. 그러다가 끊어져."

플리스가 줄을 당겨보면서 말했다.

"줄을 두 겹, 아니 세 겹으로 꼬면⋯⋯."

베티가 말을 다 끝내지도 않았는데 손으로 잡고 있던 줄이 눈앞에서 스르륵 말려 나가더니 저절로 재빨리 꼬여서 두툼하고 튼튼한 밧줄이 되었다.

"까치가 못 살겠네! 이젠 사람을 끌어올리고도 남을 만큼 튼튼해졌어! 스핏, 조심해! 안으로 밧줄 던진다! 잡아!"

베티가 깔끔하게 완성된 밧줄을 발치에서 집어 들고 외쳤다.

베티가 우물 안으로 밧줄을 집어 던졌다.

"잡았어!"

스핏 목소리가 어렴풋이 들렸다.

"스핏을 끌어올리려면 다들 도와줘야 해. 우물이 제법 깊어."

플리스와 찰리가 베티와 힘을 합쳐 밧줄을 잡아당기기 시작했다.

"계속 당겨!"

베티가 헉헉대며 말했다.

"보인다!"

찰리가 외치더니 밧줄을 던져버리고 좀 더 잘 보려고 우물가로 달려갔다.

"거의 다 올라왔어!"

얼마 뒤, 금발 머리통이 올라오더니 스핏이 한쪽 팔을 우물가로 날려서 걸쳤다. 이내 몸을 우물 밖으로 끌어 올린 스핏이 땅 위로 떨어지며 바닥을 굴렀다. 가슴이 오르락내리락했다. 스핏 뒤에서 밧줄이 처음에 만들어질 때처럼 눈 깜짝할 새에 저절로 다 풀리더니 베티 발치에 놓인 나무 실패에 도로 감겼다. 스핏이 잔뜩 경계하는 눈빛으로 실패를 노려봤다.

"또 마법이야? 너희들이 가는 곳마다 마법이 따라다니나 봐. 안 그래? 불운이랑 똑같네."

결국 스핏이 한마디 했다.

베티는 스핏 말을 무시하고 물었다.

"로니아는 어디 있어? 우물에는 어쩌다가 빠졌고?"

"로니아가 떠밀었구나?"

찰리는 비웃음을 감추려고도 하지 않았다. 베티가 팔꿈치로 찰리를 쿡 찔렀다.

스핏이 고개를 저었다. 표정이 어두워졌다.

"떠민 거나 다름없지."

스핏이 몸을 일으켜 자리에서 일어나더니 땅에 침을 뱉었다.

"망할 놈의 고양이가 우물가에 앉아 있는 새를 보고 몸을 날렸다가 새는 놓치고 우물에 빠졌어. 로니아가 나더러 밑으로 내려가서 고양이를 두레박에 넣으라고 명령했어. 자기가 줄을 감아올리겠다고. 밴딧은 우물 밖으로 나왔는데 당연히 나를 끌어올리기에는 줄이 약했지. 바로 끊어졌어. 로니아는 다시 데리러 오겠다고 했지만……."

스핏이 화가 난 듯 코를 문지르며 어깨를 으쓱했다.

"진짜 돌아올 생각일지도 모르잖아."

베티가 말은 그렇게 했어도 로니아가 정말 그렇게 했을지는 다분히 의심스러웠다. 하지만 스핏이 심하게 상처받고 괴로워하는 눈치여서 달리 해줄 말이 없었다. 어차피 스핏도 여전히 미심쩍어하는 것 같았다.

"넌 로니아 얼굴을 못 봤잖아. 열쇠를 손에 넣은 다음부터 로니아는……. 열쇠밖에 안 보이는 것 같았어. 섬에 가까워질수록……."

스핏은 어딘가에 홀린 눈빛이었다.

"우리 배를 타고 말이지."

플리스가 차갑게 말하면서 끼어들었다.

스핏이 겸연쩍은 표정으로 고개를 끄덕였다.

"섬에 가까워질수록 로니아는 러스티 스커틀러호로 돌아가는 데 관심이 없어지는 눈치였어. 섬에 있을지도 모르는 보물 얘기만 계속 늘어놓았거든. 난 그저 로니아를 도와서 나 자신을 증명해 보이고 싶었을 뿐이었는데 의심이 들기 시작했어. 로니아가……."

스핏이 머뭇거렸다. 가슴속 깊이 뿌리 내린 충성심과 싸우는 것 같았다.

"로니아가 나를 곁에 두고 싶기는 할까?"

스핏이 꿀꺽 침을 삼켰다. 목소리가 갈라졌다.

"너희들이 나타나지 않았다면……. 난 아마……."

스핏이 얼굴을 일그러뜨리며 말을 뚝 멈췄다.

"그나저나 너희들은 어떻게 여기까지 왔어?"

베티가 자매들과 눈빛을 교환했다.

"우리가 말해줘도 못 믿을 거야. 어쨌건 이것 하나만은 확실해. 우린 우리 배를 타고 떠날 거야. 너도 로니아도 우리를 막지 못해."

스핏이 머리를 푹 숙인 채 고개를 끄덕였다.

"알겠어. 이런 말 하기 싫지만 아마 로니아가 배에 먼저 닿을 거야. 보물도 먼저 찾을 테고."

"우린 여기에 보물이나 찾으려고 온 게 아니야. 그러니까 보물은 로니아나 가지라고 해. 우린 저 애 때문에 여기 왔어."

베티는 윌로를 두고 온 곳을 향해 고개를 돌렸다. 가슴이 철렁 내려앉았다. 윌로가 그 자리에 없었다.

"어디 갔지? 윌로?"

베티가 윌로 이름을 부르며 정신없이 주변을 살폈다.

"여기예요."

월로의 나지막한 목소리가 동굴 입구에서 들려왔다.

나머지 일행이 하나씩 곁으로 다가와도 월로는 어두운 동굴 안만 계속 들여다봤다. 도깨비불은 월로 옆에서 맴돌고 있었다. 햇빛 속이라 거의 보이지도 않았다.

"삼 형제는 다 동굴 안으로 들어갔어요. 맞죠? 그럼 우리도 그대로 따라 해야 한다는 뜻이겠네요."

베티가 동굴 바로 바깥에 있는 나무로 가서 낮게 자란 가지에 줄 끝을 묶었다.

스핏 눈썹이 휙 올라갔다.

"그렇게 해서 밖으로 다시 나오겠다고?"

베티가 고개를 끄덕였다.

"혹시라도 길을 잘못 들까 봐 대비하는 거야. 로니아가 지도를 가졌으니 우리한테는 이것밖에 없어."

"아니, 그렇지 않아."

스핏이 윗도리 안으로 손을 넣더니 둘둘 말린 종이를 꺼내서 베티에게 주었다.

베티가 깜짝 놀라며 두루마리를 건네받아 밀랍 종이 겉에 묻은 물을 털어내고 펼쳤다.

"어떻게 이걸 손에 넣었어?"

"로니아가 우물 안으로 몸을 숙였다가 떨어뜨렸어."

대답하는 스핏 얼굴에 분노가 스쳐 지나갔다.

"그런데도 로니아는 끝내 나를 올려주지 않았어. 여기까지 왔으니 나머지는 지도 없이도 알아서 할 수 있다더라고."

"잠깐. 지도가 또 달라졌어. 봐봐! 지난번에는 이거 없었어."

찰리가 지도 어딘가를 가리켰다.

"여기다."

베티가 숨을 고르면서 찰리가 말하는 석호를 손가락으로 짚었다. 아니나 다를까, 석호 한복판에 커다란 나무 궤짝이 그려져 있었다. 게다가 베티가 지켜보는 중에 잉크로 그려진 지도 위 수면에서 잔물결이 일었다. 베티는 흥분해서 온몸을 떨며 전율했다. 지도가 보여주는 마법에 손끝이 다 간지러웠다. 지도가 모두를 이곳으로 이끌었다. 집으로 돌아갈 길을 알아내려면 이제 지도를 믿어야 했다.

"석호는 이 섬 중심부에 있어. 우린 그곳에 가야 해."

"월로가 동굴을 통과해야 한다더니 그 말이 맞았나 보네. 저거 봐."

스핏이 고갯짓으로 지도를 가리키며 중얼거렸다.

이전에는 없던 것이 또 지도에 등장했다. 잉크로 그려진 동굴 입구에 작은 등불 같은 것이 있었다. 안으로 들어오라고 일행을 초대하는 듯 등불이 깜빡였다.

"가자."

베티가 말했다.

플리스가 월로 발치에 놓인 두레박을 고갯짓하며 의미심장한 눈빛으로 스핏을 봤다.

"저거 들어."

370

스핏 한쪽 눈썹이 휙 올라갔다.

"우리가 아니었으면 어차피 아직도 저 우물 안에 처박혀 있었을 거야. 최소한 물고기 한 마리 정도는 들어줘야지."

플리스가 말했다.

"이걸 먹기라도 할 셈이야?"

스핏이 투덜거렸다.

"아니에요. 우리 아빠 목숨이 그 물고기에 달렸어요. 무슨 일이 있어도 살려서 가야 해요. 그러니까 물 좀 그만 흘려요!"

겁에 질린 월로 말에 스핏은 영문을 모르겠다는 눈으로 월로를 봤다.

"네 아빠 목숨이, 이 물고기한테?"

"이 물고기가 사울 아저씨라면 우리 아빠가 사울 아저씨를 죽이지 않았다는 증거거든요. 우리 아빠는 죄가 없어요."

베티가 물고기를 쳐다봤다. 지나치게 사람처럼 생긴 눈에 다시 한번 몸서리가 났지만 틀림없이 슬픔과 후회가 어린 눈빛이었다. 섬에 보물이 있다는 소리에 욕심이 생긴 사울이 월로 아빠를 배신하고 친구를 죽였다는 죄를 뒤집어씌웠을까? 그게 사실이라면 탐욕스러웠던 사울은 몹시 혹독한 대가를 치른 셈이었다. 그래도 월로와 월로 가족이 치러야 했던 대가만큼 가혹하지는 않았다.

"자, 준비됐어?"

베티가 동굴을 향해 고갯짓하며 물었다.

"응!"

찰리가 한 손은 베티 손을, 다른 손은 월로 손을 잡으면서 말했다.

371

다 함께 어두컴컴한 동굴 안으로 들어간 일행은 눈이 어둠에 익숙해지는 동안 잠시 멈춰서 기다렸다.

"길은 어떻게 찾지? 횃불도 없고 등불도 없는데……."

스핏이 물었다.

도깨비불이 둥실둥실 앞서가더니 좁고 캄캄한 터널 안 허공에서 오르내리며 빛을 발했다. 창백한 빛이 일렁이며 사방으로 번지자 울퉁불퉁한 동굴 벽이 드러났다.

"으힉! 저건 또 어디서 튀어나왔지?"

월로의 도깨비불을 처음 본 스핏이 뒤로 비틀비틀 물러나며 가슴 앞에서 십자가를 그렸다. 두렵고 혼란스러워서 눈이 접시만 해졌다.

"잔해부터 따라온 거야?"

"우리랑 내내 같이 있었어. 그냥 네가 못 봤지. 저건 다른 도깨비불이랑 달라. 월로 동행이야. 우리한테 조금도 위험하지 않아."

베티가 조용히 말하면서 월로를 지켜봤다. 잠깐 안개가 걷힌 듯 맑아진 월로 두 눈에 걱정이 들어찼다.

"난……. 저 도깨비불이 사울 아저씨인 줄 알았어요."

월로가 일렁이는 빛의 구체를 바라보며 말했다.

"하지만 그럴 수 없다는 걸 이제는 알았어요."

홀린 듯이 앞뒤를 연결하며 가능성을 따지던 월로 얼굴이 일그러졌다. 베티도 생각은 했으나 차마 입 밖으로 꺼내지 못했었다.

"엄마랑 헤어지고 나서 엄마한테 무슨 일이 벌어졌는지 난 아무것도 몰랐어요. 혹시……."

"무슨 일이 벌어졌는지 우린 알지 못해. 저게 누구인지 알아낼 방법도 없어. 네 아빠를 위해 그저 계속 나아가는 수밖에 없어. 윌로, 아빠한테는 네가 필요해."

베티가 부드럽게 말했다.

윌로가 도깨비불을 가만히 쳐다봤다. 눈빛이 다시 한번 결연해졌다.

"아빠는 내가 필요해."

윌로가 베티 말을 따라 하면서 동굴 안으로 한 발 더 들어섰다.

"아빠는 내가……. 필요해."

"끝내준다. 완벽해. 도깨비불 따라가면 절대 안 된다는 말은 못 들어봤어?"

스핏이 탐탁지 않게 중얼거렸다.

"도깨비불을 따라가지 마라……."

그랬다. 베티 기억에도 사람들이 늘 그런 말을 했다.

그런데도 여기까지 왔다. 어떤 위험이든 무릅쓸 작정이었다. 내 목숨을 걸고 낯선 이를 구할 참이었다.

"도깨비불을 따라가는 게 아니야. 도깨비불은 우리 앞길을 밝혀줄 뿐이고 우린 이걸 따라가는 거야."

베티는 한 번 더 도움을 받기를 바라며 나무 실패를 내려놓았다. 실패가 꿈쩍도 하지 않았다.

잠시 베티는 이게 아닌가 싶어서 현기증이 일었다. 하지만 이내 공기를 감지한 생명처럼 실패가 움찔하더니 어둠 속으로 술술 풀려 들어가기 시작했다.

## 26장. 사라진 운의 동굴

"나 여기 싫어. 하나도 마음에 안 들어."

어둠이 주위를 내리누르며 일행을 삼켜버리자 찰리가 베티 옆으로 바짝 붙어 섰다.

"그러게."

베티가 앞에 둥둥 떠가는 도깨비불을 눈으로 좇으며 대답했다. 온도는 이미 뚝 떨어졌고 공기도 달라졌다. 무언가 다가오는 느낌이었다.

"나도 여기 진짜 싫다. 그래도 우리한테 실패가 있는 한 길을 잃지는 않을 거야."

베티는 이 말을 머릿속에서 반복했다. 어린 동생에게 주는 믿음만큼 스스로도 확신을 받고 싶었다.

우리는 길을 잃지 않아, 우리는 길 안 잃어버릴 거야…….

모두가 알듯이 둘째 아들 운은 길을 잃었다. 왜 길을 잃었는지 쉽게 이해가 갔다. 터널이 비비 꼬이고 급하게 꺾이면서 이쪽저쪽으로 계속 새 길이 났다. 무슨 말을 하건, 어떻게 움직이건 죄다 메아리로 울리며 되돌아와서 혼이 나갈 지경이었다. 베티는 운이 살려 달라고 끊임없이 소리치고 소리치다가 결국 목소리만 남았다는 이야기를 머릿속에서 떨쳐낼 수 없었다.

기온이 더 떨어졌다. 결국 베티가 맨 앞에 섰을 무렵에는 뼛속까지 얼어 붙는 느낌이었다. 베티는 이미 시간의 흐름을 잃어가고 있었다. 어슴푸레한 불빛 속에서 줄을 잡고 가느라 수시로 멈춰야 했다. 그럴 때마다 바로 뒤에서 찰리를 데리고 따라오는 플리스와 스핏이 베티와 부딪쳤다. 윌로는 눈을 도깨비불에 못 박은 채 베티에게 바짝 붙어 소리 없이 움직였다. 안으로 깊이 들어갈수록 곳곳에 널린 증거를 무시하기가 어려워졌다. 버려진 물건들이 일행이 걸려 넘어지기를 기다리듯 눅눅한 구석이나 눈길이 미치지 않는 곳에서 도사리고 있었다. 베티는 낡은 신발 한 짝에 걸려 비틀대면서 저주를 퍼부었고, 깨진 달걀 껍데기가 발밑에서 으지직 으스러지자 온몸에 벌레가 기어 다니는 느낌을 받았다. 실수로 소원 뼈를 발로 차버렸을 때는 비명도 나오다가 목구멍에 걸렸다. 그 하나하나가 앞서 사람들이 이곳을 다녀갔고 그들 모두가 잘못 선택했다는 증거였다.

"저 앞에서 신선한 공기가 들어오는 것 같아."

베티가 두 뺨에 와 닿는 시원한 바람을 느끼고 말했다. 하지만 이내 공기가 다시 퀴퀴해지고 터널마저 좁아져서 일행은 허리를 구부려야 했다.

"이 길이 확실히 맞아?"

스핏이 무겁게 숨을 몰아쉬면서 물었다. 스핏은 조금도 즐거워 보이지 않았다. 공기가 찬데도 금발이 땀으로 축축했다. 옆으로 든 두레박에서 물이 얼마나 많이 넘쳤는지 베티는 물고기한테 물이 부족할까 봐 겁이 났다.

"계속 움직여야 한다는 사실 말고는 아무것도 확실하지 않아."

단어 하나하나가 베티 입에서 쓴맛이 났다. 갑자기 두 뺨과 목에 열이 오

375

르면서 가려워졌다. 터널이 좁아지자 지금 하고 있는 일의 막중함이 무덤처럼 베티를 조여들었다. 오래된 전설과 실패 하나를 정말 믿을 수 있을까? 시간은 흐르고 다른 방법이 없으니 일행에게는 선택의 여지가 많지 않았다.

"실이 다 떨어지면 어떻게 돼? 동굴이 수 킬로미터 이어질지도 모르는데."

스핏이 물었다.

"아마 그렇겠지. 하지만 여기까지도 꽤 먼 거리였는데 아직은 끄떡없어 보여."

베티가 실패를 힐끗 봤다. 어쩐지 조금 무서웠다.

"이건 마치……. 우리가 필요한 만큼 계속 늘어나는 것 같아."

베티가 몇 걸음 앞으로 더 나아갔다. 뾰족한 자갈들이 다 낡아 빠진 장화를 찔러댔다.

"저 앞에서 길이 다시 넓어지는 것 같아. 다행이다."

동굴 안은 칠흑같이 어두웠다. 어슴푸레한 도깨비불 빛으로는 조금도 환해지지 않았다. 베티는 도깨비불을 놓칠지도 모른다는 두려움에 허리를 숙여 실패 뒤로 풀려나가는 줄을 조심스럽게 주워 들고 손가락 사이로 빠져나가게 했다. 이제 베티는 착각이 아니라는 것을 알았다. 도깨비불이 희미해지고 있었다. 윌로처럼 위태롭게 버티고 있었다. 돌연 동굴이 확 넓어지면서 두 갈래 길이 나왔다. 한쪽 길은 좁았고 다른 쪽 길은 높은 데다 넓었지만 두 길 모두 똑같이 어두웠다. 베티가 걸음을 멈췄다. 그 사이 나머지 일행도 걸음을 서둘러서 베티 곁으로 다 모였다. 베티는 잠시나마 앞서 나가지 않아도 돼서 기뻤다.

베티는 천장이 높은 쪽 터널이 잘 보일까 싶어서 가까이 다가갔다. 발걸음을 떼는데 장화 아래에서 달가닥 소리가 났다. 베티는 한쪽 발을 들고 고개를 숙였다가 대번에 땅 위에 놓인 물건을 알아봤다. 달걀 모양 돌멩이가 박힌 황금 열쇠였다.

"로니아……."

베티가 중얼거리면서 앞에 있는 캄캄한 두 동굴을 황급히 살폈다. 사방이 고요했다. 어디에도 해적 선장은 흔적조차 없었다.

스핏이 열쇠를 가만히 바라봤다.

"로니아가 이걸 버렸을 리 없어. 틀림없이 무슨 일이 생긴 거야."

야릇한 표정이 스핏 얼굴을 스쳤다. 안도감과 후회가 뒤섞인 표정이었다.

스핏이 로니아 없이도 해적에게 돌아갈까? 이때를 기회로 삼아 해적한테서 자유로워지려나?

베티는 궁금했다. 이미 스핏도 말했지만, 러스티 스커틀러호의 일원이 아닌 스핏은 도대체 누구란 말인가.

"로니아에 여기까지 왔던 사람들 모두……."

베티 생각이 신발 한 짝에서 달걀 껍데기, 그리고 소원 뼈로 이어졌다. 섬까지 왔다가 그대로 사라진 사람들이 남긴 유일한 흔적이었다. 그토록 맹렬한 천하무적 로니아가 진짜 그 사람들처럼 되었을까? 로니아까지 그렇게 되었다면 고작 아이들 몇몇과 도깨비불, 그리고 물고기 한 마리가 전부인 베티 일행에게 무슨 희망이 있겠는가.

"앞으로 우리가 다른 무언가를 발견할지 누가 알겠어?"

베티 말에 스핏이 고개를 저었다.

"난 여기까지야. 어느 쪽이건 저 동굴 안으로는 한 발걸음도 더 못 가."

"오빠는 해적인 줄 알았는데? 역시 진짜 해적이 아니었어. 그렇지?"

찰리가 묻자 스핏이 침을 꿀꺽 삼키더니 순순히 인정했다.

"그래, 아닐지도 몰라."

그토록 무시무시했던 선장이 당했을지도 모른다는 생각에 겁이 났는지 스핏 눈이 번들번들 빛났다.

"어쨌건 여기에서는 일 분도 더 안 있을 거야."

스핏이 두레박을 땅 위에 버리다시피 내려놓고는 이제 막 통과해 나온 어두운 터널로 돌아섰다.

"스핏, 기다려! 그러다가 길 잃어버려. 빛이라고는 도깨비불 빛밖에 없잖아!"

베티가 말렸다.

베티 목소리가 메아리치며 일행에게로 돌아왔다. 따귀를 올려붙이는 소리처럼 찢어지게 시끄러웠다. 어둠 속에서 또 다른 목소리가 나더니 또 다른 목소리, 또 다른 목소리가 그 뒤를 이었다. 중얼거리는 속삭임이 주변을 에워싸고 울려 퍼졌다. 바람에 날리는 바싹 마른 나뭇잎처럼 빠르게 나지막이 웅얼거렸다. 베티 머리끝이 쭈뼛 섰다.

"우리도 데려가……."

"이 안은 너무 어두워……."

"우리가 따라갈게……. 따라갈게……."

스핏이 터널 안에서 돌아섰다. 월로만큼이나 얼굴빛이 창백했다.

"저게 뭐야? 어디서 나는 소리지?"

스핏이 숨을 헉헉댔다. 손가락에서 줄이 스르륵 빠져나갔다.

"주위에 쫙 깔렸어. 움직여, 빨리!"

베티가 두레박을 플리스에게 던지다시피 건네고는 어둠 속에서 재빨리 몸을 움직여 줄을 잡았다. 실패는 두 터널 중 넓은 쪽으로 굴러 들어갔다. 베티는 손을 바꿔가며 줄을 잡고 뒤를 따랐다. 어둠이 펼쳐진 저 앞에서 윌로의 도깨비불이 희미하게 일렁였다. 길을 밝히기엔 무리였고 시간도 없었다. 베티는 튀어나온 바위에 발이 걸리고 버려진 물건을 더 자주 밟아 부수면서 다시 입술을 깨물었다. 윌로가 이 안에서 얼마나 더 버틸 수 있을까. 두레박 안에 든 물고기는 얼마나 더 오래 살아남을까. 발이 걸려 넘어지거나 두레박을 떨어뜨리면, 제시간에 물에 닿을 가능성은 없었다.

베티 뒤에서 당황해서 거칠게 내쉬는 숨소리가 들렸다. 하나같이 두려움에 사로잡힌 일행은 말 한마디 없었다. 지금은 모두 한 생각뿐이었다. 여기서 빠져나가야 해. 메아리치는 목소리가 사방에서 울리더니 나중에는 아예 머릿속에서 소리가 났다. 소리가 한 번 들릴 때마다 터널이 좁아지는 느낌이었다. 애원하는 목소리도 있었고 악의로 가득한 목소리도 있었다.

"이쪽이야, 우리를 따라와……."

"막대한 부로 데려다줄게……."

"……. 저리 가! 내 거야, 내 거라고……."

두려움이 이성을 집어삼키자 베티가 허둥댔다. 두 번이나 발이 걸리는 바람에 넘어지지 않으려고 손을 뻗었다가 줄을 놓쳤다. 날아드는 모래에 눈이 따가워서 눈물을 줄줄 흘렸다. 뒤에서는 찰리가 낑낑거리며 흐느꼈다. 플리스일지도 몰랐다. 드디어 베티 손에 줄이 잡혔다. 베티도 안도감에 흐느껴 울 뻔했다. 다시는 놓치지 않겠다 다짐했다. 베티가 길을 잃으면 모두가 잃을 터였다.

"베티 언니, 얼마나 더 가야 해? 점점 숨이 안 쉬어져."

찰리가 베티 손을 잡았다. 손이 뜨거웠다.

"이젠 얼마 안 남았어."

베티는 사실인지 아닌지 제대로 알지도 못하면서 입에서 나오는 대로 지껄였다. 나갈 때가 거의 다 됐겠지? 지금까지 터널 안에 얼마나 오래 있었는지 계산이 안 되었다. 몇 시간은 흐른 느낌이었지만 확실하지 않았다. 살아야 한다는 생존 본능과 두려움만 남기고 시간 감각이 사라졌다.

"금방 나갈 거야. 진짜 금방!"

"진짜 금방……. 진짜 금방……."

메아리가 지치지도 않고 울려 퍼졌다. 놀리는 것 같았다.

아무 조짐도 없다가 베티 발밑에서 동굴 바닥이 푹 꺼졌다. 베티 발목이 획 꺾이는가 싶더니 발이 순식간에 차가워졌다.

"물이야. 바위 웅덩이가 있나 봐."

베티가 숨을 멈췄다가 다시 한 발 내디뎠다. 찬 기운이 훅 올라왔다.

"더 깊어져. 내가 먼저 건너가 볼게."

"베티 조심해."

플리스는 울먹이는데 손에 들린 두레박에서 베티 등으로 우물물이 튀었다. 얼음 같은 찬기에 뒤를 돌아본 베티 눈에 두레박에 담긴 물고기가 들어왔다.

"사울, 사울!"

물고기가 뻐끔거리며 소리 내고 있었다.

"그래요, 우리도 알아요! 아저씨만 아니었으면 우린 이 꼴이 되지도 않았 겠죠!"

플리스가 버럭 소리를 질렀다.

물고기가 분했는지 연달아 부글부글 거품을 불어 올렸다. 눈에는 비통함 이 가득했다.

세 걸음째에 베티 무릎이 물에 잠겼다. 네 걸음째에도 여전히 깊어졌다. 베 티는 귀를 곤두세우고 속삭임 너머에서 들리는 소리에 집중했다. 분명히 근 처 어디에서 물이 똑똑 떨어지는 소리가 희미하게 들렸다. 저 위에 물이 있 었나? 아니면 아래? 베티가 한 발 더 나갔다가 차가운 물이 엉덩이까지 와서 몸을 부르르 떨었다.

"물이 계속 깊어져."

베티가 일행한테 알렸다. 머리 위 터널 천장이 낮아지다 못해 수면에 거의 닿을 만큼 급격하게 가팔라져서 베티는 물속으로 들어갈 수밖에 없었다.

물속이다.

베티가 깨닫자마자 두려움이 엄습했다. 이렇게 얼마나 더 이어질까?

"이게 정말 밖으로 나가는 길인지 어떻게 알아? 그리고 저 줄도 그래. 마녀 가 준비한 또 다른 함정이면?"

스핏이 물었다.

"그럴 리 없어."

베티가 대답하는 순간, 척추를 타고 올라오는 손가락처럼 머릿속으로 의 심이 슬금슬금 기어들었다. 마녀의 가마솥에서 나온 물건을 진짜 믿을 수 있 을까? 지금까지 베티는 삼 형제 전설과 그 이야기에 관해서 알았던 모든 것을 확신했지만 이제는 단순히 무서운 이야기가 아니었다. 베티의 목숨과 언니, 동생의 목숨, 그리고 스핏과 윌로의 목숨이 달렸다. 귓속에서 메아리치는 목소리에 둘러싸여 어둑어둑한 불빛 속에 있는 지금, 베티는 무엇이 진짜인지 더는 확신할 수 없었다.

베티가 한 발 더 내디뎠다. 제대로 숨을 들이마실 틈도 없이 순식간에 발밑에서 땅이 사라져버렸다. 물이 눈을 찔러대고 입으로도 밀려들어 왔다. 베티는 목구멍으로 넘기지 못한 공기 한 모금이 간절해서 허우적거렸다. 그 와중에도 기를 써서 줄을 놓치지 않고 허리에 둘러 감았다. 베티가 수면을 가르고 솟구쳤다. 허파 가득 공기를 들이마시고는 다시 헤엄쳐서 일행에게 돌아갔다. 암반에 무릎이 긁혔다.

"베티! 무슨 일 있었어?"

플리스가 꺅 소리치며 두 손으로 베티를 움켜잡고 흠뻑 젖은 옷을 끌어당겼다. 베티가 이를 딱딱 부딪치며 콜록거렸다.

"난…… 괜찮아. 근데 물이 깊어져. 우리가 건너낼 수 있을지, 얼마나 가야 할지 잘 모르겠어."

"그렇지만 이 길이 맞잖아. 아니야? 우리가 잘못 왔어?"

찰리가 따졌다.

"아니야…… 실이 우리를 이 길로 데리고 왔잖아."

베티는 문득 떠오른 섬뜩한 생각에 높아지는 목소리를 간신히 억눌렀다.

"어쩌면 아주 옛날에는 이게 나가는 길이었을지도 몰라. 시간이 흐르면서 바뀐 거지. 홍수가 났을 수도 있고, 아니면……."

으스스한 웃음소리가 메아리치며 일행을 둘러쌌다. 확실히 속삭임에는 악의가 서렸다. 이번에는 착각이 아니었다.

"홍수가 났을 수도 있고……."

"입 닥쳐! 우리 좀 가만 놔둬!"

플리스가 악을 썼다.

"분명히 다른 길이 있을 거예요. 줄을 감아 봐요. 어쩌면 다른 길로 이끌지도 몰라요."

윌로 목소리에는 기운이 하나도 없었다. 도깨비불 빛도 훨씬 희미해졌다.

베티가 줄을 잡아당겨 봤다. 이미 알고 있었다. 물속 터널 저 앞까지 가 있는 실패는 뒤로 오기를 거부하며 꿈쩍도 하지 않았다.

"아무래도 얘는 우리가 따라오기를 원하는 것 같아."

"위험을 무릅쓸 수는 없어. 이런 해저 동굴이 얼마나 뻗어 있는지 모르잖아. 다 빠져 죽을 수도 있어!"

플리스 목소리가 갈라졌다.

베티가 눈을 가늘게 뜨고 머리 위를 살폈다. 혹시 손으로 잡고 매달릴 만한 암반이 없을까 찾았지만 헛수고였다. 아무것도 없었다.

"다른 길이 안 보여. 물속으로 갈 수밖에 없어."

베티가 속절없이 말했다. 울음이 올라왔지만 삼켜 내렸다.

"내가, 내가 먼저 갈게. 조금만 더 헤엄쳐 볼게. 의외로 금방 건널지도 몰라."

"안 돼, 절대 안 돼!"

플리스가 으르렁거렸다.

"뒤로 돌아가지는 못해. 달리 방법이 없다고. 누군가는 가봐야 해. 건너는

383

데 성공하면 줄을 세 번 당길 테니까 다들 따라와. 그런데 너무 멀리까지 가면 나도 그냥 돌아올게. 약속해."

"지키지 못할지도 모르는 약속은 하지 마."

플리스가 열을 내며 말했다. 베티한테는 플리스 얼굴 윤곽선밖에 안 보였지만, 주변에서 희미하게 빛나는 도깨비불 덕분에 그렁그렁한 눈물로 반짝이는 언니 눈동자가 보였다.

베티가 이를 악물었다.

"진짜 약속해."

베티가 다시 물속으로 들어갈 마음을 다지며 같은 말을 반복했다.

"베티 언니? 깡총이는? 깡총이는 그렇게 멀리까지 헤엄 못 쳐!"

찰리가 걱정스럽게 말했다.

"하, 찰리. 너랑 그놈의 쥐새끼를 어째야 좋니. 깡총이도 무사히 건널 거야."

베티는 동생이 사랑스러워서 어쩔 줄을 몰랐다. 베티가 동생 머리를 헝클어트리며 길게 한숨지었다.

"깡총이한테는 네가 있으니까."

찰리가 옷깃에서 깡총이를 꺼내더니 코에 입을 맞췄다.

"우리 깡총이, 할 수 있다! 그러니까 베티 언니, 언니도 할 수 있어."

찰리가 속삭였다.

"좋았어, 그럼. 마음 약해지기 전에!"

베티가 마음을 단단히 먹었다.

베티는 물속으로 미끄러져 들어가, 지붕 격인 암반이 급경사로 내려와 물에 닿는 곳까지 갔다. 숨을 한껏 들이마신 뒤 수면 아래로 뛰어들어 팔을 뻗고 좌우를 훑어서 앞으로 나아갈 길을 느꼈다. 등이 바위에 긁히고 미끈미끈한 풀이 머리카락에 엉켰다. 아직도 신발 끈이 온전히 묶인 장화 한 짝이 코끝을 스치고 떠내려갔다. 발목이 뒤틀렸지만 발차기를 해서 앞으로 나아갔다. 폐가 타들어 가기 시작했다. 난파선 잔해에서는 어떻게 숨을 그토록 오래 참았지? 지금은 몹시 지치고 훨씬 힘들었다. 시야 가장자리에서 검은 반점이 깜빡이더니 베티를 삼켜버릴 듯 공포가 밀려왔다. 베티는 자매들과 할머니, 집 생각에 매달렸다. 차가운 물은 밀려들어 왔고 숨은 부족했다.

암반 경사가 완만해지면서 바위가 등에서 멀어졌다. 베티가 가쁘게 숨을 몰아쉬며 눅눅한 공기가 고인 수면 위로 솟아올랐다. 칠흑 같은 어둠 속에서 손을 올려보니 머리 위 한 팔 거리에서 차갑게 젖은 바위가 만져졌다. 베티는 고개를 물 위로 내밀고 수영할 만큼 바위 천장이 계속 높이 유지되기를 기대하며 머뭇머뭇 조금 더 앞으로 헤엄쳐 갔다. 얼마 못 가서 위로 뻗은 손끝에 경사진 바위가 다시 스쳤다.

베티는 뒤에서 기다리고 있을 일행이 생각나서 줄을 세 번 당겼다. 저쪽에서 줄을 한 번 잡아당기자 시간이 멈췄다. 물살이 들이치며 소용돌이쳤다.

자, 어서! 힘내!

베티가 간절한 마음으로 응원했다.

찰리가 제일 먼저 물 위로 솟아올랐다. 곧이어 윌로와 도깨비불이 올라왔다. 칠흑 같은 어둠을 맛보고 났더니 아무리 희미해도 어렴풋이 빛나는 도깨비불이 반가웠다.

"여기 구려!"

찰리가 헉헉댔다. 돼지 꼬리 머리가 머리통에 쩔꺼덕 붙었다. 쫄딱 젖은 깡총이가 찰리 어깨 위에서 맞장구치듯이 목청 높여 찍찍 울었다.

"찰리! 해냈구나!"

베티가 숨도 제대로 못 쉬고 기쁨에 겨워 찰리를 꽉 끌어안았다.

다음으로 플리스에 이어 스핏까지 올라오자 베티는 크게 안도했다. 그런데 스핏이 피를 흘리고 있어서 베티가 깜짝 놀랐다.

"아무것도 아니야. 그냥 바위에 좀 긁혔어."

스핏이 투덜거리며 이마를 문질렀다.

베티는 고개를 끄덕이며 감사히 공기를 마셨다. 냄새가 나건 말건 덕분에 모두가 조금이라도 더 오래 살아남을 터였다.

스핏은 물고기가 담긴 두레박을 옆에 두고 한 팔 떨어진 곳에서 선헤엄을 치고 있었다.

"이 아래 길이 또 있어."

스핏이 물속을 가리키며 가슴을 크게 들썩였다. 스핏이 눈을 깜빡여 눈에 맺힌 묽은 피를 없애고 말했다.

"잠깐 숨 좀……. 숨 좀 쉬고 내가 먼저 가볼게."

"안 돼, 스핏! 넌 이마를 다쳤잖아."

베티 목소리가 갈라졌다.

"내가 가."

스핏이 같은 말을 반복했다.

"너희 셋은 같이 있어야지. 한 명이라도 다치면……. 어차피 나한테는 아무도 없어. 그러니까 날 그리워할 사람도 없어."

스핏이 쓴웃음을 지으며 플리스에게 두레박을 건넸다.

"제대로 된 이름도 없고."

스핏 말에 베티는 가슴이 아팠다.

"조심해. 도착하면 줄 세 번 당겨. 알지?"

베티가 마지못해 말했다.

스핏이 고개를 끄덕이고 숨을 깊이 들이마신 뒤 탁한 물 속으로 사라졌다.

"메아리가 그쳤어. 좋은 건지 나쁜 건지 모르겠다."

스핏이 사라진 뒤 정적이 깔리자 플리스가 찰리를 꼭 안으며 속삭였다. 옆에서 두레박이 까딱거렸다.

아마 나쁠 거야.

베티는 굳이 말로 하지 않았다. 정적이 흘렀고 주변이 아까보다 더 삭막해진 느낌이었다.

"스핏 아직 있어?"

찰리가 몸을 떨면서 물었다.

베티가 줄을 살짝 잡아당겼다. 아까처럼 묵직한 무게감이 느껴졌다.

"응, 있어."

"지금쯤이면 통과했어야 해. 들어간 지 너무 오래 지났어!"

플리스가 말했다.

"믿고 기다려 봐. 해낼 거야."

베티는 스스로 확신을 얻고 싶었다. 눈을 퀭하게 뜬 채 움직이지 않는 스핏 모습이 머릿속에서 떠다녔다. 물속에서 얼마나 버틸 수 있을까? 베티는 무언가를 꾹 참고 있었다. 아무래도 흐느낌 같았다. 스핏이 했던 말이 머릿

387

속에서 울렸다.

어차피 나한테는 아무도 없어. 그러니까 날 그리워할 사람도 없어.

"그렇다고 그게 괜찮다는 뜻은 아니야."

베티가 중얼거렸다. 스핏이 모두를 위해 위험을 무릅썼다는 것이 중요했다. 스핏이 중요했다.

베티 손가락에 감긴 줄이 당겨졌다. 한 번, 두 번, 세 번.

"스핏이야! 스핏이 성공했어. 저기 어딘가에 있어. 가자!"

베티가 외쳤다.

찰리와 플리스가 숨을 잔뜩 들이마시고 물속으로 사라졌다. 베티가 윌로 손을 힘껏 쥐었다. 손이 어찌나 차가운지 베티 손까지 마비되는 것 같았다. 베티는 아이 얼굴을 들여다봤다가 덜컥 겁이 나서 의심이 목까지 차올랐다.

"윌로, 너 진짜 창백해. 지금까지 중 최악이야."

베티가 놀라서 입을 열었다.

"갈 수 있어요. 저를 놓치지만 말아 줘요."

윌로가 납빛이 된 얼굴로 베티한테 더 붙어서면서 말했다. 베티가 윌로 손을 단단히 잡고 물속으로 끌어당겼다. 이곳 물속이 더 나빴다. 훨씬 차갑고 토사까지 있어서 더 탁했다. 손마디가 바위에 긁혔다. 손톱 밑에 뭔가 끈적거리는 것이 끼었다. 베티는 무심코 눈을 떴다가 이내 후회했다. 희미한 도깨비불 빛으로 윌로 주변 물이 온통 으스스하게 일렁였다. 공포에 사로잡힌 윌로 두 눈이 베티에게 못 박혀 있었다. 윌로 입술 사이로 거품이 부글부글 빠져나갔다.

베티는 눈을 질끈 감고 발로 물을 걷어찼다. 바닷말이 머리카락에 엉키면서 자꾸 베티를 뒤로 잡아끌었다. 베티를 어둠 속에 가두려고 했다.

"안 돼에에에에!"

베티가 소리쳤다. 귀중한 공기가 마구 빠져나갔다.

바로 앞에서 눈이 시리게 환한 빛이 기다리고 있었다. 베티 코와 목으로 물이 쏟아져 들어와 숨통을 막았다. 그런데 곧 물이 공기로 바뀌었다. 기침을 해대고 구역질하며 베티가 눈부시게 환한 빛 속으로 나왔다. 입을 막고 웅얼거리는 듯한 목소리가 났다. 베티 귀에서 물이 빠져나가자 더 또렷하게 들렸다. 베티가 비틀거리며 물에서 나갔다. 윌로도 쌕쌕거리며 베티 뒤를 따랐다. 마침내 동굴 안, 발목 깊이 얕은 물 속에 선 세 형상이 시야에 들어오자 베티는 윌로 손을 났다. 세 형상 너머에서 따뜻한 햇볕이 나무 사이로 쏟아져 내려와 동굴 안을 비췄다.

"언니, 찰리!"

울음이 터져 나왔다. 베티가 두 사람을 향해 달려 나갔다. 베티는 밀려드는 안도감과 사랑으로 두 사람을 두 팔 가득 끌어안았다.

"우리가 해냈어! 우리 전부!"

찰리가 웃음을 터트리며 코가 촉촉한 깡총이를 베티 얼굴에 들이밀었다. 깡총이는 콧수염에서 물방울을 털어내며 반가운 듯이 코를 킁킁거렸다.

"사울!"

이제는 물이 넘치도록 가득 찬 두레박에서 물고기가 또 이름을 외쳤다.

"그래요, 아저씨도 해냈어요."

뜻밖에도 베티는 사울한테 연민이 일었는지 가슴이 아파서 물고기에게도 한마디 건넸다. 일행이 차례대로 물 밖으로 나와 탁 트인 곳으로 향했다. 어두운 터널을 지난 터라 아직도 눈을 깜빡이고 있었다. 향유나 다름없는 따뜻한 햇볕이 베티 피부에 와 닿았다. 햇빛이 비치는 방향과 온기의 정도에서 베티는 동굴을 통과하는 데 수 시간이 걸렸다고 짐작했다. 일행은 이제 바위투성이 길에 있었다. 길은 높은 절벽 가장자리를 따라 오른쪽으로 향하다가 저 멀리 아래로 구부러졌다. 일행 왼쪽으로 길이 끝나는 곳에서는 광활한 숲이 펼쳐지며 경사가 가파르게 뚝 떨어졌다. 저 아래 멀리, 울창한 산림을 지나 새파랗게 빛나는 작은 동그라미가 보였다. 석호였다.

석호를 본 베티 심장이 날뛰었다. 그만큼 걱정도 빨리 밀려들었다. 눈으로 가늠하는 거리가 정확하지 않다는 건 알지만, 한눈에 봐도 석호까지는 몹시 멀었다. 길에서 벗어나 숲속을 통과하는 경로가 그나마 제일 짧아 보였다. 숲속을 통과한다는 생각만으로도 베티 목덜미 털이 바짝 곤두섰다. 베티가 읽은 모든 동화가 보여주듯, 길에서 벗어나는 것은 늘 실수였다.

뭔가가 베티 발에 탁탁 부딪혀서 내려다보니 나무 실패가 있었다. 베티 눈앞에서 실패가 줄을 감기 시작했다. 줄이 이리저리 비틀리며 동굴 입구에서 휘리릭 말려 나오더니 마침내 움직임을 멈췄다. 베티는 줄이 다시 빵빵하게 감긴 실패를 주워 들었다. 베티가 품었던 의심이 조금은 녹았다. 앞에서 무엇이 기다리고 있었든 마법의 물건이 모두를 안전하게 동굴 밖으로 이끌어주었다.

"이상해. 줄이 바짝 말라 있어. 물기가 하나도 없어."

베티가 중얼거렸다.

"여기서는 말이 되는 게 하나도 없어."

스핏이 물기를 없애겠다고 개처럼 몸을 털더니 움찔하며 한쪽 손으로 머리를 눌렀다.

"내가 봐줄게."

플리스가 소매를 걷고 스핏 이마에 조심스럽게 갖다 댔다.

스핏 입이 땅에 닿도록 떡 벌어졌다. 스핏이 새빨개진 얼굴로 플리스 눈을 들여다봤다.

"고마워. 방금 해준 일. 네가 아니었으면, 그렇게 목숨을 걸지 않았다면, 우린 동굴을 통과하지 못했을지도 몰라."

플리스가 스핏 뺨에 손끝을 가볍게 댔다.

"그러게. 스핏, 썩 쓸 만했다. 어쩌면 내가 생각했던 것보다 쓸모가 있는지도 모르겠어."

차가운 목소리가 들렸다.

베티가 뒤로 휙 돌았다. 두려움이 파도처럼 일었다.

로니아가 동굴 입구에 서 있었다.

## 27장. 마법에 걸리다

"아, 이런. 눈치 없이 내가 방해했나?"

해적 선장이 조롱기 다분한 목소리로 말하면서 플리스와 스핏을 노려봤다. 활짝 핀 꽃도 당장 시들게 할 눈빛이었다.

플리스가 주먹을 움켜쥐며 손을 내렸다.

"살아 계셨네요. 우린 선장님이……."

스핏이 쉰 목소리로 말했다.

로니아가 바다 마녀처럼 물을 뚝뚝 떨어뜨리며 일행을 향해 다가왔다. 한쪽 소매가 쫙 찢어졌고 피로 검게 물들었다. 손을 가볍게 떨고 있었지만 커틀러스를 든 다른 쪽 손은 여느 때처럼 조금도 흔들리지 않았다. 로니아 옆에서 밴딧이 재채기를 하며 동굴에서 슬그머니 나왔다. 악의에 찬 눈길로 로니아를 힐끔 보더니 젖은 털을 싹싹 핥기 시작했다.

"내가 죽었다고 생각했군. 너를 실망하게 해서 안 됐다만 난 빈손으로 이 섬을 떠날 생각이 조금도 없어."

로니아가 이죽거리면서 독수리처럼 일행을 향해 다가왔다.

"하, 하지만 우리가 열쇠, 열쇠를 발견했는데……."

스핏이 더듬더듬 말했다.

"이 열쇠?"

로니아가 주머니에서 열쇠를 꺼냈다. 열쇠에 박힌 돌멩이가 작열하는 태양 아래에서 황금색으로 빛났다.

"너희가 터널 안을 헤집고 다니는 소리가 나길래 들키기 전에 아슬아슬하게 숨었지. 그때쯤엔 동행이 생겨서 반쯤 기뻤다는 건 인정한다."

로니아가 베티에게로 눈길을 돌렸다.

"그런데 여기까지는 어떻게 왔지?"

"당신이 신경 쓸 일 아니야."

베티는 으르르거리면서 아까 마주쳤던 갈래 길을 떠올렸다. 좁은 터널로 가서 로니아를 발견했으면 뭐가 달라졌을까? 로니아가 일행 등 뒤로 칼을 휘두르며 간단하게 한복판을 뚫고 지나갔을까?

"우리 뒤를 따라왔군."

"난 혼자서도 그럭저럭 잘해 나가고 있었어. 너희 덕분에 한결 수월해지긴 했다."

로니아가 어깨를 으쓱하더니 의기양양하게 활짝 웃었다.

"게다가 실수로 떨어뜨린 열쇠까지 찾아줬단 말이지. 잃어버린 줄 알았거든! 너희가 떠나고 다시 챙겨서 뒤를 따라왔지. 아니, 너희가 가진 사랑스러운 줄을 따라왔다고 해야 하나? 너희가 어찌나 시끄럽게 떠들어대던지. 그리고 그 메아리는 또 뭐였지? 아무 소리도 못 듣겠던데?"

로니아가 스핏을 돌아봤다.

"난 네가 용기도 없고 자리만 차지하는 놈이라고 늘 생각했지. 그런데 웬

걸, 생각보다 용감하던데? 이 일이 끝나고 나면 승진이라도 시켜줘야겠어."

"이 일이 끝나고 나면?"

스핏이 로니아 말을 조용히 따라 하더니 로니아 쪽으로 한 걸음 내디뎠다.

베티는 못 믿겠다는 표정으로 스핏을 지켜봤다. 설마 그 모든 일을 겪었는데 이제 와서 우리를 배신하지는 않겠지?

"'이 일이 끝나고 나면'이라는 건 없습니다."

스핏이 목소리를 떨고 있었지만, 그건 분노 때문이지 두려워서가 아니라는 걸 베티는 느낄 수 있었다. 스핏이 말을 이었다.

"난 러스티 스커틀러호와 끝났습니다. 당신하고도요."

로니아가 벼락이라도 내릴 듯이 스핏을 노려보았다.

"감히 네가 모시던 선장을 저버리겠다고?"

"난 선장님을 존경했습니다. 늘 뭔가 보여드리려고 노력했어요. 그런데 선장님은 우물에다 저를 버리고 떠났습니다. 이제 당신은 나의 선장님이 아닙니다."

"반란이다!"

찰리가 와 함성을 질렀다.

"난 너를 데리러 가려고 했……."

"거짓말! 선장님은 섬 한복판에 있을 무언가에만 관심 있었어요. 게다가 혼자 차지할 생각이고요."

"난 해적들이 똘똘 뭉치는 줄 알았는데. 아줌마는 스핏 오빠를 떠났어요!"

찰리가 끼어들었다. 깡총이가 찰리를 거들 듯이 소리 높여 찍찍 울었다.

로니아 입술이 일그러졌다.

"조용히 해! 얌전히 굴면 그놈의 쥐새끼를 우리 고양이한테 먹이로 던져 주기 전에 조금 더 오래 데리고 있게 해주지."

찰리가 반항기 넘치는 눈빛으로 로니아를 이글거리며 쏘아봤다.

"우습다. 난 아줌마를 깡총이한테 먹이려고 했는데."

찰리가 으르르거렸다.

깡총이가 믿음직스럽지 못하게 딸꾹질했다.

"뭘 기다리죠? 동굴을 통과했잖아요. 보물이든 뭐든 얼마든지 자유롭게 차지하러 가라고요. 우린 막을 생각 없으니까! 이 순간 이후로는 두 번 다시 만날 필요 없을 겁니다."

스핏이 화를 내며 로니아에게 말했다.

로니아가 칼날을 검사하면서 한숨을 쉬었다.

"아니지, 일은 그렇게 돌아가지 않아. 알다시피 이 섬이 꽤 복잡한 곳이거 든. 예측을 못 하겠어. 하지만 난 무슨 수를 쓰든지 섬 심장부에 있는 석호까 지 가야하고. 그래서 이런 곳에서는 나보다 먼저 살펴볼 사람이 있으면 꽤 유용한 법이지. 뭐랄까, 여분 목숨이 아홉 개 있는 고양이라면 이해가 되려 나? 실수해도 괜찮을 여유가 생기는 거지. 게다가 마법의 지도에 마법의 줄 까지, 너희 여자아이들이야말로 여러모로 쓸모가 있단 말이야."

로니아가 비열하게 웃었다.

플리스는 말도 제대로 안 나왔다.

"그러니까 지금, 일이 잘못될 경우를 대비해서 우리를 그쪽 여분 목숨처 럼…… 쓰겠다는 거예요?"

"말이 통한 것 같아서 다행이야."

로니아가 커틀러스를 스핏 코에 위험할 만큼 가까이 대고 가볍게 튕겼다.

"네가 먼저다. 앞장서."

스핏은 두 주먹을 불끈 쥔 채 그 자리에서 움직이지 않았다. 베티는 곁눈질로 스핏을 힐끔거렸다. 심장이 달음박질쳤다. 이제 스핏은 이쪽 편이었다. 로니아는 혼자고 우리는 숫자가 더 많았다.

"우린 그쪽이랑 아무 데도 안 가."

베티 말이 끝나기가 무섭게 대담하게 품었던 생각이 종잇장처럼 구겨졌다. 로니아가 바람처럼 소리 하나 없이 찰리를 붙잡아서 목에 커틀러스를 들이댔다.

"아무래도 내 뜻을 명확히 전달 못 했나 보네."

로니아가 나직이 말했다.

"날 시험하지 마."

그러더니 계단을 고갯짓하며 버럭 외쳤다.

"움직이라고 했을 텐데!"

로니아가 플리스에 이어 두레박을 차례대로 가리켰다.

"넌 저녁거리 챙기고."

"사울!"

물고기가 놀라서 펄쩍 뛰었지만 베티는 반응하지 않았다. 찰리 목에 칼날이 겨눠진 지금, 베티는 너무 겁에 질려서 어떻게도 움직일 수 없었다. 더구나 물고기가 일행에게 중요한 존재라는 사실을 로니아가 알아채기라도 하면 무슨 짓을 할지 알 수 없었다.

스핏이 베티에게 무력한 눈빛을 보내고는 옆으로 지나가면서 입을 뻥긋거렸다.

"사라져!"

베티가 따라가면서 주머니에 손을 넣자 심장이 두방망이질했다. 인형을 써서 모두를 사라지게 하면 도망칠 수 있을지도 몰랐다. 하지만 로니아는 몹시 예리한 데다 벌써 찰리를 손에 넣었다. 지금 베티가 찰리를 사라지게 하면, 여전히 찰리 몸을 느끼는 로니아가 찰리를 다치게 할 수도 있었다.

"이제 걸어."

로니아가 찰리 옷깃을 움켜잡으며 말했다. 찰리는 눈에 눈물이 그득하면서도 절대 울지 않겠다는 기세로 입술을 꾹 다물었다.

베티는 부글부글 끓어오르는 분노를 억눌렀다. 복종할 수밖에 없었다. 당장은.

동굴을 뒤로하고 길을 따라 걷기 시작한 일행에게 햇살이 쏟아졌다. 머리 위에서는 화려한 깃털의 새들이 지저귀고, 나무 아래 핀 꽃들이 고개를 까딱였다. 아무도 알아보지 못하는 묵직한 과일들이 길가 나뭇가지에 주렁주렁 열렸다. 동굴에 들어가려고 기어오르던 바위투성이 절벽과 달리, 내려가는 길에는 돌을 깎아 어설프게 계단을 만들어 놨다. 베티는 끝이 안 보이게 급경사로 올라갔다가 완만하게 구부러지며 안으로 돌아 들어가는 바위 계단을 바라봤다. 거대한 가마솥 안에 있는 것처럼 불안한 느낌이 들었다.

베티는 수시로 로니아와 찰리를 걱정스럽게 힐끔거렸지만 어째서인지 일행 옆으로 보이는 숲에 자꾸 눈길이 갔다.

흔들리는 나뭇잎이 호기심 가득한 손가락처럼 일행을 스쳤다. 일행이 길을 따라 나아갈수록 주변 덤불이며 나무 키가 더 커져서 호수를 시야에서 가로막았다. 베티는 나무 뒤 땅 경사가 처음 생각보다 훨씬 급하다는 것을 눈치챘다. 누구라도 미끄러지면 살아남기 어려워 보였다. 해적 선장 로니아가 그토록 섬에 있는 부를 갈망하면서도 석호로 내려가는 더 안전한 길을 선택한 것이 그다지 놀랍지 않았다. 베티는 스핏이 했던 말을 떠올렸다.

"로니아는 머리도 좋고 교활하지만 무엇보다 참을 줄 알아서 위험해."

게다가 로니아는 무자비했다. 일행은 하늘을 가로지르는 태양 아래에서 말없이 행군을 계속했다. 시간이 흐르면서 태양도 차차 열기를 잃어갔다. 일행 발걸음이 늘어졌다. 베티 발에는 물집이 잡혔고 플리스조차 비 오듯 땀을 흘리고 있었다. 로니아가 피곤해졌다는 유일한 증거는 커틀러스 대신 차가운 경고로 찰리를 위협한다는 것뿐이었다.

"엉뚱한 짓 하지 마."

"플리스 언니?"

시간이 한참 흐르고서 찰리가 망설이며 플리스를 불렀다.

"깡총이 배가 꾸르륵거려. 내 배도 그래. 우리 과일 따 먹으면 안 돼?"

찰리가 멈춰 서서 호기심 어린 눈빛으로 나무에 달린 종 모양 열매를 쳐다봤다. 낯선 열매였다.

"맛있어 보여."

베티가 고개를 저었다. 이야기들에서 나오는 마법처럼 황홀한 잔치와 덫에 빠지는 사람들을 떠올렸다.

"찰리, 아무거나 먹으면 안 돼. 이 섬은 통째로 마법에 걸렸어. 위험할지도 몰라."

로니아가 비웃었다.

"네 언니 말이 옳다. 여기에서 뭘 먹는 건 위험해. 그래서 때가 되면 네가 제일 먼저 먹게 해주지."

"여기 이 가지들에 열린 게 뭔지도 모르겠어."

스팟이 다른 나무를 미심쩍게 올려다봤다.

"저건 과일인가?"

머리 위에서 금빛이 반짝였다.

"달걀 아니야? 그것도 황금 달걀. 무슨 새가 황⋯⋯."

찰리가 나뭇잎 사이를 살피면서 말했다.

"저거 좀 봐. 줄기랑 이파리 같은 게 달걀에 붙어 있어. 점점 자라는 것 같은데?"

베티는 어안이 벙벙했다.

"우와."

찰리가 도토리 크기가 될까 말까 한 작은 달걀을 살피며 감탄했다.

"아무것도 만지지 마. 이런 건⋯⋯. 다 말이 안 돼."

베티가 불안하게 말했다.

"그렇지만 저 달걀 정말 깜찍하게 생겼는데."

찰리는 몹시 아쉬워 보였다.

"만지지 마."

플리스도 같은 말을 속삭였지만 목소리에서 아쉬움이 뚝뚝 묻어났다. 딱히 원하지 않았던 베티도 어쩌지 못하고 눈을 들어 감질나게 반짝거리는 금빛을 쳐다봤다. 딱 하나만 가져가도 그렇게 나쁜 짓일까? 베티가 정신을 차리고 보니 어느새 나뭇가지로 손을 뻗고 있었다. 가루 설탕처럼 달콤한 향이 퍼지자 입에 침이 고였다.

하지만 정작 제일 먼저 열매에 손을 댄 사람은 로니아였다. 번개처럼 뽑아 든 커틀러스를 휘둘러 황금 달걀을 하나 떨어뜨렸다. 크기가 거의 호박만 했다. 로니아는 옆으로 살짝 비켜섰고 달걀은 로니아 발 옆에 떨어져서 박살이 났다. 베티는 숨도 멈춘 채 끈적끈적한 노른자가 흘러나오기를 기대했다. 하지만 검은색 깃털만이 연기처럼 허공으로 흩어졌다가 길 위에 내려앉았다.

불안해진 일행이 구불구불한 길을 따라 앞으로 나아갔다. 윌로는 베티와 플리스 사이에서 발을 질질 끌며 비틀비틀 걸었다. 윌로 뒤로 도깨비불이 계속 따라가고 있었지만 로니아는 아직 눈치채지 못했다. 이제 희미해지다 못해 어른거리는 빛은 달빛이나 다름없었다. 일행이 앞으로 나아갈수록 근처 나뭇가지들이 낮아지는 것 같았다. 열매들이 얼굴 바로 앞에서 유혹적으로 대롱거렸다. 베티는 자기가 무슨 짓을 하는지 알지 못한 채 아까 찰리가 그토록 갈망하던 종처럼 생긴 낯선 과일을 향해 손을 뻗었다.

베티가 열매를 땄더니 그 즉시 줄기가 부러지고 과육이 시들어 베티 손에서 썩어 버렸다.

베티는 팔을 빼내기 시작했지만, 팔에 스치는 나뭇잎 느낌이 몹시 특이하다는 걸 깨달았다. 나뭇잎인데 나뭇잎 느낌은 없이 무슨 깃털 같았다. 베티는 한쪽 손이 나뭇가지 사이에 걸린 채 충격을 받고 그대로 얼어버렸다. 어떤 조짐도 없었는데 무언가 베티를 향해 날아들었다. 새 발톱과 뾰족한 부리처럼 생긴 것이 베티 피부를 마구 할퀴고 쪼아댔다.

베티가 뒷걸음질 치다가 뿌리에 발이 걸리면서 균형을 잃었다. 두 팔을 휘두르며 버둥거렸지만, 뚝 하고 소름 끼치는 소리가 나면서 발목이 꺾이더니 그대로 넘어져 길에서 벗어나 숲속으로 굴러떨어졌다. 머리통이 나무 몸통에 들이받히자 눈에서 불꽃이 번쩍 튀며 고통이 밀려들었다. 베티는 끝도 없이 곤두박질치며 굴러 내려갔다. 나무뿌리와 넝쿨이 온몸을 할퀴었다. 엎치락뒤치락, 베티는 바퀴처럼 데굴데굴 굴렀다.

길에서 벗어났구나.

온몸이 쑤시고 눈앞에서 불이 번쩍거리는 와중에 베티가 깨달았다.

곤두박질치는데 날 막아주는 게 아무것도 없어.

저 위 어딘가에서 베티를 소리쳐 부르는 목소리가 들렸다. 울음소리도 들렸다. 플리스가 목 놓아 외치는 베티 이름을 마지막으로 암흑천지, 모든 것이 사라졌다.


베티는 눈을 떴다가 움찔했다. 왜 이렇게 어둡지? 떨어지고 나서 시간이 얼마나 흐른 거야? 공포에 사로잡히자 멍든 머리통이 지끈거렸다. 베티가 살살 만져보니 달걀만 한 혹이 났다. 그래도 피는 안 나는 것 같았다.

밑으로 얼마나 굴러떨어졌을까?

베티가 궁금해하면서 입을 벌려 일행을 부르려고 했지만, 목구멍이 바짝 말라붙었는지 컥컥 소리만 날 뿐 목소리는 나오지 않고 머리만 다시 지끈 아파졌다.

몸이 좌우로 흔들린다는 느낌이 든 순간, 베티 손가락에 무언가가 걸렸다.

손끝에 만져지는 기묘한 느낌에 머리카락이 쭈뼛 서면서 정신이 번쩍 들었다. 손에서 뭔가 얇고 거친 것이 만져졌다. 베티는 고치 안에 있었다.

줄. 줄이 베티를 살렸다. 물고기 잡는 그물처럼 베티를 낚아채서 머리 위

나뭇가지에 매달아 놨다. 베티가 앓는 소리를 내며 조심스럽게 밖으로 나와 땅 위에 내려섰다. 몸이 휘청휘청했지만 애써 균형을 잡았다. 손을 뻗어 거친 나무 몸통을 잡고 정신을 가다듬었다. 그런데 시간이 갈수록 나무에 올린 손에 닿는 느낌이 나무가 아니라 우툴두툴한 것이 꼭 거대한 새 다리 같다는 생각이 들었다. 베티가 얼른 손을 뗐다. 어둠 속을 더듬어 줄을 찾아 조심스럽게 한 번 잡아당겼다. 머리 위 나뭇가지에 실패가 단단히 끼었는지 팽팽했다. 실패를 되찾을 길이 없다고 생각하니 두려움이 몰려왔다.

바람이 일자 깃털 날리는 소리가 났다. 베티는 숨을 멈췄다. 어디로 가야 할지 몰랐다. 길을 잃었다.

베티는 혼자였다.

## 28장. 보물

베티는 공포에 감각이 마비되어 움직이지 못했다. 방금 길 위를 걸을 때도 해가 떠 있었는데 어쩜 이렇게 부자연스러울 만큼 어두울까. 고개를 들어보니 흔들리는 나뭇가지만 보였다. 단지…… 아무래도 저건 나뭇가지들처럼 생기지 않았다. 문득 베티는 깃털 아래에 있다는 느낌을 받았다. 커다란 검은 날개가 숨통을 막는 기분이었다. 갈피를 잡을 수가 없었다.

목구멍에 흐느낌이 걸렸다. 마법의 실패 없이 돌아가는 길을 어떻게 찾겠는가. 실패가 근처 길 어딘가에 박힌 채 베티가 따라오도록 줄이라도 풀어서 흔적을 남겼을까? 베티는 줄이 팽팽해지도록 잡아당겨 봤지만 소용없었다. 한 치 앞이 보이지 않는 어둠 속에서 줄을 따라가는 짓은 위험천만할 터였다. 불쑥 튀어나온 바위와 똬리 튼 넝쿨 식물을 상상했다. 모습이 보이지 않는 큰까마귀의 발톱과 부리……. 설령 어찌어찌 떨어졌던 곳으로 되돌아간다 해도 무슨 소용이겠는가. 시간이 얼마나 흘렀는지 감도 잡지 못했다. 일행보다 한참 뒤처졌을 터였다. 지금으로서는 이대로 숲을 관통해 석호까지 가서 일행을 따라잡는 것만이 유일한 희망이었다. 어느 방향으로든 숲속으로 더 들어간다고 생각하니 베티는 죽을 만큼 겁이 났다.

"베티 위더신즈, 서둘러. 아까 떨어졌던 길로 돌아간다 해서 섬 중심을 찾아 앞으로 나아가는 것보다 안전하다는 보장이 없어."

베티는 몸을 떨면서도 중얼거리며 두 주먹을 불끈 쥐고 힘을 불어넣었다. 이건 윌로를 위해서야. 베티는 넋이 나간 눈빛으로 아빠 얘기를 하던 윌로를 떠올리며 다짐했다. 자매들에게도 돌아가야 했다. 이미 칼날로 찰리 목을 겨눴던 로니아와 있는 한 자매들은 안전하지 않았다.

베티가 용기를 쥐어짜서 한 발 내디뎠다. 어둠 속에서 무언가 반짝이는 바람에 베티는 숨을 멈췄다. 도깨비불인가? 아니, 저 불빛이 더 밝고 따뜻해 보였다. 베티가 다시 한 발 내디뎠다. 또 다른 빛이 시야에 들어왔다. 베티 앞에서 더 많은 불빛이 깜빡이기 시작했다. 요정 등불처럼 작디작은 불빛 수십 개가 땅 위로 미끄럼을 타며 길을 안내했다.

"딱정벌레다."

베티는 삼 형제 이야기가 번쩍 떠올라서 중얼거렸다.

"어두운 동굴 밖으로 희망을 이끌었던 딱정벌레야. 혹시 저걸 따라가면?"

베티는 갈등했다. 이것도 섬이 놓은 덫일까? 나를 시험하나? 그럴지도 모르지.

"희망, 내가 지금 붙잡아야 하는 건 희망이야."

베티가 혼잣말하며 심호흡한 뒤 불빛을 따라나섰다. 딱정벌레가 떼를 지어 앞으로 나아갔다. 한 줄로 늘어서서 밤하늘에 빛나는 별빛처럼 어둠 속을 점점이 밝혔다. 땅이 가파르게 아래로 내려갔다. 베티는 이를 악물고 딱정벌레를 따라갔다. 다리와 목구멍이 타들어 가고 관목이 발아래에서 달걀 껍데기처럼 바스러졌다. 한 발 한 발 내디딜 때마다 거대한 새 둥지를 밟고 지나는 듯 잔가지가 바스락거렸다. 당황하고 겁에 질려서 외치는 자매들 소리가 들리지는 않는지 베티가 귀를 곤두세웠지만, 터벅터벅 내딛는 발걸음 소리와 파라락 파라락 딱정벌레 날갯소리뿐 아무 소리도 들리지 않았다. 그래도 이제는 뭐가 조금 보이기는 했다. 딱정벌레 불빛에 나뭇가지와 뿌리가 어른 어른 비쳤나.

베티는 움직일 때마다 머리가 지끈거렸다. 얼마나 오래 기절해 있었지? 몇 초? 몇 분? 자매들이 베티 이름을 외쳐 불렀던 게 기억났지만, 이제는 그게 진짜 있었던 일인지도 의심스러웠다. 흐느껴 울며 베티를 찾게 해달라고 로니아에게 간청하는 자매들이 눈에 보이는 것 같았다. 하지만 로니아는 가차 없이 두 사람을 재촉했다. 뭔지 몰라도 섬 한복판에 있을 보물을 차지하겠다는 욕심뿐, 대가가 무엇이건 개의치 않았다.

베티는 울고 싶어서 목구멍이 다 아팠다. 그래도 꾹 참았다. 우는 건 도움이 안 되었다. 오히려 모습을 감춘 채 근처에 도사리고 있을 무언가에 위치만 드러낼 뿐이었다. 일행을 따라잡으려면 베티도 로니아만큼 두려움 없이 은밀하고 날렵하게 움직여야 했다.

베티는 작은 불빛들을 따라서 꾸준히 비틀비틀 걸었다. 안전한 곳으로 이끌어주는 저 불빛에 모든 희망을 걸었다. 얼마 뒤, 베티는 왠지 불안한 한기를 느꼈다. 바람도 불지 않는데 찬 기운이 베티를 휘감았다. 베티는 딱정벌레 너머 저 앞을 봤다가 뒤도 돌아봤다. 뭐라도 좋으니 자매들이나 어른거리는 도깨비불 흔적이 간절했다.

바로 그때였다. 어떤 형체가 보였다. 차라리 그림자에 가까웠다. 틀림없이 여자였다. 긴 누더기를 걸쳤고 그에 어울리게 머리도 치렁치렁했다. 뭔가 깃털 뭉치 같은 것이 어깨에 얹혔다. 뾰족한 발톱과 구부러진 부리, 큰까마귀였다.

겁이 난 베티는 보이지 않는 손이 온몸을 비트는 듯 내장이 꼬이는 기분이었다.

불빛에 눈이 속는 거야. 그림자는 늘 다른 무언가로 보여. 구름도 오래 쳐다보면 뭔가 다른 게 보이잖아.

베티가 한 걸음 앞으로 나아갔다. 그림자가 멀어졌으리라 생각하며 어깨 뒤를 힐끔 돌아봤다. 그저 한 무더기 나뭇가지였음에 안도하며 웃기를 기대했다.

그림자는 아무 변화 없이 그대로였다. 움직이는 걸 못 봤는데 아까와 정확히 같은 거리만큼 떨어져 있었다. 가슴 한복판이 울렁거렸다. 열이 나는 것도 같았다. 온몸에 땀이 나건만 덜덜 떨고 있었다. 도대체 머리를 얼마나 세게 부딪친 거야? 베티는 더 멀리 가봤다. 그림자가 베티를 따라 움직였다.

베티 목구멍에 울음이 차올랐다. 베티는 비틀거리다가 근처 나무 몸통에 팔꿈치를 긁혔다. 그림자뿐인 형체가 쏟아진 먹물처럼 땅 위로 번지면서 따라왔다. 걷는 것도 아니었다. 어떤 식으로도 움직이지 않건만 어떻게 해서인지 베티를 따라왔다.

베티가 뛰기 시작했다. 숨이 턱에 닿았다. 집중력이 떨어졌더니 속도가 느려져서 앞선 딱정벌레 불빛과 거리가 벌어졌다. 자꾸 어깨 뒤를 돌아봐도 그때마다 그림자는 변함없이 똑같은 거리에 있었다. 더 멀어지지도, 더 가까워지지도 않았다. 진짜 베티 그림자인 양 꾸준히 같은 거리를 유지했다. 혹시 숨으면 될까? 베티가 어둠 속에 가만히 서서 마트료시카 인형을 꺼내어 신중하게 인형을 열었다. 베티 외에는 자매들이나 윌로에게 영향이 가지 않도록 세 번째 인형은 일직선이 안 되게 틀어 놓고, 베티 머리카락이 든 두 번째 인형 열쇠만 맞췄다. 베티는 바깥쪽 인형을 제자리로 돌려서 모습을 사라지게 한 뒤, 희미해지는 딱정벌레 불빛을 계속해서 따라갔다. 그래봤자 달라진 건 없다는 사실을 베티가 알기까지 오래 걸리지도 않았다. 어째서인지 베티는 그림자가 자기를 본다는, 아니면 느끼기라도 한다는 기분이 들었다.

이제 베티는 조용히 해야 한다는 것도 잊고, 굳이 인형을 다시 돌려놓지도 않고 속도를 높였다. 소음이 나도 신경 쓰지 않았다. 그저 그림자가 사라지기를, 이 끝없는 어둠에서 벗어나 어디라도 좋으니 딱정벌레가 데려가 주기만을 바랐다.

희망을 놓지 마.

베티는 주문 외우듯이 머릿속으로 되새겼다. 하지만 발걸음을 뗄 때마다 희망은 오히려 더 멀어졌다. 보물을 찾겠다는 단호한 로니아와 자매들이 충돌하지는 않았을까. 벌써 사라졌으면 어쩌지? 만에 하나…….

문득 두 뺨이 축축해졌다. 그제야 베티는 자기가 울고 있다는 걸 깨달았다. 별이 빛나는 하늘에 안개가 끼듯, 작은 딱정벌레 불빛이 희미해졌다. 베티는 뒤를 돌아봤다가 이내 후회했다. 마녀의 그림자가 뭉개진 듯 흐릿했다. 모호한 형태였더니 더 무서웠다.

내가 포기하기를 기다리고 있어.

베티는 두려워서 기절할 것만 같은데 어둠 속 발치에서 무언가가 비비 꼬이기 시작했다. 나무뿌리가 올가미처럼 발목을 휘감더니 다리를 타고 올라왔다.

내가 포기하는 건 시간문제라는 사실을 마녀는 알아.

시간.

시간이라는 단어가 불붙은 성냥처럼 베티 머릿속을 밝혔다. 윌로와 윌로 아빠를 위한 시간이, 로니아 손아귀에서 자매를 구할 시간이 점점 흘러가고 있었다. 이렇게 헤어질 수는 없었다! 베티는 반드시 자매들에게 돌아가야 했다. 베티는 뺨에서 눈물을 닦아버리고 희미해지는 딱정벌레 불빛을 찾아 필사적으로 관목 사이를 살폈다. 저기다! 하나 남은 작은 불빛이 어둠 속으로 천천히 스며들고 있었다.

베티는 남은 용기를 모두 끌어모아 불빛을 향해 몸을 날렸다. 계속 따라가야 했다. 놓치면 안 되었다. 마지막 남은 저 작은 불씨 하나가 베티의 유일한 희망이었다.

심장이 먼저 멎을지 무릎이 먼저 꺾일지 베티도 가늠이 안 될 즈음, 침묵을 깨고 소리가 들렸다. 졸졸졸 물 흐르는 소리였다.

베티는 억지로 앞으로 나아가다가, 딱딱 부러지던 관목에서 발이 벗어나 설탕처럼 부드러운 모래 속으로 푹 꺼지는 바람에 덜컥 멈춰 섰다. 장화가 바닥에 닿는 순간 베일이 걷힌 듯 빛이 쏟아져 들어왔다. 앞이 안 보일 만큼 눈이 부시게 환한 빛이었다. 베티는 힐끔 숲을 돌아봤지만 희한하게도 더는 어둠에 싸여 있지 않았다. 숲 가장자리에서 작은 딱정벌레들이 유리에 비친 빛처럼 반짝이고 있었다. 저들이 없었다면 얼마나 오래 어둠 속을 방황하고 다녔을까. 근데 내가 진짜 얼마나 오래 헤맸지? 하늘은 여전히 환했지만 이미 분홍색으로 물들었고, 해는 섬을 둘러싼 가파른 절벽 너머로 사라졌는지 보이지 않았다. 가느다란 달빛 한 조각과 희미한 별빛이 벌써 눈에 들어왔다.

"고마워."

베티가 딱정벌레에게 속삭였다. 딱정벌레 불빛이 깜빡이며 하나씩 사라졌다.

그런데도 그림자는 남아 있었다. 여전히 더 가까워지지도, 더 멀어지지도 않은 채 나무 사이에서 침묵을 지키고 있었다. 베티가 어떻게 움직일지 지켜보며 기다렸다.

빛 덕분에 용기를 되찾은 베티가 새하얀 모래 위로 몇 걸음 더 걸었다. 갓 내린 눈처럼 보드라운 모래가 발 옆으로 곡선을 그리며 스르르 빠져나갔다. 모래 위로 군데군데 드러난 돌덩어리와 바위 줄기가 물가로 갈수록 가느다래졌다. 수정처럼 맑고 깨끗한 옥색 물이 베티 앞에 펼쳐졌다. 석호였다. 베티가 섬의 심장부에 다다랐다. 뒤에 따라붙은 그림자만 없었으면 베티는 아름다운 석호 풍경을 마음껏 누렸을지도 몰랐다. 하지만 눈으로 석호를 훑어보는 동안 마음속에서 불안감이 스멀스멀 자라났다.

잔물결 하나 없이 매끄럽고 유리 같은 수면에 하늘이 그대로 비쳤다. 이건 말이 안 되었다. 호수 저 멀리 뒤편에서 폭포가 요란하게 떨어지며 석호 가장자리까지 뿌연 물보라를 뿌리고 있는 터였다.

어떤 움직임이 베티 눈길을 끌었다. 베티는 바위 줄기를 지나 초승달처럼 뾰족해지는 모래밭을 바라보았다. 저 멀리 앞에서 물에 반쯤 잠긴 무언가를 둘러싸고 해안선을 따라 무리 지어 서 있는 사람들이 보였다. 두려움이 밀려들었다. 저건 사람이 누워 있는 건가? 단정 지어 말하기엔 거리가 너무 멀었다. 얼굴을 알아보기도 어려웠다. 베티가 사람 숫자를 세면서 좀 더 다가갔다. 베티는 머리가 다 엉킨 찰리와 그 옆에 선 플리스를 알아봤다. 두 사람 옆에 스핏이 있었고 칼을 **뺀** 든 로니아도 보였다. 윌로는 조금 떨어져 있었는데 아무래도 제자리에서 휘청거리는 것 같았다. 기적인지 뭔지, 사울이 든 두레박도 윌로 옆에 있었다.

베티가 살금살금 더 다가갔다. 마음이 놓이니 진이 **빠졌다**. 다 저기에 있었다. 기회는 아직 있었다. 그저 로니아를 지나 언니랑 동생에게 가면 되는데…… 그다음엔?

베티는 삼 형제 전설을 떠올리며 석호를 살폈다. 삼 형제가 섬에서 떠나기 전에 재산과 운을 원래 모습으로 되돌리기 위해서는 섬의 심장부에 다다라야 했다. 베티로서도 모든 것이 여기에서 끝나야 했다. 그런데 집에는 어떻게 돌아가지? 사울은 또 어떻게 사람 모습으로 돌려놓고?

베티는 긴장을 늦추지 않고 어깨 너머를 돌아봤다. 마녀 그림자가 아직 어둠 속에서 어슬렁거리고 있었다. 하지만 자매들을 보고 힘을 얻은 베티는 훨씬 강해진 느낌이었다. 그 어떤 위험에 처했을지라도 여전히 희망이 있는 터였다. 희망이라는 말이 베티 머릿속에서 메아리쳤다. 잠깐, 내가 잘못 봤나? 그림자가 조금 희미해졌는데? 베티가 자매들 쪽으로 한 발 더 다가갔다. 착각이 아니었다. 마녀가 뒤로 더 멀어졌다.

나를 향한 힘이 약해지고 있어.

베티가 깨달았다.

내가 어둠 속에서 두려워할 때는 나를 반쯤 손에 넣었겠지. 이젠 어림도 없다.

베티가 자매들을 향해서 조금씩 나아갔다. 언니와 동생 목소리를 들으니

가슴이 미어졌다. 처음에는 몇 마디 말이 드문드문 들렸지만 한 발씩 다가갈수록 더 또렷이 들렸다. 한 번 더 뒤를 돌아보니 그림자가 사라지고 없었다. 그런데 또 다른 움직임이 베티 시선을 끌었다.

나무 실패였다. 줄이 잔뜩 감겨서 뚱뚱해진 실패가 숲 가장자리에서 나오더니 저절로 베티 발 앞까지 데굴데굴 굴러왔다. 누가 실수로 휙 굴려버린 것 같았다. 실패가 계속 굴러가기 전에 베티가 주워서 주머니에 잘 챙겨 넣었다.

베티는 인형이 드리워준 투명 망토에 몹시 만족해하며 움직였다. 이내 베티는 모든 말이 다 들릴 만큼 일행에게 접근했다. 찰리는 훌쩍일 뿐, 모래 위 물건에 조금도 관심을 보이지 않았다. 플리스 손을 잡아당기면서 고개를 들고 해안가에서 절벽으로 올라가는 길을 돌아봤다.

"플리스 언니, 베티 언니 찾으러 가야 해. 베티 언니가 저기 어디에 있단 말야!"

플리스가 찰리 어깨를 감싸고 뭔가를 중얼거리며 찰리를 달랬다. 걱정 가득한 플리스 얼굴에서도 눈물이 비 내리듯 흐르고 있었다.

베티가 조심조심 더 다가갔다. 손 뻗으면 닿을 거리였다. 자매를 향한 사랑이 로니아를 향한 증오와 혐오로 바뀌었다. 그런데 찰리가 플리스 손을 힘껏 움켜쥐며 베티 쪽을 가리켰다. 베티는 그대로 얼어붙었다. 분명히 안 보일 텐데? 내가 보이나?

베티가 플리스와 동시에 아래를 내려다보자마자 바로 상황이 이해됐다. 모래 위에 베티 발자국이 찍혀 있었다! 베티가 재빨리 무릎을 꿇고 앉아서 손가락으로 한 글자를 썼다.

411

쉿!

신이 난 찰리 얼굴에 웃음이 번지면서 입이 귀에 걸렸다. 플리스가 얼른 한 손가락을 입술에 갖다 대며 가만히 고개를 저었다. 찰리는 곧바로 얼굴에서 웃음기를 거두고 가볍게 흐느끼는 흉내를 냈다.

"거기 칭얼대는 애 당장 그치게 안 하면 내가 직접 해주지. 빨리 뚜껑 열어."

로니아가 버럭 소리쳤다.

뚜껑?

베티는 서둘러 모래 위 글자를 지우고 로니아 뒤를 넘겨다봤다.

큼지막한 나무 궤짝이 모래 밖으로 반쯤 튀어나와 있었다. 모래에 삐뚜름하게 박힌 터라 해초로 뒤덮인 둥그스름한 뚜껑이 아래로 기울어졌다. 절반이나 모래에 묻혔는데도 베티가 보기에 궤짝은 사람 하나쯤 너끈히 들어갈 만큼 컸다. 베티는 어쩐지 불길한 예감에 소름이 돋았다. 베티만 그런 느낌을 받은 것 같지는 않았다.

"이걸 열면 안 될 것 같습니다. 안에 뭐가 들었는지도 모르고 덫일 수도 있습니다. 손대지 말아야 할 물건에 손을 댄 사람들이 어떻게 되는지는 우리도 잘 알잖아요. 러스티 스윈들이 직접 보여줬으니까요."

나지막하지만 다급하게 말하는 스핏은 어디에 홀린 눈빛이었다.

"그래, 맞아. 그러니까 네가 여는 거야."

로니아가 스핏을 향해 커틀러스를 휘두르며 말했다.

스핏은 마지못해 로니아와 뚜껑을 들어 올렸고 플리스와 찰리는 지켜봤다. 윌로만 희미해지는 빛을 받으면서 일행 뒤쪽에 서 있었다. 기묘한 빛줄

412

기에 비친 윌로는 파란색으로 물든 것 같았다. 베티는 절로 얼굴이 구겨졌다. 불안했다. 왜 불안한지 이유는 몰랐다. 하지만 끼익, 궤짝 뚜껑 열리는 소리에 베티가 작은 여자아이에게서 눈길을 돌렸다.

일시에 무리 사이로 탄식 소리가 퍼졌다. 베티는 들킬까 봐 손으로 입을 막았지만 어차피 로니아는 정신없이 궤짝을 들여다보고 있었다.

궤짝에는 지도가 한가득이었다. 베티가 평생 봐온 지도보다도 많았다. 궤짝 밖으로 튀어나온 고급 양피지 곳곳에서 검은색, 금색, 은색 그림과 글자가 보였다. 돌돌 말린 모서리는 일행을 부르는 손가락 같았다. 거의 무아지경에 빠진 베티가 자기도 모르게 궤짝을 향해 한 발 나아갔다. 지도에 나오지 않는 섬에서 발견된 지도라니, 도대체 무슨 지도들일까. 지도가 품었을 수수께끼가 세이렌처럼 노래하며 베티를 유혹했다.

"우와……"

나직한 찰리 소리에 베티가 정신을 차렸다.

"저 토피 애플(*손잡이용 막대를 꽂아 설탕물을 입힌 통사과) 좀 봐. 오, 과일 드롭스(*설탕에 과일즙이나 향료를 섞어서 졸여 여러 가지 모양과 빛깔로 굳혀 만든 사탕)다. 저렇게 색깔이 많은 건 처음 봤어!"

찰리가 기쁨에 겨워 꺅꺅 소리치며 무언가를 가리켰다.

"저 설탕 생쥐(*영국에서 특히 크리스마스에 즐겨 먹는 생쥐 모양 전통 설탕 사탕)들은 깡총이보다도 커!"

베티가 몽롱하게 고개를 저었다.

토피 애플? 설탕 생쥐?

로니아가 팔꿈치로 찰리를 밀쳐버리고 궤짝 위로 몸을 숙였다. 주황색 불

413

빛이 로니아 얼굴을 환히 비추며 일렁이는데 아무래도 뭔가 이상했다. 어떻게 보면 금에서 반사되는 빛 같았다.

"이런 멍청한 꼬맹이가 지금 무슨 소리를 하는 거냐! 이건 금은보화잖아! 다 내 것이다!"

"금은보화요? 선장님한테는 저게 금은보화로 보입니까?"

스핏이 기어들어 가는 목소리로 물었다.

"저건 설탕 생쥐야! 그것도 진짜 큰 거! 감초 사탕 콧수염이랑 꼬리도 달렸어!"

찰리가 커다랗게 눈을 뜨고 빡빡 우겼다.

베티는 몹시 당황해서 눈을 껌뻑였다. 베티한테는 지도밖에 안 보였다.

"나한테 보이는 건 그게 아니야."

플리스가 중얼거렸다.

"나도 그런 건 안 보여. 가족이 보이는데……."

스핏은 어딘가 홀린 표정이었다.

"아니야. 저건 계단이야."

플리스는 어딘가 먼 곳을 바라보는 눈빛이었다.

"지하 식품 저장고에서 밀렵꾼의 주머니로 올라가는 계단……."

플리스가 찰리 손을 잡았다.

"저 계단을 따라가면 분명히 집이 나올 거야. 내가 알아!"

"계단 아냐! 사탕이야!"

찰리가 입술을 핥으며 따지고 들었다.

"헛소리 다 집어치워. 무슨 일이 벌어지는지 너무 뻔하잖아!"

로니아가 이를 갈았다.

"미지의 보물……. 다 사실이었어! 단지 사람에 따라 보물이라고 생각하는 게 다른 거야. 저 궤짝은 각자가 원하는 걸 보여주고 있어."

움직임을 멈춘 스핏이 눈을 커다랗게 뜨고 숨을 내쉬었다.

"뭐, 그렇다면 이곳에서 한 사람만 보물을 갖고 떠날 거다."

로니아가 사납게 말하며 궤짝 안으로 손을 넣자 그 즉시 베티가 보고 있던 지도가 사라졌다. 로니아 손가락 사이에서 금화와 가지각색 화려한 보석들이 번쩍거렸다. 로니아는 석탄 덩어리만 한 빨간 보석을 꺼내 들며 호탕하게 웃어젖히더니 궤짝 안으로 팔을 더 깊숙이 쑤셔 넣었다.

"어?"

찰리가 당황한 눈빛으로 반짝이는 금화를 쳐다보며 속삭였다.

스핏 얼굴에 기묘한 표정이 스쳤다. 베티가 스핏 시선을 따라가니 스핏은 로니아를 바라보고 있었다. 진심으로 존경하던 선장이 못 알아볼 만큼 이상하게 뒤틀린 얼굴로 까치처럼 깔깔 웃고 있었다. 보물이 모든 면에서 완벽하게 로니아를 손에 넣은 것 같았다.

"정말 커. 거대해. 우리가 손에 넣었던 그 어떤 궤짝보다도 크고 좋아."

로니아는 간절히 바라던 아기가 누운 침대를 보듯 사랑스러운 눈길로 궤짝을 바라보며 흥얼거리고 있었다.

"그래. 그런데 당신은 그 안에 든 걸 전부 다 혼자 가지길 원하지. 아닌가? 러스티 스커틀러 따위야 엿 먹으라 하고 말이지."

스핏이 나직하게 말했다.

로니아가 코웃음을 치며 짤랑거리는 동전 사이로 팔을 더 깊숙이 찔러 넣

415

었다. 그런데 로니아가 돌연 비웃음을 멈추더니 당황한 표정을 지었다. 팔을 빼내고 대신 다리 하나를 획 들어 올려서 궤짝 안으로 넣어 보물 사이를 파고들었다.

"이쯤이 분명 바닥일 텐데…… 이건 꼭……."

로니아 밑에서 동전이 우르르 무너져 내렸다. 밑바닥에서 뚜껑 문이 열린 것 같았다. 로니아가 비명을 지르며 모래 늪처럼 끝을 알 길 없는 궤짝 아래로 사라지는 동전에 휩쓸렸다. 올라오려고 안간힘을 쓰는 로니아 팔이 위로 불쑥 튀어나왔지만 커틀러스에 모래만 소리 없이 베여 나갈 뿐이었다.

플리스가 로니아를 향해 몸을 날렸지만 베티가 보기에 이미 어깨까지 빠진 로니아는 큰 어려움에 부닥쳤다. 금화가 금화 위로 쏟아지고 보석끼리 맞부딪치면서 맷돌에 갈리는 후추처럼 가루가 되었다.

"보물이 로니아를 삼키고 있어!"

찰리가 두 눈을 커다랗게 뜨고 소리 높여 외쳤다. 겁을 내면서도 황홀해했다.

충격을 받은 스핏은 얼굴을 일그러뜨리면서도 본능적으로 로니아 팔을 잡았다.

"스핏, 안 돼! 너까지 빨려 들어가!"

플리스가 외쳤다.

"선장님이 죽게 놔둘 순 없어!"

스핏이 울부짖었다. 금화들이 날아올라 스핏 얼굴을 때렸다. 그중 하나가 모래 위에 떨어져서 데구루루 구르다가 우뚝 멈췄는데, 윌로의 해그스톤처럼 가운데 구멍이 난 돌멩이에 지나지 않았다. 궤짝 안 금화가 한 층 더 무너지자 스핏이 안으로 쑥 들어갔다.

"안 돼!"

몸을 숨기고 있던 베티가 소리치며 앞으로 튀어 나가 스핏 허리를 잡고 버텼다.

"언니, 찰리, 도와줘! 놓치면 안 돼!"

사방에서 금화가 와르르 좌르르 무너지며 앞이 보이지 않을 만큼 번쩍거리는 금빛을 눈에다 쏘아댔다.

"당겨!"

베티가 포효했다.

로니아 눈이 툭 튀어나왔다. 한쪽 팔로 스핏과 단단히 팔짱을 끼고 다른 쪽 손으로 궤짝 테두리를 꽉 움켜잡았다.

금화 더미 안에서 으르르 우는 소리가 났다.

"선장님! 다른 쪽 손도 줘요!"

스핏이 숨을 몰아쉬며 말했다.

로니아가 이를 악물고 궤짝을 놓더니 스핏을 향해 팔을 뻗기 시작했다. 빨간 보석이 로니아를 붉게 물들이며 멀리 굴러갔다…….

"안 돼요!"

스핏이 외쳤지만, 그대로 보석을 잃을 수 없었던 로니아는 보석을 향해 몸을 날려 손으로 움켜잡았다. 두 눈이 승리감으로 번뜩였으나……. 스핏 손가락에서 스르륵 풀려나 다시 밑으로 빨려 내려가기 시작하자 이내 충격으로 뒤덮였다. 금색 빛줄기가 공포에 휩싸인 로니아 얼굴을 비추었다.

궤짝 뚜껑이 부서져라 닫히면서 로니아를 집어삼켰다.

## 29장. 해그스톤

"물러서!"

베티가 외쳤다.

발밑에서 모래가 무너지며 석호 안으로 우르르 쏟아져 들어갔다. 석호가 요동치고 빛으로 일렁이며 게걸스럽게 궤짝을 삼켜버렸다. 일행은 설탕 속으로 미끄러져 들어가는 숟가락처럼 궤짝이 모래 속으로 빨려 들어가는 광경에 경악을 금치 못하며 물가에서 비틀비틀 뒤로 물러났다. 이내 석호에서 소용돌이가 일었다. 물이며 모래, 궤짝까지 모든 것이 다 왼쪽으로 돌기 시작했다. 일행은 큰 충격에 휩싸인 채 거대한 소용돌이 한복판으로 점점 더 가까이 빨려 들어가는 궤짝을 멍하니 지켜봤다.

"저 궤짝이 우리가 집으로 돌아갈 길이었어! 내가 봤어!"

플리스가 눈을 깜빡여서 눈물을 없애며 외쳤다.

"아니. 저건 유혹이었어. 스핏 말처럼 덫이었을 뿐, 그 이상이 아니야."

베티가 주머니 속에서 인형을 비틀어 모습을 드러내며 대답했다.

플리스가 찰리를 꼭 끌어안았다.

"그럼 우린 여기에서 어떻게 벗어나지? 집으로 어떻게 돌아가? 지도는 석호를 가리키고 있었잖아. 하지만 왜?"

"우리 집으로 영영 못 돌아가면 어떡해? 할머니 보고 싶어!"

찰리가 울먹이며 말했다.

"잠깐. 윌로는 어디 있지?"

플리스가 문득 생각난 듯 물었다.

베티가 몸을 떨며 고개를 돌렸다. 자매 모두가 이 섬에 있는 이유 자체가 바로 그 기묘한 그 여자아이였는데 윌로를 잊고 있었다. 깨달음과 함께 베티는 새삼 불안해졌다. 드디어 베티 눈에 윌로가 들어왔는데도 불안감은 더욱 짙어졌다.

작고 창백한 소녀 옆에서 도깨비불이 아직 희미하게 깜빡이고 있었지만, 한눈에 봐도 빛을 잃어가고 있었다. 사라지고 있었다. 다른 어딘가로 조금씩 새어 나가는 것 같았다.

"도깨비불이 왜 저러지? 꼭……. 죽어가는 것 같아."

플리스가 말했다.

윌로가 제자리에 선 채 불안정하게 휘청휘청했다. 어둠이 가까워진 이제야 베티는 윌로가 왜 그렇게 이상하게 보였는지 이해가 갔다. 처음에는 달빛 때문에 윌로가 섬뜩할 만큼 새하얀 모습이라고 생각했다. 그런데 이제 제대로 보니 그런 것이 아니었다. 윌로가 기묘하게 창백한 빛을 뿜어내고 있었다. 뭔가 김 같기도 한 뿌연 것이 윌로 윤곽선을 흐리면서 피어오르고 있었다.

혹은 습지 안개…….

"윌로?"

베티가 간신히 윌로를 불렀다. 목이 콱 메었다.

"쟤 왜 저래? 어떻게 몸이 저렇게 빛나? 꼭 무슨……. 도깨비불 같아!"

스핏이 뒷걸음치며 말했다.

당황한 윌로가 두 손을 눈앞으로 들어 올리고 바라봤다.

"이상해요. 나 왜 이래요?"

입을 막은 듯 작은 목소리였다. 멀리서 말하는 것 같았다. 혼란스러운 눈빛으로 주변을 애처롭게 돌아봤다.

"뭔가를 해야 하는데……. 생각이 자꾸 사라지는 것 같……."

"우리가 널 도와주고 있었어. 기억나? 넌 고통의 섬에서 탈출했어. 이 섬에 오려고 도망치고 있었어. 네가 밤중에 우리를 찾아왔어."

찰리가 가만가만 말했다.

네가 우리를 찾아왔어…….

베티 머릿속에서 번쩍 불꽃이 튀며 기억 하나가 떠올랐다. 윌로가 직접 얘기해준 말이었다.

도깨비불이 떠도는 이유는 끝내지 못한 일이 있어서래요. 분노나 슬픔 같은 감정이 남거나 복수하고 싶어서, 때로는 정의를 원해서…….

"정의."

베티가 중얼거렸다. 어렴풋이 이해가 갈 것 같았다.

"윌로 네가 그렇게 말했어. 아빠 명예를 회복하려고 버틴다고. 이젠 좀 알 것 같아."

베티가 열심히 머리를 굴리며 생각의 조각들로 퍼즐을 맞춰 갔다.

"그리고 찰리가 너를 발견했어. 처음에 난 널 못 봤어. 나한테는 찰리밖에 안 보였는데, 그런데……. 다음 순간에는 네가 있더라고.”

베티가 기억을 더듬어갔다.

“베티, 무슨 말을 하는 거야? 그래도 윌로 몸에서 왜 저렇게 빛이 나는지는 여전히 설명이 안 돼!”

플리스가 바람 새는 소리로 말했다.

“난 설명이 될 것 같아. 찰리가 윌로를 보기 때문에 우리도 윌로를 볼 수 있는 거야. 찰리 아니었으면 우린 애초 윌로를 보지도 못했어. 게다가 윌로를 집 안으로 들인 것도 우리야. 우리가 윌로를 존재하게 했어.”

베티 두 팔과 목덜미에 소름이 돋았다.

“제발요, 그만해요. 난 이해가……. 이해가…….”

윌로가 두 손을 덜덜 떨면서 속삭였다.

베티 머릿속으로 또 다른 기억이 밀고 들어왔다. 목소리들, 도망자 소식이 터졌을 때 밀렵꾼의 주머니에서 물결처럼 퍼지던 목소리가 있었다.

두 명의 도망자……. 한 명은 반쯤 익사 상태로 해안가에 밀려왔지만 밤을 넘기지는 못할 것 같다.

그런데 윌로의 무언가가 살아남았다. 아니, 다 꺼져가는 생명이나마 붙잡고 매달렸다.

“고통의 섬에서 탈출할 때 뭔가 일이 벌어졌어. 윌로, 그렇지?”

베티가 부드럽게 물었다.

“배에 문제가 생겼겠지. 넌 물에 빠졌고. 지금까지 난 도깨비불이 윌로 네 엄마인 줄 알았어. 살아남지 못한 사람은 엄마라고 생각했거든. 그런데 엄마가 아니라 윌로 너였어.”

윌로가 인상을 썼다. 이마에 주름이 잡혔다.

"내, 내가……. 맞아요. 배가 암초에 부딪혔던 것 같아요. 배가 뒤집혔고 난 물에 빠졌어요. 엄마랑 떨어졌는데……. 물이 정말, 너무 차가워서 숨이 안 쉬어졌어요. 하지만 난……."

베티 눈앞에서 장면들이 번쩍번쩍 펼쳐졌다. 습지 안개에 휩싸인 채 뒷마 당에 있던 윌로, 한 번도 제대로 마르는 법 없이 뚝뚝 떨어지던 물, 허공에 김 이 맺히지 않던 윌로의 숨결, 안개 그 자체인 듯 창백한.

죽음처럼 창백한.

"……. 물에서 나온 기억이……. 없어요. 지도가 생각났고 그곳에 가야 한 다는 걸 알고 있었다는 일만 기억나요. 그래서 계속 달리고 달려서……. 숨 었어요."

윌로가 일그러진 얼굴로 말을 마쳤다.

"지금 무슨 말을 하는 거야?"

스핏이 나지막이 물었다.

"아직 모르겠어? 단순히 도깨비불 하나가 윌로를 계속 따라다녔던 게 아 니야. 윌로가 바로 도깨비불이야!"

베티는 상실감에 압도당할 것 같았다. 눈을 깜빡이며 눈물을 삼켰다. 윌로 는 가엾게도 목숨을 잃었다. 습지에 빠진 영혼이 밤새도록 희미한 빛을 발했 다. 누구라도 귀를 기울이게 하고 싶었다. 아무라도 따라와 주기를 바랐다.

"사람이 습지나 바다에서 실종되면……. 도깨비불이 되는 거야. 맙소사, 우린 가장 큰 실마리를 놓치고 있었어. 네 이름……. 사실은 윌로가 아니 지?"

베티가 쓴웃음을 지었다. 공허한 웃음이었다.

윌로가 어깨를 들썩이며 소리 없이 흐느꼈다. 이제 윌로는 곁을 지키는 작은 빛처럼 스스로 깜빡이며 허공에서 맴도는 것 같았다. 일행이 보는 앞에서 도깨비불이 윌로에게 스며들어 하나가 되었다.

"나도 모르겠어요!"

"윌로, 더 위스프(*도깨비불은 영어로 wisp라고도 하지만, willow-the-wisp라고도 한다. 또한 '윌로, 더 위스프'라고 중간을 끊어 읽으면, '윌로, 도깨비불' 하고 강조가 들어간 동격이 된다). 윌로가 우리를 이곳으로 이끌었어. 우리가, 우리가 윌로를 따라왔어. 우리가 저지른 실수 중에서도 최악이야!"

플리스는 이제 다 알았다는 눈빛이었다.

"우린 윌로를 따라오지 않았어. 지도를 따라왔지. 우린 윌로를 도와줬어."

찰리가 말하면서 윌로를 향해 머뭇머뭇 한 걸음 다가갔다. 윌로한테서 희미하게 일렁이는 빛이 찰리 얼굴에 비쳤다.

"난 아직 윌로를 돕고 있어."

"기회도 아직 있어. 윌로가 뭔지는 몰라도 버티고 있으니까. 우리가 이 섬에서 탈출하면 윌로를 구할 수 있을지도 몰라. 서둘러야 해. 이젠 도깨비불이 윌로한테 스며들었으니 윌로한테는 시간이 없어!"

베티가 용기를 끌어모아 말했다.

"그런데 섬에서는 어떻게 나가지? 석호를 찾긴 했지만 로니아 꼴로 끝나기는 절대 싫어!"

스핏이 윌로에게 시선을 못 박은 채 물었다.

"삼 형제는 집으로 돌아갔어. 분명히 길이 있을 거야."

베티는 이야기를 떠올리며 혼자 중얼거렸다.

베티가 다시 지도를 꺼냈다. 달라진 것은 없었다. 새로 나타난 글자도 없었다. 동굴 입구와 우물, 그리고 섬 한복판에 있는 석호만 보일 뿐이었다. 그래도 궤짝은 사라지고 없었다.

"나도 지도 볼래."

찰리가 말했다.

"내가 벌써 봤어. 아무것도 달라지지 않았어."

베티 목소리에서 지친 기색이 묻어났다. 그래도 찰리에게 지도를 건넸다.

"하나도 안 달라졌어. 그런데 똑같아."

찰리가 무언가를 밀랍 지도 위에 올렸다. 윌로의 해그스톤이었다. 아까 궤짝에서 뱉어지다시피 튀어나왔다. 찰리가 지도에 그려진 섬 옆에 해그스톤을 올렸다.

"두 개가 똑같아!"

베티가 잉크로 그린 지도 위 섬과 따개비가 붙은 돌멩이를 번갈아 봤다. 확실히 두 개가 똑같았다.

플리스가 베티 팔을 다급하게 움켜잡았다.

"찰리 말이 맞아!"

"해그스톤이야."

천천히 말하는 베티 눈길이 소용돌이치는 석호로 쏠렸다.

"섬 한복판에 있는 석호는 틀림없이 반대편까지 뚫렸을 거야. 섬 자체가 해그스톤이야!"

베티가 지도를 낮게 들었다.

"해그스톤을 통해서만 섬을 볼 수 있다면, 섬에서 떠나려면, 어쩌면……."

"한복판을 통과해야 하겠지."

플리스가 베티 말을 맺었다.

"저기를 통과해야 한다고?"

스핏이 플리스 말을 따라 하며 팔을 죽 뻗어서 미친 듯이 소용돌이지는 물을 가리켰다.

"로니아한테 무슨 일이 벌어졌는지 봐!"

베티가 고개를 저었다. 상황이 이해가 가자 안에서 불꽃이 일었다.

"로니아는 재물을 노리고 섬에 왔어. 정당한 자기 것이 아니었지. 로니아는 재물 때문에 잔인하고 이기적으로 굴었고 그래서 벌을 받았어. 하지만 월로는 아빠 명예를 회복하려고 우리를 이곳으로 이끌었어. 다른 사람을 위해서 왔다고. 섬은 그렇게 돌아가는 거야. 탐욕스러운 자는 벌을 받고 욕심 없는 사람은 상을 받아."

"그럼 우리가 딱이네. 우린 월로를 위해서 왔으니까. 맞지 언니?"

찰리가 흥분해서 베티 소매를 잡아당기다가 문득 걱정스럽게 궤짝을 힐끔거렸다.

"난 궤짝에 들었던 사탕 하나도 안 먹었어. 진짜 먹고 싶었는데 진짜 먹은 건 없어. 만약 먹었어도 꼭 나눠 먹었을 거야. 진짜야."

"그럼, 알지. 넌 꼭 나눠 먹었을 거야. 그리고 언니 말이 맞는 것 같아. 여기가 집으로 돌아가는 길이야. 우리가 다 같이. 그렇게 믿어야 해."

베티가 찰리를 꼭 안아주며 말했다.

"베티, 그런데 쟤는?"

플리스가 윌로를 고갯짓으로 가리키며 물었다. 목소리가 떨리고 있었다.

윌로는 여전히 빛을 발하고 있었다. 오히려 더 밝아졌다. 뿌예진 두 눈에는 아무것도 보이지 않는 것 같았다. 당혹감이 파도처럼 베티를 덮쳤다. 윌로는 버텨야 했다. 돌아가야 했다. 이제는 모두가 윌로 아빠가 결백하다는 진실을 알았다. 일행이 돌아가기 전에는 아무도 그 사실을 모를 테고 윌로는 도깨비 불로 남아 쉬지도 못하고 습지를 떠돌아다닐 것이었다. 하지만 집으로 돌아가는 데 성공한다 해도, 그다음은? 어떻게든 윌로가 살아남을까? 이미 죽지 않았을까?

"어떻게 해야 우리가 같이 있을 수 있지? 소용돌이치는 물에 다 뿔뿔이 흩어질 거야!"

플리스가 외쳤다.

"이거면 되겠지."

베티가 주머니에서 실패를 꺼내서 줄을 풀었다.

"이걸 손에 감아. 절대 놓치면 안 돼."

베티가 윌로 손을 잡고 물을 향해 걷기 시작했다. (손이 윌로 손을 그대로 통과할까 봐 겁이 났다.) 베티가 다른 손으로 찰리 손을 힘껏 잡으며 걱정스러운 눈빛으로 찰리와 플리스를 봤다.

서로가 서로에게 기댔다. 모두가 희망에 의지했다.

"물고기!"

플리스가 새삼 두레박을 생각해내고 외쳤다.

"나한테 줘. 최대한 물에 가라앉지 않게 해볼게."

스핏이 하얗게 질린 얼굴로 플리스에게서 두레박을 건네받았다.

"이제 우리 차례야."

베티가 말하면서 월로 손을 꽉 쥐었다. 처음 월로를 만난 순간부터 희미하게 빛나는 창백하고 차가운 작은 손을 보면 늘 등골이 오싹했는데 이제야 이해가 갔다.

"조금만 더 버텨. 이제 거의 다 끝나가."

베티가 월로에게 말했다. 무슨 일이 있어도 월로에게 마무리를 지어줘야 했다. 위더신즈 자매도 끝을 볼 자격이 있었다.

"다 준비됐어? 가자!"

베티는 용기를 끌어 올리면서 숨을 참고 맹렬히 소용돌이치는 물살을 헤치며 걸어 들어가기 시작했다. 물에 들어가자마자 흉포하게 휘몰아치는 물살에 발이 바닥에서 둥 뜨면서 몸이 양옆으로 당겨지자 폐에서 숨이 빠져나갔다. 베티 몸이 왼쪽으로 빨려 들어가자 손목에 감은 줄이 팽팽해졌다.

"베티 언니!"

찰리가 플리스와 함께 베티를 지나 날아가며 꽥꽥 비명을 질러댔고 스핏이 곧바로 그 뒤를 따랐다. 어마어마한 소용돌이에 휩쓸린 일행은 아찔한 속도로 팽글팽글 돌면서 점점 작은 원을 그리며 중심부로 빨려갔다. 포효하는 물살 가운데가 시커멓게 뻥 뚫렸다. 더욱 세차게 베티를 비틀고 내동댕이치는 물살에 귀도 눈도 흐릿하고 몽롱해졌다. 다리 하나, 빛나는 손, 술이 많은 지느러미. 노랗게 색이 바랜 밀랍 지도……. 야옹야옹 우는 흰색 털 뭉치가 어렴풋이 보였다. 아래로, 아래로 끌려 내려갈수록 월로 눈이 감기고 있었다. 귓속이며 머리 꼭대기까지 물이 차오르고 수면은 멀고 먼 저 위에 있었다…….

그런데 저 위, 쏟아지는 빛과 부글거리는 거품을 뚫고 우렁찬 소리가 들리더니 이내 킬킬거리는 웃음소리와 귀를 찢는 큰까마귀 울음소리가 베티 머릿속에서 메아리쳤다.

베티가 수면 위로 솟구쳤다. 소름 끼치는 소리가 여전히 귓속에서 울렸다. 첨벙첨벙 물 튀기는 소리가 주변에 가득했다. 사방에서 철썩철썩 물이 튀겼다. 숨이 턱에 차서 헉헉 몰아쉬는 숨결에 허공으로 김이 피어올랐다.

"언니? 찰리?"

베티는 목이 메었다. 입에서 짠맛이 났다. 머리 위 하늘은 이제 먹물색이었다. 구름이 달을 가렸다.

"스핏?"

베티는 정신없이 주변을 두리번거렸다. 윌로를 잡았던 손을 들어봤지만 텅 빈 나무 실패뿐이었다.

"여기야!"

베티는 자매들을 향해 수영해 가면서 기쁨에 겨워 몸을 떨며 흐느꼈다.

"우리 성공했어. 섬이 사라졌어. 없어졌다고!"

플리스가 물에서 꼬르륵대며 말했다.

그제야 베티도 섬이 사라졌다는 사실을 처음으로 깨달았다. 모두가 사방이 탁 트인 광활한 물 위에 둥둥 떠 있었다. 눈에 띄는 섬은 어디에도 없었다. 위더신즈 가족의 다소 낡은 초록색 낚싯배만이 조금 떨어진 물 위에서 어디에도 묶이지 않은 채 까딱거리고 있을 뿐이었다.

"윌로도 없어졌어. 손을 잡고 있었는데. 지금은 사라졌어."

베티가 실패를 손으로 꽉 쥐면서 중얼거렸다. 희망과 걱정 사이를 불안하게 오가며 고개를 돌리고 물 위를 구석구석 살폈다.

"저건 누구야?"

스핏이 근처 물 위에서 움직임 없이 둥둥 떠 있는 한 형체를 가리키며 물었다. 그러더니 이내 황급히 팔을 휘저으며 헤엄쳐 나가 물에 뜬 사람에게 닿아서 남자를 뒤집었다. 남자가 머리를 싸잡으며 앓는 소리를 냈다. 양쪽 귀 옆으로 삐져나온 숱 많은 북슬북슬한 머리카락이 어딘가 어렴풋이 낯이 익었다.

"다시 공기로 숨을 쉬니까 진짜 좋네. 입에서 거품만 부글거리지 않고 말이 나오는 것도 정말 좋고."

남자가 중얼거렸다.

"물고기, 사울 아저씨다! 우리가 해냈어! 우리가 윌로를 위해서 해냈어."

찰리가 외쳤지만 이내 얼굴이 구겨지면서 이미 젖은 두 뺨 위로 눈물이 흘러내렸다.

베티가 절박하게 물 위를 계속 찾았다. 하지만 윌로는 흔적도 없었다. 윌로가 사라졌다는 건 무슨 의미지? 지금은 어디 있는 거야? 이제 윌로는 무엇일까. 습지를 떠도는 창백한 작은 도깨비불일까? 우리 위더신즈 자매가 도움이 되었으려나? 윌로를 못 구했을지도 모른다는 생각을 혼자 참아내기엔 너무 괴로웠지만, 베티는 자매들 희망을 부숴버릴 말을 도저히 입 밖으로 꺼낼 수 없었다.

"가자. 저게 눈앞에서 영영 사라지기 전에 타야 해."

베티는 울컥울컥 올라오는 감정을 억누르느라 말이 뚝뚝 끊겨도 몸을 떨며 여행 가방호를 향해 고갯짓했다.

일행은 서로를 잡아주고 받쳐주며 하나씩 차례대로 배에 올라 갑판에 널브러졌다. 구름 사이로 드문드문 별이 보였다. 선실 지붕 위로 홀쭉한 한 형체가 보였다. 털에 묻은 물기를 할짝거리던 녀석이 움직임을 멈추고는 바다를 내다보며 구슬프게 야옹야옹 울었다.

"밴딧! 마지막에는 우리가 너를 키우게 될 줄 알았어."

찰리는 고양이가 사납게 하악거리는데도 포기하지 않고 반갑게 외쳤다.

"찰리, 꿈도 꾸지 마."

베티가 키잡이칸에서 담요를 꺼내 찰리에게 건네며 말했다.

"왜? 나한테 다 계획이 있다고."

찰리가 혀를 메롱 내밀더니 짓궂은 표정으로 쿡쿡 웃고는 깡총이 턱을 쓰다듬으며 속삭였다.

"깡총아, 걱정하지 마. 그래도 나한테는 네가 제일이니까."

"지금 우리가 해야 할 일은 딱 하나야."

베티가 키를 향해 한 걸음 내디디며 말했다.

"집으로 돌아가기."

하지만 키를 손에 잡은 베티가 그대로 굳어버렸다. 바로 눈앞 창문에 낯익은 지도가 있었다.

"어떻게 지도가 여기 있지? 아까 소용돌이치던 석호에서 잃어버린 줄 알았는데?"

머리 물기를 말리던 플리스가 움직임을 멈추고 중얼거렸다.

"분명히 석호에 우리랑 같이 있었는데 지금 여기 있다니. 이건 말이 안 돼. 그런데 또 생각해보면 말이 되는 것과 마법은 서로 어울리지 않지."

베티가 얼굴을 찡그리며 말했다.

"아니면…… 절대 없애지 못하는 지도일지도 모르지."

조용히 말하는 플리스 목소리가 책임감으로 무거웠다. 베티도 같은 책임감을 느꼈다. 지도가 다른 사람 손에 들어가지 않게 하는 일은 이제 위더신즈 자매 몫이었다. 더는 누구도 신비의 섬에 가지 않도록 확실히 막아야 했다.

베티가 조심스럽게 지도를 말아 한쪽으로 치운 뒤 집으로 돌아가는 항로가 나오는 더 큰 지도를 펼쳤다.

"언니, 잠깐 키 좀 잡아줘. 할 일이 있어."

베티가 플리스한테 말하더니 키잡이칸에서 나갔다.

베티는 배 뒤편으로 갔다. 배 뒤로 큰까마귀 날개처럼 시커멓고 끝을 알수 없는 물이, 신비의 섬과 섬에 깃든 비밀을 수호하듯 펼쳐져 있었다.

베티는 손을 들어 올리고 나무 실패가 손가락 사이로 미끄러지도록 놔뒀다.

실패는 파도 아래로 가라앉아 섬처럼 완전히 자취를 감추었다.

## 30장. 노발대발

여행 가방호가 까마귀바위섬으로 돌아왔을 무렵, 항구에는 간수들이 잔뜩 깔려 있었다.

"아빠 저깄다! 할머니도 나왔다! 으아, 할머니가 간수한테 무지하게 퍼부어대는 것 같아."

찰리가 짙은 색 제복 차림의 무리 사이를 가리키며 목청 높여 꽥꽥 소리 질렀다.

"정말 노발대발이 따로 없네."

플리스가 맞장구쳤다.

"아, 저기 봐, 할머니가 우리를 보셨어!"

"우리 얘기를 잘 기억해야 해."

베티가 중얼거렸다. 손에는 등불을 들고 입술에는 질문이 달린 군중이 배를 향해 몰려오는 모습에 심장이 두근거렸다.

"우린 마법사의 나침반에서 찰리를 발견한 거야. 납치범들은 자취를 감췄어. 돌아오는 길에 우리는 길을 잃고 항로에서 벗어나 떠다니다가 결국 윙크하는 마녀까지 갔고 거기에서 사울 아저씨를 발견했어."

"과연 사람들이 그 얘기를 믿을까?"

스핏이 물었다.

"그야 뭐, 그 얘기밖에 못 들을 텐데 어쩌겠어. 진짜 있었던 일을 말해줘도 어차피 못 믿어."

사실 베티 자신도 믿기 어려운 이야기였다.

"그리고 사울 아저씨, 아저씨는 진실을 얘기해주셔야 해요. 아, 그러니까 물론 다는 아니고, 물고기 얘기는 빼고요. 하지만 다른 부분은 사실대로 얘기하세요. 서두르셔야 해요. 윌로 아빠 사형 집행일이 내일이거든요. 아저씨가 그걸 막을 수 있어요."

그런데 윌로는? 베티가 하늘을 올려다봤다. 밤하늘에 환한 별빛이 총총했다. 베티는 치밀어 오르는 눈물을 꿀꺽 삼켰다. 윌로를 구할 수 있게 제때 도착했을까? 너무 늦었나?

일행은 꼬박 밤을 새워 배를 몰았다. 아무것도 현실로 느껴지지 않는 그 몇 시간 동안, 사울이 자기 얘기를 해줬다. 표류하는 배에서 낡고 기묘한 지도를 발견했고, 윌로 아빠를 설득해서 신비한 섬을 찾아 나섰다고 했다. 하지만 부끄럽게도, 섬이 실재한다는 것을 알고 나자 섬에 있을 보물 생각에 욕심이 나서 눈이 멀었고 혼자 보물을 차지하기로 작정했다고 한다.

"우린 싸웠어."

사울이 나지막이 말하며 고개를 푹 숙였다.

"콘로이는 우리가 무엇을 발견하건 반으로 나눠야 한다고 주장했지. 그게 아니면 자기는 집으로 돌아가겠다면서. 난 배를 잃고 싶지 않았어. 우리는 주먹다짐을 하다……. 콘로이가 내 얼굴을 정통으로 치는 바람에 난 피를 흘렸어. 그래서 난……. 노로 콘로이를 후려쳤어. 내가 콘로이를 죽였다고 생각했어. 당황했지. 그런데 그때 섬이 눈에 들어온 거야. 수영해서 갈 만하겠더라고. 그래서 난……. 콘로이가 표류하게 놔두고 배를 떠났어. 난 친구를 배신했어. 당해도 싸. 그래도 내가 실종된 책임을 콘로이한테 뒤집어씌울 생각은 절대 아니었어. 이것만큼은 믿어줘."

사울 얼굴이 일그러졌다.

"그럴지도 모르죠."

베티는 생각보다 친절하게 대꾸했다. 사울은 그런 친절함을 대접받을 자격이 없었다. 하지만 베티는 섬이 사람에게 무슨 짓을 하는지 봤다. 로니아 눈에 어린 광기를 목격했고 잠시나마 직접 강렬한 충동을 느꼈다.

"아저씨 친구 목숨이 위험해요. 이제 아저씨 친구를 구하는 일은 아저씨한테 달렸어요."

스핏, 사울과 함께 위더신즈 자매가 휘청거리며 부두에 내리자 할머니가 군중을 헤치고 득달같이 달려와 두 팔 가득 세 자매를 한꺼번에 안았다. 담배와 위스키 냄새가 진동했다.

"찰리! 너희가 찰리를 찾았구나. 결국 찰리를 데리고 왔어! 하지만 어떻게……."

할머니는 알아듣지 못할 질문을 연속으로 퍼붓는 중간중간 흐느껴 울었다.

"할머니……."

베티가 급히 입을 열었지만 할머니가 어찌나 품속 깊이 힘주어 안았는지 목소리가 묻혔다.

"그 여자애 있잖아요, 도망자였던. 그 애 찾았어요? 혹시 살아, 살아 있나요?"

할머니가 딸꾹질을 했다. 눈물이 새로 고여서 눈앞이 흐릿했다. 베티는 밀려드는 두려움에 질식할 것 같았지만, 마음을 단단히 먹고 할머니 말을 기다렸다.

"어린 것이 불쌍도 하지."

할머니가 까마귀 상징을 만들었다.

"하나부터 열까지 다 끔찍했다. 그 애가 살아나리라고 기대한 사람은 아무도 없었어. 물에 빠져 반쯤 죽어 있었거든! 사람들 말을 빌리면 산 사람이 아니었는데 몇 시간 전에 어찌어찌 정신을 차렸다대. 정말 희한한 일이지. 불쌍한 여자애 엄마도 거의 제정신이 아니었어."

"애가 살았어요?"

베티가 꽥 소리쳤다. 목이 콱 메었다. 안에서 기쁨이 넘쳐났다. 베티와 플리스는 할머니 품에 안겨서도 용케 서로의 팔을 찾아 지문이 새겨져서 일주일은 갈 만큼 꽉 힘주어 잡았다. 위더신즈 자매는 윌로 아빠만 살린 것이 아니었다. 윌로도 구했다. 윌로가 살아 있다!

"우리가 해냈어!"

플리스가 환희에 벅찬 얼굴로 베티를 보며 속삭였다. 두 눈이 눈물로 반짝였다.

"까마귀 맙소사, 우리가 진짜 해냈어!"

찰리가 함성을 질렀다.

할머니가 입술을 오므렸다.

435

"하지만 찰리가 어쩌다가 이 일에 휘말렸는지는 아직 밝혀지지 않았다."

할머니 눈이 위험하게 번뜩였다.

"그나마 찰리 납치범들이 두어 달 전에 사라진 간수 두 놈이라는 건 알아냈지. 자기들이 죽었다고 사람들이 믿도록 꾸며냈다지 뭐냐! 진짜 간수들이 찰리를 찾아 나섰다. 말라깽이 나무들의 숲 근처 절벽 너머에 있는 비밀의 동굴로 수색대를 이끈 사람은 핑거티였어. 거기서 간수들이 놈들 은신처와 옛날 배인 러스티 스원들호 설계도를 발견했지."

할머니가 손가락을 맞부딪쳐서 딱 소리를 냈다.

"나를 유치장에 가두면서 두 놈이 하던 얘기를 내가 제대로 들은 게지. 그런데 놈들이 왜 어린애를 거기로 끌고 갔는지는 당최 모르겠단 말이야."

할머니 눈빛이 사나워졌다.

"간수들이 그놈들을 찾으면 유치장에 가두고 열쇠를 던져버리면 좋겠구만."

베티와 찰리가 눈을 마주치며 은밀한 눈빛을 주고받았다.

"할머니, 그놈들은 돌아오지 않아요."

찰리가 속삭였다.

할머니가 으르르 이를 갈았다.

"그래도 우린 뭔가 답이 필요하다 이거야. 아들아, 안 그러냐?"

베티는 힘주어 안고 있는 할머니 품 안에서 몸을 뒤틀어 빨갛게 충혈된 아빠 눈을 힐끔 쳐다봤다.

"그럼요. 그런데 그보다 먼저 나도 우리 딸들 좀 안고 싶어요."

할머니가 마지막으로 자매들 갈비뼈가 으스러지도록 힘주어 끌어안고는 마지못해 풀어줬다. 위더신즈 자매들은 담배 향 가득하고 푹신푹신한 할머니 품에서 풀려나와 아빠의 강인하고 굳건한 두 팔에 안겼다. 아빠는 절대 풀어주지 않겠다는 기세로 아이들을 힘껏 끌어안았다. 베티는 아빠가 그렇게 안아줘서 정말 행복했다. 도망자에 도깨비불, 해적은 물론이고 지난 며칠 동안 벌어진 그 모든 무시무시한 모험 뒤 무사히 집으로 돌아와서 더할 나위 없이 기뻤다.

"찰리, 배에 실린 저 흰색 고양이는 뭐냐? 설마 너 저놈을……."

할머니는 여전히 코를 훌쩍이고 있었다. 아이들은 아빠 품에 안긴 터라 할머니 목소리가 먹먹하게 들렸다.

"아, 할머니, 그건 아니에요. 훠이 마음을 상하게 하고 싶지는 않거든요. 쟤는 밴딧인데 까마귀바위섬 항구 고양이가 될 거예요. 저한테 다 계획이 있다고요."

찰리가 아빠 품에서 꼬물꼬물 빠져나오며 활짝 웃었다.

"저놈은 또 누구냐? 응? 펄리시티?"

아빠가 스핏을 향해 숱 많은 눈썹을 추켜세웠다.

"얘기가 길어요."

플리스가 아빠를 더 꼭 끌어안으며 베티와 눈빛을 교환했다. 스핏이 어색하게 웃더니 입을 앙다물었다. 이름답게 행동하지 않으려는 의도가 뚜렷이 보였다.

끝없이 이어질 많고 많은 이상한 질문들이 이제 막 시작됐을 뿐이지만, 뭐라고 대답해야 할지는 누구도 몰랐다. 그래서 아이들은 미리 짜놓은 이야기를 고수했다. 사기꾼으로 전락한 간수들과 난파선 잔해가 등장하고 표류하

던 사람을 발견했다는 이야기였다. 전해 내려오는 많은 동화가 그렇듯, 꾸며
지고 달라진 절반의 진실이었다. 도깨비불과 마녀, 욕조를 배로 삼았던 경험
이며 해그스톤, 그리고 지도에도 나오지 않는 섬은 이야기에 없었다. 시간이
한참 지나 베티가 주머니에서 발견한, 한때 해적 소유였던 오래된 동전 얘기
도 물론 포함되지 않았다.

# 닫는 글

3주 뒤, 까마귀바위섬 일보 한 부가 밀렵꾼의 주머니 현관문에 놓인 발닭 개에 도착했다.

### 무고하게 유죄 판결 받은 남자,
### 살아 있는 '희생자' 발견 이후 자유의 몸이 되다

사형 집행을 목전에 두었던 까마귀바위섬 감옥 수감자가 살인죄 누명을 벗었다. 콘로이 길은 낚시 동업자였던 사울 헤론이 실종된 이후 근 일 년을 감옥에서 지냈다. 하지만 이번 주, 헤론이 살아 있는 상태로 발견되었다.

헤론이 다시 나타나기 불과 삼 일 전 밤, 슬픔의 섬에서 지내던 딸(이름을 밝히기엔 아직 너무 어린 나이이다)이 사울의 실종과 부친의 사형 선고에 큰 충격을 받고 모친과 함께 고통의 섬에서 탈출하다가 익사 위기에 처했다. 헤론의 시체를 어디에 유기했는지 길에게서 자백을 받아내기 위해 가족들을 고통의 섬으로 유배 보냈다는 사실이 드러나면서, 법을 바꿔야 한다는 여론이 지역 사회에서 일었다.

전직 까마귀바위섬 간수였던 시머스 핑거티는 다음과 같이 말했다.

"구역질이 납니다. 증거도 없는데 사람을 감옥에 가두고 가족마저 처벌하면 안 되는 거였어요!"

이후 진행한 수사에서 타락한 두 간수가 또 다른 어린이를 헤론의 딸로 착각해서 납치했다는 끔찍한 사실이 드러났다. 문제의 어린이는 다치지 않은 상태로 발견되었지만, 아직 두 범죄자는 실종 상태이다.

현재 가족과 재회한 길은 까마귀바위섬에서 떠났다. 두 가족 모두 막대한 보상금을 받게 될 예정이다.

그간의 행적을 묻는 말에 헤론은 미지의 섬에 갇혀 있었다고 주장했다. 헤론의 설명에는 *지역 전설(7쪽, 8쪽에서 계속)과 놀라우리만치 유사한 점이 있다.

*『윙크하는 마녀에서 소샤 스펠손까지: 까마귀바위섬 마법의 역사』 – 9쪽 참고

"이것 좀 봐! 신문에 우리 얘기가 났어. 그것도 1면에!"

들뜬 플리스가 두 눈을 빛내며 밀렵꾼의 주머니 카운터가 부서지도록 신문을 쾅 내려놨다.

"어디? '위더신즈'라는 말이 어디 있는데? 나한테는 안 보여!"

찰리가 소리치며 덤벼들었다. 플리스가 말한 기사를 찾느라 양 갈래 돼지 꼬리 머리가 위아래로 까딱거렸다.

"위더신즈라는 단어는 안 나와. 할머니가 우리 이름이 신문에 실리면 절대

440

안 된다고 펄쩍 뛰셨대. 하지만 이게 우리라는 건 모두가 알아."

플리스가 설명했다.

"언니랑 아빠가 아무나 붙잡고 그 일을 떠들어댔으니 놀랄 일도 아니지."

베티가 이삿짐 상자를 하나 더 봉하면서 한마디 했다.

"아빠랑 내가 그러기를 잘했지."

플리스가 살짝 민망해하며 말했다.

"그렇게 흥미진진한 일이 벌어지지 않았으면 영영 여기가 안 팔렸을지도 모르잖아. 아까 내가 막 채우기 시작한 상자는 어디 있지?"

"아마 훠이가 들어가 있을걸? 상자에서 내보내려면 애 좀 먹겠다."

찰리가 말하더니 허둥지둥 위층으로 올라갔다. 잠시 뒤, 부엌에 이어 식품 저장실에서 쿵 쿵 문소리가 났다.

"누가 잼 챙겼어?"

"아니, 네가 방금 다 먹었잖아!"

베티도 마주 소리치자 잠시 뒤 찰리가 또 외쳐 물었다.

"누구 깡총이 본 사람?"

"네가 깡총이를 투명하게 해놨는데 누가 어떻게 보겠어!"

플리스가 외쳤다.

얼마간 조용하더니 찰리가 또 외쳤다.

"찾았다!"

베티가 창문 너머 둥지 풀밭을 내다봤다. 밖에서는 땅 땅 소리가 요란했다. 아빠가 스핏과 함께 '팝니다' 표지판을 '팔렸음' 표지판으로 바꾸고 있었다. 스핏은 아빠를 돕고 있어야 했지만, 베티는 스핏이 벌써 세 번이나 창문

441

안을 기웃거리며 플리스를 엿보는 모습을 포착했다.

"아무래도 스핏은 우리랑 있겠지?"

플리스가 물었다.

"언니를 볼 수 있는 한 그럴 거야. 누가 알아? 위더신즈처럼 이상한 가족이야말로 지금껏 스핏한테 필요했던 가족일지."

베티가 애정 가득한 눈길로 스핏을 바라보며 말했다.

베티는 허버드 씨 사탕 가게 옆에서 바구니를 든 채 짜증스러운 표정으로 서 있는 할머니를 발견했다. 할머니는 어떻게든지 뒷이야기 듣기를 갈망하는 호기심 많은 이웃에게 둘러싸여 있었다.

"아무래도 찰리는 줄곧 알고 있었다는 생각을 지울 수가 없어. 윌로 말이야. 윌로 정체가 진짜 무엇인지……."

플리스가 카운터 위에 달린 선반에서 먼지를 털어내며 말했다.

"윌로 자기도 몰랐는데 찰리가 어떻게 알았겠어? 찰리가 자기도 몰랐다고 했잖아."

어쩐지 베티는 몸이 부르르 떨렸다. 찰리가 뛰어다녔더니 천장 위 위층 마루가 삐걱삐걱 난리가 났다.

"찰리는 그냥 윌로가 도움이 필요하다는 걸 알았을 거야. 하지만 어쩌면……. 어느 정도는 알았을지도 모르지. 어차피 찰리를 겁먹게 할 건 없으니까. 그건 확실해."

베티가 고개를 절레절레 저었다.

"윌로는 괜찮을까?"

플리스가 물었다.

베티는 두 번 다시 윌로를 못 본다는 생각에 마음 한구석이 아렸지만 희미하게 웃었다. 제대로 인사도 못 하고 헤어졌더니 몹시 아쉬웠다. 그나마 이젠 윌로가 가족과 함께 있다는 사실을 위안으로 삼았다.

"이제는 괜찮겠지."

베티가 신문 기사로 다시 눈을 돌렸다. 베티 눈길이 '보상'이라는 단어에 한동안 머물렀다.

"언니, 우리가 받은 돈 말이야, 혹시?"

베티가 나직이 속삭였지만 끝내지 못한 질문이 허공에 깃털처럼 걸렸다. 플리스도 베티도, 베티가 무슨 말을 하려는지 알았다.

"까마귀 금화 오백 개라니. 그렇게 큰돈을 우리가 언제 만져봤어야지."

플리스가 목소리를 낮췄다. (이 대목만큼은 아빠랑 플리스가 일절 함구해 왔다.)

"앞으로도 그럴 일은 없을 거야. 할머니 말로는 입막음용이래. 그래도 어쨌건 정말 큰돈이지."

플리스가 머뭇거리며 말을 이었다.

"우리가 그런 일을 겪지 않았으면 우리한테 그런 돈은 절대 생기지 않았을 거야. 그래도 좀 이상해. 결국 섬에서 나온 다음에 돈이 생겼잖아."

"미지의 부."

베티가 중얼거렸다. 정말 섬이 준 돈일까? 베티가 평생에 가져본 가장 큰 돈은 큰까마귀 은화 두 닢이었다. 실제 까마귀 금화를 보기라도 했던 적은 한 손으로 세고도 남았다. 이제 위더신즈 가족은 영원히 까마귀바위섬을 등질 기회를 얻었을뿐더러 그렇게 하고도 남을 돈이 생겼다.

"까마귀바위섬이 좀 우울한 구석이 있긴 해도 난 이곳이 그리워질 것 같아. 허름하지만 우리 집이었으니까."

플리스가 조용히 말했다. 언뜻 눈이 반짝 빛나는가 싶더니 고개를 돌렸다.

베티가 청소를 끝낸 벽난로와 반짝이는 놋쇠, 외풍이 들어오는 창문을 돌아보고 고개를 끄덕이며 맞장구쳤다.

"이곳이 싫어서 늘 앓는 소리를 했지만 나도 여기가 그리워질 거야. 하지만 이걸 알아야 해. 어디 있느냐가 아니라 누구와 함께 있는지가 중요하다는 사실. 언니랑 찰리, 할머니, 아빠랑 같이 있기만 하면 난 집에 있는 거야. 우린 다 집에 있는 거라고. 하지만 우리 일부는 언제나 밀렵꾼의 주머니에 속하겠지."

물론 베티는 밀렵꾼의 주머니에서 함께 쌓은 추억을 말하는 것이었다. 그런 건 비질 한 번 한다고 없어지지도, 페인트칠을 새로 한다고 덮어지는 것도 아니었다. 새 집주인을 위해 맥주잔 가득 꽂아놨던 꽃은 결국 다 시들어서 밖에 버려졌고, 한주먹은 되는 열쇠 뭉치를 위해 할머니가 적었던 메모도 서랍 맨 뒤로 밀려났다. 하지만 추억 같은 위더신즈 가족의 다른 무언가는 사람 시선을 피해 발견되지 않을 곳에 남았다.

가령, 거미줄로 뒤덮인 마룻바닥 아래에 색 바랜 동전 한 닢과 나란히 숨겨진 기이하고 낡은 지도 한 장처럼 말이다. 어쩌면 한때 어린이들이 즐기던 놀이 일부일지도 몰랐다.

전혀 상관없는 다른 것일지도 모르지만.

# 까마귀 맙소사!

## 찰리 위더신즈가 제일 좋아하는 까마귀에 관한 사실

❖ 까마귀는 큰까마귀, 까치, 갈까마귀, 떼까마귀처럼 까마귓과에 속합니다. 예로부터 까마귀는 불행을 가져오는 새로 알려져 있습니다.

❖ 까마귀는 지능이 대단히 높아서 사람 얼굴도 기억합니다. 앙심을 품을 수도 있어요!

❖ 까마귓과 중에서도 큰까마귀와 까치 같은 종류는 앵무새처럼 사람 말을 흉내 내기도 합니다.

❖ 까마귀를 다정하게 대하거나 먹이를 주면 까마귀가 유리 몽돌이나 단추, 구슬 같은 작은 선물을 남긴다고 합니다. 때로는 죽은 새끼 새나 게의 집게발 같은 것을 선물로 준다네요. 우웩!

❖ 까마귀가 모여 있는 무리는 'murder(살인/살인하다)'이라고 부릅니다. 무시무시하지요?

(*전투 뒤 시체를 쪼아 먹으려고 새카맣게 모여드는 까마귀 떼를 a murder of crows라고 부르는 데서 유래했다는 설명이 가장 그럴듯하다.)

# 할머니 위더신즈가 믿는 미신

❖ 불행은 세 개씩 닥친다.

❖ 검은 고양이가 앞을 가로지르면 행운이 온다. (휙이만 아니면.)

❖ 냄비나 잔을 위더신즈 방향(시계 반대 방향)으로 젓지 말 것. 반드시 시계 방향, 해가 떠서 지는 쪽으로 저어라.

❖ 창문에 거미줄이 생기면 돈이 들어온다는 징조다. 돈이 들어오기 전에는 거미줄을 걷지 마라. (거미가 다치지 않도록 신경 쓸 것.)

❖ 옷을 입은 채 수선하면 절대 안 된다. 불운을 불러온다. 핀을 꽂지 말아야 할 곳에 핀이 꽂힐 수도 있다.

446

# 까마귀 세기

한 마리는 습지 안개,

두 마리는 슬픔,

세 마리라, 그대는 내일 먼 길을 떠나겠구나.

네 마리는 감옥행,

다섯 마리는 건강,

여섯 마리는 교수대,

일곱 마리는 재산,

여덟 마리는 난파선,

아홉 마리는 웃음,

열 마리는 영원한 행복.

옮긴이 김래경

김래경은 경희대학교에서 영어교육을 전공했습니다. 옮긴 책으로는 ≪포그≫ ≪닭다리가 달린 집≫ ≪붉은 저택의 비밀≫ ≪상어 이빨 소녀≫ ≪북극곰의 기적≫ ≪소년, 새, 그리고 관 짜는 노인≫ ≪핀치 오브 매직≫ 시리즈 등이 있습니다. 현재 좋은 책을 찾아 기획하고 번역하는 전문 번역가로 활동하고 있습니다.

## 핀치 오브 매직 2
마녀의 돌

2022년 9월 27일 1판 1쇄 발행

**글쓴이** | 미셸 해리슨
**옮긴이** | 김래경

**발행인** | 지준섭
**책임편집** | 구미진

**출판등록** | 2018년 10월 25일 제25100-2018-000071호
**주소** | 서울시 노원구 마들로5길 25, 102동 105호
**전화** | 010-5342-4466 **팩스** | 02-933-4456

ISBN 979-11-90618-32-8 44840
ISBN 979-11-90618-26-7 세트